비밀
웃음

초판 1쇄 인쇄 2016년 7월 27일
초판 1쇄 발행 2016년 7월 28일
저　　자 라오마(勞馬)
발 행 인 김승일
펴 낸 곳 경지출판사
출판등록 제2015-000026호

판매 및 공급처 / 도서출판 징검다리/경기도 파주시 산남로 85-8
Tel : 031-957-3890~1 Fax: 031-957-3889
E-mail : zinggumdari@hanmail.net

ISBN 979-11-86819-29-6　　　03820

개혁개방을 전후한
중국 농촌 농민의 변화상

비밀 웃음

라오마(勞馬) 지음
김승일 · 김창희 옮김

Korea Wisdom China
경지출판사

머리말

1992년 한중 양국 간에 국교가 수립된 지도 이미 24년이 흐르고 있다. 그동안 기업인·유학생·외교관·종교인·관광객 등이 엄청나게 중국을 방문하거나 거주하고 있지만, 사실 중국에 대해 제대로 이해하고 있는 사람은 극히 드물다고 할 수 있다. 물론 여러 언론 매체를 통해서든, 아니면 현지에 거주하면서 직접 겪어 본 경험을 통해 입에서 입으로 전해지면서 단편적으로나마 중국을 이해하고 있는 사람들은 꽤나 볼 수 있다. 그러나 중국을 전문적으로 연구하는 교수나 연구자들까지도 사실 정확하게 중국을 이해하는 사람은 그리 많아 보이지 않는다.

그것은 중국이 워낙 큰 나라인데다 인구도 많고 언어 또한 다양하기 때문에 그럴 수밖에 없다고도 할 수 있으나, 사실은 중국의 사회구조나 중국인의 지역별 생활방법이나 사고방식, 그리고 문화양식의 차이를 아무리 연구해도 일괄적으로 파악하는 것이 불가능하다는 점에서 기인하는 문제라고 볼 수 있다. 그렇게 된 원인에는 역사의 유구성과 수많은 종족들, 그리고 역대 왕조의 통치방법이 중국사회를 구조화하고, 변형시켜 왔다는데서 그 문제의 열쇠를 찾아 볼 수 있을 것이다.

특히 아편전쟁 이후 근대사회로 편입되면서 나타난 외국과의 투쟁과 간섭 중에 나타난 혼란상황은 중국사회의 역사적 전통을 파괴시키는 바람에 중국인의 전통양식이 파괴되어 더더욱 커다란 혼란상황을 부추겨 주었다고 할 수 있다. 그러한 혼란상황이란 전쟁이나 농민봉기 같은 외연적(外延的) 상황을 말하는 것이 아니라, 우리가 가늠할 수 없는 사회의 암흑성, 즉 빈부의 격차·문화성 고저·정치적 문란 등 이루 헤아릴 수 없을 정도로 복잡하게 뒤엉켜 온 내연적(內延的) 문제에서 비롯되었다는 점이다. 이렇게 단언할 수 있는 것은 이 소설책을 통해 엿볼 수 있는 것처럼 근대 전후의 중국사회가 가지고 있던 비이상적인 가치관·비정상적인 가족관 및 사회구조가 만연해 있었다는 점을 알 수 있기 때문이다.

1979년부터 시작된 개혁개방은 비록 경제문제를 해결하고자 하는 차원에서 시작되었다고 일반적으로 말하고 있지만, 실질적으로는 이러한 구조적인 사회적 병폐를 일소시키겠다는 의도도 그 바탕에 깔려 있었다는 점을 간과해서는 안 될 것이다.

이 책은 바로 개혁개방을 전후해 중국 사회가 안고 있던 사회적 구조의 혼란성과 전통 가치관에서 벗어난 변용된 중국인의 비정상적인 인식을 고발하고 있는 것이다. 따라서 저자는 이 책을 통해 중국사회의 모순점을 고발하면서 중국사회와 중국인이 어느 방향으로 나아가야 할 것인가에 대해 화두를 던지고 있는 것이다.

이 책을 읽는 독자들은 저자의 이러한 의도를 명확히 주지해야지,

"아! 중국이 이런 정도밖에 안 되는 나라였어?"하고 조소해서는 안 될 것이다. 왜냐하면 1960년대 이전까지의 우리나라도 거의 그런 상황과 흡사했었음을 상기한다면, 스스로 자기 얼굴에 침을 뱉는 꼴이 되기 때문이다. 또 우리도 그런 상황에서 오늘날처럼 일어날 수 있었듯이 중국도 우리 못지않게 일어서고 있다는 상황을 우리는 현재 확인하고 있기 때문이다. 이 책도 매 단원 끝 부분에 가서는 주인공들 나름대로 자신의 길을 찾아가는 모습을 보여주고 있는데, 이것이 바로 이러한 사실을 우리에게 주지시키려 하고 있는 것이다.

이 책을 통해서 부디 우리 독자들이 중국의 과거와 현실, 그리고 그들이 지향하고자 하는 미래가 무엇인지를 정확히 포착했으면 하는 바람이다.

2016년 7월 17일
옮긴이

차 례

※ 후루진(葫芦鎭)의 남자들이 마누라를 때리는 건 절대로 건성으로 때리거나, 눈속임으로 때리는 것이 아니다. 손을 댔다하면 죽을 정도까지 때리는데, 전혀 결과를 생각하지 않는 것처럼 때리곤 했다. 남편에게 맞아서 다치거나 장애가 된 여인들이 그래서 아주 많다. 그래서 후루진에서 본 여인들 중 다리를 절거나, 허리가 굽었거나, 손이 잘리거나, 눈이 멀거나, 입이 삐뚤어졌거나, 앞니가 빠졌거나, 온 얼굴에 상처투성이인 사람들이 많다. 이런 상황들은 현지 남자들의 폭행 모습을 그대로 보여준다.

걸레(麻布)

1

이(伊) 씨 집은 아이가 다섯이다. 모두가 '조롱박(葫蘆)'처럼 작고 몽글몽글하다. 사전에 의하면 조롱박은 1년생 초본식물이다. 덩굴이 뻗어 나가고 여름에는 온갖 꽃을 피운다. 열매의 모양은 가운데가 잘록하여 크고 작은 두 개의 공이 연결되어 있는 것 같다. 작은 조롱박은 관상용으로 사용되고, 큰 조롱박은 반으로 잘라 건조시킨 다음 물을 뜨는데 사용하여 표주박이라고도 한다. 조롱박의 형태는 사람들로 하여금 상상을 펼치게 한다. 시골 노인들은 남자아이 하반신 은밀한 곳을 조롱박이라고 부르는 습관이 있다. 더 범위를 넓혀 말하자면 남자아이를 부르는 약칭이다. 그런데 이 조롱박의 한자 표기인 후루(葫蘆)는 '어리석다'는 의미의 후루(胡虜)와 같은 발음이 되어, "어리석은 자"를 의미하는 말로도 사용되곤 한다. 『홍루몽』 중에 나오는 "후루승(葫蘆僧)이 제멋대로 판결한 후루안(葫蘆案, 어리석은 사건)"이라는 구절이 바로 그 예의 하나이다.

이 씨 집의 다섯 조롱박은 순서대로 이따(伊大), 이얼(伊二), 이산(伊三), 이쓰(伊四), 이우(伊五)로 불렸다. 원래 정식 이름은 이스(伊十), 이바이(伊百), 이첸(伊千), 이완(伊万), 이이(伊亿)였다. 이들 다섯 조롱박을 젊은 조롱박이라고 한다면, 이 씨는 당연히 늙은 조롱박으로 이씨 가문의 명의상 가장이다. 그가 며칠 동안 회계(會計)를 본 적이 있었다. 그 직업은 그에게 영광을 안겨줬을 뿐만 아니라 치욕도 가져다 줬다. 회계는 사람들의 부러움을 사는 직업이다. 무미건조한 숫자 뒤에는 묵직한 돈이 숨겨져 있기 때문이다. 이 씨는 회계를 하는 동안 머리에 바른 유채기름이 목을 타고 흘러내릴 정도로 으스대면서 다녔다. 겨드랑이에 주판을 끼고 동네를 오르락내리락 하였다. 어느 극에서 배웠는지 "주산 소리 한 번에 황금 만 냥이다"라는 이 말을 이 씨는 늘상 입에 달고 다녔다.

그러나 이러한 이 씨의 직업적 영광은 순식간에 사라져 버리고 말았다. 듣기에는 장부상에 문제가 있어서 쫓겨났다고 했다.

"삼팔에 이스삼, 부족하면 조금 더 추가하세요."

이 씨 큰 아들은 온 거리를 누비고 다니며 밑도 끝도 없는 말만 하고 다녔다. 시간이 흘러서야 사람들은 깨닫게 되었다. 이 씨의 바보 큰 아들이 실토를 한 것이었다. 알고 보니 이 씨의 회계는 구구단도 제대로 외우지 못하며 한다는 것이었다. 그러자 사람들은 "아니 그래가지고 회계를 본다고 폼 잡고 다녀?"라고 수군댔다.

짧은 회계생활은 이 씨에게 주판 하나, 팔에 끼는 토시 한 쌍, 그리고 다섯 아들의 학명, 즉 십, 백, 천, 만, 억 만을 남겼다. 회계라는 직업을 잃은 후에는 가장으로서의 실권도 잃었다. 그 후 이 씨 가족은 여자들이 정권을 장악하였다. 실권자는 곧 그의 마누라였다.

2

후루진(葫芦鎭)에서는 조롱박이 나지 않는다. 집집마다 호박만을 심었다. 수확이 좋을 경우에는 큰 호박이 맷돌만큼이나 크게 자랐다. 호박은 난과(南瓜)라고도 하는데, 잘 익은걸 쪄서 먹으면 그 맛이 달콤한 게 반찬으로도 되고 밥 대신 먹어도 되었다. 대대손손 후루진 사람들의 주된 영양분은 호박이었다. 물론 '조롱박'도 당연히 중요한 식물이었다. 남자의 상징으로 불렸으니까.

엄격히 말하자면 후루진은 큰 마을 정도에 지나지 않았다. 게다가 후루진은 그다지 유명한 곳도 아니었다. 그저 호박촌이라고 부르는 게 더 적당한 이름이었는지도 모르겠다.

몇 년 전에 상급기관에서 마을이름을 고치라고 제의해온 적이 있었다. 이에 이장은 흔쾌히 "알겠습니다"라고 동의하면서 그럼 "후루성(葫芦省, 하나의 성이 한 구 보다 큰 경우가 많다 -역자 주)이라고 하죠!" 하고 제안했다가 결국 허가를 받지 못한 적이 있었다.

시골에서는 아이들 이름을 지을 때 대부분은 테단(鐵蛋), 거우성(狗剩), 양쟈우(羊角), 주딩(猪腚) 등 속된 단어로 지었다. 이에 비해 이씨 가족의 이름은 숫자를 사용했어도 좀 인색한 편이었다. 이에 비해 다른 지역 사람들의 이름은 모두 컸다. 예를 들면 왕대신(王大臣), 장재상(張宰相), 쉬총리(許總理), 손지서(孫支書), 후승상(胡丞相) 등이 그것이었는데, 아마도 내막을 모르는 사람들은 조정에 들어간 벼슬아치처럼 느낄지도 모른다.

후루진이 촌(村)을 버리고 진(鎭)을 선택한 것은 아마도 윗세대들의 희망에서였을 것이다. 후루진은 역사가 없는 마을이다. 정확히 말하자면 문자로 기록된 역사가 없다는 말이다. 촌지(村志), 진지(鎭志)그 어느 지방지에도 수록된 적이 없었다. 역사는 노인들의 기억과 상상 속에 남아있을 뿐이었다.

마을사람들은 입만 열면 '듣건대'라는 접두어를 먼저 말하고 나서 어떻고 어떻다는 식으로 말을 이어가곤 했다. 그래서 "누구에게 들었느냐?"고 물으면, 두대수(杜大帥), 팡승상(方丞相) 혹은 관수장(關首長) 등에게서 들었다고 했다. 대수·승상·수장의 뜻은 모두 직무를 말하는 게 아니라, 제일 수수하고 평범한 이름이었다. 꺼우단(狗蛋), 뉴우스(牛屎), 처우피(臭屁)라는 그런 사람들과 같이 모두 소몰이꾼, 농사짓는 사람 아니면 차 몰이꾼들이었다. 다만 이런 사람들은 나이가 대단히 많았다.

3

이따(伊大)는 열한 살 때 초등학교에 들어간 그날부터 이스(伊十)라고 불렸다.

담임선생님이 "형제가 몇이냐?"고 묻자 그는 손가락을 꼽으면서 하나하나씩 세기 시작하다가 "우리 아빠도 계산에 넣나요? 우리 아빠도 계산에 넣으면 모두 여섯 명이고요. 계산하지 않으면 다섯 명입니다"라고 대답하였다. 선생님은 그런 그가 너무나도 웃겨서 누런 이를 반자 이상이나 들어내면서 웃었다.

이 한마디 물음과 대답은 교사와 학생들 사이에, 그리고 마을사람들의 웃음거리가 되어 지금까지도 남아 있다. 사람들은 이스를 만날 때마다 똑같이 물었지만 매번 그는 손가락을 꼽으며 열심히 두 가지 답을 주곤 했다. 이 웃음거리는 후루진 사람들에게 반세기 동안이나 즐겁게 하였다.

이 진(鎭)이라고 자칭하는 촌에서는 거의 집집마다 바보가 한 명씩 있었다. 한집에 자식이 세 명만 넘으면 적어도 한 명은 비가 오더라도 집으로 뛰어갈 줄 모르는 바보였다. 이 씨 가족은 형제 다섯 명 중에서 맏이인 이스가 기타 네 명의 동생들을 대신해서 바보 역할을 담당했다.

이따(伊大)는 열한 살에 입학하여 둘째 이바이(伊百)와는 같은 반이었다. 그는 1학년을 3년 다니고 2학년을 4년이나 다녔다. 셋째 이첸(伊千)이 중학교에 들어갈 때에야 학업을 그만두기로 결심했다. 열여덟이면 장가 갈 나이도 되었다. 이스는 속은 답답하고 바짓가랑이는 늘 축축하였다. 어느 흐린 날 오후 그는 초등학교 책가방을 메고 뒷산에 올라가서 "일본 놈 머리를 향해 큰 칼을 내리 찍어라"라는 노래를 목청껏 불렀다. 그러자 궈 봉사(郭 瞎子, 본명 郭 將軍)가 방목하고 있는 일곱 마리 양이 놀라서 사방으로 도망쳤고, 그중에서 두 마리는 나무에 올라갈 뻔 했다. 궈 장군은 미칠 듯이 화가 나서 이스를 향해 쇠스랑을 휘두르며 다가오다가 구덩이에 빠져 왼쪽 다리를 부러뜨리고 말았다. 그 후부터 궈 봉사(郭瞎子) 즉 궈 취에즈(郭瘸子, 절름발이 곽 씨)는 모두 곽 장군을 지칭하는 이름이 되었다.

이따는 열여덟 살 때 초등학교 2학년을 자퇴하였다. 그는 열자리 수 이내의 덧셈 뺄셈은 손가락을 꼽으며 숙련되게 계산할 줄 알았다. 그러나 이 숫자를 넘기면 그는 신발을 벗어 발가락까지 동원해야 계산을 할 수 있었기에 신발을 벗지 않으면 안 되었다. 손발을 함께 놀려야 할 때는 계산 속도가 많이 느려졌다. 게다가 한 번에 정확하게 계산한다고 보장할 수도 없었다. 그래도 이따는 조금이라도 소홀히 해서는 안 된다고 생각하여 손으로 계산한 결과를 발로 다시 한 번 검산을 해 봐서 두 번의 답이 일치할 때까지 했다. 이 씨는 그러한 아들의 진지함을 보고 큰 한숨을 쉬면서, "허! 내가 죄를 많이 지었기 때문이지, 너는 회계가 될 수 없겠구나!"하고 한탄하곤 했다.

4

마을 이름을 왜 '후루(葫芦)'라고 지었는지는 줄곧 수수께끼였다.

노인들의 말에 의하면 옛날 뒷산(태산이라고도 함. 해발 40미터도 안 됨)에 범굴이 있었는데, 금으로 된 조롱박이 숨겨져 있었다고 했다. 누가 숨겼냐고 물으면 "신이지! 신", 그러면 다시 "어느 신인가요?"라고 물으면 "그건 알 수가 없지"하는 무미건조한 대답만 들을 뿐이었다. 이런 아무런 상상력도 없는 억지 같은 전설은 이야기하는 사람 본인조차 자신감을 잃게 하였던 것이다. 그저 그냥 그렇게 한 번 말해보는 것에 불과했던 것이니 그 이야기를 누가 믿겠는가 말이다. 정말 금 조롱박이 있었으면 누가 그런 무서운 곳에다 숨겼겠는지 알 수가 없었다.

이스가 어릴 적에 말한 "우리가 살고 있는 이곳은 조롱박과 같습니다"라는 말은 맞는 말 같았다. 지금 지도를 보면 후루진의 지형은 정말 조롱박과 같이 생겼기 때문이다. 이는 이스의 말을 검증해주고는 있지만, 이스가 말한 "우리가 살고 있는 곳은 조롱박과 같다"는 의미는 다른 의미가 아니었을까(남자의 상징물을 비유한 것을 의미 −역자 주) 그러나 이스는 더 이상 자세히 말하지 않았다. 다른 사람들도 더 이상 따지고 묻지 않았다.

지도를 보기 전에 누군가 뒷산(태산)에서 바라봤었다. 거기가 마을에서 제일 높은 곳이었다. 하지만 전체 모습은 보이질 않았다. 이 말을 들은 이스는 "정말 바보가 바보짓만 하고 있네, 산에서 보면 나무밖에 볼 수가 없지 어찌 조롱박 모습을 볼 수가 있겠는가"라고 비웃으면서 두 다리를 벌려 머리를 최대한 아래로 숙여서 바짓가랑이 사이로 뒤를 보며 "이렇게 보는 것보다 못하지!"라고 조롱하였다.

16

이스는 하늘에 닿을 만큼 큰 사다리를 준비하여 그것을 산에다 놓아 사람들이 사다리 위에서 보게 하려고 하였지만 결국 포기하고 말았다. 왜냐하면 "하늘에 닿는 사다리를 만들면 어디에 기대 놓아야 할지 모르겠거든⋯⋯." 하면서 포기했다. 누구도 이 난제를 해결할 수는 없었다.

5

이스는 7년간 공부를 하였지만 2학년을 넘지 못했다. 그는 손가락으로 십 이내에서의 더하기 빼기를 계산하고, 발로 검산하는 것 외에, 당시(唐詩) 한 수를 읊을 수 있었다. 즉 "해가 정오를 가리킬 때까지 김을 맨다, 땀이 땅으로 떨어진다, 그릇 안의 음식 하나하나가 모두 고생이라는 걸 누가 알겠는가(鋤禾日當午, 汗滴禾下土, 誰知盤中餐, 粒粒皆辛苦)"라는 시였다.

이스의 꿈은 회계사가 아니라 교사였다. 그는 교사 직업을 무척 부러워했다. 교사는 누구를 욕하고 싶으면 욕할 수가 있었다. 그는 초등학교 다니는 7년 중 6년 반은 선생님의 통쾌한 욕 속에서 지내야 했다.

선생님은 욕을 하기 시작하면 문장을 쓰듯 생동적이고 감동적이었다. 그는 늘 손가락으로 학생들의 머리나 가슴을 찌르면서 거침없이 욕하였다. 위로는 8대 조상까지 욕하였고, 아래로는 너의 아들이 똥구멍이 없어 자손이 끊길 거라는 저주까지 했으며, 옆으로는 너의 친척과 이웃들 중에는 좋은 사람이 하나도 없다는 등 밑도 끝도 없는 욕을 해댔다. 그는 처음에는 한 사람을 욕하다가, 예를 들면 손지서(孫支書, 별명은 단꺼[蛋殼])를 욕하다가 나중에는 모두를 욕하였다. 마치 점에서

면으로 확대되어 나가듯이 그 누구도 빠져나가지 못했다. "이런 자라새
끼 같은 놈아, 옥수숫대 먹고 피똥 쌀 놈 같으니라고, 똥오줌 처먹고 유
리조각을 쌀 놈, 좋은 먹거리라고는 하나도 없는 것들아! 네 아빠는 바
보, 네 엄마도 바보, 8대 조상까지 모두 바보 같은 놈아. 내가 볼 때 너
희들은 언젠가는 집을 나서면 차에 치여 죽거나, 물을 긷다가 우물에
빠져 죽거나, 물마시다 사래가 들어 죽거나, 밥 먹다 목이 막혀 죽거
나, 물고기 뼈에 걸려 죽거나, 똥이 막혀 죽을 거다 이놈들아" 여하튼
그는 단번에 20여 종이 넘는 죽는 방법을 학생들에게 늘어놓을 수 있
었다.

선생님의 성은 종(叢) 씨였다. 학생들은 앞에서는 종(叢) 선생님이라
고 부르지만 뒤에서는 종따쌰바(叢大下巴, 주걱턱 종)라고 불렀다.

이스는 종 선생님의 강의를 듣기 아주 좋아했다. 그가 욕하는 게 재
미있었기 때문이었다. 그는 선생님이 욕할 때의 동작과 표정이 더 재미
있었다. 한 쌍의 눈알이 눈가를 튀어 나올 듯이 하면서 두 손을 아래위
좌우 동서남북으로 끊임없이 쥐고 긁고 게다가 양쪽 입 고리에는 흰 침
이 쌓이는 게 이스는 너무 재미있었다. 그는 종 선생님의 강의를 줄곧
7년 동안이나 들어왔다. 그도 종 선생님처럼 교사가 되고 싶었다. 입만
열면 "너희 이런 조개 새끼 같은 것들" 하면서 누굴 욕하고 싶으면 누
굴 욕할 수 있어서 말이다. 얼마동안이라도 길게 욕하고 싶으면 길게
욕할 수 있고, 얼마든지 더러운 욕을 하고 싶으면 할 수 있었기 때문이
었다.

학교는 선생님들이 욕하는 장소다. 학생들은 선생님들이 욕할 대상
이 되는 거다. 이스는 이러한 사실을 잘 알고 있었다.

18

이스(伊十)는 "일본 놈 머리를 향해 큰 칼을 내리 찍어라"는 노래를 부르면서 학교생활을 마쳤다.

집으로 가는 날 저녁, 그는 집집마다 지나가며 "일본 놈 머리를 향해 큰 칼을 내리 찍어라"는 이 한 구절만을 불렀다. 마을 사람들은 모두 이스가 완전 바보가 되었다고 믿었다. 단지 강서 쪽에 사는 옌(閻)씨 집의 할머니만이 관찰력이 있어서 "이스를 장가보내야겠네."라고 하였다.

이스가 "일본 놈 머리를 향해 큰 칼을 내리 찍어라"를 3일 동안이나 부르자 드디어 그에 대한 울림이 있었다.

"사령부를 포격하라 – 내 한 장의 대자보"가 고음 스피커를 통하여 후루진(葫芦鎭)에 울려 퍼졌다.

이스는 큰 칼로, 모 주석은 대포로 칼날이 번쩍이고 대포소리가 울려 퍼지는 후루진을 만들어 버렸던 것이다.

비판 투쟁회의에서 이스는 "우리 아버지를 타도하자!"고 큰 소리로 외쳤다. 마을 사람들은 두말할 것 없이 팔을 들고 큰소리로 "우리 아버지를 타도하자!"고 연속해서 세 번을 외쳤다. 이스는 뭔가 이상하다고 생각하였다. 입에 넣은 손가락이 물어뜯길 때까지 한참을 생각한 후 문제가 무엇인지 알고 나서야 그는 탁자에 올라가 "마구 소리치지 마시오! 나의 아버지지 당신들의 아버지가 아니요!"라고 큰 소리로 외쳤다. 그제야 모두들 깨달았다. 마을사람들은 이스가 "우리 아버지를 타도하자"고 외치면 고쳐서 "너의 아버지를 타도하자!"라고 외쳤다.

이스는 학교로 돌아갔다. 종 선생님은 학생들에게 이리저리 묶여서 책상으로 쌓은 비판 투쟁대에 끓어 앉혀져 있었다. 무릎 밑에는 유리조각이 가득 놓여있었다. 일부 초등학교 학생들은 껑충 뛰어서 뺨을 갈겼다. 그의 입가에 쌓인 흰 침이 붉은색으로 변했다.

이스는 선생님에게 손을 대는 것을 찬성하지 않았다. 그는 욕만 할 것을 제의하였다. 반수 이상의 학생들은 이스의 의견에 동의하였으나, 다른 반 이상은 확고히 반대하였다. 그리하여 두 종류의 비판 투쟁대회가 교대로 진행되었다. 이스를 우두머리로 한 '마패(罵派, 욕하는 패거리 — 역자 주)'는 욕만 하고 손을 대지 않았고, 손지서(孫支書, 단꺼(蛋殼))를 대표로 한 '따파(打派, 때리는 패거리 —역자 주)'는 때리기만 하고 욕을 하지 않았다. '따패'는 몽둥이, 회초리, 혁대 등을 비판의 무기로 삼아서 주걱턱 종 선생을 만신창이 되도록 때려 숨만 붙어 있을 정도가 되도록 만들었다. '마패'는 동네에서 대대손손 누적되어 온 모든 더러운 욕을 다 동원하여 종따싸빠에게 욕을 해대어 그의 말문이 막히게 하였다.

'타패'는 몸만 상하게 했지만 '마패'는 영혼까지 충격을 주었다. 종따싸빠는 결국 이스에게 머리를 조아리며 용서를 빌었다. "야 이 조개새끼 같은 놈아, 아예 단꺼에게 말해서 나를 죽이라고 해라, 제발 더 이상 나를 욕하지 말아라"라고 말했다.

7

후루진은 3년 동안이나 자연재해를 겪었다. 마을사람들 중 20%이상이 굶어죽었다. 바보가 차지하는 인구비율과 비슷했다. 매 집마다 적어도 한 사람은 굶어죽었다. 한 집 식구가 모두 굶어 죽은 집이 두 집이나 되었다. 그러나 세 집은 한 사람도 죽지 않았다. 모두 마을 간부 집이었다.

왕년에는 호박이 맷돌 만하게 컸었지만, 3년 동안 재해가 났던 그 때에는 호박이 접시보다도 작았다.

나무껍질도 다 뜯어 먹었다. 풀뿌리도 모두 캐버렸다. 옥수수 대와 수수 대는 갈아서 손님 접대용으로 사용했다.

이를 먹은 사람들은 붓거나 부풀어 올랐고, 사람들은 모두 검은 피똥을 쌌다.

이스는 그 당시 열 몇 살이었는데 손가락을 너무 빨아서 뼈가 보일정도였다. 그의 할머니는 그의 손에 닭똥을 묻혀서 더러운 냄새를 맡도록 해서야 겨우 손자의 두 손을 보존할 수 있었다.

이스의 할머니는 고모 집에서 호박 한 조각을 가져와서 큰 손자에게 몰래 집어주었다. 이스는 먹어버리기가 아까워 혀로 조금씩 핥아먹으면서 "내가 황제가 되면 호박을 매일 많이 먹을 거예요"라고 말하면서 "할머니도 잡수고 싶지 않으세요?" 라고 물었다. 할머니는 눈물을 머금은 채 "할매는 먹고 싶지 않구나! 할매는 평생 호박을 실컷 먹었다"라고 대답하였다.

이튿날 할머니는 숨을 거두고 말았다. 이스는 할머니의 입에서 진득진득한 누런 진흙을 후벼냈다.

이스는 "할머니는 정말 이상하세요. 호박이 할머니 입에 들어가면 누런 진흙이 되어 버렸네요"라고 말했다.

8

이 씨가 비판을 받게 된 것은 며칠간 회계를 맡은 게 그 원인이었다. "사청(四淸)*" 때 이미 끝난 일이지만 지금 또 끄집어 낸 것이다. 투쟁은 투쟁 대상이 있어야 한다. 이 마을에서 머리에 해바라기 기름을 발라 목을 타고 흘러내릴 정도였던 이 씨 외에도 또 다른 두 사람이 투쟁운동의 목표가 되었다. 한 사람은 몇 번인가 빨간 구두를 신었던 생산대장 왕리정(王立正, 왕차렷)이고, 다른 한 사람은 새 중국이 성립되기 전의 군복을 입은 우편배달부였던 니우쥐관(牛做官)이었다.

생산대장 왕리정의 그 빨간 구두는 권력의 상징이었다. 그 신발은 너무 눈부셔서 마을사람들에게는 매우 인상 깊은 신발이었다. 마을사람들 중 '빨간 구두'를 모르는 사람이 없을 정도였다. 그것은 왕리정의 또 다른 이름이 되었다. 신발은 왕리정의 발에 신겼지만, 마을 사람들의 마음에도 새겨졌던 것이다.

매년 정초가 되면 왕 대장은 마을에서 유일하게 빨간 구두를 신고 집집마다 찾아가서 새해 인사를 하곤 했다. 마을에서는 적어도 3세대에 걸쳐 사람들이 이 신발을 봐왔다. 매년 하루만 신었기 때문에 30여 년이나 신었던 것이다.

---

*사청운동(四淸運動)은 간단히 사청(四淸)이라고도 하는데, 1963년부터 1966년까지 중국공산당 중앙이 도시와 농촌에서 전개한 사회주의 교육운동을 말한다. 사청운동의 내용은 처음 시작했을 때는 농촌에서 "노동점수를 깨끗이 하고(淸工分), 회계를 깨끗이 하며(淸帳目), 창고를 깨끗이 하고(淸倉庫), 재물을 깨끗이 한다(淸財物)"는 것이었으나, 뒤에는 도시와 농촌에서 "사상을 깨끗이 하고(淸思想), 정치를 깨끗이 하며(淸政治), 조직을 깨끗이 하고(淸組織), 경제를 깨끗이 한다(淸經濟)"는 것으로 표현되었다. 사청운동은 사실상 "문화대혁명" 발동을 위한 준비였다는 평가를 받고 있다.

니우쥐관의 군복에는 황동으로 만든 두 줄의 단추가 있었다. 마을사람들의 눈에는 유달리 눈부시게 보였다. 그 제복에 많은 사람들이 속아 넘어갔다. 심지어 어느 집에 모순이 생기거나 물건을 잃어버려도 니우쥐관이 제복을 입고 가서 중재를 하거나 조사를 했다.

후루진(葫芦鎭)의 많은 사람들에게 있어서 제복은 관복이고 관복을 입은 사람은 벼슬아치이므로 당연히 일반 백성들보다 견식이 많고 위신이 있다고 생각했던 것이다.

사람들의 눈은 밝기 때문에 좋고 나쁨은 가릴 줄을 알았다. 머리에 기름을 바른 자, 제복을 입은 자, 구두를 신은 자는 모두 그들과 어울릴 수 없는 사람들이기 때문에 자연히 모든 반면 인물들의 비판 목표가 되었던 것이다.

이 씨는 후회막급이었다. 그는 군복도 빨간 구두도 신지 못했고, 다만 마누라 몰래 단지에서 해바라기 기름 두 숟가락을 퍼서 머리에 부었을 뿐인데, 연거푸 비판을 받게 되었으니 환장할 노릇이었다. 특히 더욱 화가 나는 것은 큰 아들 이스가 앞장서서 "우리 아빠를 타도하라"라고 외치는 소리를 들었기 때문이었다.

9

마을 한가운데 있는 초등학교는 일본사람이 지었다. 한 줄로 된 붉은 벽돌에 기와집으로 그 어느 마을주민들의 집보다 우람했다. 건축의 풍격도 남달랐다. 사람들은 학교 건물이 좋다고 하지 않고, 다만 "작은 코는 참 이상하다. 집 짓는 것마저 다르니"라고 했다.

'작은 코'는 일본 사람을 말했다. 소련 사람은 '큰 코'라고 했다. 마을 사람들은 세 종류의 외국인밖에 본적이 없었다. 일본 놈, 소련 홍군과 알바니아 사람이다. 일본 사람과 소련 사람에 대해서 나이가 많은 노인들은 늘 상 "'작은 코'와 '큰 코'라고 하면서 그들을 봐왔을 뿐만 아니라, 그들과 접촉도 했었지"라고 입에 달고 산다. 알바니아 사람은 답사단으로 한 번 마을에 온 적이 있을 뿐이었다. 마을 모든 사람들이 길옆에 서서 종이로 만든 깃발을 들고 흔들면서 박자를 맞춰가며 "환영합니다, 열렬히 환영합니다!"라고 외쳤었다.

후루진 사람들은 입으로는 '작은 코'는 나쁘고 '큰 코'는 좋다고 하지만 마음속으로는 그들을 모두 별로라고 생각했다. 일본사람도 밉지만 소련 사람도 싫다는 것이었다. 소련 사람들은 일본 놈들을 쫓아낸 후 몇 년간 더 후루진에서 살았다. 검은 빵을 먹으면서 음탕한 소리를 내며 술에 취하면 여자를 껴안으려고 한다. 지금도 마을에 몇몇 노랑머리 하얀 피부인 얼치기가 있는데 그건 모두 러시아 사람이 남기고 간 애비 없는 자식들이다. 또 마을에 꺼슈슈(葛秀秀)라고 불리는 아름다운 처녀가 있었는데, 시집을 못 갔다. 원인은 그녀가 소련 사람의 혈통이기 때문이었다. 모두들 그녀가 외모적으로 아름답다는 것을 알면서도 소련 사람이 마을에 남긴 기념품 정도로 취급하며 못생겼다고 손가락질하였던 것이다. 사실 그녀는 일반 남자들보다 머리 반 이상은 더 크고, 코도 크고, 가슴도 큰 금발머리다. 그런 그녀를 마을에서는 애든 어른이든 모두 '알바니아(阿爾巴尼亞)'라고 불렀는데, 알바니아를 소련이라고 생각했기 때문이었다. 꺼슈슈의 생김새는 소련사람과 같았는데, 특히 '큰 코'가 그것을 증명한다고 마을 노인들은 생각하였던 것이다.

24

이스는 자칫하면 마을 홍위병의 두목이 될 뻔하였다. 그러나 "생활 작풍" 상에 문제가 생겨 그의 정치적 앞날이 망쳐졌다.

온 마을에서 뜨겁게 모 주석(마오쩌둥)의 혁명노선을 수호하자고 외치는 시기에는 그 누구도 이스가 바보라고는 생각지를 못했다. 마을사람들은 그가 손가락을 굽히며 형제를 세었다는 우습기 짝이 없는 소리를 잊어버렸던 것이다. 어떤 사람들은 이스가 출세했다고 칭찬까지 하였다. 처음으로 "우리 아빠를 타도하자"라고 외쳤고, 이스의 '마패'는 '타패'보다 사람들이 받아들이기 쉬웠으며, "무력으로 싸우지 말고 문화로 싸우자"는 구호의 충실한 실천자였기 때문이었다.

비록 일부 사람들은 뒤에서 "이 큰 바보"라고 말하기도 했지만, 마음속으로는 그가 본질은 나쁜 사람이 아니라고 인정했다.

이스의 생활 작풍 문제는 그가 자신의 입으로 떠들어서 일어났다. 처음에는 그의 말을 누구도 믿지 않았다.

마을 동쪽에 사는 완탄즈(万癱子)의 마누라는 줄곧 애를 갖지 못하고 있었다. 그렇게 된 건 그녀의 남편 완탄즈가 결혼한 그날 저녁 우물에서 얼음이 섞인 물로 목욕을 하다가 하반신이 잘못되어 말을 듣지 않게 되었기 때문이었다. 종자 뿌리는 일은 말할 것도 없고, 오줌도 못 눌 형편이었다. 그래서 어쩔 수 없이 배에다 구멍을 뚫고 호스를 이어 배출하는 형편이었다. 그러나 완탄즈 부부는 꿈에서라도 애가 서기를 원했다. 하지만 좋은 방법이 없었다. 양자를 들이는 건 친 자식이 아니라서 감정이 통하지 않을 것 같았다. 완탄즈는 자기가 만들 능력은 없고 손가락이 아무리 굵어도 아무런 결과를 볼 수가 없었다. 둘은 매일 저녁 울고불고 하며 괴로운 나날을 보냈다. 완탄즈는 답답한 나머지 머리를 벽에 박는 바람에 2~3일에 한 번씩 사람을 찾아 머리를 싸매지 않으면 안 되었고, 벽지 또한 다시 발라야 했다.

몇 년을 되풀이하다가 완탄즈는 절망 속에서 한 가지 방법을 생각해 냈다. 그는 마누라에게 종자를 빌려 애를 낳을 것을 제의했다. 완 씨 가문의 자손이 끊기는 것을 막기 위해 그는 기꺼이 모든 것을 참기로 했던 것이다. 마누라는 감격에 겨워 눈물 콧물을 흘리며 남편의 숙원을 꼭 이루어주겠다고 맹세했다.

"당신 땅이 쓸모가 없어졌을까봐 걱정이네!"

완탄즈는 마누라의 그 밭이 황폐된 지 이미 몇 년이나 되었기에 종자를 뿌려도 싹이 트고 결과를 볼 수 있을지가 걱정이었다.

누구의 종자를 빌려야 하지? 누가 빌려주겠다고 나설까? 등 모든 일이 궁금했지만, 이 일은 소문이 자자해져도 안 되고, 또 아는 사람이 적으면 적을수록 좋을 것 같았다. 그때 바보 이스가 떠올랐던 것이다.

11

작은 강 하나가 후루진을 강 동쪽 마을과 강 서쪽 마을로 나누었다. 그리고 돌다리 하나가 강 동쪽과 강 서쪽을 한 마을로 이어놓았다.

강 동쪽과 강 서쪽의 사람들은 다리로 지나다니지 않고 직접 강을 건너다녔다. 대부분 계절에는 강물이 말라 있었고, 비가 많은 여름에도 강에 돌 몇 개만 던지면 돌을 밟고 자유자재로 양쪽을 지나다닐 수 있었다.

강 위에 놓여 있는 돌다리는 승용차가 다닐 수 있었다. 게다가 이차

선 도로였다. 강 위에는 큰 다리가 놓여 있었는데 강에는 물이 없고, 다리 위에는 차가 지나다니는데 다리 밑에는 배가 없었다.

강에 물이 있을 적에는 여인들은 거기서 빨래를 했다. 여름철에 비가 많이 올 때는 강에서 목욕도 할 수 있었다. 목욕하는 사람들 중 애들 외에는 대부분이 여인들이었다. 강 동쪽과 강 서쪽에 사는 여편네들이었다. 사내들이나 처녀들은 절대로 강에 들어가지 않았다. 강의 양측에는 모두 큰 길이 있어서 강에서의 일거일동을 일목요연하게 볼 수 있었다. 사내들이나 처녀들이나 새댁들은 벌거벗은 몸을 자랑할 용기가 없었으나, 중년 아줌마들은 모여서 아무 거리낌 없이 발목까지밖에 오지 않는 물에서 가슴과 등을 들어내고 웃고 떠들어 댔다. 길가에서 남자들이 머리를 돌려 바라보다 강안에 있는 여편네들이 음담패설을 하며 놀려 대면 부끄러워서 머리를 숙이고 황급히 가 버렸다.

이 강은 후루진 여인들의 사교모임 장소였다. 또한 모든 유언비어가 교환되는 장소이기도 했다. 집집에서 일어나는 크고 작은 일들과 사생활들이 모여서 빨래하고 목욕하는 여인들의 화제 거리가 되었던 것이다.

완탄즈 마누라가 종자를 빌려 임신한 사실이 여기서부터 퍼져나가기 시작했다.

12

완탄즈와 그의 마누라는 종자를 빌리는 음모를 치밀하게 계획하였다. 그들이 목표를 이스로 확정한 것은 아래 몇 가지를 고려해서였다. 하나는 이스는 젊고 힘이 세고 깨끗하고 순결하여 다른 여자와 관계를 가질리 없었고, 그 다음은 이스는 우둔하고 바보여서 사방으로 떠벌리지 않을 것이며, 혹 말한다 해도 누구도 진실이라고 믿지 않을 것이며, 또 하나는 원가가 낮고 별로 비용을 많이 안 들여도 되기 때문이었다. 제일 중요한 건 다른 사람들이 완탄즈를 믿지 않았기 때문이었다. 다만 자신의 마누라가 그 맛을 보고는 마음이 변할까봐 걱정이었다.

적합한 날짜를 정한 후 완탄즈의 마누라는 슬며시 이스를 찾아 가서 완탄즈 형이 술 한 잔 하자고 한다고 속였다.

이스는 바보지만 밥은 향기가 있고 방귀는 냄새가 난다는 정도의 구분은 할 수 있었다. 그는 지금까지 자라서 초대를 받은 게 처음이었다. 그는 큰 입을 벌리고 헤헤 웃으며,

"형수님, 저를 속이지 마세요, 저 바보 아니에요."

라고 말하였다. 완탄즈의 마누라는 맹세까지 하면서

"이스 동생, 내가 그런 사람으로 보이는가? 내가 거짓말을 하면 벼락에 맞아 죽을 거야. 동생 형이 혼자 집에서 너무 답답하여 누구와 술이나 한 잔 하면서 이야기나 나누고 싶다고 하네요."

라고 말하였다. 이스는 곧바로 따라 가고 싶었다. 완탄즈의 마누라는,

"지금은 오후도 아니고 저녁도 아니고 해서 그렇고, 내가 가서 반찬 몇 가지 준비할 테니 해가 저물면 오세요."

라고 말하였다. 이스는 흥분하여 손으로 머리를 긁적이며,

"날이 저물면 바로 갈게요."

라고 하였다. 완탄즈의 마누라는 한마디 더 당부하였다.

"혼자만 오세요. 절대로 다른 사람에게 말하면 안 돼요. 당신 아버지도 말이에요. 사람이 많으면 술이 모자라서요."

이스는,

"저 그렇게 바보 아니에요! 좋은 거 누가 자기 입으로 넣지 않겠어요. 우리 아빠에게 말하면 나에게 어디 남는 게 있겠어요?"

라고 대답했다.

13

후루진에는 이해할 수 없는 전통이 하나 있다. 바로 마누라와 자식에게 손찌검을 하는 것이다. 거의 집집마다 남자들이 정기적으로나 비정기적으로 마누라에게 심하게 손찌검을 했다.

깊은 밤에 들려오는 소리는 개 짖는 소리 외에 여자들의 자지러진 울부짖음과 애들의 비통한 울음소리였다.

후루진은 '조롱박'이 권리를 장악했다. 남자의 말을 들어야 하는 것이다. 마을에는 대대손손으로 전해 내려온 명언이 있다. 즉 "소는 수레를 메어 끌채를 끌게 하고, 말은 끌채 옆에서 마차를 끈다. 여편네가 가장이 되면 개판이 된다. 마누라 손에 쥐여 사는 남자는 남들이 손가락질하기에 다른 사람들과 어울릴 수 없다"는 말이 그것이다.

마누라를 무서워하지 않는다는 제일 간편하고 직접적이고 효과적인 증명 방법이 바로 마누라에게 손찌검을 하는 것이었다. 그리하여 집집마다 대대손손으로 이 폭력전통을 본받아 계속적으로 사용되어 내려왔던 것이다.

후루진 남자들이 마누라를 때리는 건 절대 건성이거나 눈속임 식 구타가 아니었다. 손을 댔다하면 최고로 무섭게 때렸을 뿐만 아니라, 전혀 결과를 고려하지 않고 때렸다. 그래서 남편에게 맞아서 다치거나 장애가 된 여인들이 적지 않았다. 그래서 후루진에서 본 여인들 중 다리를 절거나, 허리가 굽었거나, 손이 잘리거나, 눈이 멀거나, 그리고 입이 비뚤거나, 앞니가 빠지거나, 혹은 온 얼굴에 상처투성인 사람들이 많다. 이런 상황들은 현지 남자들의 폭행 모습을 그대로 보여준다. 남자는 마누라에게 손찌검을 하고, 마누라는 애를 때리고, 애는 개를 때리고, 개는 남자를 문다는 것이 후루진의 독특한 생활 논리이며 풍속화 면이었다.

이 씨는 마누라에게 손찌검을 하지 않았다. 오히려 마누라가 멜대를 들고 큰길까지 쫓아오는 경우가 간혹 있었다. 이 씨는 집에서는 천덕꾸러기이고 밖에서는 머리를 못 들고 다녔다. '사청운동' 때부터 줄곧 비판을 받으면서 운이 따라주지 않았기 때문인데, 이렇게 된 것은 마누라를 무서워한 나머지 나온 부정적인 영향과 직접 관련이 있었다. 후루진에서 지금까지 전해 내려온 마누라를 무서워한다는 우스꽝스러운 소리의 주인공이 바로 이 씨였던 것이다.

14

이스는 날이 완전히 어둡기도 전에 완탄즈의 집으로 갔다. 그의 배에서는 꾸르륵하는 소리가 났고 침은 반자나 흘러내렸다.

식탁은 완탄즈가 오랜 세월 동안 자리를 뜨지 않은 서쪽 방구들에 놓여 있었다. 방안은 지린내로 인해 참을 수 없을 정도였기에 이스는 코를 막았다.

완탄즈의 마누라는 몸에 딱 붙는 핑크색 조끼를 입고 있어서 가슴선

이 뚜렷하게 보였다. 그녀는 얼굴에 미소를 짓고 이스 큰 아우에게 인사를 건네며 방금 만든 요리를 식탁에 급히 올렸다. 계란볶음 한 접시에 두부조림 한 접시, 그리고 닭에 당면 조림 거기에 무침반찬 하나, 말린 새우에 오이 냉채무침이 올려졌다.

완탄즈는 몸을 식탁 근처로 어렵게 옮기고는 떨리는 손으로 이스에게 소주 한 잔을 따라주었다. 그러면서,

"자, 아우, 우리 한번 실컷 마셔 보세나!"

이스가 잔을 들기도 전에 그는 목을 제치고 단숨에 마셔버렸다.

술기운을 빌려 완탄즈는 말문을 열기 시작했다. 그는 이스에게 인간적인 고초를 털어 놓기 시작했다. 울다가 웃다가 자신의 가슴과 이스의 어깨를 끊임없이 내리치기도 하였다. 이스는 바보처럼 먹고 마시기만 할뿐 완탄즈가 말하는 인생관이나 감정세계를 생각할 겨를이 없었다. 그는 속으로,

"울긴 왜 울어, 술과 반찬이 다른 사람 입으로 들어가는 게 아까워서 그러나? 누가 나를 부르라했나? 지금 후회해도 이미 늦었어. 누가 나를 바보라는데 내가 볼 땐 완탄즈가 나보다 백배는 더 바보 같네 그려."

라고 생각했다.

이스가 마음껏 마시기도 전에 완탄즈는 이미 쓰러져 버렸다. 완탄즈의 마누라는 "그이 많이 마셔서 주무시네요. 아우님은 아직 배불리 못 드셨으니 식탁을 동쪽 방으로 옮겨가서 좀 더 마시죠."

라고 하였다.

이스는 그녀를 보며,

"형수님이 마시자면 마셔야죠. 제가 형수님을 겁낼 줄 아세요?"

라고 말했다.

후루진의 대표적 건물은 마을 중심에 있는 구락부였다. 일본 사람과 소련 사람이 이 마을에서 번갈아가며 주둔하고 있었기 때문에 외래어를 많이 남겼다. '구락부(문화관)'도 그중의 하나 일 것이다.

이 구락부는 일본 사람이나 소련 사람이 지은 게 아니다. 지방 사람들이 직접 디자인하고 공사하여 만든 것으로서 마을사람들의 자랑거리다. 이 건축은 일반 서민용 주택과 비교하여 웅장하다고 볼 수 있다. 비록 좌석이 400석밖에 안 되지만 꽉 채우면 몇 천 명은 들어갈 수 있었다. 시골사람들은 1인 1석보다 비집고 들어갈 수만 있다면 서든 앉든 바닥이든 의자 등받이든 심지어 남의 몸 위에 서거나 앉거나 모두 상관하지 않았다.

구락부의 주요기능은 회의를 하거나 영화를 관람하거나 연극을 공연하는 것이다.

연극에는 전통연극과 뮤지컬이 있었다. 사람들은 연극보다 마을 문예공연팀에서 자작하고 연출한 소규모 뮤지컬을 더 즐겨보았다.

문예공연팀은 아마추어극단이라고 불렀다. 마을에서 불고 켜고 치고 부르는 기능을 가진 남자들이 자발적으로 조직한 것이다. 거기에 노래와 춤이 능숙한 처녀들과 새댁들을 불러들였기에 규모가 작지는 않았다. 게다가 마을 간부의 지지를 많이 받아 구락부의 방 몇 칸을 내어 극단의 연습실로 만들었다. 극단은 아마추어라 할지라도 매년 무대연습과 공연할 기회는 많았다.

완탄즈는 결혼 전에 이 극단에서 얼후(二胡, 한국의 해금과 비슷한 악기 −역자 주)를 켰다. 그의 마누라는 극단의 연극 배우였다.

하지만 누군가의 말에 의하면 완탄즈의 마누라는 한 번도 무대에 제대로 선적이 없었다고 한다. 사람들은 그녀가 발성 연습을 할 때 "아-아- 아-", "이-이-이-"를 불렀지만 한 단락을 완전히 부르는 걸 듣지 못했다고 했다.

16

완탄즈의 마누라는 잡아끌다시피 이스를 동쪽 방으로 데려갔다. 방에는 이미 이부자리가 깔려져 있었다. 지린내 냄새 대신 분 향기가 가득 찼다. 이스는 트림을 하며 구들가로 가서 덜컥 걸터앉았다. 완탄즈의 마누라가 슬쩍 한 번 밀자 이스는 펴놓은 비단이불에 반듯이 누워버렸다.

완탄즈 마누라의 갖가지 희롱과 유도 하에 본능의 힘을 빌어 결국 선천적인 지적장애를 이기고 백치에서 수컷동물로 변했다. 그는 처음으로 강렬한 쾌감을 느꼈다. 그는 극도로 흥분되어 연속 소리를 질렀다. 그 소리는 하늘땅이 놀라고 귀신이 울 정도였다. 죽은 돼지처럼 정신없이 자던 완탄즈는 놀라서 잠에서 깼다. 이스의 하얀 머리속에는 어릴 적 할머니가 집어주신 삶은 호박이 떠올랐다. 그는 내가 황제가 되면 매일 호박을 많이 먹을 거라고 말한 적이 있다. 이 시각 그는 생각을 바꿨다. 언젠가 정말 황제가 되면 호박을 마음껏 먹고 완탄즈의 마누라를 찾아갈 것이라고 생각했다. 만약 둘 중에서 하나만 선택할 수 있다면, 그는 호박을 못 먹더라도 완탄즈의 마누라를 몸으로 내리눌러야겠다고 생각했다.

동쪽 방에서 들려오는 남녀의 교차되어 합성된 원시적인 음향은 서쪽 방에 누워있는 완탄즈를 비통하게 만들었다. 그는 두 손으로 자신의 뺨을 치다가 목숨을 내던지기라도 하듯 머리를 온돌 가에다 들이받았다. 동쪽 방에서 이스의 마지막 긴 외침소리가 들려올 때 완탄즈의 이마에는 만두처럼 큰 피망울이 져 있었다.

닭이 세 번 울자 완탄즈의 마누라는 이스를 구슬려서 돌려보냈다.

종자가 뿌리를 내리고 싹이 트는 것을 확보하기 위하여 완탄즈의 마누라는 이스를 매일 저녁 불러들여 술을 먹였다.

한 달 가량 이스는 매일 저녁 완탄즈의 집에서 먹고 마셨다. 그는 자신이 황제보다 더 먹을 복도 있고 여복도 있는 것 같았다. 얼굴에 희색빛이 감도는 완탄즈의 마누라는 전 보다 훨씬 젊어보였다.

어느 날 완탄즈의 마누라의 안색이 돌변하더니 이스에게 더는 그의 집에 드나들지 말라고 하였다. 그는 이스가 가려하지 않을까 우려되어 그의 주머니에 삶은 계란 두개를 넣어 주었다.

그러자 이스는 상심한 나머지 엉엉 울고 말았다. 황제의 꿈이 무정하게 깨여졌다는 것을 알았기 때문이었다.

17

기온이 올라가면서 후루진의 정치적 열정도 들끓었다.

마을 사람들은 전대미문의 혁명 열정으로 지도에서 찾아 볼 수도 없는 작은 산골짜기에서는 전례 없던 계급투쟁이 벌어졌다.

그들은 팔을 휘두르고 쉰 목소리로 밤낮을 가리지 않고 '타도'와 '만

세' 등의 표준구호를 외쳤다. 상처투성이가 된 종(叢) 선생님(주걱턱 종)은 손지서(孫支書)의 '타패'학생들에게 끌려 다니고 있었고, 마을길을 향한 바깥벽에는 몸서리 칠 정도의 큰 글자로 된 표어가 가득 그려져 있었다.

마을사람들은 농사를 짓지 않아도 노동점수를 받을 수 있었다. 자본주의의 싹을 황폐시키고 사회주의의 풀을 키우는 것이 운동의 목적이었는데, 이에 도달하기 위해서였다.

투쟁의 간접대상은 류샤오치(劉少奇)였다. 하지만 그의 직접적 대역은 이 씨, 니우쮀관, 그리고 왕리정(王立正)이었다. 즉 머리에 기름을 바르고, 제복을 입고 빨간 구두를 신은 "자본주의 길을 가는 당권 패"였다. 타도 당하기 전에 왕리정은 줄곧 생산대장을 맡고 있었다.

사람들은 이 씨의 본명을 잊어버린 지 꽤 오래되었다. 그의 가슴 앞에 걸려 있는 팻말에는 비뚤비뚤한 글자로 '이 괴물'이라는 세 글자가 적혀 있었다.

이 괴물, 우 제복, 홍 구두 등 이 세 명의 잡귀신들은 엄격하게 규정된 동작을 매일 함께 해야 했다. 즉 머리를 숙여 죄를 인정해야 했고, 조리를 틀린 채 무릎을 꿇고 비판을 받아야 했다. 결국 주걱턱 종(叢大下巴) 씨는 폭풍우 치듯 후려치는 몽둥이질을 못 견디고 자살하고 말았다.

생리적인 쾌감에 젖었던 이스는 정치에 대한 흥미를 일시적으로 잃게 되었다. 단꺼(손지서)는 이 기회를 이용하여 '마패'의 우두머리인 이스의 영향력을 약화시키고 '타패'가 '마패'를 이기는 기회로 삼았다. 그 결과로 나타난 것이 주걱턱 종 씨의 자살이었다. 즉 그의 죽음은 '타패'의 화려한 전적이 되었던 것이다.

이스는 완탄즈의 마누라에 대한 욕구를 억제할 수가 없었다. 그는 한 결같이 매일 저녁 완탄즈의 집 문을 두드렸다. 완탄즈 마누라가 계란 두개를 쥐어준 그날 이후로 만가의 대문은 영원히 잠겨 있었다.

이스는 완탄즈의 집 앞에서 소리치고 부르짖고 애원하고 욕하였고, 완탄즈는 창문을 사이에 두고 똑같이 소리치고 부르짖고 애원하고 욕하였다.

비밀리에 진행했던 거래가 공개화 되었다. 한 달 가량 이스가 완탄즈의 집을 매일 드나들었지만 마을사람들은 전혀 본 적이 없는 듯했다. 그 시기 사람들은 몸과 마음을 다해 국가의 최고 큰일에 바빠서 결사적으로 그 휘장 속의 자상한 지도자를 지키느라 누구도 많은 바보 중 이스 하나가 적어진 걸 주의하지 않았다.

이스의 과격한 행위는 강변에서 빨래하고 몸을 씻는 부녀들이 담론하는 이슈가 되었다. 그들은 갖은 음담패설을 모두 늘어놓았다. 마치 모두 현장 목격자처럼 말이다. 그들은 바보 남자와 생과부 사이의 각종 자태와 기괴한 소리를 마치 현장에 있었던 것처럼 생생하게 수군거렸다.

이스는 점점 문과 창문을 부수기 시작했다. 완탄즈의 마누라는 어쩔 수 없이 체면을 구기고 마을 간부들에게 이실직고 하였다. 진의 기관에서는 사람을 파견하여 이스(伊十)의 건달행위를 제지시켰다. 이스는 불복하지 않고 한마디 하였다. "마오 주석도 이 일을 합니다."

그리하여 이 사건의 성질에 근본적인 변화를 가져오게 되었다. 이스의 행위는 생활의 품행문제로부터 정치문제로 변하였다. 그는 오랏줄에 묶여 차에 끌려서 상급 정부기관으로 호송되었다. 한 달 후 바보 이스는 혹독하게 위대한 영도자를 공격한 '현행 반혁명 죄'로 유기 징역 15년 형에 처해졌다.

마을사람들은 이스가 허튼소리를 하여 벌을 받아 마땅하다고 말하였다. 왜냐하면 마오 주석은 전혀 완탄즈의 마누라를 모르기 때문이었다.

19

이스가 끌려 간지 이틀째 되는 날, 니우윈왕(牛運旺)이 북경에서 후루진으로 돌아왔다. 니우윈왕의 별명은 '얼티쟈오(二踢脚)'로 우제복 니우쭤관(牛做官)의 큰아들이었다. 그는 마을에서 유일한 대학생으로 북경에서 공부하고 있었다. 수도는 명불허전이라는 말처럼 정치의 중심이었다. 따라서 운동의 치열한 정도는 짐작이 갈 정도였다. 학교에서는 학업을 중단하고 혁명에 나섰다. 니우윈왕은 미친 듯 취한 듯이 한동안 소란을 피운 뒤 스스로 별 재미가 없다고 느꼈다. 게다가 집에서 6개월 이상 돈을 보내 주지 않아 밥 먹는 것조차 어렵게 되었기에 그는 기차를 타고 고향으로 돌아왔던 것이다.

이스(伊十)와 완탄즈(万瘫子)의 마누라는 기이하고 감동적이며 또한 황당하고 슬픈 애정비극을 연출했다. 이로 인해 사람들의 정치에 대한 열정은 식어 갔고, 마을사람들 투쟁의지는 사라져갔다. 사람들의 흥미와 눈길이 다른 곳으로 쏠리게 되었던 것이다. 이 괴물, 우제복과 빨간 구두 등 '불량분자'들은 밤낮으로 교대해 가며 사람들의 비판투쟁을 더 이상 받지 않게 되었다. 그러자 그들은 풀이 죽어 상처 받은 개처럼 자신의 상처를 어루만지기만 했다.

니우원왕이 자신의 아버지 니우쭤관을 만났을 때 니우쭤관의 몸이 거의 회복이 되었을 때였다. 아버지는 이 시기에 아들이 후루진으로 돌아오자 반가워하지 않았다. 오히려 많이 당황해 하였다. 그는 아들의 지금의 처지가 걱정스럽고 두려웠다. 또한 아들의 앞날 운명이 우려되었다. 그는 창문을 닫고 니우원왕을 불러 조심조심 또 조심하라고 하면서 절대로 북경에서의 그 어떤 상황을 함부로 말해서는 안 된다고 조용히 경고하였다.

니우원왕은 대학에서 학업 성적은 고만고만하나 정치적인 각오는 그래도 성숙한 편이었다. 그가 학교에서 겪은 투쟁의 잔혹한 정도는 그의 아버지 못지않았다. 그는 다른 사람의 교훈과 아버지의 가르침을 새겨듣고 최대한 침묵을 지켰다. 손지서가 북경 상황을 물을 때도 그냥 "상황은 아주 좋습니다. 그냥 좋은 게 아니라 엄청 좋습니다. 게다가 앞으로 더 좋아질 겁니다"라고만 말했다.

20

완탄즈의 마누라는 건장한 아들을 낳았다. 어린 녀석은 단단하게 자라서 3개월이 되자 벌써 기어 다녔다.

이괴물(伊怪物)은 몰래 그 녀석을 들여다보았다. 그는 눈시울이 젖었다. 분명히 이스의 아들인 그의 손자였다. 생김새가 완전히 이 씨 집안 그대로였다. 이 괴물은 완탄즈의 마누라와 아는 체 할 엄두도 못 냈고 다른 방법으로 다가갈 엄두는 더욱 못 냈다.

완탄즈의 성격은 점점 더 괴팍해져 졌다. 전처럼 아들을 간곡히 바라지도 않았다. 조금이라도 기운이 있으면 구들에 앉아서 아무나 대고 욕을 해댔다. 그의 마누라도 전처럼 그의 말을 고분고분 듣지만은 않았다. 늘 애를 안고 오르도스에서 씻기곤 했다. 그는 하루 종일 집에서 완탄즈의 잔소리와 비난을 듣고 싶지 않았다. 더욱더 그 코를 찌르는 지린내를 맡기 싫었다.

마을사람들은 대부분 기억력이 좋지 않았다. 이 아이의 내력에 대해서 더 이상 의논하는 사람도 없었다. 그들은 역사에 대해 관심이 없었다. 반면에 아무 근거도 없는 소위 '뉴스'에 대해서는 더 관심을 보였다.

후루진 사람들이 볼 때 '뉴스'는 각종 비정상적인 경로를 통하여 한 치도 볼 수 없는 한밤에 그 어느 신비스런 인물의 입으로부터 조용히 퍼진 말이라고 생각했다. 그리고 현장에 있던 소수의 몇몇 사람들에게 밖으로 새어서는 안 된다고 재차 강조하는 비밀로 여겼다. 이런 뉴스는 전달방식의 독특성에 의해 '뒷골목 소식'이라고 했다. 이런 소식들은 방송이나 신문에서는 볼 수 없는 것들이었다. 또한 군중대회 등 공개장소에서도 들을 수 없었다. '뒷골목소식'은 증명할 필요도 없고, 사람들도 진실을 밝히려고 하지 않았다. 사람들은 '뒷골목소식'을 듣기 원할 뿐만 아니라 굳게 믿었다.

'뒷골목소식'은 두 가지로 나뉘었다. 하나는 큰 사건으로 이를테면 전쟁, 정국, 국가최고위층의 인사변동 등이었다. 이런 뉴스는 남자들의 특허였다. 소위 이러한 소식은 마을에서 늘 3~5명이 배운 수준과 흥미가 비슷한 사람들이 밤이 깊었을 때 작은 방에 모여 앉아 희미한 전등 아래에서 잎담배를 피우며 숙덕거리곤 했다. 그들은 하나하나 진지한 표정으로 목소리를 낮추어 상상이나 전설 중의 어떤 경천동지할 대사건에 대하여 토론을 벌였다. 다른 한 가지 "뒷골목소식"은 여인들의 화제였다. 시대적인 특징이나 정치적인 경향이 아닌 후루진에서만 생긴 뉴스였다. 오로지 이웃과 앞뒷집 사이에서 벌어진 일이고, 사건 당사자들은 모두 아는 사람들이고, 내용도 시어머니와 며느리 사이, 아니면 남녀 사이 등 두 가지 방면의 일이 대부분이었다. 이런 소식의 유포 장소는 바로 그 마을에 있는 빨래터 오르도스였다. 여인들은 빨래와 목욕을 핑계로 마음껏 떠들고 이런 뉴스를 유포하였던 것이다.

얼티쟈오 니우윈왕이 알바니아와 눈이 맞았다는 소문이 여기서 퍼졌다.

21

소련 혈통이 있는 얼마오즈(二毛子) 꺼슈슈(葛秀秀)는 알바니아라고 불리었다. 금발머리에 풍만한 가슴, 늘씬한 몸매 그리고 윤곽이 뚜렷한 얼굴을 가진 그녀를 후루진 여인들은 극도로 추하다고 느꼈다. 이런 평가는 남자들의 심미적 판단에도 영향을 주었다. 그리하여 그 어느 젊은 이도 그녀와 결혼하려고 하지 않았다. 알바니아는 마을에서 유명한 노처녀로 스물다섯이 되도록 시집을 못가고 있었다.

니우윈왕은 하는 일도 없고 하여 문을 닫고 그림을 그리기 시작했다. 그는 중학교 시절부터 그림에 흥미를 가지고 있었다. 대학시절에 미술 전공은 아니었으나 그림 그리기를 줄곧 즐겨 왔다. 평소 여유가 있을 때 종이와 붓을 꺼내 한바탕 그리곤 했다.

어느 날 니우쭤관은 조용히 아들 방에 들어갔다. 그가 하루 종일 문을 닫고 뭘 그리는지 궁금했다. 생각밖에 노인네의 눈에 들어온 건 한

장 한 장의 벌거벗은 서양아가씨 그림이었다. 니우윈왕이 정성들여 그린 인체 드로잉이 그의 아버지 눈에는 용서할 수 없는 건달행위였다. 우 씨 노인네는 화가 치밀어 아들이 그린 그 '썩을 여인'을 산산조각 찢어버리고 나서 바로 부지깽이를 들고 아들을 향해 내리쳤다. 니우윈왕은 깜짝 놀라 팔짝 뛰면서 창문을 뛰어 넘어 죽기 살기로 달렸다. 니우쮀관은 큰길까지 쫓아가다가 하마터면 장재상(張宰相)이 끄는 마차에 부딪쳐 넘어질 뻔하였다. 그는 너무나 화가 치밀어 발을 동동 굴렀다. 니우윈왕의 다리몽둥이를 분질러버리겠다고 맹세했다. 니우윈왕은 멀리 서서 노발대발하는 아버지를 보면서 화가 나기도 하고 우습기도 하였다. 그는 기본적인 예술에 대한 상식이 없는 아버지 니우쮀관이 화가 나기도 하고 자신의 다리를 분질러 버리겠다고 소리치는 것에 대해서도 우습다고 느꼈다.

날이 저물어서 아버지의 화도 풀렸을 거라고 생각한 니우윈왕은 조심조심 집으로 들어갔다. 니우쮀관은 아들을 보고 외쳤다. "누구를 좋아하던 네 맘이지만 그래 어째서 하필이면 알바니아냐?" 그의 목소리는 소 울음소리보다도 컸다. 니우윈왕은 뒷머리를 망치로 맞은 양 멍한 기분이었다. 아버지가 무슨 말을 하는지 몰랐기 때문이었다. 이 때 마침 완탄즈의 마누라가 애를 안고 우 씨 집 앞을 지나가고 있었다. 그녀는 니우쮀관이 무슨 말을 하는지 똑똑히 들었을 뿐만 아니라 바로 알아차렸다. 그녀의 얼굴에는 한 가닥 웃음이 스쳐지나갔다.

내일 아침 일찍 오르도스에 나가 빨래하면서 니우윈왕이 알바니아를 좋아한다는 비밀을 다른 여인네들에게 말할 수 있다는 것이 여간 만족스러운 것이 아니었던 것이다.

손지서(孫支書)가 대표하는 '타패'는 마을사람들의 지지를 잃었다. '무력투쟁식(武斗式)'의 혁명은 끝났지만 정치운동은 계속 되었다. 다만 형식이 변했을 뿐이었다.

구락부에는 각종 문예활동이 끊이지 않았다. 마오쩌둥 사상 문예선 전대에서 편집하고 연출한 종목들은 시종일관 강렬한 흡인력이 있었다. 마을 남녀노소 할 것 없이 짬만 나면 구락부에 가서 문예선전대가 연출하는 모습을 구경하곤 했다.

선전대에서 손풍금을 치는 안꿔민(安國民, 별명 국민당)은 고도의 근시였다. 신문을 볼 때 늘 신문을 코앞에까지 붙여서 보곤 했다. 영문 모르는 사람들은 그가 냄새를 맡는 줄로 알 정도였다. 그래서 그는 반드시 곡을 모두 외워야 무대에서 손풍금을 칠 수가 있었다. 언젠가 한 번은 그가 악보를 잊어버려 고개 숙여 악보를 보려다가 코끝이 먼저 닿아 악보는 못보고 악보를 받히는 틀을 밀어 넘어뜨린 적도 있었다.

안꿔민은 '뒷골목 소식'과 국가대사에 대해 극도의 관심을 보이는 사람이었다. 그는 늘 몇몇 절친들과 밤에 모여 앉아 방송이나 신문 상의 내용과 완전히 다른 뉴스를 유포하곤 하였다. 안 씨는 국가 고위층 영도자 그룹의 내부 상황을 속속히 알고 있을 뿐만 아니라, 통속적인 평가까지 붙여 이야기했다. 그는 마을 그 누구의 행위를 신문이나 방송에서 늘 말해지는 큰 인물과 비교하여 자신의 독특한 생각을 털어놓곤 했다. 그가 그럴듯하게 이야기를 엮어내기에 믿지 않을 수 없었다. 무슨 원인인지 몰라도 안꿔민 친구들 사이에 고발자가 나타났다. 안꿔민은 경찰서에 잡혀 족쇄를 차고 도시로 끌려갔다. 심사를 받은 후 그는 사실대로 털어놓았다. 원래 그는 낡은 반도체 라디오를 조립하여 깊은 야밤에 엉큼한 목적으로 잡음을 없애고 혼자 어두컴컴한 구석에서 "적군의 방송"을 들었던 것이다.

그 낡은 라디오도 함께 압수 되어 안꿔민은 빼도 박도 못하게 되었다.

안꿔민은 후루진에서 이스 이후 정식으로 체포된 두 번째 '현행 반혁명' 즉 정치범이었다.

23

얼티쟈오 니우원왕이 알바니아와 눈이 맞았다는 소문이 동네에 자자했다. 니우원왕은 대학생이라는 그 자체가 지명도가 높은데다, 알바니아 또한 후루진에서 말이 많은 인물이었기 때문이었다. 그녀의 '추'한 모습 또한 많은 여인들로 하여금 치를 떨게 했다.

니우원왕과 알바니아를 같이 붙여놓고 말하면 그 이상 더 할 수 없는 이야기꺼리가 되었던 것이다. 오로도스에서 빨래하는 여인들이 '니우원왕과 알바니아'의 스캔들을 결혼할 상황 이상으로 떠들어 대고 있을 때, 니우원왕과 알바니아 두 당사자들은 서로 모르는 사이였다.

니우원왕은 알바니아보다 세살 어렸다. 그는 고등학교 때부터 도시에 가서 공부해서 알바니아에 대해 아무런 인상도 없었다. 알바니아 역시 니우원왕에 대하여 아는 것이 없었다.

니우쮀관은 아들이 그린 벌거벗은 서양여인을 알바니아라고 생각했다. 그의 눈에는 세상에 그렇게 생긴 여인은 추하기 그지없는 알바니아 뿐이었던 것이다.

우 씨의 잘못된 판단은 오로도스 여인들의 풍문의 근거가 되었다. 니우원왕은 사 건의 내막을 알고는 억장이 막혀 어쩔 줄을 몰랐다.

니우원왕은 점점 심해가는 소문에 아무 잘못 없는 알바니아가 다칠까봐 걱정도 되고 더 큰 오해를 막기 위해 자신이 알지도 못하는 '알바니아'를 찾아가 설명하기로 하였다. 알바니아는 최근에 들은 이런저런 말들을 대수롭지 않게 여겼다. 그녀는 어렸을 적부터 풍문을 영양보충과 오락으로 삼는 마을에서 살아왔다. 후루진의 여인들은 남의 장점 혹은 결점 등 자질구레한 일들, 그리고 남녀 간의 일들에 대한 소문이나 풍문이 없으면 생활의 즐거움을 잃을 정도였다. 그들 인생의 대부분 시간은 남편의 손찌검과 뒤에서 남을 욕하는 일에 있었다

알바니아는 사죄하러 온 풍문의 주인공인 니우원왕을 거리낌 없이 반겼다. 니우원왕의 호의에 그녀는 웃음으로 보답했다. 그녀와 마주선 니우원왕은 이상한 감정을 느꼈다. 니우원왕의 눈에는 알바니아가 너무나 예뻐 보였다. 세상에서 둘도 없이 아름다운 여인이었다.

이번 만남 이후로 니우원왕은 연속해서 며칠 동안 잠을 이를 수조차 없었다. 알바니아가 그에게 지울 수 없는 깊은 인상을 남겼던 것이다. 그는 그녀와 결혼하기로 다짐했다. 니우원왕은 아버지의 오해와 말 빠른 여인들이 지어낸 거짓이 어찌나 고마운지 몰랐다. 그는 오해와 거짓을 현실로 만들 결심을 했다.

24

안궈민은 "적군의 방송을 몰래 들은 죄"로 형벌을 받아야 했다. 그러

나 이는 예상한 만큼의 진압 효과를 보지 못했다. 후루진의 정치를 너무 좋아하는 남성 농민들은 계속해서 몰래 어마어마한 '뒷골목 소식'을 터뜨리고 있었다. 그중 한 가지인 "곧 세계대전이 일어난다"는 확실한 정보가 마을에서 은밀히 퍼졌다. "전쟁준비, 재난준비"의 최고 지시가 가가호호에 구체적인 행동으로 이어졌다.

권위자인 몇몇 '아마추어 정치가'들은 어두운 등불 밑에서 밤을 새워 가며 분석한 결과 전쟁이 폭발할 시간과 적군이 먼저 공격할 목표물을 정확히 추리해 냈다.

이 정치가들은 미국, 일본, 소련이 동시에 바다에서 중국내륙으로 포를 쏠 것이라고 장담했다. 후루진이 그 목표였다고 했다. 그중 한 사람은 자신이 가지고 있는 군사지식에 근거하여 첫 번째 폭탄이 뒷산(태산)의 산봉우리에 떨어질 거라고 판단했다. 왜냐하면 그곳이 후루진의 최고봉이기에 뒷산을 점령하면 전략적 의미가 크기 때문이었다.

70여 년 전 일본과 소련 전쟁 때 후루진 부근에서 격렬한 전투가 있었다. 지금도 뒷산에는 그 당시 남겨놓은 폭탄의 흔적을 찾아볼 수가 있었다. 그리하여 역사적 증거로부터 현실적 판단을 할 수 있다는 식으로 미, 일, 소련이 중국을 치려면 반드시 후루진부터 칠 것이라고 여겼던 것이다.

이러한 분석과 판단에 의하여 몇몇 정치가들은 자기 집안과 마당에다 지하도를 파기 시작했다. 다른 가족들도 하나하나 파기 시작하여 결국 후루진 전 마을 사람들의 공동의 행동이 되었다.

가가호호, 남녀노소 할 것 없이 해가 저물도록 파대는 바람에 후루진은 순식간에 대공사 현장으로 되어 버렸다.

게다가 '뒷골목소식'에서 전해 온 바에 의하면 적군의 군함이 이미 해

변가에 도착하여 후루진에서 20리 길도 안 되는 곳에 있다는 것이었다. 증거도 제공하였다. 어제 옆 동네 할머니 한분이 바닷가에서 조개를 줍다가 일본 병에게 맞았다고 하였다. 모두들 들을수록 겁이 나서 단숨에 백 미터 깊이의 지하도를 파지 못하는 것이 분할 정도였다. 그들은 먹고 마실 겨를도 없이 깊게 파기만 하여 그만 샘구멍을 파고 말았다.

니우쮀관의 집에서는 곧 일어날 세계대전을 별로 두려워하지 않았다. 니우원왕은 알바니아를 만난 후 상사병에 걸렸다. 완탄즈(万瘫子)의 마누라가 빨리 숨을 곳을 파라고 하였으나 그는 겁날게 없다고 일본 놈이 쳐들어오면 그들과 싸우겠다고 하였다. 완탄즈(万瘫子)의 마누라는 사후에 이렇게 말했다. 우 씨 네가 큰소리만 칠 줄 알지, "아니 그래 일본병과 싸우겠다고 흥!" 그들이 지하도를 파지 않은 건 일본 놈이 쳐들어오면 매국노가 되려고 그러는 걸꺼야. 우 씨가 젊었을 때 입은 그 제복이 일본놈들이 준거잖아. 그는 일본말을 할 줄도 알지…… . "하이, 소오데스"라는 말 이제는 정말 듣기 싫어!

25

니우원왕은 중매인을 찾아 그와 알바니아의 인연을 이어주길 바랐다. 후루진 조상들에게서 전해 내려온 규정에 의하면 연애에서 중매인은 빼놓을 수 없는 순서였다. 결혼 때 중매인이 없으면 혼인은 합법성이 없었기 때문이었다.

그러나 그 누구도 니우원왕의 인연을 이어주려고 하질 않았다. 비록 돼지머리 하나를 선물로 받을 수 있지만 말이다. 알바니아가 후루진에

46

서 태어나긴 했으나 마을사람들은 그녀를 저희들과 같은 인간으로 보지를 않았다. 그녀의 남다른 머리카락, 피부색, 몸매와 얼굴은 마을에서 추구하는 것과 맞지 않다는 이유인데, 이는 예(禮)의 하나에 포함되는 일이라고까지 해석하고 있었다. 알바니아의 어머니는 3년 전에 돌아가셨다. 그녀는 죽을 때까지도 '낡은 신발'이라는 악명을 벗지 못했다.

니우원왕은 도시에서 2년간 대학을 다녔기에 마을에서 몇 명 안 되는 큰 세상을 본 사람 중의 하나였다. 그는 중매인을 찾지 못하자 혼자 나섰다.

그는 알바니아에게 편지를 써서 직접 그녀의 손에 쥐어주었다. 알바니아는 참담하게 웃으며 거절했으나 니우원왕의 마음은 이미 훨훨 타올라 있었기 때문에 그녀의 거절이 그의 열화 같은 마음에 찬물을 끼얹은 것이 아니라 오히려 사랑을 더 들끓게 했다.

그는 편지뿐만 아니라 그녀를 위하여 100여 편의 시를 썼다. 이런 사랑의 방식은 아마도 가난하고 편벽한 곳에 밀쳐져 있던 후루진에게는 유사 이래 처음 있는 일이었을 것이다

니우원왕은 거의 매일 저녁 알바니아 집 마당 밖에서 서성거렸었다. "산딸기나 무"를 부른 후 "세 쌍의 차" 그리고 "모스크바 교외의 밤" 등 소련 노래를 불렀다. 그는 알바니아가 낭만적이고 정이 많은 러시아 아가씨로 보였던 것이다.

알바니아는 그의 노래에 결국 흔들렸다. 어느 날 저녁 그녀는 얼굴에 웃음꽃이 활짝 핀 니우원왕을 향해 절인 야채국물 한 소래를 뿌렸다.

 세계 대전은 후루진 사람들의 예상과 달리 터지지 않았다. 예언가들은 예언을 다른 방면으로 둘러댔다. 그들은 쓰나미와 지진이 후루진을 소멸시킬 것이라고 하였다.

 옥수수, 수수, 호박이 아직 여물지도 않았는데 사람들은 신속하게 거둬들이기 시작했다. 그해 가을 마을사람들은 등불을 켜고 수십 미터 파도의 쓰나미가 오기 전에 허기를 채울 곡물을 거둬들이기에 바빴다.

 뒷산은 후루진에서 해발이 제일 높은 곳이었다. 많은 마을 사람들은 곡물, 가축 그리고 노인들을 산등성이로 옮겼다.

 완탄즈(万瘫子)는 행동이 불편하여 쓰나미가 오면 죽을게 뻔했다. 그의 마누라는 이 씨의 둘째 이바이(伊百), 셋째 이첸(伊千), 넷째 이완(伊万)과 막내 이이(伊亿)에게 부탁하여 문짝에 태워 그를 미리 산으로 올려 보냈다.

 가을 동안 바다에는 바람이 불지 않았고 파도도 잠잠했다. 후루진 사람들은 그들이 그토록 두려워하는 쓰나미를 만나지 못했다.

 첫눈이 내릴 때 산에 숨어 있던 사람들은 모두 함께 산을 내려왔다. 겨울 바다는 얼어붙기에 쓰나미는 오지 않을 거라고 생각했던 것이다.

 완탄즈(万瘫子)는 더는 돌아오지 못하였다. 하산하는 날 아들(이름은 완런텅[万人疼]이었다)이 생각지도 않게 '아빠' 하고 불렀다. 그는 희비가 교차하여 격동한 나머지 타고 있던 문짝에서 떨어져 산기슭을 따라 굴러 십여 미터 깊은 흙구덩이에 빠졌는데, 그건 얼마 전에 폐기된 지하도였다.

 완탄즈(万瘫子)의 마누라는 장례 치를 겨를도 없어 이 씨집 형제들에게 지하도로를 메워달라고 부탁했다. 완탄즈(万瘫子)의 묘를 만든 셈이었다. 마을사람들은 후루진에서는 완탄즈(万瘫子)만이 황천길을 볼 수 있다고 했다. 그가 제일 깊이 묻혔기 때문이었다.

쓰나미는 오지 않았으나 지진의 풍문은 아직 사라지지 않았다.

산에서 내려온 사람들은 집에서 잠을 잘 수가 없었다.

집집마다 마당이나 큰 길 아니면 채소밭에다 허술한 바람막이 헛간을 짓고 낮이나 밤이나 거기서 살았다.

엄동설한에 언제든지 일어날 수 있는 지진으로 인해 알바니아의 차가운 마음은 결국 니우원왕의 열정에 녹아버리고 말았던 것이다.

27

온몸에 더럽고 역겨운 절인 야채국물을 맞은 후 니우원왕은 알바니아의 집으로 뛰쳐 들어가 '찰싹!' 소리가 날만큼 그녀의 뺨을 세게 갈겼다.

알바니아는 불긋불긋한 얼굴을 부둥켜안고 한참을 울었다.

그녀는 떠나려는 니우원왕을 잡고 시집가겠다고 대답했다.

알바니아의 눈에는 연애편지, 시, 노래 모두가 그녀의 뺨보다 못했던 것이다. 후루진에서는 남자가 여자에게 손찌검을 하지 않으면 여인의 마음을 얻지 못한다는 사실은 니우원왕은 알지 못했던 것이다.

알바니아는 니우원왕에게 젖은 옷을 벗으라고 하였다. 그녀는 눈물을 훔치며 옷을 빨았다. 니우원왕은 그날 집에 돌아가지 않았다. 그는 날이 밝아서야 구들 윗목에 말리려 널어놓았던 옷을 입었다.

니우윈왕은 알바니아를 위하여 우 씨 집과 같은 지진 막이 헛간을 나란히 지었다.

니우윈왕과 알바니아 사이의 스캔들은 이제 모든 사람들이 다 아는 사실이 되었다.

니우쮜관은 크게 한숨을 쉬었다. 하지만 별다른 방법이 없었다. 아들이 이제 다 커서 애비 말을 들을 리가 없었기 때문이었다. 게다가 니우쮜관의 과거문제, 즉 일제시기에 제복을 입어야 했던 우편배달부였던 것이 아들을 혼인시키는데 아주 불리한 영향을 준다는 사실도 알고 있었다. 우 씨 노인은 차차 생각을 바꿔갔다.

마을 여편네들은 충분히 일리 있는 혼인이라고 보았다. '나쁜놈'의 아들과 '헌 신짝' 같은 딸이 함께 결혼한다는 것은 "물고기는 물고기를 찾고, 새우는 새우를 찾고, 지렁이는 두꺼비를 찾는다"는 명언에 딱 맞아떨어지는 일이었기 때문이었다.

남자들은 알바니아는 결혼해서는 안 될 여인이라고 생각했다. 꼭 결혼하려면 니우윈왕처럼 별 볼일 없는 사람에게 시집가야 한다고 생각했다.

그러나 니우윈왕은 이런 악담을 들어도 전혀 화를 내지 않았다. 두꺼비 같은 네놈들이 어찌 기러기 고기를 먹을 수 있겠느냐고 마음속으로 중얼거렸던 것이다.

28

니우쮜관은 그해 겨울을 넘기지 못했다. 지진막이 헛간의 온도가 너무 낮았다. 영도 이상을 넘은 적이 없었다. 어느 날 아침 니우윈왕이 식사하라고 그를 불렀지만 대답이 없었다. 그가 아버지를 흔들었을 때는 몸이 이미 싸늘해 있었다. 수염에는 얼음이 얼어 있었다.

니우원왕은 노인에게 맞는 옷을 갈아입히려고 집안을 샅샅이 찾아봤지만 그럴듯한 옷이 한 벌도 없었다. 마지못해 니우쭤관이 젊었을 적 우편배달부였을 때 입었던 그 제복을 찾아 입혔다. 그는 문득 이 제복이 신기하고 준엄하다고 느껴졌다.

아버지를 보내드린 니우원왕은 노인이 남기고 간 세 칸짜리 기와집을 간단히 정리하고 자신이 그린 그림을 벽지로 붙였다.

지진이 일어날 것이라는 풍문은 봄이 올 때 쯤 상급부문에서 안 일어날 것이라고 정정하여 발표하였다. 니우원왕과 알바니아는 결혼하였다.

또 한 달이 지나 후루진에는 도시의 젊은 남녀들이 한 트럭이나 실려 왔다. 니우원왕은 그들이 "지식청년(知靑)"이라는 것을 알고 있었다. "지식청년이 산에 오르고 시골로 내려와 가난한 중하층 농민으로부터 재교육을 받아야 한다", "광활한 천지에는 큰 성과가 있으리라!" 이런 말들이 도시청년들이 후루진에 온 진정한 목적이라는 것을 설명해주었다.

"청년들이 거주하는 곳"은 강 서쪽에 자리 잡았다. 두 줄로 새로 지은 기와집이었다.

마을사람들의 시선은 도시에서 온 사람들에게 주목되었다. 도시가 진(鎭)보다 크고 게다가 이 도시 사람들은 작은 현이 아닌 대도시에서 태어난 사람들이었다. 후루진 사람들은 자기들이 '진(鎭)사람'이라고 다른 시골사람들을 무시하지만, 도시사람들 앞에서는 저도 모르게 그 호기가 사라졌다. 그들은 도시 사람들을 부러워하고 대도시의 부유함을 부러워함과 동시에 그들을 질투하였다. 도시 사람들이 '고구마(地瓜)'를 '홍서

(紅薯)'라고 부른다고 늘 뒤에서 비웃었다. 그들은 도시 사람들이 사실 그리 세련되지 못하다고 여겼다. 처녀가 레드에 그린을 입지 않고 여승이나 과부처럼 그레이 아니면 블랙을 입으니 너무나 수수해 보였다.

후루진의 일부 사람들은 '지식청년'들이 눈에 거슬리기 시작했다 이(伊)괴물이 그중의 한사람이었다. 그는 청년들이 매일 아침 마당에 한 줄로 서서 입에 하얀 거품을 물고 이를 닦는 게 도저히 이해가 되지 않았다.

"똥을 먹었나? 뭐 이빨을 닦을 필요까지 있나?" 이(伊)괴물은 이렇게 혼잣말로 중얼거렸다.

29

후루진에는 정치에 관심을 가진 사람들이 점점 줄어들었다. 전쟁, 쓰나미, 지진 세 가지 예언이 자연스레 무너졌다. 좀 성과가 있는 사람들은 생활의 새로운 희망을 찾으려고 했다. 이바이(伊百)는 이런 사람들의 대표였다.

그는 어렸을 적에 농작물을 생산하는 것보다 과학기술에 대해 더 흥미를 가졌다. 비행기를 몰고 하늘을 한 바퀴 도는 게 꿈이었다.

사실 후루진에서는 이런 생각을 가진 사람이 한 둘이 아니었다. 완탄즈(万瓍子)가 살아 있을 때 목공이 밥상을 짜고 남은 크고 작은 나무조각으로 늘 집에서 이른바 '연합수확기' 모형을 조립하였다. 완탄즈는 이를 세계에서 둘도 없는 위대한 발명이라고 봤다. 유명인사가 이 모형으로 전 세계에서 제일 선진적인 기계를 만들어 내기를 기대하였다.

후루진의 과학발명 열정은 어느 해인가의 '대약진운동'으로부터 시작됐다. 마을의 남녀노소 할 것 없이 모두 "강철을 대량 생산하자"는 낭만주의 호소에 따라 식사도 잠도 잊고 고품질 제련기술과 설비를 연구하는 데에 온 심혈을 기울였다. 그들은 두 마리의 힘센 소만이 열 수 있고 열네 명의 건장한 남자라만이 카트를 끌 수 있는 큰 선풍기를 만들었다. 이 선풍기는 사용하기 시작한 후 잘못 기어들어간 노랑 개 한 마리를 치어 죽인 것 외에는 다른 효력은 발휘하지 못하였다.

이바이(伊百)는 형 이스(伊十)가 잡혀가고 아버지 이괴물(伊怪物)이 투쟁 대상이 되는 동안 방에 틀어 박혀 과학연구에만 몰두하였다. 그는 비행기를 운전할 생각은 접고 바다로 들어갈 수 있는 잠수함을 설계하기로 결심했다. 그는 서양 철통과 나무 조각, 낡은 끈, 폐기된 건전지, 치약 껍질, 녹이 슨 못 등을 모았다. 그러나 이런 것들을 2년이나 넘게 주물렀으나 결국 실패로 끝나고 말았다.

이바이(伊百)는 실패에서 교훈을 얻었다. "재료들이 부족해, 그리고 드라이버 하나만 있었어도 벌써 다 만들었을 거야!"라며 그는 동생 이이(伊亿)에게 말했다.

30

마을에서는 "쓰라린 고생을 회상하고 오늘의 행복을 생각하는 각양각색의 계급교육 활동"이 벌어졌다. 이런 활동은 시골로 내려온 '지식청년'과 마을의 일부 젊은이들이 "행복하게 자라면 종종 행복이 무엇인지 모른다" "꿀통에서 자라면 꿀이 단 줄을 모른다"는 불량 현상을 대처하기 위해 전개된 것이었다.

마을사람들은 이끼가 낀 곡물껍질과 썩은 채소 잎을 섞어 찐 덜 익은 주먹밥을 풀떼기에 한 번 더 굴려서 평소 옥수수떡이 목을 찌른다고 투덜대는 도시사람들에게 건네주고 그들에게 생산대에서 거름을 모으는 똥구덩이 옆에 모여 앉아 구덩이에서 꿈틀대는 구더기를 보면서 먼지가 가득 묻은 그 반숙인 "고통을 기억해 내는 밥", 즉 곡물 껍질 주먹밥을 먹게 했다.

마을 젊은이들에게도 다른 마을에 있는 음험하고 공포스런 인적 없는 산골짜기에 데려가서 널려져 있는 백골을 보였다. 그곳은 '만인무덤'으로 불리우는 암흑한 구 사회 인민들의 마지막 귀착점이었다.

도시사람들은 마을사람들과 함께 계급교육 전시회를 열었다. 구락부에는 악취가 나는 피 묻은 옷, 허리띠, 해골과 교수대, 호랑이 의자 등 형벌기구가 진열되어 있었다. 벽에는 지주, 매국노들이 백성을 폭행하는 선전그림이 걸려 있었다. 그림 속의 나쁜 놈은 악독하기 그지없고, 쇠약하고 무고한 압박 받는 사람들의 두 눈에는 반항의 불꽃이 피어올랐다. 그들의 주먹은 꽉 쥐여져 있었다. 이런 그림을 그리고 "계급의 고통을 잊지 말고 피눈물을 나게 한 원수를 잊지 말라"는 표어는 모두 니우원왕의 손에서 나왔다.

"쓰라린 고생을 회상하고 오늘의 행복을 생각하라"라는 대회는 연속적으로 열렸다. 한번은 고생을 털어 놓던 사람이 3년 동안 자연재해로 인해 굶주림을 겪은 이야기를 하다가 대성통곡을 하였다. 무대 아래의 사람들도 함께 깊은 감회를 느끼면서 회의장은 울음바다가 되었다.

대회 개최자는 문제의 심각함을 알고 상황을 전환시킬 수 있게 손지서(孫支書)의 아버지를 무대로 올려 보냈다. 노인네의 능력은 대단했

54

다. 그가 무대에 올라가 두 마디 정도 했는데도 사람들의 정서는 곧 되돌려 졌다. 그가 한 말은 "오늘 내가 마신 건 쌀밥이고 먹은 건 술이다. 미국을 타도하자!" 그리고는 힘차게 무대를 내려왔다.

모두들 울음을 그쳤다. 그리고는 폭소가 그치질 않았다.

31

이바이(伊百)는 잠수함을 만들 계획을 포기했다. 매일 '청년들이 거주하는 곳'에서 '지식청년'들과 함께 어울렸다. 몇 달이 되지 않아 다른 건 못 배우고 도시 사람들의 '말투' 만을 배웠다.

집 식구들은 밖을 거의 나가지 않았고, 특히 이괴물은 조금도 나가지 않았다. 그러니까 지방 말을 사용하지 않고 도시사람들 말투만 흉내 내는 이 불효자식이 도저히 마음에 들지 않았다.

이바이(伊百)가 자주 하는 혀 꼬부라진 말은 후루진 마을사람들의 미움을 샀다. 그들은 이런 괴상한 발음이 귀에 거슬렸다. 게다가 후루진에서 태어나고 자란 이 씨 둘째의 입에서 나오는 것이라 닭살이 돋을 정도로 거부감을 느꼈다.

그러나 사실 그들은 그 비밀을 알 리가 없었다. 이바이(伊百)는 사랑에 빠져 있었던 것이었다. 그는 도시에서 온 '지식청년들 속의 바이웨이홍(白衛红)'을 사랑했던 것이다.

사랑 중인 사나이에게는 이상한 변화가 있기 마련이다. 이바이(伊百)의 말투가 변화한 것이 바로 그것이었다. 그런 말투 외에도 그는 바이웨홍과의 다른 특징인, 즉 책을 보는 공통점을 찾았다. 이야기꺼리나 말투에서 그들은 점점 일치해져 갔다. 결국 그들에게는 진정한 공동언어가 생기게 되었다.

그는 바이웨이훙을 죽도록 좋아했다. 그는 일이 있든 없든 '청년들이 거주하는 곳'으로 찾아갔다. 겉으로는 지식청년들 중 남자를 찾아 간 것처럼 했지만 실제로는 바이웨이훙에게 접근하기 위해서였다. 그는 그녀에게서 책을 빌려 보았다. 『마오쩌둥선집』부터 표지가 금지된 책인 『차화녀(茶花女)』, 수사본 『수놓은 한 쌍의 신발』까지 그는 그녀에게 책을 빌리고 돌려주고 하면서 접근을 시작했다. 그녀는 심지어 자신이 베껴 쓴 사랑에 관한 명언을 적은 표지가 플라스틱으로 된 소중한 일기책까지 이바이(伊百)에게 빌려줬다.

이바이(伊百)는 진실인지 환상인지 가늠할 수 없는 사랑에 빠졌다. 그는 바이웨이훙(白衛红)이 준 명언집을 전부 술술 외웠다.

달빛이 캄캄한 어느 날 저녁 이바이(伊百)는 설레이는 마음을 가다듬을 수 없어 인연처럼 그녀와 만나기를 갈망하면서 자기도 모르게 '지식청년들의 거주지'인 그 익숙한 두 줄의 기와집 부근으로 갔다.

기적은 정말 나타났다. 바이웨이훙(白衛红)은 날씬한 몸매를 자랑하며 멀지 않은 나무 밑에 서 있었다. 이바이는 두근거리는 마음을 달래며 그녀를 향해 뛰어갔다. 그러나 바이웨이훙 옆에는 또 다른 한 사람이 군복을 입고 나무에 기대어 서 있었다.

바이웨이훙(白衛红)은 의아해 하는 이바이(伊百)에게 그를 소개했다. "제 약혼자예요. 출장 중에 저를 보러 온 거예요."

이바이(伊百)는 금방 의식을 잃을 뻔했다. 그날 밤 이후로 그의 말투는 다시 후루진 다른 사람들과 같게 되었다.

32

후루진은 "쓰라린 고생을 회상하고 오늘의 행복을 생각하라"는 운동이 시작된 이후 시 읊기 대회가 유행했다.

호미, 곡괭이에 손이 익은 사람들이 붓을 들었다. 남녀노소 할 것 없이 온 마을 사람들 모두가 순식간에 시인이 된 듯했다.

후루진은 바보가 많지만, 바보라 할지라도 말에 운을 맞출 수는 있었다.

예를 들면:

간부는 도둑질을 하고, 회계는 긁어 담는다.
군중들은 큰 주머니를 꿰맨다.

마을은 마을을 보고 집은 집을 본다
군중은 간부를 본다

서양의 일을 하고
설사를 하니 배 속이 빈다

하루에 네 번을 싸고
날이 저물면 일을 마친다.

애들도 읊을 수 있었다.

하늘은 비가 오면 땅에서는 기포가 올라온다
누군가는 높은 삿갓을 썼다

장배구, 구배장
개똥 먹고 똥물 마신다

왕 씨의 다섯째는 서른다섯
구 사회에서 갖은 고생을 다하고
낳은 애는 뼈가 없다네.

일부 시는 꽤 철학적이었다. 예를 들면:

아끼면 구멍이 기다리고
게으르면 눈이 먼다
긴장하지 않으면 발을 뻗는다

아버지가 있는 거나 엄마가 있는 거나
자기 자신이 있는 것만 못하다

부부가 아무리 좋다 한들
한수 남겨야 한다.

이런 입에 착착 붙는 말들이나 민간 속담들이 후루진에는 많았다. 이
런 것들이 시 읊기 대회가 후루진에서 성대하게 열릴 수 있는 문학적인

기초가 되었다. 게다가 상급자의 동원과 시가(詩歌)로 노동점수를 따는 장려정책은 후루진 인민들의 창작열정과 더불어 전례 없는 예술영감을 불러일으키게 했다.

시 읊기 대회는 논밭에서도 열렸다. 듣건대 유명한 시가의 고향인 샤오진좡(小靳庄)에서는 곳곳에서 가요제가 열리고 사람마다 시인이었다.

정식 시합에서 읊은 시는 정치성, 혁명성이 선명했다. 예를 들면:

우리 농민이 발을 구르면
우귀사신(牛鬼蛇神)이 도망갈 수가 없다.
우리 농민이 주먹을 휘두르면
제국주의가 무너진다.

또 예를 들면:

후루진 사람들은 의지가 강하다.
곤란 앞에서도 기죽지 않고
반제반수(反帝半修)에서도 뒷걸음을 치지 않는다.
태산이 내리 눌러도 숨을 헐떡거리지 않는다.

시 읊기 대회는 매일 열렸다. 후루진 사람들은 시가 술술 나왔다. 평소 말 할 때도 목소리에 운(韻)이 깔렸다.

아침에 두 사람이 만나서 인사를 건넸다.

조씨 조씨 정말 이르네,
급히 급히 어딜 가는가?

그러면 상대방은 답하기를:

고씨 고씨 웃지 마오,
나의 당나귀 같은 아들이 열이 나서
앞길에 있는 의료진에 가서
아들에게 약을 지어 오려고 하오.

생산대장이 사원들에게 업무를 분배할 때에도 그럴 듯 했다.
예를 들면:

이바이, 이스, 이괴물,
너희 삼부자는 흙을 파라.
오늘 못다 파면,
내일 오전까지 더 하라.

33

이바이(伊百)는 강 서쪽에 자리 잡은 '지식청년들이 거주하는 곳'으로
더 이상 가지 않았다. 바이웨이훙(白衛红)은 그의 감정에 큰 상처를 입
혔다. 정신적인 자극도 적지 않았다. 그는 정신이 멍멍해졌고 생활 또

한 낮과 밤이 뒤바뀌었다. 두 달 이상이나 중얼중얼하고서야 겨우 정상으로 돌아왔다.

이괴물은 마음이 급하기도 하고 분하기도 하였다. 둘째 아들도 큰 아들과 같은 운명일까 봐 걱정이 되었다. 그는 동네방네 문의하여 어딘가에서 점을 보거나 귀신을 쫓거나 재난을 막을 수 있는 사람이 있다고 하면, 늙은 아낙네든 젊은 과부든 상관하지 않고 한밤중에 찾아갔다. 그는 몇 푼 안 되는 돈으로 빵이나 비스켓 그리고 과일 등을 사들고 남몰래 '반쪽 신선(半仙)'들에게 구걸했다. 그 시절에는 이런 미신 활동이 엄격히 금지되던 때였다. 이괴물은 다시 한 번 투쟁 대상이 될 것을 각오 하고 아들의 병 치료를 위해 설쳐댔다.

'이무기신(蟒仙)'이 말했다. 동남쪽 10리 길을 걸어 구덩이가 있는 곳에서 멈춰서 앞쪽을 향하여 절을 세 번하고 종이 몇 장을 태우면 아들이 깨여날 거라고 했다. 이괴물은 곧바로 동남쪽으로 10리길을 걸어갔다. 마침 구덩이가 있었다. 누군가 비료로 사용하려고 만든 똥구덩이었다. 그는 그런 걸 가릴 겨를이 없었다. 무작정 똥구덩이에 뛰어 들어가 세 번을 절하고 종이를 태웠다. 몸에서는 온통 똥냄새 범벅이었다. 또 '여우신(狐仙)'이 말하였다. 집에 물독 놓은 방향이 잘못되었으니 옮기라고 하였다. 이괴물은 밤새 숨을 헐떡이며 물독을 옮겼지만 결국 독도 깨지고 허리도 다쳤다. 덕분에 온돌에서 10여 일을 누워있고 나서야 겨우 일어날 수 있었다. 그리고 또 '토끼신'이 말하기를 돼지우리의 돌 하나가 잘못 놓여져 있으니 교체해야 한다고 했다. 이 씨는 허리가 회복되기도 전에 돼지우리를 헐었다. 그러자 사온 지 며칠 안 되는 새끼 돼지들이 달아나버렸다. 더구나 벽에서 떨어진 돌이 발등에 떨어지는 바람에 그는 꽥꽥 소리를 질러야 했다. 이괴물이 절룩절룩하면서 돼지우리를 다시 쌓아 올릴 무렵이 돼서야 이바이(伊百)의 정신상태는 많이 좋아졌다.

이괴물은 여러 '신'들의 도움이 컸다고 더욱더 느꼈다. 그는 또 몇 근이나 되는 비스켓을 사들고 이바이의 목숨을 건져준 몇몇 '신'들에게 인사치레를 하였다. 이바이는 아버지가 자신을 위해 한 신기한 치료방안을 전혀 모르고 있었다. 그는 다만 가슴이 답답함을 느꼈다. 그러던 어느 날 자는 도중 요란한 방귀를 뀌는 바람에 놀라서 깨어났다. 그 후부터 마음이 후련해졌다. 속이 전처럼 그렇게 답답하지는 않게 되었다.

34

시 읊기의 대 보고인 후루진 사람들의 마음을 더 끈 것은 품위 있는 다른 한 가지 오락 종목이었다. 마을 극단이 변하여 조직된 문예선전대에서 늘 하는 연출활동을 보는 것과 그 활동에 참여하는 것이었다.

도시의 지식청년들이 참여하는 가운데 선전대의 악기들은 새로운 변화를 가져왔다. 바이올린, 첼로, 섹소폰 등 서양악기들이 눈에 띄었다. 전에는 얼후(二胡), 월금(月琴), 손풍금(手風琴) 등을 위주로 하고 태평소나 징과 북을 밭임으로 하던 "토배기 팔로(土八路)"의 수준을 넘어섰다. 선전대원들은 비록 아마추어지만 도시로 가서 각종 연출활동에 참여하는 임무를 완성했다. 그들은 연습을 구실로 제전을 만들고 논의하여 기본적인 연출을 해야 하는 고생을 면할 수 있었다. 연기자들은 연습과 연출시 점수가 어떠하던 식량은 원래대로 배급을 받았다. 게다가 마을 농민들보다 더 아름답고 괴상한 옷을 입을 수 있었다.

이런 여러 가지 장점은 마을 많은 사내들과 처녀들의 마음을 사로잡았다. 그들은 온갖 방법을 찾아 너도나도 스승을 모시고 무예를 익혀 선전대에 들어가려고 했다.

그리하여 음악전통이 있는 후루진은 또 한 번 불고, 치고, 켜고, 부르는 새로운 분위기가 고조에 달했다. 이첸(伊千), 이완(伊万)도 뒤질세라 아버지 이괴물을 졸라서 악기를 배우려고 했다. 이 씨는 가난했기에 바이올린이나 트럼펫 같은 서양 악기를 살 형편이 안 되었다. 결국 이첸은 하모니카를 배우고, 이완(伊万)은 피리를 배웠다. 그들 형제들과 함께 배우는 사람들이 마을에는 적어도 30~40명이 되었다. 그중에서 8~9명의 처녀들은 선전대의 '지식청년'인 바이웨이홍(白衛红)과 함께 춤을 배웠다.

순식간에 후루진은 "곳곳에서 꾀꼬리가 노래하고 제비가 춤추며 시냇물이 졸졸 흐르는 곳"으로 변했다.

문화관에서, 큰 나무 밑에서, 오로드스 강 양안에서, 농가 마당에서 불고 켜고 치고 노래하는 등 가무가 끊이지를 않았다. 저녁이 되면 북소리, 피리소리, 남자소리, 여자소리, 개 짖는 소리, 닭 울음소리, 부부가 싸우는 소리, 애들 우는 소리가 혼합되어 여기저기서 들려오면 후루진 만의 독특한 "향촌 교향곡의 밤"이 되었다.

35

알바니아는 니우원왕과 결혼 후 이듬해에 쌍둥이를 낳았다. 아들 하나 딸 하나인 용봉쌍(雙棒兒)이었다.

오로드스 강에서 옷을 빠는 여인들은 알바니아에게 또 한 번의 모험을 시작했다. 그들은 알바니아가 요정이라고 생각했다. 뜻밖에도 한 번에 애 둘을 낳다니…… 노른자위가 두개인 알을 낳는 닭은 좋은 닭이 아니었다고 그들은 알고 있었기 때문이었다. 그런 닭은 사람에게 악운을 가져다준다고 몇 세대나 마을에서 전해 내려왔던 공통된 인식이었다. 암탉이 노른자위가 두개인 알을 낳은 것은 좋은 징조가 아니므로, 사람이 쌍둥이를 낳는 것도 좋은 것이 아닐 것이라고 믿었던 것이다. 그들은 그러한 불행이 발생하기를 믿고 기다렸다. 당연히 이런 불행은 당사자나 사고 친 자 즉 알바니아에게만 생길 것이라고 그들은 믿었던 것이다.

세상에는 늘 뜻대로 되는 일이 없는 법이다. 니우원왕이 도시(현) 방송국에 뽑혀서 일하게 되었다는 소식은 후루진 사람들이 볼 때는 큰 희소식이었다. 도시에 가서 일할 수 있다는 것은 시골 사람들에게 있어서는 꿈에서만 생각할 수 있는 일이었다. 오로도스에 모인 여인들은 불평을 토로하기 시작했다. 그들은 노른자위가 두개인 계란을 낳은 닭에게 좋은 결과가 있다는 것은 믿을 수 없는 일이었다.

그들은 니우원왕이 도시의 여 방송원과 '불륜관계'에 있다고 하는 말도 안 되는 소문을 집단적으로 만들어 사방에 퍼뜨렸다. 마을 누군가가 도시에 갔다가 니우원왕이 그 여자와 손을 잡고 산책 하는 걸 보았다고 말했던 것이다.

알바니아는 홀로 집에서 두 아이를 키우면서 논일을 하러 다녀야 했다. 남편이 외도를 했다는 소문에 그녀는 마음이 불안하고 넋이 나갈 것만 같았다. 매번 방송에서 여 방송원의 달콤한 목소리가 들릴 때마다 알바니아는 흥분하여 접시와 공기를 깨부시고 심지어 애들을 때려 울리기까지 했다.

두 달쯤 지나자 집에 있는 공기와 접시들이 거의 다 깨졌다. 그 무렵에 니우원왕이 처음으로 집에 돌아왔다. 그는 애들 보러 집에 들렸던 것이다.

알바니아는 죽는 한이 있더라도 그를 도시로 돌아가지 못하게 했다. 니우원왕이 아무리 달래도 알바니아는 절대로 물러서지 않았다. 다시 도시로 돌아가면 바로 애들을 우물에 던져 버릴 거라고 위협했다. 그녀는 눈을 부릅뜨고 남편을 바라보았다. 눈에서는 살기가 느껴졌다.

니우원왕은 할 수 없이 타협하고 말았다. 그는 집에 눌려 앉아야 했다. 그리하여 니우원왕은 도시 사람이 되려던 꿈은 그만 깨져버리고 말았다.

그 후 그는 오로도스 강에 모여 앉은 여인들의 '음모'라는 것을 알고는 펄쩍 뛰었다. 그는 그날 저녁 알바니아에게 물었다.

"도시 방송국 여 방송원의 목소리가 듣기 좋았나?"

마누라는 말했다.

"그 목소리 마치 아양 떠는 것처럼, 듣기만 해도 남자를 꼬시는 불여시 같은데, 그거 알아요?"

니우원왕은 멍하니 알바니아를 바라보면서 한 마디 한 마디씩 말해주었다.

"그 여 방송원은 반신불수야…… 그녀는 휠체어에 앉아서 방송하고 있어, 이 맹추야!"

　이스(伊十)의 종자, 완씨의 외동아들 완런텅(万人疼)은 엄마 품에 안
겨서 당시 민간이야기(주로 귀신이야기였음)를 들으면서 하루하루 자
랐다. 6~7살 되던 해 그는 어린 친구들에게 엄마에게서 들은 재미있는
이야기를 유창하게 해줄 수 있게 되었다. 게다가 살을 덧붙여서까지 말
이다. 완런텅이 제일 좋아하는 이야기는 "향기 있는 방귀를 뀌다"였다.
이는 후루진에서 몇 세대나 걸쳐서 들어온 전설이었다. 그러나 그는 친
구들에게 반복해서 들려줬다.

　"옛날에 남자 형제가 있었는데 아빠 엄마는 일찍 들어가셨단다. 형
은 바보이고 동생은 특별히 총명했지. 형이 장가를 못가는 바람에 동생
이 먼저 결혼했지. 그의 처는 바보 형이 싫어서 그에게 일은 많이 하게
하고 밥은 적게 주었다. 게다가 식은 밥만 먹게 했다. 바보 형이 아무리
열심히 일을 해도 그녀는 마음에 들지 않았다. 그러자 그녀는 결국 그
를 뒷 칸으로 쫓아버렸다. 어느 하루 바보 형은 광주리를 엮어서 지붕
밑에 달아매면서 중얼거렸다. '동쪽에서도 새가 날아와 알을 낳고, 서
쪽에서도 새가 날아와 알을 낳거라'. 그러자 새가 쉴새 없이 광주리 안
으로 날아와 얼마 되지 않아 광주리 안은 알로 가득 찼다. 바보 형은 새
알을 한 가마나 삶아서 밥처럼 먹었다. 그의 제수는 그걸 보고 샘이 나
서 가증스러운 얼굴로 그 신이 준 광주리를 빌려 달라고 형에게 구걸했
다. 형은 미련 없이 광주리를 빌려줬다. 그녀는 바로 자기 집 지붕 밑에
그 광주리를 달고는 큰소리로 외쳤다. '동쪽에서도 새가 날아와 알을
낳고, 서쪽에서도 새가 날아와 알을 낳거라!' 그러자 역시 한 무리의 새
가 날아오더니 알을 낳기는커녕 그녀의 머리에다 똥을 싸버렸다. 그러

자 그녀는 홧김에 형이 준 광주리를 부숴버리고 불가마에 넣어 태워버렸다. 산에서 일하고 내려온 바보 형은 제수에게 광주리를 돌려달라고 하였다. 그녀는 언짢은 말투로 부숴버렸다고 했다. 그러자 형은 부서진 광주리를 어디에 뒀냐고 물었다. 그녀는 가마 밑에 넣어 태워버렸다고 하였다. 바보 형은 눈물을 흘리며 가더니 가마솥 밑에서 그 광주리를 찾았지만 이미 재가 되어 있었다. 그는 부지깽이를 잿더미 속에 넣어 휘저으면서 남은 조각이라도 있나 하고 샅샅이 뒤졌다. 그러다 끝내 콩알 하나를 찾았다. 바보 형은 그 콩알을 곧바로 입에 넣어 먹었다. 얼마 지나지 않아 배에서 기체가 방출됐는데 정말 향기로웠다. 구린 방귀는 많이 들었지만 향기로운 방귀는 들어본 적이 없었다. 바보는 사방으로 다니며 방귀를 뀌었다. 그 냄새는 정말 향기로웠다. 많은 부자 집에서 자기 집으로 와서 방귀를 뀌어주기를 원했다. 거금을 받고 바보 형은 큰 기와집 마당에서, 아가씨 방에서, 그리고 사모님 방에서 뀌어댔다. 침실과 옷장, 주방에서도 향기로운 방귀를 뀌게 했다. 이러한 서비스로 인해 바보는 큰돈을 벌었다.

그의 제수는 이 일을 알고 많이 부러워하였다. 그녀는 다시 한 번 형에게 돈 벌 방법을 가르쳐 달라고 하였다. 바보는 숨김없이 비결을 그대로 알려주었다. 그녀와 남편은 별로 어려운 일이 아니라고 생각했다. 콩 한 알로 그렇게 많은 돈을 벌었으니 콩을 한가마 볶아서 배에 있는 힘껏 채워 넣은 후 찬물을 마시면 큰돈을 벌 것이라고 생각했다. 그리하여 이 욕심 많은 부부는 그렇게 하였다. 남편은 배불리 먹고 마신 후 거리에 나서서 큰소리로 외쳤다. "향기로운 방귀를 뀌어드립니다. 향기로운 방귀를 맡으시려면 초대해주십시오!" 사람들은 너도나도 자기 집으로 모셔가려 하였으나 결국 권력을 가진 자가 다짜고짜로 가마에 태워 집으로 데려갔다. 옷장에 가둬넣고 마음껏 뀌면 보상을 주겠다고 했다. 동생의 배는 이미 파도를 쳐대고 있었다. 그는 있는 힘을 다해 뀌어댔다. 그러자 방은 온통 구린내로 꽉 차버렸다. 주인은 대노하여 그를 두들겨 패고는 하인들에게 명하여 그의 배기구멍을 코르크 마개로 막아버리게 했다.

완런텅(万人疼)은 이야기 하면 할수록 능숙해 져서 마을 어른아이 할 것 없이 배를 부둥켜안고 웃어대야 했다.

37

강 서쪽에 있는 '지식청년'들이 잇따라 도시로 돌아가면서 후루진의 닭, 오리, 거위, 개가 뚜렷하게 적어졌다. 이 시골 사람들보다 더 지식이 있는 도시 청년들은 빈곤한 하·중 농민으로부터 재교육을 받으면서 많은 생존기능을 알게 되었다.

그들은 후루진에 과학지식, 예술 활동, 뒷골목소식, 심미정취(주로 옷단장), 그리고 양호한 위생습관을 가져다주었다. 특히 이를 닦는 기술을 가르쳐 주었다. 동시에 마을의 일부 풍속, 미신, 우매함, 야만성, 절약, 근로, 인색, 욕심 등을 버리게 했고, 그러면서 거의 전부의 닭, 오리, 거위, 개를 가져갔다.

'청년들의 거주지'가 철수할 때 마을사람들은 그 두 줄의 기와집 지하(전에는 전쟁이 일어났을 때 대피하기 위한 비상용 지하도로였다)에서 큰 트럭 두 개 정도 분량의 닭, 오리, 거위, 개, 돼지, 양, 당나귀 등 가축의 껍질과 뼈를 발견하였다. 마을사람들은 급기야 자기 집 물건이 어디로 갔는지를 알게 되었다. 그들은 이 '지식청년'들을 의심하기는 했지만 확실한 증거가 없었다.

'지식청년'들이 돌아가고 집이 비면서 모든 게 없었던 일로 되었다.

도시사람들은 가고 이스(伊十)가 돌아왔다.

큰 바보인 이스와 안꿔민이 다시 나타났던 것이다. 그들은 모두 조기에 석방되었다. 이스가 감옥에서 나오는 날이 바로 그의 서른 살 생일날이었다. 이스가 돌아오자 한동안 마을의 마이크에서는 당시 유행하던 새로운 노래를 매일 반복적으로 틀어댔다.

"시월에 봄 우레가 울고, 팔억이나 사는 신주(神州)가 금 술잔을 드네, 편안한 마음에 마시는 술은 진하고 아름답구나, 천 잔 만 잔이라도 취하지를 않도다"

큰아들이 돌아온 후 이괴물은 매일 술에 취해 있었다. 그는 마이크를 향해 외쳐댔다. "허풍 좀 그만 불어라. 천 잔 만 잔을 마셔도 취하지를 않는다고…… 내가 볼 땐 나보다도 못 마시는 것들이…… 다섯 잔이면 네 놈들을 무너뜨릴 수 있어! 그런데 천 잔 만 잔이라니, 웃기고들 있네 그려!"

38

완탄즈의 마누라는 6년을 과부로 살았다. 재혼하지 않았다. 이스(伊十)는 10년을 감옥에 감금되어 있었다. 그녀의 마음은 한시도 편하지 않았다. 사람들의 꾸지람과 자신의 자책감으로 그녀는 마을에서 머리를 들 수가 없었다.

이스가 다시 나타나게 된 것은 완탄즈의 마누라에게 극도의 공포와 극대한 스트레스를 안겨 주었다. 그녀는 이스와 이스의 형제들이 빚을 받으러 올까 겁이 잔뜩 나 있었다. 그녀는 이스를 동정하였지만 바보와 같이 살기는 싫었다. 하지만 완런팅은 이스의 '종자'다. 이것은 사람들이 모두 아는 '비밀'이었다. 그녀는 절대로 아들을 이 씨 집에 빼앗길 수가 없었다. 아들은 그녀가 살아가는 유일한 정신적 지주였기 때문이었다.

완런팅은 괴상하고 웃기는 이야기를 하는 것을 좋아했을 뿐만 아니라, 박장대소할 웃기는 이야기도 잘했다. 그는 10살밖에 안 되었지만 영리하고 총명했다. 그는 이스(伊十)가 어릴 적에 한 바보짓과 바보스런 말을 우스갯소리로 엮었다. 그중에는 당연히 이스가 형제를 셀 때 아버지 이괴물을 포함시킨 일도 있었다. 이스는 집에 돌아 온 후 밖으로 돌아다니지를 않았다. 그는 매일 아침 일찍 일어나서 진흙을 이겨 흙벽돌을 만들었다. 밥 먹고 자고 하면서 비 오는 날을 빼고는 매일 같은 일을 반복했다.

이바이(伊百)는 바이웨이훙과의 사실 아닌 감정적 갈등을 겪은 후 묵묵히 책만 볼 뿐 더 이상 다른 여자에게는 관심을 가질 생각을 하지 않았다. 그는 괴팍하고 고결해졌다. 마을에서 발생한 크고 작은 일에 대해 들은 체 만 체, 본 체 만 체 하고, 다른 사람의 흥분이나 격동, 그리고 열정에 대해 늘 경멸의 태도를 보였다. 마을의 많은 사람들은 이바이도 이괴물이라고 했다. 그의 아버지보다 더 괴팍하다고 보았기 때문이었다.

완탄즈의 마누라는 양심적인 시달림을 이기지 못하고 아들 완런텅을 데리고 이 씨 집으로 갔다. 바보가 그녀로 인해 받은 치욕과 불행에 대한 보답과 보상으로 그녀는 이스에게 시집가기로 했다.

이스는 일손을 놓지 않았다. 그는 이미 말라버린 굽지 않은 흙벽돌을 쌓아야 했다. 완탄즈 마누라의 행동은 이 씨 가족 모두를 감동케 하였다. 그들은 이스에게 그들 모자를 받아들이라고 하였다. 그러나 바보 이스는 "그녀가 누군지 알지도 못하는 데 어떻게 결혼해?"라고 하였다.

완런텅은 울면서,

"아버지, 제가 당신의 아들이에요!"

이스는 애의 머리를 가볍게 어루만지며,

"너 이 녀석! 나는 마누라도 없는데 어디서 난 아들이라는 거냐?"

39

이바이(伊百), 이첸(伊千), 이완(伊万) 삼형제는 동시에 대학에 합격하였다. 이는 후루진의 폭발적인 기사거리가 되었다. 이 소식은 후르도스강에서 옷을 빠는 여인들의 입에서 나온 이야기가 아니었다. 마을 마이크에서 방송된 것이었다. 도시의 기자도 후루진에 와서 이 씨 삼형제를 특별히 취재했다. 그리고 사진까지 찍었다. 그 사진기는 신기하기도 했다. 렌즈가 엄청나게 길었다. 이스는 옆에서 긴 렌즈를 보면서 깨달은 듯 기자에 말했다.

"이 놈 수컷이지요?"

이 씨네는 대학 입학제도가 회복된 후 후루진에서 처음으로 또한 유일하게 이득을 본 집이 되었다. 당시 후루진에서는 이 사건이 깊고 거대한 영향을 미칠 것이라는 것을 미처 알지를 못했다.

이바이, 이첸, 이완 등은 각각 철학, 해운, 수의(獸醫) 전공을 택하였다. 이괴물은 세 아들이 누구도 회계를 배우려 하지 않은 것에 대해 좀 실망했다. 그는 셋째와 넷째가 해운과 수의를 전공으로 선택한 것에 대해서는 의견이 없었다. 하지만 둘째 아들 이바이가 철학을 선택한 것에 대해서는 도저히 이해할 수가 없었다.

이바이가 대학을 가던 해 그의 나이는 28세였다. 이첸, 이완도 대학에 들어갈 때는 이미 결혼한 후였다.

손지서(孫支書, 단객[蛋殼])는 무슨 인맥 때문인지 경찰서에 들어가게 되었다.

처음 경찰서의 차가 그를 데리러 왔을 때 후루진 사람들은 그가 '타패'조직의 우두머리로 있을 때 종(叢) 선생을 "죄가 두려워 자살하게 한 장본인"이었기에 그 일이 폭로된 것인 줄로 알았다. 후루도스의 여인들은 "그래 싸다 싸! 악인에게는 그에 걸 맞는 악의적인 보답이 있는 법이지. 그의 손에 사람 목숨이 달려 있었던 터라 이번에 '단객'은 십중팔구 총살되겠군!"라고 다들 말했다.

그러나 의외로 며칠 지나지 않아서 손지서는 경찰차를 타고 후루진으로 다시 돌아왔다. 그는 제복을 입고 있었다. 하얀 윗옷에, 곤색 바지를 입었고 정모를 쓰고 있었다. 마을사람들은 손지서가 자라 운이 있다고 믿었다. 그가 입은 제복은 전에 우편배달부였던 니우쥐관이 입은 제복보다 더 멋있었다.

40

니우원왕은 이바이를 동반하고 수도로 올라갔다. 이바이가 다니는 대학은 북경에 있었고, 이첸, 이완은 각각 청두(城都)와 우한(武漢)으로 갔다.

니우원왕은 이바이를 동반한다고는 했지만 사실은 자신이 다니던 대학에 관련 절차를 밟으러 갔던 것이다. 니우원왕은 학교에서 휴학증명서를 받았다. 그는 이 종이 한 장으로 다시 현 중학교에서 글을 가르치게 되었다. 알바니아와 한 쌍의 자녀도 후에 도시의 호구로 변경되어 진정한 도시사람이 되었다.

완탄즈의 마누라는 줄곧 재가하지 않았다. 그는 자주 이 씨 집으로 달려가 이스를 위해 씻고 헤진 옷을 깁는 일을 도왔다. 아들 완런텅은 중학교 졸업 이후 군대에 나가 제복을 입었다. 그는 그 후 만담을 배우기 시작하였다. 부대 문공단(文公團)에서 제법 인기가 있었다. 하지만 이스는 오히려 스스로 웃음 파는 사람이라고 하였다.

대장 왕리정의 붉은 구두는 기적같이 보존되었다. 그는 아들에게 대물림하였다. 그의 아들은 구정 때마다 그 신발을 신고 집집마다 찾아다니며 명절인사를 건넸다. 이 구두는 후루진에서 '관청의 도장'과도 같은 권력과 지위의 상징이었다. 황포(黃袍)나 옥새(玉璽)와도 같은 존재였다. 그 신발을 신은 사람은 권력을 가진 사람이 되는 것이다. 그리하여 그들은 이장 선거 때 왕리정(王立正)의 아들을 지원해 주었다.

후루진 사람들은 외부로 많이 나갔다. 군대 간 사람, 학교 간 사람, 일 하러 간 사람, 그리고 장기적으로 장사 하러 간 사람들이 많았던 것이다.

마을 대표적인 건물인 구락부는 아직도 남아 있었다. 다만 이미 폐허가 된 지 오래 전이었다. 글자그대로 위험한 건물이 되었던 것이다.

마을에는 노래방이 몇 집 생겨났다. 덕분에 불고 켜고 치고 노래하는 사람들이 적어졌다. 반세기 동안 활동한 아마추어극단(문예선전대)은 없어진지 오래였다.

여인의 강으로 불리던 그 큰 강은 이미 물이 말라서 생활폐기물이 가득 쌓여 있었다. 후루진 여인들의 모임의 천당이었던 무대가 사라져 버린 것이다.

후루진의 신세대 사람들은 아버지 시대의 정치에 대한 열정을 버렸다. 서너 댓 명이 모여서 국가대사를 논하고 기획하던 흥미와 전통을 이어가지 못했다. 더 이상 모여 앉아서 노인들이 들려주는 '거짓말' 귀신이야기를 들을 수 없게 되었던 것이다. 후루진의 대표적 민간문학인 "향기로운 방귀를 뀌다"는 더 이상 물어보는 사람이 없게 되었다.

이첸은 지금 원양운수회사에서 근무하고 있다. 그는 대학 졸업하기 전에 와이프와 이혼하고 새로운 가정을 이뤘다. 새 부인은 대학 동창이었다.

이완은 도시에 살면서 그의 와이프도 그 덕에 도시 사람이 되어서 잘 살고 있었다.

다섯째 이이(伊乙)는 아버지의 뒤를 이어 마을의 회계사가 되었다. 이괴물의 숭고한 이상을 실현하였던 것이다. 그는 비록 겨드랑이에 주판을 끼고 다니지는 않았지만, 머리는 여전히 반지르르 하였다. 그렇다고 참기름을 바른 것은 분명히 아니었다.

이 씨 노인은 몸이 아직도 정정하였고, 큰 아들 이스와 함께 살고 있었다.

이 씨 노인의 둘째인 이바이(伊百)는 줄곧 공부하여 박사학위까지 땄지만, 또한 줄곧 결혼하지 않았다. 그는 졸업 후 학교에 남아 글을 가르쳤다. 몇 년이 지나지 않아 교수가 되었다. 이바이는 대학에 들어간 이후로 후루진에 돌아온 적이 없었다.

그는 후루진은 단지 '존재'만 하고 있다. 게다가 "존재하는 사람의 존재 하에서 존재한다" 라고 했다.

그의 말은 이스 외에 그 누구도 알아들을 수가 없었다.

가나다라

1

후루진(葫蘆鎮)에는 역사 같은 것이 없다. 보다 정확히 말하면 문자로 기록된 역사가 없다는 말이다. 그러나 이는 후루진에 전혀 과거사가 전혀 없다는 말이 아니다. 서산 골짜기 양측에 있는 이름 없는 무덤 군과 진 내 중심 거리 양측에 나란히 늘어선 낡고 초라한 민가들 외에도, 후루진의 역사는 노인들의 기억 속에, 그리고 젊은이들의 상상 속에 존재하고 있었다.

역사를 잃어버린 후루진 사람들은 부담 없는 삶을 살아가고 있었다. 그들은 눈에 보이는 것에만 전념하기 때문에 과거의 무거운 부담으로 인해 가쁜 숨을 씩씩거리며 살 필요가 없었다. 진 내의 사람들은 꼬치꼬치 따지고 드는 습관이나 취미가 없었다. 머나 먼 과거에 일어난 일에도 전혀 관심이 없었다.

후루진에 살고 있는 서민들은 주로 두 가지 경로를 통해 주변이나 바깥세상의 중요한 소식을 접했다. 하나는 진의 문화관(文化館, 한때는 클럽이라 불렀다) 옥상에 동서남북 네 방향으로 설치한 확성기였고, 다른 하나는 진을 둘로 갈라놓은 물굽이인데, 그 곳은 진 내 여인들의 비공식적인 모임 장소였다. 문화관 옥상의 확성기는 정부 측 언론매체의 상징이었는데, 매일 정해진 시간에 진 내와 진 밖, 그리고 국내외 각종 뉴스를 방송했다. 주민(다수가 농민들임)들은 확성기를 통하여 진(한때는 인민공사라고 불렀음) 내에서 일어난 대소사를 접했을 뿐더러, 국내외의 많은 중대한 뉴스를 접했다. 적지 않은 주민들, 특히 남성들은 전혀 모르는 일부 외국인들의 이름, 예컨대 이승만, 트루먼, 후루시초프 등의 이름을 줄줄 외울 수 있었다. 시하누크(캄보디아 국왕), 노오

스(Samdech Penn Nouth-프랑스 수상)와 같은 이름은 부녀자들이나 어린이들은 물론 이스와 같은 백치들마저 개똥이, 썩은 달걀, 주걱턱 종(叢)씨를 부르듯이 자연스럽게 입에 달고 살았다.

　후루진 주민들은 확성기 방송을 통하여 "영국을 따라잡고 미국을 추월하는데 20년도 걸리지 않는다"는 믿음을 확고히 했으며, 지구상에서 우리가 살고 있는 이 나라가 정치나 형세가 그저 좋은 것이 아니라 특별히 좋다는 것을 알았다. 주민들은, "제국주의 미국", "수정주의 소련" 등 적국들은 나날이 타락하고 있고 우리나라는 나날이 좋아진다고 해 날 듯이 기뻐했다. 주민들은 비록 세계적으로 수난을 겪고 있는 3분의 2에 해당하는 인구가 후루진의 어느 쪽엔가 거주하고 있다는 사실을 모른 채, 도탄 속에서 헤매고 있는 불운한 그들을 무척 동정하고 있었다.

　"재차 지주와 자본가의 압박과 착취를 받지 않기" 위하여, "수정주의를 반대하고 수정주의를 막기" 위하여, "사회주의 강산을 영원히 보존하기" 위하여, "모 주석의 혁명노선을 목숨으로 수호하기" 위하여, "전쟁과 자연재해에 대비하기" 위하여…… 등 확성기에서 흘러나오는 모든 구호를 달성하기 위하여 후루진 인민들은 모든 열정과 심혈을 쏟아부었다. 그들은 헤아릴 수 없이 많은 비판대회, 선서대회, 동원대회에 참석하여 중학교 교사의 탈을 쓴 주걱턱 종(叢大下巴) 씨를 잡아냈고, 중화인민공화국이 수립되기 전에 우편배달부 제복을 입었던 니우쮜관(牛做官, 별명은 우제복[牛制服]), 머리에 유채기름을 바른 이괴물, 그리고 설 때마다 반짝반짝 빛나는 빨간 구두를 신고 여기저기 다니며 설인사를 올리던 생산대(生産隊) 대장(隊長) 왕리정(王立正) 등 "지주 분자, 부농 분자, 반혁명 분자, 나쁜 분자, 우파분자"를 잡아내어 무산계급 대오를 깨끗이 정리했다. 그들은 자발적으로 마오쩌둥 사상 문예선전대를 편성하여 일 년 내내 문화관이나 밭머리에서 활약했다. 심지어 배를 곯으면서까지 주민들의 집에 찾아가 공연했다. 혁명적 가곡이든 혁명적 모범극(樣板戱)이든 중국 지도에서 영원히 찾아볼 수 없는 시골의 자그마한 향진(鄕鎭)까지 잊지 않고 찾아가 선전했다. 노랫소리, 웃음소리, 울음소리, 징과 북 소리, 구호소리가 여기저기서 끊임없이 일어나면서 후루진 주민들의 일상생활과 함께했다.

후루진 주민들은 혁명만 강화한 것이 아니라 생산까지 촉진시켰다. 그들은 바다를 메워 밭을 만들고, 산을 깎아 물을 끌어들여 몇 뙈기 안 되는 기름진 땅을 남김없이 바닷물에 처넣었으며, 과수원의 과수나무를 모두 베내고 계단식 밭을 만들었다. 그들은 또 "동굴을 깊이 파고, 식량을 많이 저장하며, 패권을 차지하지 않는다"는 "최고 계층의 지시"를 따라 밤낮 구별 없이 방공용 지하 갱도를 파서 갑작스럽게 침략해 올지도 모르는 제국주의의 침략에 대비했다…… 이 모든 행동은 문화관 옥상의 확성기에서 흘러나온 소리와 관련되어 있었다.

빨래터에서 흘러나오는 뉴스는 모두 여인들이 빨래를 할 때 비밀리에 유포되는 소식들이어서 가십 뉴스라 할 수 있었으며, 주로 동네에서 생긴 자질구레한 일들이었다. 잘잘못이 누구네 집에 있다는 둥, 누구네 아이가 설사를 했다는 둥, 누구네 남편이 어느 과부 집을 엿봤다는 둥, 어느 여편네가 바람을 피웠다는 둥, 누구 집 딸년의 젖가슴은 한쪽이 작다는 둥, 누구네 며느리가 임신했다는 둥, 누구네 집 아들은 장가갈 나이가 되었다는 둥……. 개인의 프라이버시와 관련되는 일이라도 이곳에서는 공개적으로 토론되어 퍼져 나갔다. 물긷는 날마다 여인들이 한데 모여 이러쿵저러쿵 남의 흉을 보는 소문의 원산지였다.

확성기와 물굽이에서 발포되는 여러 가지 뉴스(정보)는 서로 뒤섞여 후루진 주민들이 수십 년 간 믿고 생존하는 여론 환경을 조성했다. 이 같은 뉴스가 진짜든 가짜든 주민들은 대부분 상황에서 방임하는 태도를 보였다. 일부 사람들이 제3의 정보 경로를 개척하려다 결국에는 큰 코를 다쳐야 했다. 문예선전대에서 아코디언을 켜던 안꿔민 사건이 바로 그 예였다. 그는 '적국의 방송'을 듣다가 들켜서 실형을 받고 옥살이를 했다. 이는 당시 후루진의 큰 정치적 사건이었다.

2

　후루진 정부의 회계사 이괴물은 슬하에 아들을 5명 두었는데, 이름이 이스(伊十), 이바이(伊百), 이첸(伊千), 이완(伊萬), 이이(伊億)였다. 그중 이바이, 이첸, 이완은 같은 해에 대학교에 붙었다. 둘째 이바이는 베이징에 소재한 대학교 철학과를 전공하고 있었다. 셋째 이첸은 해운(海運)대학교를 택했고, 넷째 이완은 우한(武漢)에 소재한 한 건축대학교를 택했다.

　이바이는 대학교를 다닐 때 한 동안 후루진의 과거에 대해 불가항력적인 흥미를 갖게 되었다. 그는 많은 역사자료를 열람하면서 탄복스럽고 자랑스러워할만한 후루진의 눈부신 역사를 찾아내려고 노력했다. 그는 또 이상한 꿈을 꾸었다. 꿈에 한 천인(天人)이 그의 머리를 쓰다듬으며, 그에게 너는 모 조대 모 명인의 후예라고 알려주었다. 이 꿈으로 인해 이바이는 2년 남짓 어리둥절한 기분으로 살았다. 그는 할아버지가 거름 실은 마차를 몰고 가다 전복되는 바람에 골짜기에 떨어져 사망했다는 말을 더는 믿지 않게 되었다. 그의 머릿속에 살아있는 조부는 최소한 전포에 적토마를 타고 긴 창을 휘두르며 전장을 종횡무진을 하는 모습이었다. 대학 동창들 중에 몇몇은 언제나 이바이를 백안시했다. 이 때문에 이바이는 괴로운 나날을 보냈었다. 후루진에 역사가 없을 수 없었다. 역사가 있으면 반드시 위인이 있을 것이고, 위인의 후예라면 유전적으로 우세한 점이 있어서 교제를 할 때 자신감을 가질 수 있고, 발전하는데 뒷배경이 될 수가 있었다.

그러나 이바이의 노력은 물거품으로 돌아갔다. 사마천의 『사기』로부터 중화민국 기간에 편찬한 『청사(淸史)』에 이르기까지 모든 역사 서적을 다 뒤져 봐도, 그가 태어나고 자란 고향 마을인 후루진에 대해 언급한 말은 한 구절도 없었다. 그는 크게 실망했다. 그는 후루진이 길가에서 주워온 고아처럼 뿌리도 없고 증거가 될 만한 것도 없어, 어디서 어떻게 왔는지를 고증할 수도 없거니와 어디로 가야 하는지는 더욱 알 수가 없었다.

이바이는 자기가 어릴 적에 아버지 이괴물이 돼지우리에서 거름을 쳐내는 도중 거기서 일본 군도를 발견한 일이 생각났다. 그 군도는 일본이 중국을 침략할 때 남긴 죄의 증거물이었다. 그 밖에는 가치 있는 문물이 출토된 적이 없는 것 같았다. 구석기 시대의 도자기 조각이나 청동기 같은 물건은 이바이가 대학교에 붙은 다음 박물관에서 보았는데 후루진에서 출토된 것은 한 가지도 없었다.

이바이의 아버지 이괴물의 말에 따르면, 후루진에서도 관리를 배출한 적이 있는데, 그는 청나라 말 현성에서 순포장(巡捕長) 노릇을 했다는 것이었다. 이바이는 아버지가 순포장에 관한 이야기를 할 때마다 옷깃을 여미고 경의를 표하던 표정과 태도가 생각나 웃음이 절로 나왔다.

약 5,000만 년 전, 심한 가뭄이나 추위, 혹은 외계의 손님인 운석이 떨어지면서 후루진 부근에 살고 있던 얼마 안 되는 불쌍한 토착민들의 목숨을 앗아간 적이 있었는데, 그 때문에 그들이 살아가던 흔적은 거의 남겨지지 않았다고 한 사실은 알고 있었다. 이를 바탕으로 이바이는 후에 후루진 선민들의 절대 다수가 타지방에서 이주해 온 이민일 수 있다는 결론을 내렸다. 이 이민들은 바다에서 표류하다 후루진에 이를 수 있었기 때문이었다.

이바이는 후루진 역사에 대한 탐구를 포기했다. 그는 중학교 시절 종 선생님(주걱턱 종씨)가 한 말을 기억하고 있었다.

"우리 할아버지들은 암흑한 낡은 사회에서 살았다. 우리 할아버지와 그 할아버지, 그리고 할아버지의 할아버지는 더욱 암흑한 원시사회, 노예사회, 봉건사회에서 살았다."

이 정도면 되었다. 그래도 역시 주걱턱 종씨가 꽤나 수준이 있었다. 비록 자기 학생들에게 장난감처럼 생죽음을 당했기는 했지만 말이다.

지금까지도 고고학자들과 역사학자들은 이바이의 추측이나 주걱턱 종씨의 결론을 대체하고 납득시킬만한 증거를 내놓지 못하고 있었다.

이바이의 흐릿한 기억 속에 진 내에서 15킬로미터쯤에 위치한 중머리 산에 궁궐처럼 화려한 절이 있었다. 그가 다섯 살인가 여섯 살 때 할머니는 그를 데리고 남몰래 그 곳에 찾아가 절을 올린 적이 있었다. 불당에 모셔진 흙으로 빚은 신상은 어린 이바이를 혼비백산하게 만들었다. 당시 그는 바지에 오줌을 쌀 정도로 무서움에 떨었다. 그 바람에 그는 집에 돌아와 며칠 동안이나 악몽에서 시달려야 했다. 할머니는 불상 앞에 무릎을 꿇고 앉아 입으로 끊임없이 무언가 중얼거렸다. 어려운 일에 부딪쳤으니 도와달라고 비는 것 같았다. 이바이는 할머니 옷자락을 꼭 부여잡고 두 다리를 바들바들 떨었다. 오줌이 주체할 수 없이 바짓가랑이를 타고 줄줄 흘러내려 울퉁불퉁한 바닥을 따라 제사상 밑까지 흘러갔다. 불공을 마치고 일어나던 할머니가 이바이의 엉덩이를 찰싹찰싹 때리고는 황망하다는 기색으로 불상을 향해 빌었다.

"부처님께서 보우해 주시유! 천지신명님께 죄송하옵니다. 이 어린 녀석이 법도를 몰라 죄를 지었으니, 재상의 뱃속에서는 배도 저을 수 있는 넓은 아량이 있으시다고 하던데, 부디 어르신의 넓은 도량으로 소인의 허물을 용서해 주시옵소서. 집에 돌아가면 이 녀석을 혼쭐내겠소이다."

할머니는 한편으로 사죄하고 한편으로 손자를 끌고 본당의 높은 문턱을 총총망망하게 넘어갔다. 불당 정원을 벗어나기도 전에 할머니의 세 치 전족이 이바이의 엉덩이를 향해 10여 번이나 세차게 날아왔다.

"이 싹수없는 망나니 녀석아, 오줌보가 터졌냐? 하필 신선님이 거처하시는 곳에 다 불손한 짓을 저지르다니 이놈아! 폭포수가 터졌냐? 오줌은 왜 또 그리 많이 누었냐! 오줌을 누라고 할 때는 안 누더니, 시간이나 장소를 가리지 않고 아무데나 누다니……."

할머니는 백치인 이바이의 큰형 이스 때문에 부처님께 빈 것 같았다. 그러다가 후에는 맏손자 이스가 더 멍청해지자 할머니는 부처님께 빌어도 효험이 없는 주요 원인이 이바이가 부처님 앞에서 오줌을 쌌기 때문이라고 여겼다.

이바이는 후루진을 떠나 대학교에서 공부할 때 홀로 중머리 산에 다녀온 적이 있었다. 불당은 오래 전에 흔적도 없이 사라졌다고 부근에 살고 있는 사람이 알려줬다. 사람들이 불을 질러 절을 태워버린 후 남은 벽돌과 기와를 실어다 생산대 돼지우리를 짓는데 사용했다고 했다.

절을 불태우던 당시 절에는 불당을 지키던 동자승이 있었는데, 사람들이 그를 불당에서 나오라고 설득했지만 그는 한사코 버티며 나오지 않고 버티다 결국 동자승은 불상과 같이 잿더미 속으로 사라지고 말았다는 것이었다.

이바이는 대학교를 졸업한 후에 흔적도 없이 사라진 절이 유감스러웠다. 비록 그 절이 후루진에서 15킬로미터 남짓 떨어져 있었지만, 후루진에 하나밖에 없던 역사적 증거물이었기 때문이었다. 이바이는 그 절이 십중팔구는 진나라 때 건축한 건물이며, 진 내 사람들이 추측하는 역사보다 더 오래되었을 수 있다고 여겼다. 현재 후루진 주민들 기억 속의 역사는 3세대 안으로 제한되어 있었기에, 기억력이 굉장히 뛰어난 연장자라 해도 할아버지가 살아계실 때의 일 밖에는 기억하지 못하고 있었기 때문이었다.

허영심에서 비롯된 이바이의 고고학 연구는 일단락 종결지을 수밖에 없었다. 반애들이 후루진의 문화와 역사, 지역 특산물을 물어볼 때면 이바이는 유머스럽게 대답했다.

"우리 고향 마을은 역사가 아주 깨끗한 곳이야. 백치와 백치에 관한 재미있는 이야기가 넘쳐 나는 고장이기도 하고 말이야!"

사실 이바이의 말이 모두 우스갯소리는 아니었다. 적어도 뒤의 한 마디는 솔직한 말이었다. 후루진은 집집마다 백치가 거의 한 명쯤 있었다. 비가 내려도 집으로 뛰어가 비를 피할 생각을 하지 않는 사람들을 포함해서 말이다.

3

후루진 주민들은 한 때 엄청난 비통 속에 잠긴 적이 있었다. 이바이 삼형제가 대학교에 붙기 2년 전 일이었다.

여름이 막 가고 가을에 접어드는 어느 하루였다. 거의 해마다 가뭄에 시달리는 후루진에 연 며칠 비가 내려 온 진이 축축하고 끈적끈적해졌다. 거리는 질척거렸고 집집에 쌓아놓은 지푸라기는 습기에 곰팡이가 끼어 밥 지을 불조차 지필 수 없었다. 굶주림을 참지 못하여 어떤 집에서는 아예 문짝을 뜯어 잘게 쪼개 땔감으로 사용했다.

긴 세월 맑게 갠 하늘 아래에서 살아가던 후루진 주민들은 장시간 동안 장마 날씨에 견디기 어려워 누구나 우울하고 초조해졌다. 어른들은 비가 와 할 일도 없는지라 걸핏하면 아이들을 때렸다. "꾀꼬리가 노래 부르고 제비가 춤추는" 흥겨운 정경은 사라지고 "처량한 울부짖음 소리"만 들렸다. 부부간이 싸우고, 며느리와 시어머니가 말다툼을 하는 일은 일상사가 되었으며, 울음소리와 욕하는 소리가 온 진 내에 울려 퍼졌다.

그러던 어느 날, 문화관 옥상의 확성기에서 갑자기 무겁고 침통한 장송곡 소리가 흘러나왔다. 마음을 도려내는 듯 하는 그 소리는 듣는 이들을 숨소리조차 가쁘게 했다. 하늘이 무너지고 세상이 캄캄해졌다! 후루진 주민들은 너무 큰 충격을 받아 멍청해졌다. 가장 붉고 붉은 태양(마오쩌둥을 가리킴 ―역자 주)이 더는 동쪽 하늘에서 떠오를 수 없게 되었다. 온 진 내가 삽시간에 쥐 죽은 듯 잠잠해졌다. 잠시 후, 하늘땅을 뒤흔드는 울음소리가 터졌다.

눈물은 빗물을 타고 줄줄 흘러내렸다. 후루진 주민들은 종래 이 같은

바보 웃음 _87

엄청난 정신적인 충격과 비통에 잠긴 적이 없었다. 그들은 모든 것이 철저히 끝났다고 생각했다. 그들이 감히 칼처럼 뾰족한 산에 오르고 불바다에 뛰어들며, 구천에 올라가 달을 따고, 5대양에 들어가 자라를 잡을 수 있었다고 하더라도 태양이 없어서는 안 되었다. 태양을 잃는다는 것은 방향을 잃고, 따사로움을 잃고, 광명을 잃는다는 것을 의미했다. 맙소사! 춥고 어두운 세상에 방향까지 잃는다는 것을 얼마나 두렵고 무서운 일인가!

후루진 주민들의 정서는 최저치로 하락했고, 비통함과 공포감이 일시에 엄습했다. 남녀노소를 포함한 모든 주민들이 밤낮을 가리지 않고 문화관 광장에 마련한 빈소에 달려가 한 바탕 울고불고 하면서 구세주가 재차 강림하기를 빌었다.

진 내의 정선된 기간 민병과 서민 대표들은 빈소를 불철주야 경계하였다. 확성기에서는 장송곡과 "전 당, 전 군, 전국 여러 민족 인민들에게 알리는 글"이 끊임없이 흘러나왔다. 모든 산이 숙연하게 기립해 있었고, 강과 하천은 흐느꼈으며, 인민들은 목 놓아 슬피 울었다. 후루진 주민들은 확성기를 통해 자기네 고장의 하늘만 무너지는 것이 아니라 다른 고장의 하늘도 곧 무너질 수 있다는 사실을 알게 되었다.

이괴물, 니우쮀관, 왕리정(별명은 빨간 구두)과 같은 '나쁜 분자'들은 공개적인 장소에서 울지 못하게 했다. 그들에게는 혁명적 인민들의 슬픔을 함께 나눌 자격이 없었다. 그 며칠 동안 이괴물, 니우쮀관, 왕리정, 그리고 과부 바이(白) 씨 등 '잡귀신'들은 무서워 벌벌 떨면서 각자가 구석진 곳에서 남몰래 눈물을 훔쳤다. 자칫 하다가는 "붉은 태양을 모해하려고 배후에서 독수를 뻗쳤다"는 천인공노할 큰 누명을 쓸 수 있었기 때문이다. 특히 이괴물은 아들들이 자신의 일거수일투족을 살펴다 고발이라도 당할까봐 마음 놓고 울지도 못하고 비통스런 마음을 속으로 꾹 삼켰다.

문화관 광장만으로는 수많은 추모객들을 수용할 수가 없어서 추도식장을 진 남쪽에 위치한 중학교 운동장에 더 설치하였다. 앞가슴에 흰 꽃을 달고 팔에는 검은 완장을 두룬 추모객들이 보슬비를 맞으며 무거운 발걸음으로 천천히 중학교 운동장에 모여들었다.

운동장은 인산인해를 이루었지만 흐느끼는 소리와 기침 소리 외에는 다른 소리가 들리지 않았다. 엄마의 품에 안긴 어린애들마저 평소처럼 칭얼대지 않고 숙연한 표정을 짓고 있었다. 장송곡이 멈추자, 확성기에서 낮고도 묵중한 한 남성의 목소리가 흘러나왔다. 시골 사람들은 지방 사투리가 다분한 그 남성의 말을 알아들을 수는 없었지만, 앞줄에 선 공사 간부들을 따라 머리를 수그리고 한 번, 두 번, 세 번 국궁(鞠躬, 허리를 구부려 인사는 올리는 것 —역자 주)을 올렸다. 일부 주민들은 의식을 마쳤는데도 관성에 의해 엉덩이를 하늘로 치켜 올리며 몇 번이나 국궁을 더 하는 바람에 울지도 웃지도 못하는 광경이 벌어졌다.

"엄마, 오줌 마려워!"

네댓 살쯤 되어 보이는 아이가 다급히 어머니에게 간청했다. 그 소리는 비록 높지 않았지만 온 장내에 다 들렸다. 아이 어머니는 너무나 놀라 얼굴이 백지장이 되어 황급히 손으로 아이의 입을 틀어막았다. 이 여인은 "반신불수 완(萬) 씨"의 아내였고, 어른들이 엉덩이를 들어 올리자 오줌을 누고 싶은 충동을 느낀 아이가 완 씨의 형식적인 아들 완런팅(萬人疼, 많은 사람이 귀여워 한다는 뜻이고, 별명은 완런흔[萬人恨, 많은 사람이 미워한다는 뜻])이었다. 아이는 사실 이괴물의 백치 아들 이스의 친자식이었다. 완 씨는 신혼 첫날밤 얼음물로 목욕을 하다가 하반신이 마비되어 생식능력을 잃었다. 하루빨리 아들을 갖고 싶었던 그는 아내를 강요하여 신체 건강하고 원기가 왕성한 백치 이스를 유혹하게 하여, 아내가 잉태하도록 했다. 바로 몇 해 전 후루진을 들썩하게 만든 '씨받이' 사건이었다. 이 사건의 최대 수혜자는 힘을 들이지 않고 아들을 얻은 완 씨였다. 그리고 최대 피해자는 백치 이스였다. 그는 본의 아니게 풍기를 문란시키는 실수를 범하고서도, 위대한 수령(마오쩌둥)도 유사한 실수를 했다고 하는 바람에, 용서할 수 없는 정치적 범행을 저지른 것으로 인정되어 10년 동안 유기징역을 선고받았다.

완 씨 아내는 아이를 옆구리에 끼고 황급히 사람들 속을 비집고 나왔다. 그 바람에 완런텅은 얼굴이 잿빛이 되어 질식해 죽을 뻔했다. 후에 완런텅은 오줌을 참는 일보다 엄마가 투박한 손으로 입을 막는 바람에 숨을 쉬지 못해 더 힘들었다고 울먹이며 말했다.

"이 잡놈의 새끼! 하필이면 왜 딱 그 때 오줌이 마렵다며 투정질을 해댔니? 오줌통이 콱 터져 죽어버리기나 하지! 정말 완런흔(萬人恨)이야!"

완런텅은 운동장 옆 나무 밑에 꿇어앉아 어머니 꾸중을 듣다가 한 마디 변명했다.

"엄마, 마오 주석께 맹세하지만, 정말 오줌 마려워요!"

완런텅은 바지를 추어올리며 금방 떠오른 생각을 물었다.

"엄마, 마오 주석이 죽었으니, 이 다음부터 누구한테 맹세를 해야 해요?"

4

어린 완런텅이 오줌을 누다 떠오른 생각은 전 후루진 내지 전국 인민들이 봉착한 중차대한 문제였다.

후루진은 뒤에는 산, 앞에는 바다를 끼고 있는 구릉지였다. 문화관 앞의 동서로 뻗은 도로는 진을 앞거리와 뒷거리로 나누고, 남북으로 흐르는 하천(사실 개울이나 다름 없음)은 진을 동과 서 두 자연부락으로 나누었다.

문화관은 후루진의 구세대 장인들이 자체적으로 설계하고 건축한, 진의 대표적인 건물이어서, 구세대 사람들의 자부심이기도 했다. 1950년대에 건축한 이 공중 장소는 크기에서 나지막한 민가와 대조되어 유난히 웅장해보였다. 문화관 건물을 처음에는 클럽이라고 불렀는데, 주로 공연이나 회의, 영화를 상영하는 장소로 쓰였다.

클럽의 동쪽과 서쪽에는 진 내에서 규모가 가장 큰 공급판매합작사(후에 백화점이라 개칭), 그리고 이발관, 호떡집, 사진관, 식당 등 여러 가게가 나란히 붙어있었다. 식당 서쪽에는 공사(公社, 60~70년대 향[鄕]과 진[鎭]급 정부기관을 공사라고 불렀다)의 큰 뜰이 있고, 앞뒤에 벽돌로 지은 널찍한 건물이 두 줄로 늘어서 있었다. 문화관 맞은쪽에는 곡물창고가 있고, 곡물창고 동서 양쪽에는 농기계관리소와 허름한 신발수선집이 있었다. 신발수선집의 주인 염(閻)씨는 사팔눈에다 입은 비뚤어지고 곱사등이었는데, 신체적 장애란 장애를 거의 다 가지고 있었다. 게다가 심한 기관지 천식까지 있어서 숨소리가 풀무질소리보다 더 높았다.

돌다리 하나가 하천의 동서 양안을 이어놓았다. 진 내 병원은 하천 서쪽을 가로지른 도로 남쪽에 자리 잡고 있었으며, 거리를 사이 두고 병원 건너편에는 가축병원이 있었다. 생산대의 가축이 병들면 가축병원에 끌고 가 치료를 했다. 만약 가축을 끌고 갔던 사람이 열이 나거나 머리가 아프면 가축을 가축병원에 맡긴 다음 본인은 길 건너 병원에 가 진찰을 받고 약을 딸 수 있어서, 일거양득이라 할 수 있었다. 후에 진내 주민들이, 가축병원의 많은 의사들이 길 건너 병원으로 전근하여 환자들의 병을 치료하는 것을 보고, 길을 건너다니며 치료하기도 불편하니 아예 두 병원을 합병하면 좋겠다는 건의를 제기했다. 하지만 그 건의는 정부 측에서 받아들이지 않았다. 얼마간의 시간이 지난 후, 주민들은 가축병원장이 병원장을 겸하고 있다는 사실을 알게 되었다.

문화관과 문화관 광장은 줄곧 후루진의 정치와 문화의 중심 역할을 해왔다. 20여 년 동안, 문화관과 문화관 광장은 인간 세상의 여러 가지 희비극이 연출되는 장소였다. 진의 아마추어 극단(문예선전대)에서 공연하는 가무, 전통극, 혁명적 모범극은 물론 쓰라린 과거를 회상하는 추억대회나 투쟁대회, 선서대회 등 모든 회의는 이 곳에서 진행되었다. 허다한 선진적 인물, 골간 인물, 모범 근로자, 본보기 인물, 적극적 인물들이 이곳에서 표창을 받았을 뿐만 아니라 많은 지주, 부농, 우파, 그리고 반혁명분자와 나쁜 분자들이 이곳에서 투쟁을 받았다. 전자는 무대 위에서 붉은 꽃을 달고 상장을 높이 추켜들며 찬란한 미소를 지었다. 후자는 무대 위에서 무릎을 꿇고 머리에 고깔모자를 쓰고 나무 간판을 목에 걸고 팔을 뒤로 오랏줄에 묶인 채 사색이 되어 있었다. 극을 공연할 때에는 배우가 흔히 죽은 척 시늉을 했지만, 투쟁대회에서는 정말 생죽음을 당했다.

문화관 건너편에서 신 수선집을 운영하고 있는 곱사등이 옌 씨는 광장에서 펼쳐지는 공연의 가장 열성적인 관중이었다. 그는 구경을 하고 나면 비뚤어진 입으로 아주 힘들게 한 마디 뱉곤 했다.

"씨발! 별 멋도 없는 걸 괜히 시간만 허비했네. 낡은 신 꿰매는 것보다 못하군!"

5

문화관 앞에 설치했던 빈소를 철거했다. 시간이 흐르자 후루진 주민들은 극도의 슬픔에서 점차 헤어 나왔다. 장마가 40여 일간 지속되는 바람에 많은 집의 벽이나 이불에 파란 곰팡이가 끼었다.

서늘한 가을바람을 타고 쾌청한 날씨가 시작되자 축축해진 이불이나 옷, 신발 등을 말리느라 집집마다 분주히 보냈다. 주민들이 큰길 양옆의 전선주나 가로수 사이에 끈을 매고 널어놓은 울긋불긋한 이불, 담요, 기저귀, 팬티, 낡은 커튼이 바람에 날리면서 진풍경을 연출했다. 담장, 닭장, 돼지우리 위에는 낡은 신발과 양말, 요강, 김칫독, 그리고 상한 절인 생선을 말리느라 여기저기 지저분하게 가득 널어놓았다. 거리에는 코를 찌르는 곰팡이 냄새, 비린 냄새, 썩은 냄새가 진동해 사람들은 코를 막고 마을 밖으로 뛰어나가 오래간만에 따스한 햇볕을 즐겼다.

그 해 곡식이 밭에서 썩는 바람에 작황이 별로 좋지 않았다. 아낙네들이 집에서 옷가지 같은 것을 말리고 있을 때, 남정네들은 밭에 올라가 곰팡이가 끼고 싹이 난 낟알 하나라도 버리지 않고 모두 주웠다. 그들은 옥수수, 수수, 콩, 고구마, 무, 배추 등 무릇 주린 배를 달랠 수 있는 것이라면 몽땅 집으로 실어 와서는 아낙네들에게 식량이나 땔감을 말려야 하니 옷 같은 것들은 서둘러 치우라며 호령했다.

어느 날 아침, 이바이과 이첸이 허겁지겁 집으로 달려 들어오더니 거친 숨을 몰아쉬며 아버지 이괴물에게 떠들어댔다.

"큰일 났어요! 병원 앞 담장에 반동 표어가 나붙었어요! 글자가 이만큼 커요……."

이첸이 손짓 발짓 해가며 허둥대며 설명했다.

"윗줄에는 '왕훙문, 장춘교, 강청, 요문원 반당 무리를 타도하자……'"

"찰싹!"

이첸의 말이 끝나기도 전에 이괴물이 그의 귀뺨을 호되게 때렸다.

"망할 자식, 함부로 지껄이지 마라!"

이괴물은 너무나 불안해 온몸을 부들부들 떨었다. 그는 부랴부랴 아들들을 방에 가둔 다음 나오지 말라고 엄포를 놓았다.

이바이와 이첸은 허튼 소리를 한 것이 아니었다. 그들 두 형제는 전날 저녁 생산대 탈곡장에서 곡식을 말리느라 밤을 지새웠다. 이튿날 아침 밥 먹으러 집으로 오던 그들 형제는 병원 앞을 지나다 사람을 깜짝 놀라게 한 큰 표어를 본 것이다. 이괴물은 두 아들에게, 표어를 못 본척하고 누구한테도 표어에 관한 말을 절대 꺼내서는 안 된다며 주의를 주었다.

표어는 누군가가 붉은 종이에 써서 담벼락에 붙인 것이었다. 표어는 이내 뜯어졌다. 뒤이어 현에서 경찰차가 들이닥쳤다. 이괴물, 왕리정, 그리고 하천 서쪽에 사는 백 과부, 중학교에서 미술을 가르치는 왕달풍이라는 교사가 잡혀갔다. 이바이과 이첸은 아버지가 한 일이 아닌 줄 알고 있으면서도, 구할 방법이 없었다. 그날 밤 진 내에서는 바늘 떨어지는 소리가 들릴 만큼 조용했다.

하루가 지나서, 문화관 옥상 위의 확성기에서 이틀 전 '반동표어'에서 밝힌 내용과 똑 같은 말이 흘러나왔다. 진 내 주민들은 자기 귀를 의심하면서, 감히 집밖으로 나설 엄두를 내지 못했다. 땅거미가 내릴 무렵이 되어서야 진과 생산대의 일부 간부들이 한 집 한 집 찾아다니며 저녁을 먹은 후 문화관 광장에서 열리는 경축대회에 참가하라고 통지했다. 그러면서 만약 참가하지 않으면 임금(工分)을 공제한다며 을러댔다.

이괴물은 경축대회가 열린 이튿날 오전에야 현성에서 풀려나 집으로 돌아왔다. 그 표어는 물론 이괴물이 저지른 일이 아니었다. 중학교 미술 교사 왕달풍이 자기 소행이라고 인정했다. 왕달풍은 판결을 받은 안꿔민처럼 그 역시 "적국의 방송을 남몰래 듣는 악습"이 있었다. 이번 뉴스도 그가 해외의 한 방송을 듣다 알았고, 조금도 의심할 바가 없는 사실이라며 그는 무척 격동되었다. 솟구치는 희열을 금할 수 없었던 왕달풍은 야밤중에 일어나, 아무 것도 모르고 있는 후루진 주민들에게 하루빨리 이 뉴스를 전하고 싶어 생명의 위험을 무릅쓰고 표어를 만들었다. 하지만 그는 자기의 충동적인 행위가 전과가 있는 이괴물, 백과부, 왕리정(왕차렷) 등 10여 명을 연루시키게 될 줄은 전혀 예상치 못했다. 다행히 확성기에서 제때에 그 뉴스를 방송했으니 망정이지 이괴물 등은 육체적인 고통을 조금도 받지 않았을 것이었다. 비록 하루 정도 밖에 갇혀있지 않았지만 백과부는 너무나 놀라 실성한 사람처럼 살다가 2년이 넘어서야 제정신을 찾았다.

왕달풍은 남 먼저 대담하게 사실을 밝혔다고, 표창을 받거나 포상을 받지 못했다. 물론 "적국의 방송"을 들었다고 하자 죄를 묻지도 않았다. 그에게는 공적도 있고 과실도 있었다. 그래서 피장파장이 된 셈이었다. 그는 학교에 복귀하여 예전과 마찬가지로 그림과 서예에 능한 특기를 발휘했다. 진에서는 홍보팀을 차출하여 "4인 무리"를 철저히 비판하게 했다. 자신의 능력을 한껏 빛낼 수 있는 기회가 생긴 왕달풍은 연장 근무까지 하면서 표어와 같은 포스터를 만들었다. 그는 석 달여 시간을 들여, 진 내에 큰 글자를 쓸 수 있는 담장만 있으면 검은색과 붉은색으로 된 표어와 구호를 써놓았다. 진 내 주민들은 뒤에서 그는 왕 선생님이라 부르지 않고 "미친 사람"이라거나, 존칭하여 "미친 선생님"이라고 불렀다.(달풍이라는 이름은 중국어에서 크게 미쳤다는 따펑[大瘋]이라는 말과 발음이 비슷하다 —역자 주)

6

후루진 주민들은 위대한 수령도 사망할 수 있다는 것을 전혀 생각지 못했을 뿐더러, 위대한 수령의 아내가 '타도'되거나 '분쇄'될 줄은 더더욱 꿈에도 생각지 못했다. 그들은 재차 형언할 수 없는 불안감에 휩싸였다.

주민들은 앞가슴에 달았던 흰 꽃과 팔에 끼었던 검은 완장을 벗은 지 얼마 안 되어 붉은 기를 흔들고 북과 징을 울리면서 기쁜 마음으로 승리를 경축해야 했다. 큰 슬픔에 잠겼다가 큰 기쁨을 맞이해야 하는 주민들의 심정은 복잡했고 현기증이 날 정도였다. 다행히도 최근 몇 년 사이 이 같은 돌발 사건이 자주 일어난 데서 어느 정도 심리상적으로 적응력이 생겨, 어떻게 된 판인지 몰라 어리둥절하기는 했지만 주저앉을 만큼 다리맥이 풀리지는 않았다. 그들은 확성기에서 흘러나오는 소리는 모두 중국공산당의 목소리이며, 당의 말을 듣고 당을 따라 가기만 하면 과오를 범하지 않는다고 생각했다.

진의 혁명위원회 꺼 주임(전장)이 주민대회에서 이렇게 연설한 적이 있다.

"우리는 반드시 당의 말을 듣고, 당 중앙과 견해를 같이해야 한다. 당 중앙은 우리와 너무 멀리 떨어져 있으므로, 모든 일을 당 중앙에 보고하고 들을 수는 없다. 그러므로 나를 당이라 생각하고 한 치도 어김없이 나의 말을 들어야 한다. 나는 무조건 당 중앙의 말을 들으므로 나의 말이 곧 당 중앙의 뜻이고, 나의 말이 바로 당 중앙의 지시이다. 나를 옹호하는 것이 바로 당 중앙을 옹호하는 것이다……."

많은 주민들은 꺼 주임의 연설이 아주 일리가 있다고 여기면서, 무조건 꺼 주임을 옹호하고, 혁명위원회 지도자의 지시에 따라 처신하겠다며 앞 다투어 뜻을 밝혔다.

3년 전, 안꿔민이 "적국의 방송을 남몰래 들었다"는 죄명으로 잡혀가자, 안꿔민과 같은 취미가 있던 후루진의 '지하정치가'들은 갑자기 조용해졌다. 그들은 이전처럼 저녁이면 남몰래 모여 정치와 관련된 민감한 '바깥소문'을 주고받지 않았다. 특히 반년 전 반혁명 요언을 추적 조사하기 위한 대규모 적발 행동이 있은 후 그들 몇은 온 종일 조마조마하고 불안한 시간을 보냈다. 그들 중의 중견 인물들로는 선전대에서 후친(胡琴)을 켜는 "관 볼기짝"(이름은 관정더[關正德]), 하천 서쪽에 살고 있는 "호 허풍쟁이"(이름은 후쉬예융[胡學勇]), 과수원을 지키는 위바오주(于宝柱), 그리고 초등학교 교사 딩장즈(丁長志, 별명은 치질 [腚長

痣])이었다. 이밖에 트랙터관리소의 몇몇 젊은이들이었다.

관정더와 안꿔민은 선전대의 대원이었으므로, 두 사람은 거래가 잦았다. 안꿔민이 검거될 때 관정더도 하마터면 잡혀 들어갈 뻔했다. 다행히 안꿔민이 입이 무거워 관 볼기짝을 고발하지 않았을 망정이지, 그러지 않았더라면 그의 볼기짝 살집이 아무리 두텁다 해도 호된 고문을 당해내지 못했을 것이다. 관정더는 형세를 분석하는데 능했는데, 얼핏 보기에는 아무런 관계도 없는 하찮은 일을, 일반인들이 상상조차 하지 못하는 높이까지 끌어올려 인식했다. 그는 3차 세계대전이 발발하는 정확한 시간이 아무 해, 아무 달, 아무 날 새벽 1시 반이라고 예측했다. 그리고 소련과 일본 연합군이 중국을 상륙하는 지점이 바로 후루진 남쪽 바닷가에 위치한 허줴이즈(河嘴子)라고 확정했다. 그는 지나치게 부풀려 말하는 습관이 있었는데, 옥수수 잎사귀에 내려앉은 잠자리를 "수정주의 나라 소련"이 새로 개발한 소형 정찰 헬리콥터라고 했다. 비록 그가 분석하고 예측하고 예언한 정치적 사건, 군사적 사건, 그리고 재난이 일어나지 않았지만, 모두가 그의 혜안에 몹시 탄복해 했으며, 동리에서의 신망은 대단했다.

장송곡과 환호소리가 점차 사라지자, 관정더 등의 '정치 평론인'이 또 발작했다. 몇 해 동안 숨죽이고 조용히 살던 그들은 위바오주가 지키는 과수원 초막에 며칠에 한 번씩 모여 국내외의 대사를 분석했다. 그들은 위대한 수령이 도대체 사망하기는 했느냐, 어떻게 사망했느냐, 정확한 사인은 무엇이냐 등의 화제에 대해 탐구하는 외에, '위대한 수령'(마오쩌둥을 가리킴 -역자 주)과 '영명한 수령'(화궈펑을 가리킴 -역자 주) 간의 미묘한 차이를 중점적으로 검토했다. 여러 차례의 치열한 논쟁을 거쳐 그들은 관정더의 견해에 대해 모두 믿게 되었다. 즉 위대한 수령이 사망한 것은 분명했다. 9월 9일(마오쩌둥이 사망한 날 —역자 주)날, 관정더가 아주 큰 불덩어리가 긴 꼬리를 끌며 서쪽 하늘에서 떨어지는 것을 직접 목격했기 때문이다. 이는 위인이 사망했다는 가장 유력한 증거임이 틀림없었다. 다른 사람들도 덩달아 자기가 '직접 목격한' 여러 가지 기이한 현상들을 덧붙여서 말했다. 따라서 그들은 공통인식을 이루어냈다. 어찌하여 사망했느냐 하는 문제에서는 각자가 이해를 달리했는데, 관정더 마저 모두가 승복할만한 견해를 내놓지 못한데서 미결 문제로 남게 되었다. 그러나 관정더가 분명히 금을 그어 밝힌 "진 혁명위원회 꺼 주임을 당 중앙과 동일시해서는 안 된다. 당 중앙을 대표하려면 급이 가장 낮더라도 현(군수) 급 간부는 되어야 한다!"는 견해에 대해서는 고개를 끄덕이며 찬성을 표했다.

7

"모든 오락 행위를 금"하는 기간에는 한 동안 일이 없어 한가히 보내던 마오쩌둥사상 문예선전대는 다시 활약을 보이기 시작했다.

'4인 무리(4인방)'를 폭로하고 비판하기 위해 선전대는 잔업까지 하면서 주민들이 즐겨보고 듣는 여러 가지 공연 프로그램을 준비했다.

선전대에서는 관정더의 후친이 잠시 필요 없게 되자, 그의 얼굴에 종이로 만든 탈을 씌워 장춘교 역을 믿게 했다. 관정더는 이 때문에 마음이 상했지만 흥분도 되었다. 후루진 주민들은 '4인 무리'를 마음속으로 분개하면서 증오했다. 탈을 쓴 '3남 1녀'가 거리에 나가 공연할 때면 늘 일부 주민들로부터 손가락질 받거나 욕을 먹었으며, 심지어 구타까지 당했다. 그들의 옷과 탈은 침으로 도배될 때가 많았다. 한 번은 인분을 나르는 한 주민이 갑자기 똥을 퍼서 그들에게 뿌리는 바람에 관정더는 며칠 동안 밥맛을 잃기도 했다.

관정더의 유일한 위안거리는 강청 역을 맡은 여 배우였다. 그녀는 일찍 혁명적 모범 극 "사가병"(沙家浜) 중 '지혜의 겨룸' 장면에서 아칭(阿慶) 아주머니 역을 했었다. 그녀는 빼어난 외모에 목소리까지 청아해 많은 남성들이 꿈속에서조차 안아보고 싶어 하는 그런 여인이었다. 그녀는 성이 뤼(呂) 씨이고 이름이 샤오윈(曉云)이었는데, 하방(下放)된 아버지를 따라 현성에서 후루진에 내려와 살고 있었다. 샤오윈은 원래 진 방송소에서 아나운서로 근무했다. 그러다 진 혁명위원회의 꺼 주임이 그녀에게 눈독을 들이다 아내에게 들키어 한바탕 곤욕을 치르는 바람에, 그녀는 방송소에서 선전대로 전출될 수밖에 없었다. 관정더는 평소에 갖은 방법을 동원해 핑계를 만들어 여샤오윈과 친해지려 했지만, 그녀는 눈이 높아 그를 거들떠보지도 않았다. 이번에 그녀와 함께 '4인 무리' 역을 하게 된 것은 관정더에게 있어서 하늘이 내린 좋은 기회였다.

유감스럽게도 여샤오윈이 요사스런 옷을 입고 얼굴에 흉악하고 추악한 탈을 쓰는 바람에 관중들에게 욕을 먹고 그들과 싸우는 일이 가장 많았다. 마침내 그녀는 그 같은 '학대'를 더 참을 수 없어서 강청 역을 하지 않겠다며 울고불고 야단법석을 떨었다. 선전대 대장은 할 수 없이 소품을 나르는 젊은이에게 그녀를 대신하게 했다. 관정더는 흥분점이 삽시에 사라지자 자신의 역에 대한 정서도 급락했다. 그는 선전대 대장을 찾아가 강청 역을 교체해 달라고 요구했다. 그러자 대장이 엄숙하게 경고했다.

"죽으려고 환장했나! 이는 정치적 임무이다!"

100

그 한마디 말에 간담이 서늘해진 정관덕은 더는 종이로 만든 고깔모자를 벗을 엄두를 내지 못했다.

강청 역을 그만 둔 여샤오윈은 온종일 한 가지 노래만 불렀다.

'4인 무리'를 잡아내니
속이 다 시원하네.
정치 건달 저질 문인
개 대가리 군사 장춘교
자신을 무측천에 비기던
백골 더미에서 생긴 요정
쇠 빗자루로 일소 했네……

허난(河南) 억양에, 가슴에 의분이 가득 찬 여샤오윈의 노래에 맞추어 '왕훙원, 장춘교, 강청, 요문원'은 한 사람 한 사람 허겁지겁 무릎을 꿇고 용서해달라고 빌었다. 장춘교 역을 맡은 관정더는 '개 대가리 군사 장춘교'라는 말이 여샤오윈이 입에서 흘러나올 때마다 꿀을 먹은 것처럼 달콤하기 그지없었다. 그 시각 '정치적 임무'는 환각적인 사랑으로 진화했던 것이다.

관정더의 이같은 심적 변화를 여샤오윈을 비롯하여 눈치 챈 사람은 한 명도 없었다. 단지 이바이만이 탈을 쓴 정관덕의 두 눈에서 뿜어져 나오는 이상한 기운을 발견한 것 같았다. 이바이는 문화관 광장에서 선전대의 공연을 두 번 구경했다. 그는 공연을 구경하면서 이상한 느낌을 받았다. 이바이는 관정더의 눈길에서 자기 모습을 보았고, 1년 전 도시에서 농촌에 내려온 여성 바이웨이훙을 뜨겁게 짝사랑하면서도 감히 고백을 하지 못하던 그 느낌을 저도 모르게 떠올리게 되었다.

이바이는 그때, '학급 담임교사'라는 마음을 설레게 하는 소설을 읽고 있었다. 1년 전, 그는 바이웨이홍한테서 필사본으로 된 소설 '수놓은 신발 한 켤레'와 '두 번째 악수'를 빌려다 남몰래 읽으면서 눈물을 흘리었다. 그는 손으로 바이웨이홍의 희고 부드러운 얼굴을 어루만지는 상상도 해보았다.

8

아버지 이괴물의 눈에는 이바이가 이 씨네 가문을 번창시킬 수 있는 싹이자 희망이었다.

이괴물이 일생에서 가장 체면이 서던 시절은 진의 회사에서 회계원으로 근무하던 때였다. 그러나 안타깝게도 좋은 날은 오래 가지 못했다. 아내 몰래 장만한 카키색 인민복을 입은 지 며칠 안 되어 그는 해고 되고 말았다. 이후부터 그에게 액운이 그림자처럼 붙어 다니기 시작했다.

큰아들 이스는 자기 분수도 모르는 명실상부한 백치였다. 반실불수 완 씨의 아내가 수단을 가리지 않고 그를 유혹하지 않았더라면 이스가 교도소에 갈 일은 절대 생기지 않았을 것이다.

이스가 백치로부터 망나니가 되고, 나중에 정치범이라는 낙인이 찍힘으로서 이괴물 가정은 가정환경이 날로 악화되어 갔다.

반신불수 완 씨의 아내는 이스를 10년이나 징역살이를 시킨 장본인이었다. 이 씨네는 그녀를 뼈에 사무치도록 증오했다. 사실 그녀는 자식을 얻은 기쁨과 더불어 죄책감도 느꼈다. 이스가 검거될 때 그녀는 불룩한 배를 가지고 선뜻 특별수사팀에 찾아가 남편과 같이 어떠어떠하게 심혈을 기울여 이스가 '씨받이'가 되게 밀모를 했다는 사실을 자백했다. 수사 요원들의 추궁에 완 씨 아내는 수치스러움을 참으며, 이스를 유혹하던 모든 세부 사항, 즉 매번 정사를 나눌 때의 자세나 동작 그리고 신음소리까지 자세히 진술했다. 너무나 솔직한 자백에 심문을 하던 남성 수사 요원들까지도 꿀꺽꿀꺽 마른 침을 삼키며 두 번 세 번 그 세부 상황을 반복해서 진술하라고 강요할 정도였다. 완 씨 아내가 세부 사항을 자세히 자백했지만, 이스의 죄를 면하는데는 아무런 도움을 주지 못했다. 도리어 '화냥년'이라는 오명만 뒤집어썼다. 그리하여 이스는 풍기문란죄에서 반혁명죄라는 중죄를 뒤집어쓰게 되었다.

완 씨 아내와 이스의 성 거래 추문은 후루진 사상 남성들이 식후 가장 많이 입에 올리는 화젯거리가 됐을 뿐더러, 내용이 가장 색정적인 이야기였다. 사람들은 한 백치가 정치범으로 변한 것이 합리적이냐 하는 문제에 대해서는 결코 의문을 품지 않는 것 같았다. 오히려 그들은 반신불수 완 씨의 아내가 구들 위에서 섹스를 하던 장면에 대해서만 아주 흥미진진하게 주고받았다. 어떤 때는 성(性)이 정치보다 더 강력한 상상과 격정을 불러일으키기도 했다. 둘째 이바이도 형 이스의 남녀 간 정치사건에 휘말려 들었다. 이바이는 초등학교 시절부터 글짓기에서 타고난 소질을 보여줬는데, 그가 지은 글은 학급에서 늘 모범 글로 뽑혔다. 글짓기 수업시간이면 선생님은 학생들에게 그의 글을 읽어 주었다. 이바이는 중학교 시절부터는 생산대에 차용되어 지도자들의 연설문을 대필하거나 비판하는 글을 짓고, 선진 인물들의 사적을 보도했다. 마을 사람들은 심지어 문곡성(文曲星)이 인간 세상에 내려왔다며 그를 과찬했다. 열 몇 살 밖에 안 되는 꼬마가 놀랍게도 노련하고 신중한 어른들의 말과 유행하는 정치적 술어, 그리고 위대한 수령의 '최고 지시'를 타당성 있고 익숙하게 활용하고 있으니, 사람들이 그를 주시하지 않을 수 없었다. "밭머리에서 죽을지언정, 구들 위에서는 죽지 않겠다"는 이바이가 취재하여 쓴 인물 기사는 현 방송국의 뉴스로 방송되기도 했다. 이바이는 기사에서, 게을러서 바지를 허리까지 추켜올리기조차 귀찮아하는 낙후한 농민인 절름발이 왕 씨를, 새벽부터 밤늦게까지 부지런히 농지 수리시설 건설을 위해 악전고투하는 '악착같은 사람'으로 묘사했다. 평소에 걸음조차 제대로 걷지 못하는 절름발이가 귓전에 모 주석의 가르침이 들리자 온몸에 힘이 끊임없이 솟구치어, 기적적으로 몇백 근이나 되는 짐을 메고, 공사장에서 "나는 듯이 가볍고 빠르게 걸어 다녔다"고 묘사했다. 뿐만 아니라 이바이는 기사 초고에서, 주인공의 얼굴에 '콩알만 한 땀방울'이라고 썼다가, 나중에는 '계란만 한 땀방울'이라고 수정하여, 사람들의 놀라움을 자아냈다.

이바이는 또 공사 선전대를 위해 2인 낭송시, 쾌반서(快板書, 죽판[竹板, 2개의 대쪽으로 된 리듬 악기]와 '절자판[節子板, 5개의 작은 대쪽 사이에 2개의 동판을 끼운 리듬 악기] −역자 주)을 치며 간혹 대사를 섞어 노래하는 중국 민간 예능의 한 가지), 대중 낭송시, 톈진 쾌반, 산둥 쾌서(快書), 재담, 그리고 시가 메들리 등 많은 작품을 창작했다. 그가 창작한 작품 가운데는 유명한 톈진 쾌반이 있었는데, 그는 지방 방언을 압운하는 방식으로 운율을 맞추어 이미 타도된 국가 지도자들의 죄행을 만신창이가 되도록 욕을 했다. 이 쾌반은 현에서 개최한 합동 공연에서까지 연출되어 후루진의 체면을 세워주기도 했다.

이괴물은 둘째 아들의 빼어난 재능에 어리둥절할 정도로 탄복했다.

104

그는 글을 짓는 사람이 농사를 짓는 사람보다 퍽 장래성이 있다고 확신했다. 그는 이바이를 이 씨네 가문의 "구세주"라고 여겼다.

이바이에 대한 이괴물의 간절한 기대를 큰 아들 이스가 여지없이 짓밟아 놓았다. 이스에게 변고가 생긴 후, 진 혁명위원회와 선전대에서는 더는 이바이에게 글을 써달라는 부탁을 하지 않았다.

이바이는 의기소침하여 방에 붙박여 장편소설 "찬란한 길"이나 "말은 하늘"을 읽었으며, 간혹 문화관에 가 공연을 구경했다.

그 당시 후루진은 "사람의 마음을 통쾌하게 하는" 일이 생기어 가는 곳마다 즐거운 분위기였다. 이바이는 자기도 마음이 탁 트이고 숨결이 안 정해진 느낌이 들었다. 그는 "맑은 하늘" 아래서 "찬란한 길"을 활보할 날을 간절히 바랐다.

9

후루진의 간부들과 서민들은 거의 2년 여 시간을 들여 회의를 소집하고, 퍼레이드를 하고, 표어를 붙이고 구호를 외치고, 춤을 추고, 연극을 하고, 북과 징을 울리는 등 재래식 방법을 통해 '4인 무리'의 죄행을 심도 있게 비판했으며, 그 무리들을 심도 있게 적발하는 등 그 악영향을 깨끗이 제거하는데 온 힘을 기울였다.

비판운동은 물론 풍성한 성과를 거두었다. 성과 시, 현에서 모두 '4인 무리'의 끄나풀들을 잡아냈다. 후루진의 혁명위원회 꺼 주임도 반성을 했다.

그 댓가로 후루진의 늙은이들과 젊은이들은 날마다 들볶이느라 힘들어졌다. 그들은 수심에 가득 찬 얼굴에 탄식을 하며, 지혜로운 수령(화국봉을 가리킴 -역자 주)을 옹호한다는 구호를 목이 찢어지도록 외쳤다. 물론 그 소리는 예전에 위대한 수령(마오쩌둥을 가리킴 -역자 주) 만세를 외치던 소리보다 음량이나 음조, 또는 진정이나 열정에서 대폭 할인되었다. 농업에서 '다자이(大寨)정신(중국 산시[山西]성 시양[昔陽] 현 다자이 인민 공사의 생산대대가 '자력경생'의 정신으로써 자연환경의 악조건을 극복하고 생산을 올린 데서, 1965년 가을부터 '다자이를 배우자'라는 운동이 전국적으로 보급되었다 -역자 주)'를 따라 배우는 동계 총력전 공사장에는 붉은 깃발만 바람에 펄럭일 뿐 사람의 그림자는 얼씬도 하지 않았다. 밭머리에서 죽을지언정 구들 위에서는 죽지 않겠다며 호언장담하던 절름발이 왕 씨는 지병이 도지어 자리에 누운 채 몸을 움직이는 일조차 귀찮아했다.

사람들의 가장 좋은 평가를 받은 변혁이라면, "하얼타오 큰 장"(哈尔套大集)을 철시한 일이었다. 후루진 주민들은 허리띠를 바짝 졸라매면서 조금씩 모은 '잉여 물건(가축, 농산물 등 -역자 주)'을 나라에 팔려고 장에 가져가지 않아도 되었기 때문이었다. 설에 일부 농가에서는 돈이 아까워 폭죽조차 터뜨리지 않았다. 그러나 떠들썩하게 돼지까지 잡으며 설을 쇠는 농가들은 날로 늘어났다. 바로 그 해설에 보기 드문 큰 눈이 내려 후루진을 꽁꽁 덮어버렸다.

대설은 섣달 28일부터 꼬박 사흘 간 내렸다. 설날 아침, 주민들이 집을 나서려고 보니 눈이 높이 쌓여 출입문을 열 수조차 없었다. 집안에 갇혀 어찌할 바를 몰라 쩔쩔매던 주민들은 부득불 창문을 열고 밖으로 나갈 수밖에 없었다. 설 기분에 휩싸인 그들은 집 앞의 눈을 치울 생각도 하지 않고 창문을 넘어 눈길을 헤치며 이 집 저 집 찾아가 설 인사를 했다. 남녀노소 할 것 없이 창문을 넘나들며 설 인사를 하는 진풍경이 연출되었다. 어린 것들은 삼삼오오 무리를 지어 희희낙락거리며 이 집 저 집 찾아가 창문을 열고 집안에 앉아있는 노인들에게 세배를 올리고 나서 알사탕 몇 알씩을 얻었다.

폭설에 건물이 절반가량 묻혀, 해발고도가 단번에 높아진 듯했다. 몇몇 개구쟁이 녀석들이 지붕 위에 올라가 눈싸움을 하며 노는 바람에, 하마터면 지붕이 무너져 내려앉을 뻔한 일도 생겼다. 설은 경사스러운 날이라 어른들은 평소와는 달리 몇 마디 꾸중만 하고 내버려 두었다. 그러자 어린 것들은 더욱 기고만장해져서 짓궂은 장난까지 해댔다. 녀석들은 이괴물네 집 지붕 위에 올라가 축구공만한 눈덩이를 몇 개 만들어 굴뚝에 밀어 넣었다. 그 바람에 이괴물네 부뚜막 안의 불이 꺼지고, 부엌으로 시커먼 물이 흘러나왔다. 이괴물 마누라는 가마솥에 구멍이 났나 하고 살펴보니 멀쩡했다. 결국 끓이던 교자는 가마솥 안에서 범벅이 되고 말았다.

어른들이 친분이나 신분의 우열에 따라 집에 온 손님에게 대우를 달리하는 것처럼 아이들의 못된 장난도 상대에 따라 달랐다. 이괴물 네는 이웃에 먼저 인사를 가지 않았을 뿐더러 창문을 열고 이웃들을 맞아주지도 않았다. 이괴물은 자신이 다년 간 억울함과 업신여김을 당한 일을 항상 마음에 두고 있었고, 게다가 큰 아들 이스가 그 때까지도 공정한 결론 없이 교도소에 갇혀 있었으므로 설 기분이 날 리가 없었다. 이 밖에 이바이, 이첸, 이완이 집에서 남몰래 대학 입시준비를 하고 있었는데, 이 또한 식솔들끼리 조용히 설을 보내는 주요한 이유 중의 하나였다.

대학입시 시험을 다시 시작하게 되었다는 소식은 문화관 옥상의 확성기를 통해 전해졌다. 후루진의 대다수 주민들은 이 소식에 별로 관심이 없었다. 하지만 이괴물의 세 아들들은 달랐다. 그 소식에 그들 형제는 며칠 동안 잠도 제대로 잘 수 없었다. 우선 둘째 이바이가 대학 입시를 보겠다는 뜻을 밝히자, 셋째 이첸과 넷째 이완도 꼭 대학교에 가야 한다며 떠들어댔다.

"대학교 붙기가 누워서 떡 먹는 것 같으냐? 배운 걸 싹 까먹은 지금에 와서, 그 것도 주판알도 튕길 줄 모르면서 대학 시험을 보겠다고?"

이괴물이 무척 흥분해 있는 아들들에게 찬 물을 끼얹었다.

"대학 입시에서 주판을 놓는 것도 아닌데 뭘 그러셔요. 우리가 시험이라도 보게 허락해줘요."

이바이가 고집을 부렸다.

"그렇다고 너희들 셋이 동시에 시험을 치를 수는 없는 것 아니니? 대학에 붙는다 고 해도 너희들 뒷바라지를 할 형편이 안 되니 말이다."

이괴물이 무뚝뚝하게 대꾸했다.

"우리 셋 중 한 사람만 붙어도 다행인데, 어떻게 셋이 모두 붙는다고 그래요. 그리고 대학에 가면 나라에서 학비를 거의 다 대줘 본인에게는 경제적 부담이 별로 없어요."

셋째 이첸이 덧붙여 말했다.

이괴물은 침묵을 지켰다. 그는 사실 아이들이 대학에 가는 것을 반대할 생각이 없었다. 다만 아들 셋이 같이 대학 입시를 보다가 한 사람도 붙지 못해 동네 사람들에게 웃음거리를 만들까봐 걱정이었다. 또한 대학 입시에서 주판 시험을 치르지 않는 것이 하나의 큰 폐단이라고 그는 생각했다. 그가 보기에는 이 세상에서 배우기가 가장 어려우면서도 가장 활용할 수 있는 기능이 주판을 놓는 것이었다. 주판을 놓을 줄 알면

108

회계원 노릇을 할 수 있었고, 회계원은 이괴물이 추구하는 최상의 꿈이 었다.

10

어느덧 정월 대보름이 되었다.

눈이 아직 녹지 않아 산이든 들이든 하얀 세상이었다. 진 내 큰 길의 눈은 거의 다 제설되었고, 집집마다 눈을 치워내고 밖으로 나다닐 수 있는 통로를 만들어 놓았다.

후루진에는 정월 대보름날 찹쌀 경단을 먹는 것 외에 성묘를 하는 풍속이 있었다. 하지만 이 풍속은 10년 여 동안 부득이하게 사라져야 했다. '낡은 습관을 타파하는 운동'이 시작되면서부터 조상들에게 제사지내는 일이 봉건 미신이라는 낙인이 찍히면서, 후루진의 산 사람들과 서산 골짜기 묘지에 묻혀 있는 죽은 사람들은 '거래'를 철저히 끊었다. 담이 큰 일부 사람들은 도둑놈처럼 남몰래 집에다 소박한 차례상을 차리고 조상들에게 제를 지냈다. 더욱 대담한 주민들은 한밤중에 네거리에 나가 사방을 살펴본 후 보는 사람이 없으면 황급히 종이돈을 태워, 저 세상에서 살고 있는 사람들에게 용돈을 보내주었다.

이 해 정월 대보름날은 새로운 활기로 차 넘쳤다. 진의 거의 모든 주민들이 약속이나 한 듯이 저승나라에 살고 있는 조상들이나 부모, 혹은 형제자매들에게 제사를 지내려고 서산 공동묘지를 찾아갔다.

공동묘지는 온통 흰 눈에 덮여 있었다. 오랫동안 가토(加土)도 하지 않고 방치해두어 무덤 크기가 줄어든 데다 눈까지 두툼하게 덮여 있어

사람들은 자기네 집 무덤을 바로 찾기가 여간 힘든 일이 아니었다. 수백 명이 공동묘지를 돌면서 자기네 무덤을 찾다보니 두 세 집이 무덤 한 기를 가지고 서로 자기네 무덤이라며 다투는 일이 생기는가 하면, 종이돈을 한창 태우다 자기 네 무덤이 아닌 것 같아 다른 무덤을 찾아 제를 지내는 일도 생겼다. 성묘객들은 산에 막 올라왔을 때는 훌쩍거렸지만, 차례가 거의 끝날 무렵이 되자 웃고 떠들기 시작했다. 장 씨 네 며느리 무덤을 자기네 할머니 무덤으로 여기고 제사를 지낸 집도 있었고, 친척 집안의 부친 무덤을 자기 부친의 무덤으로 여기고 제사를 지낸 집도 있었다. 아무튼 무덤을 잘 못 찾아 제사를 지낸 집이 적지 않아 울지도 웃지도 못할 일이 숱하게 일어났다. 결국 저승에 간 친인들을 추모하는 숭엄한 제전이 웃고 떠드는 즐거운 행사로 변했다. 무덤을 잘 못 찾아 숱한 웃음거리를 만들기는 했지만, 상대방의 차질을 서로 이해해 준데서 두 집 관계가 더 가까워지기도 했다.

한때 생산대 왕차렷(왕리정) 대장에게 재난을 가져다주었던, 권력과 지위를 상징하던 빨간 구두가 재차 촌민들 눈앞에 나타났다. 왕차렷은 뭇 사람이 주시하는 앞에서 빨간 구두를 신었다. 떠들썩한 분위기 속에서 서로 자기네 집 무덤이라고 다투는 장면을 본 왕차렷이 흙더미(후에 사람들은 그 흙더미가 우제복의 새 무덤임을 알았다)에 올라서서 예전의 대장 직에 있을 때의 위풍을 되살리며 성묘객들에게 큰소리로 말했다.

"무덤을 찾느라고 더는 헤매지 맙시다. 우리 조상들은 대대손손 후루진에서 살아왔으므로 집집마다 친척이나 인척과 다름없잖소. 그러니 아예 평평하고 널찍한 장소를 찾아 제상을 차리고 종이돈을 태우면서 합동제를 지내는 게 어떻겠습니까? 그러면 어느 집이나 제사를 지낼 수 있고, 과거의 원한 같은 것도 한 번에 없애버릴 수 있지 않겠습니까?"

대다수 사람들이 그의 생각에 찬성했다. 그리하여 수백 명 성묘객들이 공동묘지 남쪽의 공터에 꿇어 앉아 북쪽 산등성이를 향해 절을 세 번 올렸다. 아이들은 어른들의 가호 하에 폭죽을 터뜨리기도 했다. 원수 집안이라고 10년 남짓 말을 건네지 않던 가정들도 이 같은 장면에 봉착하게 되자 머리를 끄덕이며 서로 인사를 주고받았다. 이 정월 대보름날을 계기로 후루진 주민들의 마음은 한결 너그러워졌다. 완 씨 아내에 대한 이괴물 네의 태도 역시 어느 정도 누그러졌다.

11

이스는 음력 정월 초삼일 날 조롱박으로 돌아왔다.

이스는 그믐날 수감 기한을 앞당겨 출소했다. 그는 기차를 타고 설날 오후 현성(현의 수도)에 도착했다. 큰 눈이 내려 버스가 통하지 않아, 그는 천으로 만든 푸른색 가방을 메고 후루진 방향을 향해 죽기 살기로 달렸다. 눈바람을 맞받아 달리고, 게다가 허기지고 춥기까지 하여 하마터면 하느님이 법원을 대신하여 이스를 즉석에서 사형에 처할 뻔했다. 다행히 길옆에 살고 있는 한 농가에서 설날 길을 재촉하며 뛰어가고 있는 백치 이스를 발견하고는 먹을거리를 주었다. 덕분에 그는 초삼일 날 아침 후루진에 도착할 수 있었다.

이스는 집으로 가지 않고, 저도 모르게 발길을 진(鎭) 동쪽 끝으로 향했다. 그는 반신불수 완 씨 네의 허름한 세 칸짜리 집이 큰 눈에 거의 파묻힌 것을 보자, 어디선가 삽을 찾아내어 출입문이 드러날 때까지 필사적으로 눈을 치워냈다.

이스는 완 씨 아내가 권하는 교자는 먹을 생각을 하지도 않고, "큰 칼을 들어 왜놈의 대가리를 자르자"란 노래만 불러 완 씨 아내를 기절시켰다. 완런텅이 엄지손가락으로 자기 어머니의 인중을 누르고 있을 때, 이스는 몸에 묻은 눈을 툭툭 털고 나서 집으로 발길을 돌렸다.

이괴물은 큰 아들 이스가 설에 출소한다는 소식을 사전에 알지 못했다. 큰 아들이 집으로 돌아오자 그는 희비가 엇갈리어 눈물만 펑펑 쏟았다.

이괴물과 그의 아내가 큰 아들을 구들로 잡아끌면서 몸을 녹이라고 했지만, 이스는 멍하니 바닥에 차렷 자세로 굳어진 채 움직이지 않았다. 어머니가 얼른 뜨끈뜨끈한 교자를 그릇에 담아 아들에게 건넸다. 이스는 교자를 받으며 "정부(政府), 감사합니다. 정부, 감사합니다!" 하고 연신 인사를 했다.

이스는 교도소에 6년이나 수감되어 있었지만, 예전과 마찬가지로 멍청했다. 변한 것이 있다면 아버지와 어머니에 대한 호칭이 '정부'라고 바뀐 점이었다. 부모들이 어떻게 하든 그 호칭을 바로 잡아주려 했지만, 입만 열면 '정부', '정부' 하고 불러 그들의 마음을 쓰리도록 아프게 했다.

이스가 집으로 돌아온 이튿날, 완 씨의 아내가 아들 완런텅을 데리고 이 씨네 집에 설 인사를 왔다. 그녀는 호두알 한 봉지, 사탕 한 봉지, 그리고 과일 통조림 두 병을 설 선물로 들고 왔다. 하지만 쭈뼛쭈뼛하며 이 씨네 집에 들어서려던 그녀는 이괴물로부터 문전박대를 받고 집안에 발도 들여놓지 못했다. 그녀가 아이를 데리고 문 밖에서 한참이나 기다렸지만 이 씨네는 문을 열어줄 기미가 보이지 않았다. 하는 수 없이 그녀는 아들을 데리고 돌아섰다. 모자가 몇 발자국 걷지 않았는데 뒤에서 '팍!' 하는 소리가 들렸다. 이스의 어머니가 그녀가 문 앞에 놓아둔 설 선물을 휙 던졌던 것이다.

"화냥년아, 우리 아들을 그만큼 해치고도 아직 성이 차지 않았냐! 재간이 있으면 집에서 그 짓을 하지 말고, 매음굴에 가 그 짓을 해라!"

이괴물이 다급히 달려 나와 손으로 아내의 입을 틀어막으며 그녀를 집으로 끌었다. 완 씨 아내는 한 손으로는 아들을 끌고 한 손으로는 터져 나오는 울음을 참느라 자기 입을 막고서 동산기슭에 자리 잡은 나지막하고 허름한 집으로 허둥지둥 달음박질했다. 그리고 날이 어두워질 때까지 왕왕 울었다. 완런텅은 너무 놀라 찍 소리도 못하고 바깥 채 바닥에 옹송그리고 앉아 있다가 어렴풋이 잠이 들었다.

정월 대보름날, 완 씨 아내는 아들을 데리고 염치 불구하고 성묘하러 서산 공동묘지를 찾았다. 거기서 그녀는 이괴물 네 식솔들을 또 만났다. 니우쮀관(우제복)의 무덤 위에서 한 '빨간 구두' 왕차렷(왕리정)의 일장 연설이 이괴물의 마음을 움직였는지 완 씨 아내를 향해 처음으로 알은 체를 했다. 뿐만 아니라 완런텅의 머리를 쓰다듬어준 다음 호주머니에서 돈 1위안을 꺼내 아이의 솜옷 호주머니에 넣어주었다. 이괴물은 한 마디도 하지 않고 한숨만 '후' 하고 내쉬었다. 완런텅은 성이 완 씨지만 이 씨네 혈육임이 틀림없었다. 이괴물의 이러한 거동은 성묘하러 온 이바이, 이첸, 이완, 그리고 이이의 눈에 띄고 말았다. 하지만 그들 형제는 아무런 내색도 내지 않았다. 그들은 아버지가, 완런텅이라는 이 '잡놈의 새끼'를 당신의 손자로 여기고 있다는 것을 눈치 챘던 것이다.

12

음력 2월 2일이 지나자 후루진은 겉모습이 변하기 시작했다. 눈이 녹고 날씨가 따스해졌다. 겨우내 흰 눈에 꽁꽁 싸여있던 시골의 조그마한 진은, 잠에서 깨어난 아이처럼 흰 담요 속에서 기지개를 켜며 나왔다.

눈이 녹자 하천에서 물이 출렁이며 흘렀다. 세수 대야를 든 여인들이 삼삼오오 떼를 지어 물가에 몰려들었다. 빨래를 한다는 핑계로 모인 그녀들은 새해의 정보를 교류하기 시작했다. 한겨울 동안 숨겼던 부부간의 프라이버시도 남들과 공개적으로 공유하기 시작했다. 후루진의 나이든 아낙들과 새색시들은 일부 특정된 정황에서는 무척 개방되어 있었다. 그녀들은 부부간이 잠자리에서 있었던 일을 흥분된 어조로 생동적이고 적나라하게 남들에게 들려주었다. 이는 후루진 여인들이 물가에 모이면 나누는 영구적인 화제 중의 하나였다. 그녀들은 자신이 남편을 기진맥진하게 만든 여러 가지 기법과 수완을 뒤질세라 앞을 다투어 자랑하면서, 잠자리에서 남편을 정복한 비법과 묘책을 서로 전수했다. 아낙네들은 춘정이 무르녹는 봄이 오자 마음들이 붕 떠 있었던 것이다.

문화관 옥상의 확성기는 방송을 멈춘 적이 없었다. 변한 것이 있다면 흘러나오는 노래가 예전보다 부드러워진 것뿐이었다. 급박하게 곡조가 빠르며 우렁찬 노래에 질려있던 주민들은 서정적이고 유연한 노래에 매료되기 시작했다. 주민들은 저도 모르게 확성기에서 흘러나오는 노래를 따라서 흥얼거리었다. 후루진 주민들에게 가장 인기 있는 노래는 '축배의 노래'였다.

미주의 향과 함께 노랫소리 들리네

114

벗들이여, 축배의 잔을 들게나
축배의 잔을 들게나
시월의 승리 영원히 잊을 수 없고
술잔에는 행복의 눈물 찰랑이네
모여요 모여요 모여요
어서들 모여요
시월에 봄 우레 소리 울리니
8억의 중국 승리의 잔을 드네
감미롭고 향긋한 술 마음을 후련하게 하니
아무리 많이 마셔도 취하지 않는다네
……

　후루진에서는 남자든 여자든 이 노래를 부를 줄 모르는 사람이 거의 없었다. 심지어 '잡놈의 새끼' 완런텅마저 처음부터 마지막까지 그럴듯하게 부를 수 있었다.

　이 노래는 후루진 주민들의 기분을 상쾌하게 하면서 희망찬 내일을 그려보게 했을 뿐만 아니라, 많은 남자들을 과음하게 하여, 진 내 공급판매합작사(한때 농촌 지역 농민들을 주 고객으로 하여 물건을 팔고 수매하던 상가 ─역자 주)의 저질 혼합주 매상고가 부쩍 늘어나게 했다. 그러나 이괴물의 큰 아들인 백치 이스 만은 그렇게 여기지를 않았다.

　"흥, 아무리 술을 많이 마셔도 취하지 않는다구? 헛소리만 하고 있네. 그럼 그건 술이 아니라 물이지!"

　후루진에서 '축배의 노래'에 고무되어 술상을 차린 첫 집은 이괴물 네였다. 집안에 경사가 생겼기 때문이었다.

이괴물의 둘째 아들 이바이, 셋째 아들 이쳰, 넷째 아들 이완이 동시에 대학교에 입학했던 것이다. 이는 후루진의 수십 리나 되는 범위 내에서 어느 정도 파장을 일으키는 중대한 사건이었다. 또한 후루진 노인들 기억 속에서는 파천황(破天荒, 천지가 아직 열리지 않은 혼돈 상태(天荒)를 깨뜨린다는 말로 이제까지 아무도 하지 못했던 일을 해내거나 처음으로 일을 해낸 것을 비유하는 말 −역자 주)과 같은 사건이었다.

대학교 입학통지서는 3일 사이에 연거푸 이 씨네 집으로 날아왔다.

후루진 주민들에게는 대학교나 대학생이 아리송하고 아득한 낯선 개념이어서 앞날이나 구체적인 사람과 매치시키는 것은 무척 어려운 일이었다.

10여 년 전, 후루진에서 대학생이 나온 적이 있었다. 니우쭤관(우제복)의 아들 니우원왕이었다. 하지만 자기 아버지 기세가 드높던 시대였기에 그는 대학생활을 접고 슬그머니 집으로 돌아왔다. 캠퍼스에서 무장투쟁이 벌어지는 바람에 학교는 휴강 상태에 들어갔고, 무장투쟁에 참여할 용기가 없었던 그는 탈영병이 되어 의기소침한 모습으로 집에 돌아와 몸을 피할 수밖에 없었다. 그 바람에 대학생이라는 니우원왕의 후광은 후루진 주민들의 눈에서 사라지고 말았다. 니우원왕은 대학을 졸업하지 못하고 귀향했기에 전혀 쓸모없는 사람 취급을 받았다. 그는 대학교에서 스페인어를 전공했는데, 귀향한 후 한 달도 안 되어 다시 지방사투리를 쓰기 시작했다. 얼마 안 되어 베이징에서 힘들게 교정하면서 배운 표준 발음은 흔적조차 찾아볼 수 없었다. 그는 아버지를 도와 농사일을 하려 했지만 농사꾼들과 같은 근력이 없었으므로 할 수 없이 자기 장점을 살려 대(隊)에서 필요한 글을 쓰거나 베끼는 일을 하여 몇 푼씩 벌었다. 니우원왕은 진 내에서 '추녀'로 소문난 러시아 혈통 처

116

녀 꺼슈와 사귀다 결혼까지 했다. 니우원왕이 알바니아(Albania) 여인이라 불리는 꺼슈슈를 아내로 맞아들이자 후루진 아낙네들은 뒤에서 이러쿵저러쿵 말들이 많았다. 꺼슈슈의 금발머리, 불룩한 가슴, 남들보다 머리 하나는 큰 키, 그리고 높은 콧대와 우묵한 눈은 많은 사람들에게 이질감을 안겨줬기 때문이다. 후루진 여인들의 미를 감상하는 기준에 따르면, 이 같은 '추녀'는 평생 수절하며 살아야 할 운명이었다. 아낙들은 꺼슈슈 앞에서는 그녀를 '알바니아'라고 불렀고, 뒤에서는 '화냥년', '합수 물'이라고 불렀다. 니우원왕이 비록 대학교는 제대로 마치지 못했지만 베이징에서 거의 3년간이나 공부하지 않았던가! 그런 사람이 어떻게 아름답고 추한 것을 못 가리고 저런 '화냥년'을 아내로 삼았단 말인가! 후루진 주민들, 특히 여인들 눈에는 참으로 꼴불견이었다. 따라서 '대학생'은 후루진 주민들에게 있어서 별로 주목할 만한 대상이 아니었다.

이 씨네 가정은 물론 축제의 분위기였다. 이괴물 부부는 사실 자식들이 대학교에 간 후 그들의 뒷바라지를 어떻게 해야 할지 막연했다. 다만 세 아들이 동시에 대학교에 붙는 바람에 그 동안 쌓였던 한을 풀었다는 느낌만 들었다. 이 씨네 가정은 몇 해 사이 줄곧 운이 좋지 않았다. 이괴물은 회계원 노릇을 얼마 동안 하다가 애매하게 나쁜 분자라는 누명을 쓰고 직장에서 쫓겨났고, 백치 큰 아들은 교도소에 수감되었다. 만약 네 아들이 농촌에서 평생 산다면 장가가기도 어려울뿐더러, 그들에게 집만 마련해주려 해도 이괴물에게는 큰 걱정거리였다. 세 아들이 함께 대학교에 가는 바람에 이불 같은 것을 장만하느라 돈이 들기는 하지만, 집을 짓는 비용에 비하면 이 같은 돈은 아무 것도 아니었다. 게다가 진 내 많은 사람들이 판단하는 것처럼 아들들이 "나갔다가 다시 고

향에 돌아와 엉덩이를 튼튼히 붙일 수"도 있었다. 더구나 밖에 나가 공
부하며 경력을 쌓으면 대도시에서 직장을 구할 수도 있었다.

"대학에 붙었으니, 승자인 거요. 뒤에서 지껄이는 아낙들 허튼소리
에 신경 쓰지 마오!"

이괴물이 아내를 위로했다.

"우리 닭이나 한 마리 잡고, 식사나 하면서 아들들을 축하해 줍시다."

이괴물은 이웃들은 하나도 청하지 않고 식솔들만 단란히 둘러앉아,
소박한 축하파티를 벌였다.

13

초가을에 접어든 후루진은 녹색을 바탕으로 하는 거대한 그림을 연
출했다.

나무도 푸르고, 풀도 푸르고, 곡식도 푸르렀다. 하지만 사람들의 얼
굴은 나뭇가지에 달린 사과나 복숭아, 거의 여물어가는 수수나 옥수수
이삭처럼 누러면서도 불그레하고 검으면서도 반짝반짝 빛났다.

가을걷이까지는 아직 어느 정도 시간이 남아 있었지만, 대풍년을 기
약하는 풍경이 눈앞에 펼쳐져 있었다. 여름철 수확을 마치자 후루진 집
집마다 찐빵을 만들어 먹었다. 진 내 밤거리를 거닐다보면 후각이 무딘
사람도 공기 중에 섞여 있는 향긋한 햇 밀가루 냄새를 맡을 수 있었다.
후루진 주민들이 꿈속이나 전설 속에서나 그리던 고급 사치품인 흰 밀
가루로 만든 찐빵이 마침내 밥상에 오른 것이다. 허기에 시달리던 주민
들은 오래간만에 차례진 맛 나는 음식을 게걸스럽게 먹었다.

이괴물네 뒤뜰에 사는 문둥이 넷째는 한 끼에 찐빵을 10여 개나 먹은 적이 있었다. 그는 뜨거운 찐빵을 거름을 메어 나르는 멜대 위에 나란히 배열한 다음, 이쪽 끝에서 저쪽 끝까지 하나도 남기지 않고 깡그리 먹어버렸다. 문둥이 넷째는 20년 뒤 그 일을 우쭐해서 자랑했다.

"도합 13개나 되었어. 이렇게 긴 멜대 위에 나란히 늘어놓고, 단번에 다 먹어 버렸지. 부스러기도 남기지 않고 말이야. ……반찬이 있었냐고? 웃기는 소리하네! 찐빵을 먹는데 반찬이 무슨 필요가 있나? 그럼 찐빵의 맛을 망치는 게 아닌가? 그 맛을 영원히 잊을 수 없어. 지금 찐빵은 그런 맛이 없어. 씨발! 밀가루도 예전처럼 향긋한 냄새가 나지 않고, 나이가 들어 반찬도 잘 넘길 수 없게 돼버렸어. 그 때의 찐빵은 참기름을 바르고 꿀에 반죽한 것처럼 차~암 향기롭고 달았지!"

밀을 거두어들인 다음 하는 여름철 파종은 예년처럼 그렇게 힘들지 않았다. 흰 밀가루로 만든 찐빵을 먹은 후루진 주민들은 힘이 솟구쳤고, 얼굴에는 광택과 웃음이 흘러넘쳤다. 처서가 지나자 날씨는 서늘해지기 시작했다. 짙푸른 배경을 받침으로 하여 10여 년 남짓 남녀의 얼굴에 물들어 있던 누르스름한 색깔이 점차 퇴색하고, 불그레한 윤기가 돌기 시작했다.

이 씨네 삼형제는 후루진 주민들이 아침 식사를 마칠 무렵에 조용히 고향을 떠났다. 그들은 홀가분하게 고향을 떠났다. 그들을 바래다주는 이웃들도 없었고, 풍작의 희열에 잠겨 있는 고향 사람들을 시끄럽게 할 생각도 그들에게는 없었다. 후루진 주민들은 평소에 음식을 배불리 먹을 수 있고, 설에 교자를 먹을 수만 있다면 그야말로 신선 같은 생활이었다. 대학교에 다닌다는 것이 도대체 어떤 의미를 가지고 있는지를 그들은 알 수도 없었거니와 관심도 없었다. 하물며 대학생이 이괴물네 집에서 나왔으니, 결코 좋은 일은 아니라고 그들은 여겼다. 후루진 주민들은 사물을 인식하는데 고집스러우면서도 단순한 평가기준이 있었다. 무릇 좋은 사람과 관련되는 일은 무조건 경사였고, 반대로 나쁜 사람과 관련되는 일은 반드시 화를 일으키는 일(禍事)이라고 여겼다. 좋은 사람이 걸린 병은 좋은 병이고, 나쁜 사람이 걸린 병은 나쁜 병이며, 나쁜 사람이 좋은 일을 한 것은 응당 해야 할 일을 했으므로 표창할 필요가 없을뿐더러, 반드시 좋은 일을 하여 그 죄 값을 치러야 한다고 여겼다.

　일반 후루진 주민들 눈에는 이괴물 집은 오점이 얼룩진 가정으로 보였다. 이괴물을 한때 경제적으로 탐오한 자로 보았기 때문이다. 비록 그는 수십 일밖에 안 되는 짧은 회계원 생애 외에는 종래 돈을 만진 적이 없었지만, 머리에 유채기름을 바르고, 겨드랑이에 주판을 끼고, 가슴을 쑥 내밀고, 활개를 치며 거리를 활보하고 다녔기에 진 내 사람들에게는 거만하다는 나쁜 인상을 심어주었고, 따라서 "겉보기에 남의 돈을 탐했을 수도 있다"는 추측을 받게 되었다. 사실 스(十), 바이(百), 쳰(千), 완(萬), 이(億)이라는 말로 다섯 아들에게 이름을 지어준 것 외에, 회계원이라는 직업이 그에게 혜택을 주었던 것은 조금도 없었다.

　이스는 본래부터 백치였지만, 공교롭게도 생리적인 성숙 속도는 지능 발달속도를 훨씬 추월했다. 그는 하반신 마비인 완 씨를 대신해 그의 후대를 남겨놓았지만, 자신은 도리어 일시적으로 형언할 수 없는 성적 쾌감을 맛보다가 영문도 모르게 정치적 풍파에 말려들게 되었다. 백치가 정치범으로 몰려 철창 속에서 10여 년의 세월을 보냈지만, 심각한 지능발달장애가 있는 사람에게 있어서 고통이란 어떤 느낌인지 분명하게 설명해줄 사람은 없었다. 이 씨네 부자간의 행실은 세월이 지나면서 사람들 마음속에 나쁜 사람과 악한 사람의 대표적 인물로 자리

120

잡게 되었다. 따라서 이바이, 이첸, 이완이 동시에 대학교에 붙었지만, 결코 후루진 주민들의 부러움이나 찬사를 불러일으키지 못했던 것이다. 주민들은 단지 이는 희한한 일이기는 하지만, 별로 할 이야기가 없을 때나 임시 충당하는 화젯거리에 불과하다고 여겼다. 그렇다고 모든 주민들이 다 이 같은 태도를 보인 건 아니었다. 진 혁명위원회 꺼싱동(葛興東) 주임은 오히려 이 씨네를 친절하게 관심을 두는 태도를 보여주었다.

이 씨네 삼형제가 대학교로 떠나는 전날 저녁, 꺼 주임은 아내와 두 딸을 데리고 특별히 이괴물네 집을 찾아왔다. 그의 말을 빈다면 방문 축하였다. 너무 낡아 바람만 불면 무너질 것 같은 이괴물네 집에서 꺼 주임처럼 큰 인물을 접대할 환경은 결코 없었다. 이괴물 내외는 너무 황급해 장딴지에 쥐까지 날 정도로 긴장했다. 꺼 주임은 거드름을 부리며 이바이, 이첸, 이완 삼형제에게 마르크스-마오쩌둥 사상을 잘 학습하고 과학지식을 잘 숙달하여 앞으로 '네 가지 현대화'에 기여해야 한다며 격려의 말을 했다. 꺼 주임은 격려의 말만 한 것이 아니라 물질적 배려도 곁들였다. 꺼 주임의 아내가 호주머니에서 10위안짜리 지폐 6장을 꺼내더니, 이씨 삼형제에게 한 사람당 두 장씩 나누어주었다. 그 바람에 이 씨네 온 식솔은 너무 황공해서 하마터면 바닥에 꿇어앉을 뻔했다. 자기네가 어떻게 감히 꺼 주임의 이같은 중후한 선물을 받을 수 있단 말인가! 이 씨 네는 마음은 감사히 받겠지만 돈은 절대 받을 수 없다며 거듭 뜻을 밝혔다. 한동안 주거니 말거니 실랑이질하다 결국 꺼 주임 네가 돈을 도로 넣을 수밖에 없었다. 그 동안 꺼 주임의 두 딸은 고개를 숙이고 코를 싸쥔 채 얼빠진 사람처럼 멍하니 굳어져 있었다. 구정물 냄새가 너무 고약했기 때문이었다.

이괴물은 1년 후에야 꺼 주임 부부의 속셈이 두 딸을 선보이려는 목적이었다는 사실을 알았다. 아쉽게도 꺼 주임 부부의 탁월한 식견과 고심한 속셈을 귀염둥이 두 딸이 받아주지를 않았다. 두 딸은 집에 돌아간 후 이 씨 네가 가난하다며 불평했을 뿐만 아니라, 집안에 악취가 진동한다며 역겨워했다.

이바이, 이첸, 이완 삼형제는 싱숭생숭한 마음으로 밤을 보낸 후, 이튿날 아침 일찍 짐을 메고 먼 길을 떠났다. 그들은 차비를 절약하고자 도보로 현성에 도착한 후, 거기서 기차를 타고 각자의 대학교로 향발하기로 합의했다. 그들이 출발할 때는 동이 막 텄는지라 온 후루진이 아직 꿈속에서 헤매고 있었다. 개 짖는 소리가 몇 번 들린 것 외에 그들을 전성해주는 사람은 한 명도 없었다.

14

후루진 주민들이 대학 입시보다 더욱 관심을 두는 일이 있었으니, 바로 한 해에 한 번씩 행하는 군대 모집이었다.

군복을 입고 계급장을 다는 일은 농민의 자제라면 거의 누구나 갖는 꿈이었다.

해마다 겨울철에 접어들 무렵이면, 군에 입대한 적정 연령 젊은이들이 앞가슴에 커다란 붉은 꽃을 달고 해방표 트럭에 앉아, 징소리와 북소리의 축복을 받으며 푸르른 희망의 꿈을 이루려고 후루진을 떠나갔다. 군인이 되는 것은 체면을 뜻하고 영예를 뜻할 뿐만 아니라, 미래에 대한 꿈도 깊숙이 감춰져 있었다. 후루진 주민들의 역사적 경험과 현실에 대한 이해에 따르면, 농촌 젊은이들이 입대하는 것은 인생의 밝은 길을 열어가는 한 가지 방도였다. 이왕의 사례를 보면, 부대에서 제대하면 정부 측에서 국가 간부(공무원에 해당함 ─역자 주)로 채용하거나 도시에서 직장을 얻어주었다. 군 복무 기한이 3년 내지 4년 밖에 안 되어도 진 내의 곡물창고(국영 회사 ─역자 주), 공급판매합작사, 동물병원, 초등학교에 우선적으로 취직시켜 주었다. 심지어 대대부(大隊部, 리[里] 사무실 ─역자 주)나 공사(公社, 면에 해당함 ─역자 주) 기관에 취직할 수도 있었다. 따라서 입대는 사람을 유혹하는 출세의 길로서 신분 상승을 꾀할 수 있고, 또한 나라에서 주는 식량을 먹으며 고된 육체적 일을 하지 않을 수 있었다. 후루진 주민들이 바라는 행복한 생활은 대부분 입대라는 방식을 거쳐 어느 정도 실현되었다. 그리하여 군에 입대하는 일은 진 내 젊은이들, 특히 남성 젊은이들이 간절히 바라는 큰 일이었다. 물론 후루진 처녀들도 군대 모집기간이 되면 마찬가지로 마음들이 붕 들떠있었다. 그녀들은 참군하는 총각과 인연이라도 맺을까 하여 눈을 크게 뜨고 귀를 도사리면서 상대방의 신상 정보를 알아보았다. 때문에 군대를 모집하는 계절은 처녀들이 구혼을 가장 많이 하는 성수기가 되었다. 그녀들은 자신의 운명을 앞길이 창창한 이런 총각들에게 맡기기를 원했다. 후루진에는 "후루진 넓은 거리를 따라 처녀들이 엉덩이를 흔들며 장교를 찾아 헤매네"라는 말이 오래 전부터 전해 내려왔다. 사람들은 흔히 허황한 기대를 현재형으로 간주하기를 즐기기에, 입대하는 것을 군인이 된다고 하지 않고 곧바로 장교가 된다고 했다. 이 같은 기대는 두말 할 것 없이 군에 입대하는 총각들에게 힘을 북돋우는 역할을 했다. 호시촌(河西村)에 살고 있는, 큰 머리 염 씨의 둘째 아들은 부대로 떠나기 전에 가슴을 탁탁 두드리며 큰소리를 떵떵 쳤다.

"내가 만약 호주머니가 네 개 달린 군복을 입지 못한다면, 여러분들 앞에 다시는 나타나지 않을 거예요!"

장교복은 상의에 호주머니가 네 개였고, 졸병은 상의에 호주머니가 두 개뿐이었다.

이 씨네 막내아들 이이는 속이 바싹바싹 타는 바람에 가장 매서운 겨울 날씨임에도 입술에 물집이 가득 생겼다. 입대하려는 그의 일념은 누구보다도 강했다. 반년 전 세 형이 동시에 대학에 붙자 그는 그들이 부러우면서도 질투가 났다. 그는 형들과 다른 성공의 길을 걸으려 작심했다. "입대하여 군인이 되자!" 이이는 귀신에게 홀린 듯 꿈속에서마저 이 말을 중얼거렸다.

이의를 제기하는 사람이 없어 이이의 군 지원은 아주 순조로웠다. 신체검사도 무척 만족스런 결과가 나왔다. 이이는 해군에 지원했는데, 신체검사 기준이 육군보다 훨씬 엄했다. 하지만 그의 신체조건이 좋았기에 무난히 통과되었다. 이이가 자신만만해서 핑크빛 미래를 그리고 있을 때, 징병사무실에서 입대조건에 부합되지 않는다는 통지가 왔다. 이유는 신원조회에서 불합격 처리된 것이었다.

이이는 누군가가 그의 입을 틀어막고, 마대를 뒤집어씌운 것처럼 안색이 새파랗게 질려 반나절 동안이나 숨을 제대로 쉬지 못했다. 아버지 이괴물의 터무니없는 '역사적 과오'와 큰형 이스의 황당한 '정치적 표현' 때문에 그의 입대 자격이 취소되었다. 절망에 빠진 이이는 구들에 누워 입을 꾹 다물고 멍하니 천장만 쳐다보았다. 이괴물과 그의 아내가 입이 닳도록 설득도 하고 큰 소리로 꾸짖어도 봤지만 아무런 효과도 없었다. 화가 상투밑까지 난 이괴물이 멜대를 번쩍 들어 때리려고 했지만 이이는 피할 생각조차 하지 않았다. 미동도 하지 않고 시체처럼 반듯하게 누운 이이의 눈에는 눈물이 줄 끊어진 구슬처럼 줄줄 흘러내렸다.

이괴물은 아내와 어떻게 했으면 좋을지 의논했다. 나중에 이괴물은 체면이고 뭐고 팽개치고 꺼 주임을 찾아가 빌면서 도움을 청하기로 마음을 모질게 먹었다. 날이 어두워지자 이괴물은 수탉 두 마리와 땅콩 한 자루를 메고 진 혁명위원회 갈홍동 주임네 집을 찾아갔다.

꺼 주임의 아내 차이홍화(蔡紅花)가 응접실에서 이괴물을 맞아주었다. 그녀는 이괴물의 울음기 섞인 간청을 듣고 나서 깊은 동정을 표했다.

"한 마을에 살고 잘 아는 처지인데 이렇게 물건까지 들고오실 필요가 있나요? 우리 집 사람이 도와줄 수 있으면 꼭 도와줄 거예요. 문제는 어떤 일은 우리 집 사람에게 결정권이 없어서, 말발이 서지 않을까 걱정이에요. 정책이나 원칙 같은 게 있으니 자기 마음대로 하기도 힘들고요. 우리 집 사람이 현에 회의하러 갔으니, 돌아오면 잘 말해볼게요."

이괴물은 닭과 땅콩을 꺼 주임네 집에 남겨 놓고, 차이홍화의 어정쩡한 위로의 말만 가슴에 품은 채 집으로 돌아왔다.

"차이홍화가 애매하게 대답하긴 했지만, 기다려 보자꾸나. 일이 성사되고 안 되고는 네 운에 달렸다."

이괴물은 구들에 죽은 듯이 누워있는 아들의 어깨를 다독이며 말하고는 길게 탄식했다.

열흘 후, 붉은 종이에 쓴 징병 입대자 명단이 문화관 앞 게시판에 나붙었다. 전 진(鎭)에서 모두 40명이 입대했는데, 그중에 이이의 이름은 없었다. 이후 이이의 입대 정원을 꺼 주임의 작은 아들 꺼샤오깡(葛小剛)이 대체했다는 소문이 돌았다. 꺼샤오깡은 어릴 적부터 평발이어서, 신체검사에서 불합격을 맞았다. 그러나 그는 아버지의 특수한 지위와 인맥을 이용하여 겨우 입대했는데, 해군이 아니라 광시(廣西)에 주둔하고 있는 육군에 입대했다.

이이는 집에 근 보름간을 누워 있고서야 점차 원기를 회복했다. 반 년 후, 꺼 주임네 집에 군복을 입은 몇몇 군인이 찾아왔다. 그들은 꺼 주임 집에 영예로움을 상징하는 액자를 건네주면서 숭고한 경의를 표 하고 친절한 위문을 전하였다. 입대한 신병인 꺼샤오깡이 베트남과의 전쟁에서, 명령을 수행하다 지뢰를 밟는 바람에 조국을 위해 두 다리를 잃었던 것이다.

이괴물은 꺼샤오깡의 용감한 사적을 이이에게 들려주었다. 그리고 는 "팔자란 어쩔 수 없는 일이다!"라며 한마디 했다.

15

머나먼 변경에서 일어난 국지전은 부유한 생활을 동경하고 갈망하는 후루진 주민들의 정서에 결코 영향을 주지 못했다. 여러 가지 소문이 흘러 들어옴에 따라 소식에 약삭빠른 일부 인사들은 비정상적인 활약 과 움직임을 보였다. 그들은 모종의 소문이 나돌기를 기대하고 바라는 것 같았다.

간신히 유지되어 오던 진 문예선전대는 2년 후 드디어 완전히 해체 되었다. 겨울이면 어김없이 개최하던 전현 합동공연도 중지되었다. 열 기가 하늘을 찌르던 겨울철 농토 기본 건설 총력전 역시 자취를 감추었 다. 농민들은 더는 살이 에이는 듯 한 찬바람을 맞으며 아침 일찍부터 저녁 늦게까지 붉은 깃발이 휘날리고 확성기 소리가 귀를 찌르는 황산 에서 대자연과 싸우는 흉내를 내지 않아도 되었다. 따라서 사람들의 주의력과 흥분점이 점차 이전되었다.

한때 "적의 방송을 남몰래 듣다"가 체포되었던 안꿔민도 출소한지 1년 남짓이 되었다. 선전대가 사라지는 바람에 관계자 측에서는 잠시 그를 문화관 문지기로 일하게 했다. 후치(胡琴)을 켜던 관정더와 기타 몇몇 선전대 중견들은 할 일이 없어 늘 한 자리에 모여 국가 대사를 의논하거나 새로운 뜬소문을 수집하고 분석했다.

문화관 이용률은 예전보다 대폭 줄어들었다. 안꿔민은 선전대의 유일한 잔류 인원으로서, 이름만 존재하는 빈 건물인 문화관을 지키는 사람이 되었다. 진에서는 그에게 매월 월급 30위안을 지급했는데, 7년간 억울하게 옥살이를 한 그에 대한 변칙적인 보상이라 할 수 있었다. 안꿔민의 자그마한 경비실은 관정더 등의 선전대에 있다가 다시 농사짓고 있는 몇몇 중견들이 모여 이야기를 나누는 장소로 되었다.

"남쪽 지역에서는 밭을 집집마다 나눠 주었다는군!"

관정더가 사람을 격동시키면서도 놀라움과 당혹감을 주는 은밀한 소문을 들려주었다.

"그럼 자본주의로 퇴보하는 게 아닌가? 그럴 수 없다고 보네. 자칫 크게 경 칠 수 있으니, 이런 소문을 함부로 전하는 게 아니라고 보네!"

남들이 의사를 표할 새도 없이 안꿔민이 먼저 의문을 던졌다.

"왜 안 된다고 보지요? 난 된다고 보는데. 밭을 농민들한테 나누어주고, 경작하게 한다면 열정들이 얼마나 높겠어요? 나라에서는 임대료나 조세만 받아들이면 되고요!"

누군가가 이 말에 찬성을 표했다.

"만약 밭을 정말로 우리한테 도급 준다면, 자네가 여기서 대문이나 지키겠나?"

관정더가 안꿔민에게 일부러 빈정거렸다.

"쳇, 범의 잔등에 누가 감히 올라타겠나? 나한테는 그런 담이 없네. 밭을 며칠 부치지 않아, 지주분자 모자를 씌워 가지고 온 거리를 끌고 다니며 투쟁할거네. 상상하기조차 끔찍하네. 세상에 어디 그리 좋은 일이 있다고, 자네들도 허황한 생각을 버리게. 집체 밭을 개인 밭으로 만든다고, 헛된 꿈을 꾸지 말라구! 할 일 없으면 집에 가서 잠이나 자게!"

안꿔민은 몇 해 전에 있었던 일이 떠오르자 자기도 모르게 불안해지면서 가슴이 두근거렸다.

"꿔민 씨는 정말 무골충이군 그래. 뭐가 두렵다는 거지? 뱀한테 한번 물리더니 두레박줄만 봐도 겁내는 격이구만 그래. 지금은 사회가 변해서 몇 년 전과는 다르네. 쥐새끼처럼 두려워 벌벌 떨지 말고, 남자 대장부답게 살게나. 쳇, 우리 같은 농민들이야 수걱수걱 자기 밭이나 다루면서 배불리 먹는 게 소원이 아닌가! 일을 많이 하든 적게 하든, 평균분배를 하는 그런 정책은 없애야 한다 이말이네!"

관정더가 시무룩해 하며 안꿔민을 쏘아붙였다.

"씨발! 사회가 변했다고? 이 말 한마디를 가지고 자네를 잡아넣을 수도 있네. 안 믿는다고? 사회가 어떻게 변하든 다 공산당 천하니까, 우리 역시 사회주의 길을 걸어가야 하네! 내가 쥐새끼처럼 두려워서 벌벌 떤다고? 남의 말을 하기는 쉽지. 내가 겪은 곤욕을 말하면 자네는 무서워 바지에 오줌을 쌀 걸세. 못 믿겠나? 쳇, 여기서 쓸데없는 입씨름 하지 말고 돌아가 잠들이나 자게! 여편네가 있으면 여편네를 안 고 자고, 여편네가 없으면 스스로 그 짓이나 하면서 말이야. 영양부족이면 잠으로 보충하면 되는데, 하필 여기에 와 입씨름을 할 게 뭔가? 누가 노임도 주지 않는데 말이야!"

128

화가 난 안꿔민이 자리에서 일어나 친구들을 내쫓았다. 그들은 불쾌한 기분으로 헤어졌다.

며칠 후 관정더가 말하던 '뜬소문'이 중앙정부의 공문으로 변하였다. 눈 깜짝할 사이에 생산대라는 편제가 역사의 뒤안길로 사라졌다. 마을의 농지, 과수원, 양돈장, 민둥산을 집집마다 도급 맡았다. 물가에 있는 누대에 가장 먼저 달빛이 비친다고 원 촌의 간부들이 우선적으로 생산수단을 많이 차지했다. 왕리정(생산대 대장이었음)의 아들은 생산대에 하나 밖에 없는 트랙터를 얻어 가지고, 새로 집을 짓는 농민들에게 돌, 모래, 벽돌 같은 건축 용재를 실어다주는 운송업을 했다.

관정더는 꺼 전장(葛鎭長, 공사를 진으로 변경한 후, 꺼 주임을 꺼 전장이라고 칭호를 바꿨음)과의 인맥을 이용하여 강 서쪽 뒷산에서 면적이 가장 큰 과수원을 도급 맡고, 움막에서 먹고 자고 하면서 봄부터 가을까지 과수원을 가꾸었다. 그는 남루한 옷에 흐트러진 머리, 때 묻은 얼굴을 해가지고 하루 종일 과수원에 파묻혀 살았다. 몇 해 전까지만 해도 선전대에서 흰 와이셔츠에 가르마 머리를 하고 후친을 켜거나 유행어를 즐겨 따라하던 그의 이미지가 완전히 바뀌어졌다. 후루진 주민들은 그를 만나면 관정더라고 부르지 않고 뒤에서도 '관 볼기짝'이라는 그의 별명을 부르지 않았다. 그에게는 '야인'이라는 새로운 이름이 붙었다.

"야인이 산에서 내려왔어요!"

이는 관정더가 농약이나 화학비료를 사러 읍내에 내려왔다는 뜻이었다.

몇 년간 지속되던 정치 애호가들의 사적인 모임도 자연히 중단되었다. 이 방면에 대한 그들의 열정이 갑자기 사라진 듯 했다. 많은 사람들이 새로운 취미거리를 찾았는데, 바로 마작이나 트럼프와 같은 노름이었다. 겨울철만 되면 관정더는 산에서 내려와 마작이나 트럼프를 가지고 놀면서 시간을 보냈다. 관정더는 운이 좋아 돈을 적게 잃고 많이 딴다는 소문도 돌았다.

밭을 막 도급 받았을 때는 사람들이 온종일 밭에서 살다 시피 했지만, 두 해도 되지 않아 그 열성은 거의 사라졌다. 총각들이나 처녀들은 고된 농사일에서 벗어날 궁리만 했다. 진(鎭) 거리에는 새로 오픈한 여관, 음식점, 이발관, 옷가게, 과일 가게, 해산물 가게, 비디오방, 당구장…… 등이 날로 늘어났다.

안꿔민은 남들이야 무엇을 하든 관계치 않고, 예전의 시끌벅적함이 사라지어, 무참히 파손되고 버려져 누구도 돌보지 않는 공룡의 뼈대 같은 후루진의 상징적 건물인 문화관을 굳건히 지켜나갔다.

16

어언 4년의 세월이 흘렀다. 이 씨네 삼형제도 대학교를 졸업했다.

이바이는 베이징에서 대학교를 다녔고, 철학을 전공했다. 그는 대학 본과를 마친 후 대학원에 진학해 독일 고전철학과 씨름했다. 이바이는 대학교에 갓 입학했을 때 자신의 출신 때문에 열등감에 빠져, 자기 고향과 가정의 "찬란한 역사"를 고증하고 엮으려고 시도했다. 그는 거의 1년 동안이나 시도했지만 궁극적으로 아무런 수확도 거두지 못했다. 이후 그는 한 철학자의 유명한 명제를 인용하여 자기 고향을 묘사하고 이해했다. 그는 후루진은 하나의 존재로서, "존재자의 존재 속에 존재

할 뿐"이라고 여겼다. 그의 고향사람들은 입에도 잘 오르지 않는 난해한 이 말의 뜻을 틀림없이 이해하지 못할 것이었다. 큰형은 표준적인 백치이기에 혹시 이 말의 뜻을 이해할 수 있을 지도 모른다고 이바이는 생각했다. 이바이는 어릴 적에 큰형한테서 이와 비슷한 말을 자주 들었기 때문이었다.

이바이는 천부적인지 아니면 유명한 스승들이 잘 가르친 덕분인지 학업에서 아무런 지장도 받지 않았다. 아무튼 그는 철학적 개념을 본능적으로 선호하는 것 같았다. 무릇 추상적이고 현묘(玄妙)한 것은 그를 극도로 흥분하게 했고, 반대로 구체적인 사물과 관련된 것은 그를 흐리멍덩하게 하거나 심지어 저능아로 만들었다. 사랑이 바로 이를 증명할 수 있는 가장 좋은 사례였다.

이바이는 고향에 있을 때 도시에서 내려온 바이웨이홍이란 처녀를 짝사랑한 적이 있었다. 이는 그가 난생 처음 느낀 이성적 충동이었다. 그는 그런 충동이 일종의 생리적 반응일 뿐 아니라 심리적 갈망이라고 여겼다. 대학교에 붙은 후 그의 가련할 정도로 적은 성적 본능은 거의 사라지다시피 했다. 이성의 매력이나 싱싱함은 그의 성적 욕망을 불러일으키지 못했다.

하향한 지식청년들의 숙소 부근에 있던 아름드리 회화나무 뒤에서 불쑥 나타났던 검은 그림자를 이바이는 줄곧 잊지 못하고 있었다. 거창한 체격에 두려움을 느끼게 하던 그 군인은 바로 바이웨이홍의 약혼자였다. 무척 흥분된 이바이가 충동적으로 바이웨이홍의 매력적인 여린 손을 잡으려는 순간 철탑처럼 키가 무척 큰 군인이 갑자기 나타났던 것이다. 혼비백산한 이바이는 부들부들 떨면서 손을 움츠렸고 심장과 신체 기타 부위까지도 졸아드는 것만 같았다. 이바이는 대학교에 입학한 후, 기아와 갈증이 들린 듯 프로이드의 저작을 읽으면서 답을 찾으려고 애썼다. 하지만 대가의 저작에는 그가 바라는 답이 분명하게 밝혀져 있지 않았다.

혹시 큰형 이스의 비참한 경력이 자신의 감정이 정상적으로 발육하는데 지장을 주지 않았나 하고 이바이는 생각한 적이 있었다. 못된 사람들이 한 백치의 본능적 욕구를 꾀어내어 자기 목적을 달성했을 뿐만 아니라, 황당한 정치적 범죄로까지 진화시켰다. 이바이는 그 당시 후루진에서 일어난 "씨받이 사건"을 아무리 해도 이해할 수 없었다. "혼인이란 생식기를 상호 이용하는 행위이다"라는 한 철학자의 공공연한 단언은 사랑과 혼인에 관심을 보이려고 노력하던 이바이의 마음에 재차 찬물을 끼얹었다. 그는 이성을 멀리했고, 심지어 이성과의 교제마저 단념했다. 대학 시절 이바이의 생활은 어두컴컴하여 가장 기본적인 빛깔도 결여되어 있었다.

그러나 한때 이바이의 정치적 열정은 유난히 높았다. 그는 단지 한 번만 인민대표선거에 참여했을 뿐만 아니라 입후보자의 자격으로도 경선에 뛰어든 적이 있었다. 자기 출신과 후루진이라는 누구도 모르는 괴상한 곳의 신비함과, 어릴 적부터 청소년기까지 겪은 굴곡적인 경력, 그리고 자신이 한창 심취되어 있는 철학적 공상을 바탕으로 하여, 그는 심오한 철학적 의미가 부여된, 사람을 감동시키는 엽기적인 이야기를 꾸며냈다. 처음에 그는 기숙사나 교실에서 반애들에게 번거로움도 마다하고 선거의 출마 목적과 경선 강령을 말했다. 더듬거리며 귀에 거슬리는 지방 사투리로 하는 그의 연설은 반애들의 날카롭고 신랄한 조소와 풍자를 받아야 했다. 그렇다고 해서 이바이는 주눅이 들지 않았다. 그는 할 말이 있으면 하고, 할 일이 있으면 해야 한다고 생각했다. 그는 학급의 부분적 반애들을 포섭하여 조그마한 경선 지도부를 편성한 다음, 열광적으로 자기의 경선 연설을 기획하고 수정했다. 심지어 한밤중에 홀로 학교 대강당에서 텅 비어있는 2,000여 석의 자리를 마주하고 경선 선언을 표명했다. 물론 박수 소리는 없었다. 도리어 강당 위쪽의 숙직실에서 진노한 늙은 경비원의 고함소리만 들렸다.

"지금 몇 신데? 당장 나가지 못할까! 이 미친놈아! 어디로 도망하려고? 네 놈을 경찰에 신고하고 말테다!"

이바이의 집착은 긍정적인 효과를 거두었다. 그는 많은 사람들 앞에서 연설을 해도 더는 얼굴을 붉히거나 손발이 움츠러들지 않았다. 그의 경미한 말더듬 증세도 완전히 사라졌다. 비록 청산유수처럼 말하지는 못해도 "어, 어" 하며 말을 더듬지는 않았다.

경선 지도부 성원들과 반애들의 격려에 힘을 얻은 이바이는 마침내 학교 대강당 강단에 올라 다른 후보들과 같이 유권자들의 선택을 받게 되었다. 그는 대체적으로 연설에서 자기 실력을 발휘했다 할 수 있었다. 그러나 다른 후보들보다 별로 뛰어나지는 않았다. 특히 학생들의 질의를 받을 때 이바이는 애매모호한 답변을 주었다. 일부 사람들이 악의적인 질문을 했을 뿐만 아니라, 어떤 견해는 이바이의 연설에 대한 평가를 벗어난, 더욱 높거나 더욱 깊은 차원의 문제를 언급했기 때문이었다. 이바이의 지식 구조, 담력과 정서는 일부 사람들의 편파적인 견해에 적응할 수 없었다. 결국 그는 그들의 야유를 받으며 강단에서 쫓겨나 의기소침하여 기숙사로 돌아왔다.

이바이는 인민대표로 선정되지 못할지언정 인간의 마지막 양심마저 버리거나, 사람을 놀라게 하는 구호를 외쳐서는 안 된다는 이치를 알고 있었다. "안 돼, 절대 안 돼!" 이바이는 이 문제를 거듭 고민했다. 나중에 지도원이 그를 찾아와 담화를 나눌 때도 이바이는 의연히 자신의 정치적 태도를 고집하면서 다른 후보들의 정치적 주장을 찬성하지 않았다. 이번의 민주선거는 이바이의 성격을 더욱 괴팍하게 만들었다. 차후 그의 대학 생활은 기숙사, 교실(혹은 도서관), 식당이라는 이 궤적을 따라 차질 없이 정확히 운행되었다.

이바이는 후에 이렇게 자신을 비웃었다.

"나의 정치적 능력과 성적 능력은 본질적으로 구별되지 않는데, 모두 순간적인 일이다."

17

후루진에는 이바이가 도대체 무슨 일로 바삐 보내는지 아는 사람이 없었다. 심지어 대학교에 한 해에 붙은 이 씨 삼형제를 기억하는 사람은 거의 없었다.

어두컴컴하고 단조로운 이바이의 대학생활에 비하면 후루진 주민들의 생활은 색채가 다채롭고 현란하다고 할 수 있었다.

후루진 주민들의 모든 주의력은 돈을 벌어야 한다는 하나의 목적에만 쏠려 있었다. 후루진 주민들의 생각과 행위는 전부 돈을 에워싸고 움직였다. 이 곳에서 일어나는 사고나 이야기는 모두 돈과 관련되어 있었다.

이이는 입대할 수 없게 되자 아버지 이괴물을 도와 집에서 4, 5년간 농사를 지었다. 이 씨네가 배분받은 밭은 다른 가정들보다 많았다. 촌에서 인재를 존중하고 지식을 존중한다는 원칙에 따라, 대학에 간 삼형제의 몫을 그대로 배분했기 때문이었다. 그 일로 하여 이 씨네는 무척 감동 했지만, 이웃들은 시기하면서 불만을 토했다.

이괴물은 큰 아들 이스와 막내아들 이이를 데리고 하루 종일 부지런히 농사를 지었다. 한 해 동안 거둔 밀, 옥수수, 콩, 그리고 기타 잡곡을 가지고 온 가정이 3년간이나 먹을 수 있었다. 이괴물은 여분의 양곡을 팔아 그 돈으로 대학에 다니는 세 아들의 뒷바라지를 했을 뿐 아니라, 막내아들이 장가가면 살 집을 신축하기 시작했다. 세 아들의 대학교 비용은 나라에서 거의 다 해결해 주었기 때문에 이괴물은 용돈이나 조금씩 보내주면 되었다. 큰 아들 이스는 줄곧 이괴물의 큰 근심거리였다. 그는 아들의 앞날이 걱정되어 아들과 처지가 비슷한 여인을 소개해줄까 여러 번 궁리해 보았다. 여인이 머리만 똑똑하다면 지체장애자라도 괜찮다고 그는 생각했다. 하지만 "이스 하나만 해도 골칫거리인데, 한 사람을 더 보태려고요?" 하면서 아내가 그의 생각을 단호히 반대했다. 그는 아내의 말에 일리가 있는 것 같아 차차 기다려 보기로 했다.

이이는 아버지를 따라 3년간 농사를 지었다. 날이 갈수록 그는 사는 게 귀찮아졌다. 그는 툭 하면, 밖에 나가 다른 일을 찾아 하겠다며 아버지에게 투정을 부렸다. 이괴물은 분수에 맞지 않은 막내아들의 생각이 마음에 들지 않아, "부자가 되려면 부지런히 일을 해야 한다"며 꾸짖었다. 이이는 불복하며 아버지에게 마구 대들었다.

"흥, 부지런해야 부자가 된다고요? 그런 허튼 소리 하지 말아요! 요즘 세월에 부지런히 일해서 부자가 된 사람이 어디 있어요? 부지런히 일하다 지레 지쳐 죽겠어요. 죽을 둥 살 둥 모르고 일해도 부자가 될 수 없어요!"

"쌍놈의 새끼! 가만히 누워 있으면서 떡이 입안에 들어오길 기다리고, 하늘에서 돈벼락이 떨어지기만 기다려라, 이놈아! 힘들여 일하지 않고, 고생하지 않고서 어떻게 돈을 벌 수 있겠냐? 네 주제나 알고 덤비거라 이놈아!"

화가 난 이괴물이 아들에게 삿대질하며 욕을 퍼부었다.

"억지만 부리는 아버지와 더는 시비하고 싶지 않아요. 우리 후루진에서 이 몇 해 동안 농사를 지어 부자가 된 가정이 몇 가구나 되나요? 왕리정은 한 번에 트럭 두 대를 구입하여 외지에 나가 돈을 벌고 있고, 농사일은 사람을 사다 하고 있어요. 꺼샤오깡은 부대에서 불구가 되어 제대했지만, 식당을 여는 바람에 엄청난 돈을 벌고 있어요. 진의 간부들이 손님을 접대하면 모두 그 식당을 찾고 있어요. 과부인 완 씨 아내마저 가게를 차리고 옷 장사를 하느라 법석대고 있는데, 농사를 짓는 것보다 돈을 더 벌고 있어요. 제가 그래 그들보다 못하단 말인가요?"

이이는 아버지가 여러 면에서 억압하면서, 자기 신세를 망치고 있다고 생각했다.

"허튼 소리만 하는구나! 네가 어찌 왕리정과 비길 수 있느냐? 그 사람은 생산대장을 오랫동안 해서 집안 경제 형편도 우리보다 퍽 낫지 않니? 꺼샤오깡은 전장(鎭長)인 아버지 덕을 보고 있지만, 네가 식당을 차리면 손님들이 발길이나 돌리겠냐? 그네들은 공금으로 먹고 마시고 하니, 전장 아들네 식당을 찾는 게 당연하지. 완 씨 아내도 장사하기가 쉬운 줄 알아? 외지에 나가 물건을 들여오느라 고생하고, 파느라 고생하고 입술이 다 부르텄어, 이놈아! 네놈 같은 게으름뱅이가 무슨 장사를 한다구 그래?" 농사짓기 싫으면 형들처럼 대학에나 가거라! 대학에 가면 힘든 일을 하지 않아도 되니 말이다. 헌데 네놈한테 그런 머리가 있냐? 그런 포부가 있냐? 힘들여 벌 예산은 하지 않고 단 번에 뭉칫

136

돈을 벌 생각만 하고 있으니, 거 참 세상에 어디 그리 좋은 일이 있냐? 흥, 네 주제에 개똥도 따뜻한 걸 빼앗아 먹기 힘들 거다, 이놈아!"

"잘난 형들과 저를 비기지 말아요. 그들이 후에 잘나간다고 한들 저와 무슨 관계가 있어요? 아버지, 두고 봐요. 지식인들은 배은망덕해서, 그들의 신세를 질 생각일랑은 아예 하지 말아요. 그들 셋 모두 졸업하고 직장생활을 하지만, 집에다 송금하는 사람이 있나요? 흥, 우리가 하루 종일 땡볕에서 힘들게 농사를 짓고 있지만, 그들은 편안한 직장생활을 하면서도, 왜 월급을 절약해 부모들을 도와주려 하지 않나요? 다 소용없어요. 전 머리가 나빠 대학교에 붙지 못했지만, 그런 쓸모도 없는 것들을 배울 생각이 전혀 없어요. 내일 당장 이 집을 떠날 거니까 저를 귀찮게 하지 말아요. 무슨 일을 한들 땅 파는 것 보다 못하겠어요!"

"내일까지 기다릴 거 없이 나가려면 당장 나가거라!"

"나가라면 나가지요. 한시라도 이 집에 붙어있기 싫으니까요."

이이는 아버지가 이 정도까지 나오자 홧김에 옷가지를 챙겨가지고, 휭 하니 집을 나섰다.

이괴물은 이렇게 집을 나간 막내아들이 8년 동안 집에 한 번도 나타나지 않을 줄은 꿈에도 생각지 못했다.

18

이이가 세 형을 원망하는 데는 그로서의 이유가 있었다.

이씨 삼형제는 대학교를 졸업한 후, 둘째 이바이가 석사와 박사 과정을 밟은 외에 셋째 이첸과 넷째 이완은 직장생활을 하고 있었다.

이첸은 대학교에서 해상운송을 전공했다. 그는 졸업 후 원양운송 대기업에 취직했는데, 배운 전공과 일치했고 소득도 상당했다. 그는 한 번 출항하면 반년 이상을 바다에서 보냈다. 해외에서 돌아올 때면 그는 텔레비전, 라디오, 세탁기 등 여러 가지 중고 가전제품을 가져왔다. 이첸의 처제 말에 따르면, 보기에는 그럴듯한 이 현대적인 제품들은 이첸이 1전 한 푼 쓰지 않고 해외의 쓰레기더미에서 주어온 고물이었다. 이첸의 처제는 형부를 아주 못마땅하게 여기었는데, 기회만 있으면 이 '촌뜨기'라고 헐뜯었다.

이첸은 1년에 한 달여 동안 연차를 보냈다. 어느 때 그는 고향에 부모들 뵈러 오면서 세탁기를 가져왔다. 농촌은 자주 정전이 되고, 또한 후루진 여인들에게는 하천에서 빨래를 하는 습관이나 풍속이 있었으므로 이괴물네는 세탁기를 한 번도 사용하지 않았다. 그리하여 세탁기는 쌀을 넣어두는 도구로 전락하였다. 이첸은 부모에게 현찰을 준 적이 한 번도 없었다. 이 때문에 이이는 셋째 형에게 불만이 많았다. 사실 이는 이첸을 탓할 일만은 아니었다. 가정의 돈은 그의 아내가 모두 장악하고 있어서, 휴지 같은 것을 사도 아내의 허락을 받아야 했다. 그녀는 이첸의 대학시절 동창이었는데, 이첸과 결혼한 일을 늘 후회하고 있었다. 그리하여 그녀는 결혼한 후 걸핏하면 남들이 이해할 수 없는 각박한 조치를 강구하여 이첸을 경계하고 옭아매는 것으로서 일종의 심리적 균형을 얻으려 했던 것이다.

이 밖에 이첸의 아내에게는, "시골 사람들은 고생하며 사는데 습관이 되었으므로 배를 곯지만 않아도 아주 행복해 해요. 그러므로 혜택을 줄 필요도 없고 누릴 필요도 없지요. 만약 배불리 먹는다면 체할 수 있을 분이에요. 시골 사람들은 돈을 쓸데가 없으므로 돈이 많으면 허리가 쑤실 수가 있고, 그들은 차를 타면 멀미를 하고, 고기를 먹으면 설사를 하며, 새 옷을 입으면 몸에 두드러기가 돋을 수 있어요……."라고 하는 고루하고도 시체적인 이론을 가지고 있었다. 결론적으로 이첸이 부모에게 돈을 한 푼이라도 주지 못하게 하려는 속내가 있었던 것이다.

이첸의 아내는 남편을 따라 시집에 딱 한 번 다녀갔는데, 하룻밤을 묵고 나서는 병에 걸렸다면서 재수 없고 구역질나는 이 곳에 다시는 오지 않겠다고 역정을 냈었다. 그러면서도 집으로 돌아갈 때는 녹두를 반 자루나 들고 갔다.

이첸은 후에 재차 고향 집을 다녀가면서 어머니에게 슬그머니 돈 50 위안을 찔러준 적이 있었다. 호주머니에서 돈을 꺼낼 때 사방을 두리번 거리는 아들의 모습을 보면서, 어머니는 영화에서 첩보요원이 비밀리에 정보를 전달하는 장면을 떠올렸다. 어머니는 아들이 불쌍했다. 그는 아들이 며느리 몰래 자기한테 돈을 준 일이 들어나는 날에는 아들이 앞으로 더 힘들어질까봐 걱정했다. 어머니로서 어찌 아들이 차마 구박을 받게끔 할 수 있단 말인가! 그는 아들의 효심을 받아들일 수가 없었다. 그는 이첸에게 50위안을 한사코 돌려주었다.

이첸은 선박에서 이등항해사로 근무했고, 아내는 본사에서 기술 번역을 맡고 있었다. 남편이 대부분 시간을 밖에서 보내고 있는데서, 외로움을 참지 못한 이첸의 아내는 자연히 외간 남자와 정을 통하게 되었다. 그녀와 사통하는 남자는 회사의 크레인 기사였는데, 아내가 있는 사람이었다. 이첸이 출항하면 그의 집은 그들이 밀회를 가지는 가장 이상적인 장소가 되었다. 시간이 흐름에 따라 직장 동료들과 이웃들은 그들 둘의 관계를 눈치 채게 되었고, 많은 사람들이 뒤에서 수군거렸다. 단지 이첸만 그 사실을 깜깜 모르고 있었다.

이첸이 한 달 쯤 연차 휴가를 낼 때면, 그들 부부는 거의 스무날은 티격태격 싸웠다. 이첸은 진작부터 아내의 성격이 괴팍하다는 것을 알고 있는지라 그저 성격 탓으로만 간주하면서 그 이유를 더 깊이 생각하지 않았다. 이첸은 아내와 반년 남짓 갈라져 있다가 만났는데도 화목하게 지내지 못하자 몹시 괴로웠다. 그의 아내는 이첸과 돈 외에는 다른 화젯거리가 없었다. 그녀는 입만 열면 누구네 남편은 돈을 억수로 번다는 둥, 누구네 남편은 잘 나간다는 둥 하면서 구시렁거렸는데, 결론적으로 자기가 눈이 멀어서 능력이 없는 남편을 얻는 바람에 힘들게 살고 있다는 뜻이었다.

아들이 두 살이나 되었는지라 이첸은 안정된 가정을 유지하는 것이 소원일 뿐, 이혼할 생각은 없었다. 이첸은 마음속으로, 끝없이 펼쳐진 하늘을 배경으로 하는 망망대해에서 아무런 생각도 없이 무미건조한 생활을 할지언정, 한때 뜨거운 사랑에 빠졌던 아내와 다투면서 나날을 보내고 싶지는 않았다. 바로 이런 생각에서 그는 본사에 남을 수 있는 기회를 남들에게 여러 번 양보했다. 사실 본사에서는 인사 배정을 할 때, 이첸의 아내가 남편 몰래 바람을 피우고 있다는 소문을 고려하고 있었다. 다만 차마 그 이유를 설명할 수 없었을 뿐이었다. 이첸이 본사에 돌아올 수 있는 기회를 남들에게 양보하는 '넓은 도량'에 인사부의 인원들은 울 수도 웃을 수도 없었다.

그러나 꼬리가 길면 잡히기 마련이다. 이첸 아내의 염문을 소문낸 사람은 바로 그의 아들이었다. 아들이 자기 여덟 살 생일 때 갑자기 이첸을 보고 물었다.

"아빠, 제가 아빠 친아들이 맞아요?"

이첸이 웃으며 대답했다.

"바보같은 녀석, 내 아들이 아니면 그래 남의 아들이란 말이냐?"

"저의 반 친구들이, 제가 회사 크레인을 모는 곽 아저씨 아들이라고 했어요!"

"머리에 피도 안 마른 녀석들이 아무소릴 다 하는구나! 넌 그런 허튼 소리를 하면 안 돼!"

이첸은 무척 불쾌했다.

"허튼소리가 아니에요. 어머니와 곽 아저씨가 같이 있는 걸 전 자주 봤어요."

아들이 억울하다는 듯이 말했다.

"어머니와 그 곽씨라는 아저씨가 만나 뭘 했는데?"

이첸이 그제야 신경을 곤두세웠다.

"저도 몰라요. 암튼 아저씨는 우리 집에 올 적마다 맛있는 걸 사 가지고 왔어요. 그러면 어머니는 밖에 나가 친구들과 놀라며 저를 내보냈어요."

아들이 신이 나서 종알거렸다.

이첸은 8년 전 아들이 태어날 때, 순간적으로 가졌던 의혹이 떠올랐다. 날짜를 미루어 계산해보면 아이가 지난 휴가 때 임신한 것이 아니었기 때문이었다. 그래서 어느 때 한 번은 아내에게 에둘러 물어보았다가 하마터면 아내에게 온몸이 갈가리 찢어질 뻔 했다. 그녀는 가슴을 치며 한바탕 억울하다고 통곡하다가 욕을 퍼붓기 시작했으며, 나중에는 죽느니 사느니 동네가 떠들썩하게 소란을 피웠다. 그 바람에 이첸은 한 동안 양심의 가책을 느껴야 했다.

하지만 이번에는 대충 넘어갈 수 없었다. 그는 아내에게 아들의 친자 감정을 하자고 정중하게 요구했다.

"호호호!"

아내가 이첸의 말을 듣고 포복절도했다.

"참, 어리석기 그지없군요. 친자 감정까지 할 필요가 있나요? 얼핏 봐도 알 수 있지만, 찬찬히 뜯어봐도 아이가 당신 닮은 구석이 어디 한 곳이라도 있나요? 크레인을 운전하는 키다리 곽씨를 꼭 빼닮지 않았나요? 호호호! 당신 정말 머리에 문제가 생긴 게 분명해요!"

아내가 거리낌 없이 이첸을 비웃었다.

이첸이 아내의 뺨을 사정없이 때렸다.

"퉤, 더러운 년! 네 년과 이혼이다!"

이첸이 입술을 부르르 떨었다.

"하하하! 이혼이라구? 꿈도 꾸지 마! 당신 참고 살아! 당신 큰형도 백치고, 당신도 백치야. 당신 큰형의 자식을 남들이 키우고 있는데, 당신도 남의 자식을 키워야 공평한 게 아닌가요? 당신 능력 있으면 절 때려요!"

아내가 얼굴을 싸쥐고 미친 듯이 웃었다.

이첸이 재차 손을 쳐들었다.

"때려요, 때려요! 때리지 않으면 당신 개자식이에요!"

아내가 머리를 이첸의 쪽으로 마구 들이밀었다.

"짝! 짝!"

이첸이 자기 뺨을 호되게 때렸다.

19

이이는 아버지와 다툰 후 홧김에 후루진을 떠나 곧바로 현성으로 갔다. 현성에 도착하여 이틀 만에 그는 고등학교 시절 동창 둘을 만났다. 의논 끝에 그들 셋은 당구대를 구입하여 당구장을 열기로 합의했다. 그들은 한 동창의 형이 경영하는 나이트클럽 문 앞에다 당구 테이블을 놓고 당구장 영업을 시작했다.

그들은 고객들한테서 당구를 치는 비용으로 시간당 5위안을 받았다. 이이의 소임은 날마다 당구대 가까이에 있는 계단에 앉아 지나가는 초·중학교 학생들이나 젊은이들을 호객하는 일이었다. 그렇게 하루에 40~50위안 쯤 벌수가 있었다. 각자가 3분의 1의 소득을 차지한다는 사전의 약속에 따라 이이는 일당 15~16위안을 챙길 수 있었다. 하지만 거리와 골목 도처에 당구장이 널려 있어서 동업자간의 경쟁이 무척이나 심했다. 이이는 무료로 고객들에게 하나에 50전씩 하는 아이스크림을 선사하는 방법을 강구했다. 그러자 그들의 당구장을 찾는 사람이 무척 많아졌다. 그러자 다른 당구장에서 그들의 방법을 모방하여 아이스크림은 물론 해바라기 씨, 찻물, 사탕, 담배까지 무료로 제공했다. 이이네는 당구비가 원래 저렴한데다가 무료로 여러 가지 서비스를 제공하다 보니 이익금이 날로 줄어들었다. 이이는 고객을 유치할 수 있는 정당하지 않은 방법을 또 강구해냈다. 즉 당구와 노름을 결부시킨 방법이었다. 이 방법은 과연 효과적이었는데, 고객들이 평소보다 몇 곱절 늘어났다. 하지만 며칠 후 누군가 신고하는 바람에 경찰 등 집법요원들이 달려와 당구대를 몰수했을 뿐더러 벌금까지 안겼다. 그리하여 이이네는 돈을 몇 푼 벌지 못하고, 본전마저 잃게 되었다. 화가 상투 끝까지 치밀어 오른 이이는 친구 몇을 불러 그들을 고자질한 밀고자를 으슥한 곳에 유인하여 몰매를 퍼부었다. 그 중 이이가 가장 모질게 분풀이를 했다. 그는 당구봉으로 상대방의 하신을 힘껏 찔렀다. 밀고자는 "아이쿠!" 하고 외마디 소리를 지르며 앞으로 푹 쓰러졌다. 다행히 인명사고는 나지 않았다. 그러나 경찰이 사건수사에 착수하자 이이는 삼십육계 줄행랑이 제일이라고 이튿날 배를 타고 상하이로 도주했다.

이첸의 집은 상하이에 있었는데, 그의 회사는 집과 멀지 않은 곳에 자리 잡고 있었다. 이이가 상하이로 향한 것은 셋째 형 이첸을 찾아가 한 동안 몸을 피하려는 생각에서였다.

아내와의 불화로 심신이 몹시 힘들 때 이이가 찾아온지라 이첸은 동생을 반기거나 도와줄 여력이 없었다. 이첸은 마음을 가까스로 가라앉히고 눈살을 찌푸린 채, 이이의 두서없는 사연을 들어주었다. 그리고 동생을 데리고 와이탄(外灘)의 자그마한 음식점에 가 식사를 한 다음, 600위안을 쥐어주며 다시는 사고를 치지 말고 선전(深圳)에 가서 일거리를 찾아보라고 타일렀다.

이이는 불쾌한 기분으로 상하이를 떠나 계속해서 남쪽으로 내려갔다. 그는 자신이 한심했고, 셋째 형이 더욱 한심하게 생각되었다. "자기 아내마저 제대로 건사하지 못하는 주제에 어떻게 남편이라 할 수 있겠는가! 대학교를 졸업한들 무슨 소용이 있는가? 수모를 당하는 건 마찬가지가 아닌가!"라고 속으로 되뇌이곤 하였다.

선전에 도착한 이이는 무척 흥분하였다. 상하이는 지방 사투리를 주로 사용하여 길을 물어보기조차 힘들었지만, 심천은 전국 방방곡곡에서 모여온 사람들이 대다수여서 그런지 남쪽 지역 말투의 표준말이 유행되어 그가 걱정하던 대화에 어려움이 없었다.

144

선전은 일자리를 구하기가 쉬웠다. 이이는 숙박을 제공하는 가게에 취직하여, 삼륜차로 해산물을 나르는 일을 했다. 일은 비록 힘들었지만, 발등에 떨어진 불과 같은 자고 먹는 문제는 해결할 수 있었다.

가게에서 넉 달간 일하자 이이는 2천 여 위안을 모을 수 있었다. 이는 이이가 태어나서 최초로 만져보는 큰돈이었다. 그는 기분이 너무 좋아 저녁 침대에 누워도 잠이 잘 오지 않았다. 그는 어떻게 하면 이 돈을 굴려 큰돈을 벌까 하고 밤새도록 궁리했다. 며칠 후, 동료들의 부추김을 받은 이이는 한 번 모험하기로 마음을 크게 먹었다.

이이는 난생 처음 주식거래소에 들어섰다. 주식거래소는 상상했던 것처럼 시끌벅적하지는 않았다. 그는 함정에라도 빠질까봐 한참 동안 망설였다. 그러자 그와 함께 온 동료들이 촌뜨기라며 놀려댔다. 이이는 무척 난감했다. 그는 자신의 운이 어떤지 내기도 해볼 겸 체면도 세울 겸 하여 드디어 용단을 내리고 2천 위안 어치의 주식을 샀다. 주식거래소를 나오면서 이이는 자기의 충동적 행동이 후회되었다. 그러나 한편으로는 자신이 무척 숭고하고 위대하게 생각되었다.

"씨발, 그까짓 2천 위안이 뭔 큰돈인가? 도둑놈한테 털렸다 생각하면 되지!"

이이는 동료들과 큰 소리를 떵떵 쳤다.

그러나 운이 찾아오자 누구도 막지 못했다. 두 달 후, 이이의 2천 위안이 1만 위안으로 늘어났다. 그는 이를 악물고 두 달을 더 기다렸더니 2만 위안으로 늘어났다. 이이는 더는 기다리지 않고 돈을 회수했다. 그리고 다시는 주식에 손을 대지 않기로 마음먹었다. 이렇게 이이의 인생에서 최초의 투자가 성공적으로 이루어졌다. 그는 주식에서 번 돈은 재물신이 자기에게 보내준 공짜 보너스라고 했다.

사실 재물신은 이이에게 보너스만 보내준 것이 아니라 여인도 보내 줬다.

20

후루진이 몰라보게 변했다. 이는 고향을 찾은 이 씨네 넷째 아들 이 완이 감탄하기에 충분한 느낌이었다.

"후루진은 숨이 끊어진 개처럼 오래 전부터 숨소리가 들리지 않았 어." 이는 하신마비 완 씨의 귀염둥이 아들 완런팅이 고향을 떠나겠다 며 소란을 피울 때 한 불평의 소리였다.

후루진의 주민들은 자기들의 생활 리듬에 따라 평온한 하루하루를 보내고 있었다. 누군가는 하늘나라로 가고, 누군가는 태어나고, 누군가 는 부자가 되고, 누군가는 가난뱅이가 되고, 누군가는 아내를 맞아들이 고, 누군가는 시집을 가고, 누군가는 웃고, 누군가는 울고…… 결국 모 든 것이 사람들 기억 속에서 사라졌다.

완런팅은 하루하루가 너무 지루해 불만스러웠고, 고향의 변화가 너 무 더디어 불만스러웠다. 밖의 세상은 텔레비전에서 나오는 롤러코스 터처럼 급속도로 달리고 회전하면서 귓전에는 바람소리가 휙휙 나고 탑승객들은 날카로운 비명소리와 함께 짜릿한 순간적 쾌감을 맛본다고 그는 상상했다.

그러나 고향을 떠난 지 10년이 넘는 이완에게는 후루진이 몰라보게 변모되어 있었다.

제일 놀라운 변화는 완런팅의 세대들이었다. 완런팅이 마지못해 삼촌이라고 부르는 순간, 이완은 한참 동안 기억을 더듬어서야 자기 앞에 서 있는 이 젊은이가, 가장 장엄하고 엄숙한 마오쩌둥 주석의 추도식 때 오줌을 누겠다며 보채던 아이라는 것을 알아보았다. 완런텅은 나이가 18세였는데 어른 티가 나 있었다.

이완은 대학교 때 수의학을 전공했다. 그는 졸업한 후 성(省) 축산청에 취직했다. 돼지나 소, 말, 양과 같은 가축을 치료해 본 적이 한 번도 없었던 이완은 졸업하자 가축이 아니라 사람과 처음부터 접촉하게 된 것이다. 그 시절에는 대학생이 몹시 드물었기에 대다수 대학생들이 정부기관에 배치되었다. 이완도 그들 중 한 사람이었다. 그는 일반 사무원으로부터 부처장(중국 행정 직급의 하나로 부현장[副縣長]과 동등한 지위임 −역자 주)까지 승진했다. 이번에 그는 후루진이 소재해 있는 현의 부현장으로 부임되었다.

이 씨네 집안에 부현장이 생긴 일은 후루진의 톱뉴스였다. 2년 전 이 괴물이 자기 둘째 아들이 대학교 교수가 되었다는 사실을 알릴 때보다 더 큰 화젯거리가 되었다.

꺼싱둥은 비록 전장의 자리에서 물러났지만, 그래도 몸소 이 씨네 집을 방문했다. 이 씨네 집은 5년 전에 새로 지어서, 이완이 대학교에 갈 때보다 널찍하고 으리으리해 보였다. 그러나 진의 잘사는 집에 비하면 아주 평범했다.

꺼 전장은 이 씨네 집을 두 번째로 왕림한 셈이었는데, 첫 번째는 10여 년 전이었다. 꺼 전장은 말끝마다 '이 현장'이라고 불러 이완은 기분이 좋았다. 이완은 꺼 전장을 줄곧 두려워했었다. 아마도 어릴 적에 형성된 트라우마 때문일 수 있었다. 꺼싱둥은 후루진 정치 무대에서 20년 남짓 활약한데서, 후루진 주민들에게는 거물급 인사였다. 꺼 전장은 이

완과 아주 공손하게 이런저런 이야기를 나누다 일어나서 작별 인사를 했다. 꺼 전장은 올 때 건강기능식품을 들고 왔다. 그는 자리를 뜨면서 이괴물에게 봉투를 건네주며 말했다.

"무엇이 필요한지 몰라 그러는데, 어르신 용돈으로 쓰세요!"

이괴물이 받을 수 없다며 한사코 거절했다. 그 장면을 본 이완은 두 형과 같이 대학교로 떠나던 전날 꺼 주임이 그들 삼형제에게 각기 20위안씩 나누어 주던 일이 떠올랐다. 이완은 웃으며 아버지에게 다가가 큰 소리로 말했다.

"꺼 전장의 마음이니 받으세요!"

이완은 아버지를 대신해 봉투를 받은 후 꺼 전장을 담장 밖까지 바래다주었다.

"어떻게 감히 저 사람의 돈을 받을 수 있느냐!"

이괴물이 이완을 보고 거듭 강조해 말했다.

"저 꺼싱동은 결코 좋은 물건이 아니네! 진 정부 사람들의 말에 의하면 이 몇 해 사이 나라 땅만 팔아서도 많은 이익을 챙겼다더군. 사람들은 저 사람한테 뇌물로 돈을 한 묶음씩 가져다줬는데, 수백만 위안을 수뢰했다고 하더군. 저 사람의 아들 꺼샤오깡이라고 기억나나? 그래 바로 그 다리가 없는 녀석 말이네. 재작년 재혼했는데, 결혼식에 저 사람의 안면을 봐서 찾아간 하객이 엄청나게 많았다더군. 거리 뒤쪽에 살던 생산대 왕리정 대장 기억나나? 그의 큰아들이 현재 촌장이 되었는데, 축의금을 1천 위안이나 하고도 술은커녕 찻물도 얻어 마시지 못하고 나왔다네! 해도 해도 너무 하지. 옛날 같으면 언제 몇 해 동안 전장을 할 수 있었겠나? 진작 해임되었지! 이봐, 이완아! 너는 절대 저 사람처럼 벼슬을 하지 말거라. 서민들이 뒤에서 손가락질을 할 테니 말이다.”

이괴물은 아버지의 책임이 바로 아들을 교육하는 것이라고 생각했다.

“아버지, 전 그러지 않을 테니 걱정 마세요!”

이완은 웃으면서 아버지에게 다짐했다.

이완은 집에 두 시간도 머물지 못하고 후루진과 촌 간부들의 안내 하에 진의 이곳저곳을 돌아보았다.

“변했어요, 변해도 너무 변했어요!”

이완은 감개무량했다.

후루진의 상징적 건물인 문화관은 한창 철거되고 있었다. 전장은 이완에게 이 자리에 타이완 투자자가 여러 가지 시설을 갖춘 다용도 사우나를 짓게 되는데, 1년 후에 오픈하게 된다고 설명했다.

“사우나요?”

이완이 눈살을 찌푸렸다.

“그래요. 사우나, 안마방, 온천욕탕, 헬스장 등 시설을 갖춘 고급 사우나를 말입니다.”

전장이 흥분한 어조로 보고했다.

“계획안을 올려 보냈나요? 상부에서 인가했고요?”

“계획안은 올려 보냈고, 허가서도 오래 전에 내려왔고요! 현의 김 당서기가 관심을 두고 있는 프로젝트입니다.”

“오, 시간이 꽤나 흘렀군요. 다른 곳은 후에 돌아보겠으니, 성으로 돌아갑시다!”

이완이 손목시계를 보며 말했다.

“저녁식사를 하고 가시겠다고 약속하지 않았나요?”

전장이 만류했다.

"자주 오겠는데, 다음에 보지요."

이완이 차가 있는 쪽으로 걸어갔다.

"아니, 이거 이 씨네 넷째가 아닌가? 부현장이 되었다면서, 개천에서 용 났군 그래!"

허리가 구부정한 노인이 앞으로 다가왔다.

"염 아저씨가 맞지요?"

이완은 놀라는 눈길로 남루한 옷차림의 염 노인을 바라보았다. 구두를 수선하던 병약한 노인이 기적처럼 지금까지 살아있었기 때문이었다.

"찐빵을 먹고 싶으니, 2위안만 주게나!"

노인이 숨을 헐떡거리며 떨리는 손을 내밀었다.

"저리 썩 물러가요!"

이완을 안내하던 간부들이 물러가라며 노인에게 호령했다.

"저 노인한테 50위안을 드리세요! 자, 어서 떠납시다!"

이완이 기사에게 분부하면서 차에 올랐다.

차가 움직이기 시작했다. 백미러에 염 노인이 무릎을 꿇고 멀어져 가는 차 꽁무니를 향해 꾸벅꾸벅 연신 절을 하는 모습이 보였다.

"예전의 후루진이 아니야! 후! 정말 많이 변했네!"

이완이 기사에게 들으라는 둥 마는 둥 중얼거리듯이 말했다.

21

후루진의 변화는 이완이 말 타고 꽃구경하듯이 돌아본 그것만이 아니었다.

이완은 이후 7년 사이에 부현장으로부터 현 당위원회 서기로, 또 현 당위원회 서기로부터 다른 지역의 대도시 부시장으로 승진했다.

이완이 부현장과 현 당서기를 맡고 있던 몇 해 동안만 해도 후루진의 형편을 알고 있었다고 할 수 있었다. 물론 대부분 서류나 통계, 그리고 진의 주요 책임자들의 보고를 통하여 알았으며, 경제, 사회, 문화, 교육, 치안 등 면을 통해 후루진의 변화와 발전을 알았다. 그의 부모들은 연세가 많아 도시로 집을 옮겼다. 형 이스는 도시에 들어가지 않고, 완 씨의 아내와 살림을 차렸다. 이는 이괴물 부부가 깊은 고민거리와 무거운 짐을 훌훌 털어버린 셈이 되었다.

이스가 갓 출옥한 후 얼마 동안 완 씨 아내는 이괴물 부부와 이스를 종신토록 보살피겠다는 뜻을 여러 번 비쳤다. 하지만 이괴물네는 그녀의 뜻을 받아들이지 않았었다.

막내아들 이이가 집을 나간 후, 이괴물은 백치 아들 이스를 데리고 농사를 지었다. 농번기 때는 임시 일꾼을 고용해 썼다. 이스는 나이가 많아짐에 따라 온 힘을 농사 짓는 데만 쏟았다. 그는 담배도 피우지 않고, 술도 마시지 않았으며 여자 변소를 남몰래 훔쳐보지도 않았다. 그리고 "큰 칼을 들어 왜놈의 대가리를 자르자"라는 노래도 더는 부르지 않았다. 식사를 하고 일을 하고 잠을 자는 것이 그의 모든 하루 일과였다. 식사를 하라고 부르지 않으면 그는 온종일 밭에서 정신없이 일만 했다. 어느 날 이스의 어머니는 남편과 이런 말을 한 적이 있다. 저 아이는 출옥하여 집에 돌아오자 갑자기 모범 근로자가 된 것 같아요. 지칠 줄 모르고 일만 하니 말이에요.

매번 이스의 말만 나오면 이괴물 부부는 한숨과 눈물만 나왔다.

"후! 참 걱정이구려!"

이괴물이 장탄식을 했다.

"동생들도 돌보려 하지 않을 텐데, 우리가 죽으면 저 애 스스로 어떻게 살아갈 수 있을지가 걱정이네요?"

어머니로서 가장 마음에 걸리는 일이었다.

"운명에 맡길 수밖에 없지! 우린 죽어서도 눈을 제대로 감지 못할 거예요!"

이괴물이 더욱 비관스러워 하면서 말했다.

"그래도 저 애한테 살길을 만들어 주는 게 좋지 않을까요? 날마다 이 일로 걱정하다보니 마음만 괴로워요."

이괴물의 마누라가 눈물을 훔치었다.

"누가 아니래? 그런데 어디 뾰족한 수가 없어 그러지. 몇 해 전 완 씨의 아내가 이스와 가정을 이루겠다고 말을 꺼낼 때마다 당신이 한바탕 욕을 퍼붓지 않았어? 이제 후회가 되지? 이스가 올해 쉰이 넘고, 완 씨 아내도 쉰쯤 되겠는데, 이제 와서 어떻게 합치라고 하지? 후!"

이괴물이 아내를 탓했다.

"왜 안 된다고 그래요. 우리 아들이 그 년 때문에 저 꼴이 됐는데!"

완 씨 아내의 말이 나오자 이괴물의 마누라는 화가 치밀어 올랐다.

"관두라구! 그게 바로 명운이라는 거요! 말은 바른대로 말해서, 그 사람만 탓할 일도 아니지!"

이괴물은 아내의 생각에 찬성하지 않았다.

152

"그럼 누굴 탓하란 말인가요? 그래 제 탓이란 말인가요? 망할 놈의 영감태기, 말을 정말 막하시네요!"

이괴물의 마누라가 속에 한가득 품고 있던 억울함을 토로하기 시작했다.

"누가 당신을 탓했어? 쓸데없는 소리만 하면서. 운명이란 말이야, 운명! 사람마다 운명이란 게 있고, 운명이 그러하면 그런 거요. 운명에 백치라고 정해져 있는데, 똑똑해 지길 바라지 말란 말이요! 이스는 태어나서부터 백치였기에, 완 씨 아내를 원망할 이유가 없단 말이요. 게다가 만약 완 씨 아내가 아니었더라면 이스가 자식을 볼 수나 있었겠나? 그의 자식의 성이 뭐든지 간에 우리 이 씨네 핏줄이란 말이라 이거요. 완런텅은 내 맏손자요. 이게 바로 정해진 운명이란 거요. 이러쿵저러쿵 왜 남들처럼 쓸데없는 말만 하는 거요?"

이괴물이 격하게 나왔다.

완런텅은 날로 멋지게 자랐다. 짙은 눈썹에 부리부리한 눈, 건장하고 다부진 모습은 이스를 닮고, 언변에 능하고 영리한 점은 자기 어머니를 닮은 것 같았다.

이괴물의 마누라는 영감의 말에 일리가 있다는 생각이 들었다. 그리하여 어떻게 하면 완 씨 아내의 마음을 움직여볼까 궁리하기 시작했다. 그는 속내를 떠보려고, 넷째 아들 이이가 도시에서 보내온 거라고 하면서 완 씨 아내에게 타인을 통해 양털셔츠를 선물했다.

완 씨 아내는 동네에서 가게를 세내어 옷 장사를 7, 8년 간 하고 있었는데, 생활 형편이 결코 어렵지는 않았다. 양털셔츠를 받은 그녀는, 자기 매장에서 이스가 입을 만한 솜 조끼를 골라 이괴물의 마누라에게 보내주었다. 이괴물의 마누라는 완 씨 아내가 보낸 답례 선물을 받자 마음에 어느 정도 여유가 생겼다. 그는 일의 자초지종을 서둘러 영감에게 들려주었다. 아내의 말을 들은 이괴물은 뭔가 희망이 있을 듯싶었다. 두 사람은 온종일 집에서 속만 끙끙 앓지 말고 아예 시원히 완 씨 아내를 찾아가 속마음을 털어놓은 다음, 완 씨 아내가 동의하면 좋고 동의하지 않으면 더는 그쪽에 신경을 쓰지 않기로 했다. 쇠뿔도 단김에 빼랬다고 이튿날 그들은 완 씨 아내를 찾아갔다.

완 씨 아내는 깔끔한 여인이었다. 평상시 농사일을 할 때도 시골의 일부 여인들처럼 머리카락이 마구 헝클어지고 얼굴에 땟물이 흐르지 않았으며, 옷도 깔끔하게 입었다. 게다가 이 몇 해 동안 옷가게를 차리고 있어서 옷차림새와 몸단장에 더욱 주의하고 있었다. 그리하여 이 씨네 부부의 눈에는 그녀가 한결 젊어보였다. 이 씨 마누라는 완 씨 아내와 인사말을 주고받고 나서 단도직입적으로 찾아온 뜻을 밝혔다. 이괴물은 입을 꾹 다물고 한 마디도 끼어들지 않았다. 완 씨 아내는 머리를 숙인 채 눈물을 훔치면서 듣기만 하다가 나중에는 흐느끼기까지 했다.

이괴물은 일이 별나게 꼬이는 것 같아서 몇 마디 위안의 말을 했다.

"저, 런텅 엄마! 슬퍼할 필요 없어요. 그럴 마음이 없으면, 못 들은 걸로 해도 돼요. 억지로 하라는 뜻이 아니니 너무 괴로워하지 말아요. 이스의 형편이야 런텅의 엄마도 잘 알고 있지 않나요. 둘 사이에 자식이 있으니, 가정을 이루라는 말이에요. 그러지 않으면 우리가 어찌 그런 생각을 가질 수 있겠어요. 이스가 멍청하기는 하지만 미치지도 않았고, 충동적이지도 않으며, 생활력을 완전히 잃은 것도 아니지 않습니까? 분별력은 좀 떨어져도 마음만은 아주 선량해요. 다른 데는 신경 쓰지 않고 꾸벅꾸벅 일만 하는 사람입니다. 런텅이도 이제는 성인이 됐으니 언젠가는 집을 나가려 할 거예요. 이스가 곁에 있어 준다면, 강아지

154

를 키우기보다는 나을 겁니다. 만약 런텅이 엄마가 원한다면 우리가 늘 그막하게 살려던 네 칸짜리 집을 내줄게요. 그 집은 길 옆집이라 위치도 좋고 면적도 커서, 이 가게보다 장사하기가 나을 거예요. 넷째 아들 이완이 진작부터 우리 둘을 도시에 들어와 살라고 했으니, 런텅이 엄마한테 절대 폐를 끼치지 않을 겁니다. 우린 농사를 지을 기력이 없으니, 도시에 들어가 편안하게 살다가 죽을 거예요. 휴! 사람은 타고난 팔자를 벗어나지 못하는 법이지! 안 그래요?"

이괴물은 아주 일리 있게 말했다.

"어르신들, 전 이스가 싫지 않아요. 그 동안 저 혼자 힘으로 아이를 키우며 무슨 어려움인들 겪지 않았겠어요? 이스는 누군가 꼭 돌봐줘야 하는데, 어르신들 외에 제가 가장 적합할 거예요. 전 그가 보살피는 사람 없이 홀로 늙다 죽게 하고 싶지는 않아요. 우리 사이에 자식이 있는데 말이에요. 전 별다른 의견이 없지만, 런텅의 생각을 들어볼까 해요. 그 녀석은 요즘 입대하겠다며 온종일 투정하고 있어요. 만약 내년에 입대한다면 밖에 나가 인생경험을 쌓는 것도 괜찮다고 봐요. 제대한 후 제 힘으로 도시에서 직장을 구해보라지요. 전 이스와 같이 살 거니까요."

완 씨 아내가 통쾌하게 대답했다.

"런텅이 입대하는 일은 걱정 말아요. 넷째 삼촌 이완이 나서면 무조건 될 거니까. 런텅이 부대에서 몇 년간 단련하고 제대하면, 이완더러 도시에 좋은 직장을 구해달라고 청탁하기도 쉬울 테니까. 런텅이는 싹수가 보이는 애니까 앞으로 큰일을 할 겁니다."

이괴물은 두 손을 마주 비비면서 완 씨 아내의 요구를 모두 들어주었다.

이듬해 봄, 완런텅은 소원대로 군복을 입고, 이이가 꿈에도 그리던 해군이 되었다.

이괴물 부부는 도시에 침실 두 칸짜리 아파트를 구입하여 이사했다. 이로써 거의 한평생을 살던 후루진을 떠났다.

완 씨 아내는 아들이 입대하고 사흘 째 되던 날, 이 씨네 집으로 옮겨와 이스와 가정을 이루었다.

진의 누군가 이스를 보고 농담을 했다.

"아내를 얻으니 기쁜가?"

이스가 한참 궁리하다가 대답했다.

"자네 아내를 얻은 것도 아닌데, 왜 기쁘겠나?"

22

안쿼민은 문화관 건물을 철거하자, 정신 나간 사람처럼 도처를 헤매고 다녔다. 이 몇 해 동안 그는 묘지기처럼 유명무실한 문화유적을 한 발자국도 떠나지 않고 지키고 있었다. 문화관이 폐허가 되고, 불도저의 굉음이 옛날의 악기소리와 노랫소리를 대체했다. 안쿼민은 폐허가 된 문화관 앞에서 종이돈 몇 장을 태웠다. 문화관에 최후의 제를 지낸 셈이었다. 그는 아코디언을 메고 새로운 생계를 찾아 떠났다.

관정더는 과수원을 같이 하자고 안쿼민을 설득했다. 하지만 안쿼민은 그의 선의를 완곡히 사절했다.

"정더 자네 마음을 모르는 건 아니네. 내가 막다른 골목에 들어서서 살길이 막막하다고 여기는 것 같은데, 자네 생각하는 것처럼 그리 심각

156

하지는 않다네. 나한테도 살 방도가 있다 이거지. 과수 농사에는 난 문외한이야. 게다가 과수 농사는 너무 어렵고 힘드니 그 고생을 견딜 수가 없다네. 이 점에서 난 자네와 비길 수가 없지. 난 자네의 능력에 무척 탄복한다네. 이 10여 년 동안 자네가 번 돈은 모두 피땀 흘려 번 돈이 아닌가! 난 아코디언을 탈줄 밖에 모르니, 그 재간을 가지고 먹고 살 생각이네. 이 재간이면 배는 곯지 않을 걸세. 읍내에다 아코디언 학원을 차려 볼까 하네."

"뭐라고? 누가 그까짓 걸 배운다고?"

관정더는 안꿔민이 뜬구름을 잡으려 한다는 생각이 들었다.

"걱정 말게. 소문을 내자마자 배우겠다고 찾아온 학부모들과 초등학생들이 벌써 예닐곱이나 되네. 정더, 설마 산 사람 입에 거미줄 치겠나. 아코디언은 내가 좋아하는 것이고 또한 쉬워서 이걸로 밥 벌어먹는 일이 나한테는 적격이라는 생각이 들었네. 만약 내가 이 길을 잘 닦아놓는다면, 자네도 후친(胡琴)을 다시 켜게나. 자기 재간을 잃어버려서야 되겠나. 우리는 나이도 젊지 않고 체력도 예전보다 많이 떨어졌으니, 힘든 과수 농사가 자네한테 어울리지 않는다고 보네. 게다가 몇 해 전까지는 모두들 힘들게 일하며 돈을 벌었지만, 요즘은 육체노동만 해서는 돈을 벌 수 없다고 보네. 우리 후루진에서 돈 꽤나 있는 사람들 중, 밭농사나 과수 농사를 해서 돈을 번 사람이 몇이나 되나? 밭이나 과수원에만 얽매어서는 큰돈을 벌 수 없다고 여겨지네. 역시 돈을 쉽게 벌 수 있는 방법을 강구해야 한다고 보네."

안꿔민의 그럴듯한 말에 관정더는 말문이 막혔다. 그는 안꿔민과 과수 농사를 같이 하자던 생각을 접을 수밖에 없었다.

2년도 안 되어 안꿔민의 아코디언학원은 후루진 뿐만 아니라 주변

다른 지역의 아이들도 소문을 듣고 찾아와서 성업을 이루었다. 안꿔민은 우선 오토바이를 새로 구입했다. 그는 아코디언을 메고 거리를 질주하면서 자유롭고 소탈한 나날을 보냈다.

관정더는 안꿔민이 선택한 바에 대해 탄복하지 않을 수 없었다. 더욱이 그의 생활 방식이 부러웠다. 그리하여 관정더는 과수원을 다른 사람에게 양도한 다음, 그 동안 번 돈으로 후루진 중심에 후친학원을 꾸리고 중고 승용차도 구입했다.

후루진에서 운송업을 한 집은 전 생산대 대장 왕리정네 뿐이었지만, 현재는 수십 집이 넘고 있지만…… 왕리정은 처음에는 트럭을 가지고 운송업을 시작했다. 가장 번창할 때는 집에 대형 트럭이 10대나 되었고, 돈도 많이 벌었다. 후에 그의 셋째아들이 차 사고를 냈다. 졸음운전을 하다가 자전거를 타고 다리를 지나는 행인을 친 다음 또 난간을 들이받고 강에 떨어지면서 사람도 죽고 차도 망가지는 대형 사고를 냈던 것이다. 셋째아들이 죽은 후 셋째 며느리가 재산을 나누자고 떠들어대자 다른 자식들도 운송업을 독자적으로 하겠다며 소란을 피웠다. 내 꺼니 네 꺼니 하며 재산 다툼을 하던 형제 사이에 결국 둘째아들이 맏아들을 칼로 찌르는 살인 사건까지 저질렀다. 맏아들은 죽고 둘째아들은 무기징역을 선고받았다. 그 바람에 며느리 셋이 거의 동시에 과부가 되었다.

왕리정의 셋째 며느리는 얼굴이 꽤나 곱게 생겼는데, 남편이 살아있을 때도 품행이 그리 단정하지 못했다. 그녀는 남편이 죽자 더욱 거리낌 없이, 오늘은 이 남자와 잠자리에 들고 내일은 저 남자와 놀아났다. 그리하여 후루진의 유명한 '구미호'로, '공중변소'로 되었다. 관정더가 과수농사를 그만 두고 읍내에 들어와 거주한 후, 그녀는 또 관정더의

158

단골손님이 되었다. 관정더는 그녀의 형부인지라, 잔소리나 꾸짖는 소리가 남보다 심했다. 하지만 그녀는 대수롭지 않게 여기면서, 숱한 사람들 앞에서 뻔뻔스럽게 말했다.

"이게 무슨 희한한 일이라고 그래요? 영웅호걸은 처첩을 아홉이나 둔다고 하는데, 우리 형부는 이제 겨우 둘 밖에 두지 않았어요. 그런데도 당신들은 배가 아파 쩔쩔 매는가요! 퉤, 우리 형부도 전혀 개의치 않는데 당신들은 더운 밥 먹고 식은 걱정들 하는 거나 마찬가지예요. 그런 쓸모없는 말들일랑은 적게 하라고요! 잠자리에서 어떻게 하냐구요? 궁금하면 저녁에 와서 구경해요! 배우려고요? 학비만 내면 제가 배워 드릴게요. 그래요, 한 사람은 위에서, 한 사람은 밑에서요!"

안쮜민은 후에 오토바이를 팔고 닛산 승용차를 구입했는데, 관정더의 산타나 승용차보다 더 비쌌다. 안쮜민은 아코디언학원을 현성에 있는 소년궁전으로 옮기고, 예술학교라는 간판을 내걸었다.

23

후루진에서는 문화관 건물 뿐 아니라, 옛 거리 양옆의 건물들을 거의 다 철거했다. 30년 전의 낡은 건물들은 흔적도 없이 사라지고, 사람들의 기억 속에만 남게 되었다. 특히 이바이를 비롯하여 고향을 떠난 일부 사람들의 기억 속에 말이다.

이바이가 여러 해 동안 후루진을 찾지 않은 이유 중 하나가, 변화한 고향의 모습이 자기 기억 속에 살아있는 고유의 고향 이미지를 망가뜨리는 것이 두려워서였다. 타향살이를 오래한 사람일수록 고향에 대한 아름다운 추억을 더욱 많이 간직하게 마련이다. 이바이는 20여 년간의 모사와 수식을 통하여 기억 속의 후루진을 "순박하고 부끄러움을 잘 타는 소녀"라고 도식화했다. 그는 차마 "요염하고 방탕한 요부"로 변한 고향의 모습을 눈 뜨고 볼 수가 없었던 것이다.

이바이는 사물을 총체적으로 파악하는 것이 습관이 되었다. 이는 한 가지 철학적 태도이자 무력한 방도이기도 했다.

이바이는 모종의 불가사의한 공상에 깊이 빠져 있었다. 그는 그 어떤 문제든지 억제할 수 없는 철학적 사고를 함으로써, 생동적인 사물도 추상적으로 만들었다. 사실 그는 정부에서 나라를 다스리는 문제, 경제를 운영하는 문제, 사회시스템을 전환하는 문제, 법을 구축하는 문제, 그리고 기업 개혁과 '농촌의 세 가지 문제' 등 모든 문제에 대하여 멀리서 관망하는 데 심취되어 있었다. 하지만 직접 참여하겠다는 충동이나 능력은 결여되어 있었다. 그는 한때 형이상학의 각도에서 상술한 중차대한 문제에 대해 체계적으로 사고하고 나서, 각자가 다르게 해석하고 남용하는 헤겔의 "존재하는 것은 합리적이다"라는 명언을 도출해냈다. 물론 이바이는 일부러 철학의 원 뜻을 곡해하고 또 이용한데는 그로서의 이치가 있었기 때문이었다.

이바이의 대학시절은 따분했지만 충실했다. 그는 박사학위를 따낸 후 모교에 남아 교편을 잡았는데, 하루 세 끼를 꼬박꼬박 챙겨먹고 순서대로 체계적으로 일하면서, 질서 정연하고 논리가 분명한 생활을 했다.

이바이는 혼인생활에 줄곧 자신감이 없었다. 그는 자기가 지금까지 결혼하지 않는 이유가 한 여성 때문이라는 데서 늘 위안을 느꼈다. 그는 독신생활이 가지고 있는 우월성에 의심을 품을 필요가 없다고 생각했다. 그는 이불을 덮을 때 이쪽으로 덮든 저쪽으로 덮든 제 마음대로

160

이고, 자기만 배불리 먹으면 되기에 독신생활이 좋다고 말했다.

이바이는 후루진에 대해 독특한 견해가 있었다. 그는 대학교에 다닌후, 고향을 찾은 적이 한 번도 없었다. "나는 나의 고향 후루진을 연인, 특히는 꿈속의 연인이라고 생각한다. 보는 것보다 듣는 것이 낫고, 만나는 것보다 그리워하는 것이 낫다. 꿈속이나 마음속의 고향이 가장 아름답고 진실하다. 눈으로 직접 볼 경우에는 존재론적인 의미와 형이상학적인 미감을 잃을 수 있다"면서 그는 그 이유를 변명했다.

넷째 이완이 영광스럽게 고향이 소재한 현의 최고 지도자로 승진했다는 소식을 들은 이바이는 마음속 깊은 곳으로부터 솟구쳐 오르는 한줄기 강렬한 충동을 느꼈다. 그는 저녁 잠자리에 들었지만 이리저리 뒤척거려도 시종 잠들 수가 없어 필을 들었다. 그는 열흘이라는 시간을 들여 이완에게 5만 자에 달하는 장문의 편지를 썼다. 그는 편지에서 최근 몇 년간의 사회현상과 민생문제에 대한 철학적 사고를 사리정연하게 하나하나 정리하고 조목조목 상세히 분석하면서, 자신의 견해를 명백히 천명했다. 그는 동생의 시정 능력을 믿고 있었고, 앞날이 밝으리라는 것도 전망하고 있었다. 그는 동생을 통하여 자기의 철학적 주장을 실현하고자 "죽은 말을 살아 있는 말로 간주하고 치료하는 직업적 정신"으로 어려움에 굴하지 말고 앞으로 나아가라고 격려했다. 이 말은 이완이 대학시절에 수의학을 전공했다는 점을 암시하고 있는 것이 틀림없었다. 이바이는 자신의 심혈과 희망이 응집되어 있는 이 건의성적인 서한을 특급우편의 방식으로 이완에게 보냈다.

둘째 형이 보낸 편지를 손으로 가늠하면서 이완은 무척 감동하였다. 그는 편지를 절반가량 읽자 감개무량해져 그는 아내를 보고 말했다.

"역시 교수가 다르긴 달라요. 둘째형은 차원이 다른 사람이에요. 이게 바로 남의 말은 하기 쉽다는 말이지요! 자기는 좋은 말만 기껏 하고, 나더러는 온갖 나쁜 일은 다 하라는군요. 참, 어렵군요!"

이완은 비서를 보고 이바이에게 공문서를 보내어, 충심으로 감사를 드린다면서 "깊은 깨우침을 받았다"는 지극히 관료적인 말투의 답장을 보냈다. 이완의 회신을 받아본 이바이는 수치감이 들어 자신을 비웃었다.

"형제 사이에는 형제의 우애만 있을 뿐, 공과 사의 도리는 없구나. 이제 보니 공적인 일은 공적으로 처사해야 하는군. 난 이 세상에서 가장 어리석은 놈이야!"하고 자신을 채근했다.

24

이이는 형 이바이의 처세 태도와는 아주 대조적이었다. 그는 후루진을 항상 마음에 두고, 한시도 잊은 적이 없었다.

이이는 선전에서 주식에 투자하여 운이 좋게 돈을 번 후, 미래에 큰 기대를 걸게 되었다. 그는 자금을 재차 주식에 투자하지 않았다. 그는 "좋을 때 그만둬야 한다"는 충고를 믿으면서, 유혹이 얼마나 크던, 남들이 어떻게 꼬드기던 다시 투자하고 싶은 충동을 입을 악물고 극력 억제했다. 이이는 얻는 것이 있으면 잃는 것이 있다면서 운이 언제나 한 사람한테만 따를 수 없다고 여겼다.

이이는 2만 위안을 은행에 예금한 다음, 계속하여 가게에 나가 삼륜차를 몰았다. 그는 자기한테 2만 위안이 있게 되자 몇 해 전 후루진에서 "1만 위안 부자"로 부상한 농가들이 가지고 있던 자부심이 생겼다.

그는 후루진을 떠나기를 잘했다는 생각이 한층 더 들었다. 그는 저녁이면 간혹 불고기 난전에 앉아 생맥주를 마시면서, 후루진 주민들이 종래 있어본 적이 없는 이상한 느낌을 맛보곤 했다.

그해 설날 고향에 대한 그리움이 이이를 엄습하고 있을 때, 그는 자기처럼 노스탤지어에 젖어있는 아찬(阿燦)이라는 한 여자를 알게 되었다.

아찬은 이이보다 2년 먼저 선전에 온 충칭(重慶) 여자였다. 그는 처음에는 고향 사람이 경영하는 식당에서 주방 일을 하다가, 후에 조그마한 가게를 세 맡아 화장품 장사를 했는데 수익이 괜찮았다. 아찬은 자그마한 몸매에 예쁘게 생겨 사람들의 귀여움을 받았다. 하지만 한쪽 다리가 불구여서 걸을 때는 살짝 절었다. 비록 심하지는 않지만 사람들이 한눈에 알아볼 수 있어서 그녀는 열등감에 푹 빠져 있었다. 게다가 화장품 장사는 여성들을 주요 고객으로 하기에 남성들을 만날 기회가 극히 없었다. 그녀는 평소에 시간이 있으면 함께 돈 벌러 선전으로 온 고향 사람들을 만나 한담을 나누는 외에 다른 사람들과는 거의 거래를 하지 않았다.

이이는 그믐날 저녁 그녀를 알게 되었다. 그녀는 당시 이이가 자주 다니는 불고기 난전에서 불고기꼬치를 먹고 있었다. 혼자 쓸쓸한 기분으로 맥주를 마시던 이이는 심심풀이삼아 그녀에게 먼저 말을 걸었다. 내 한 마디, 네 한 마디 주고받고 나니 둘은 말이 통하면서 마음이 즐거워졌다. 자정이 지났는데도 둘 다 자리를 뜰 기미를 보이지 않았다. 결국 이이가 그녀를 집까지 데려다 주겠다고 했다. 그러자 그녀는 친구를 기다린다며 황급히 거절했다.

"남자 친군가요?"

이이가 은근히 질투하는 투로 물었다.

그녀는 웃음으로 답했다.

구정 이튿날, 이이는 또 그 불고기 난전을 찾았다. 그녀가 그저께 앉았던 그 자리에 단정하게 앉아있는 모습이 멀리에서도 보였다.

그녀가 수줍어하며 물었다.

"어제는 왜 맥주 마시러 안 오셨지요?"

"그저께 과음해서 어제는 온종일 쿨쿨 잠만 잤어요. 물어보지 않았으면, 오늘이 설인 줄 알았을 거예요!"

아찬은 깔깔 웃었다. 그녀는 이이가 재미있다는 생각이 들었다.

그들 둘은 또 밤늦도록 이 말 저 말 이야기를 나누었다. 헤어질 무렵 이이는 또 아찬을 집까지 데려다 주겠다고 했다. 그녀는 역시 친구를 기다려야 한다며 거절했다.

이이는 설 기간에 날마다 불고기 난전에 가 맥주를 마셨는데, 갈 때마다 아찬이 먼저 와 앉아있었다. 그들 둘이 맥주를 마시며 한담을 나누다 헤어질 적마다 아찬은 친구를 기다려야 하니 먼저 떠나라며 이이를 재촉했다.

어느 날 한 번 이이는 아찬이 기다리는 사람이 남자친구가 아니라면 무조건 비밀리에 만나는 첩보요원일 것이라며 우스갯소리를 했다. 그녀는 화장품 장사만 해서는 살기 힘들어 알바삼아 정보를 팔아넘기는 일을 한다고 대답했다.

그러던 어느 날 이이가 큰마음을 먹고 아찬의 화장품 가게를 찾아갔다가 다리가 살짝 불구라는 그녀의 비밀을 알게 되었다. 그제야 이이는 아찬이 왜 자리를 먼저 뜨려 하지 않았는지 그 이유를 알았고, 또한 그녀의 심정을 이해할 수 있었다. 그러자 사나이 책임감이 저도 모르게 이이의 마음속에서 솟구쳐 올랐다. 그는 그녀에게 사랑의 마음을 대

164

담하게 고백한 다음, 고객들이 보는 앞에서 그녀를 포옹하며 일부러 쪽 소리 나게 큰 소리로 입을 맞추었다.

아찬과 이이는 동거를 시작했고, 화장품가게도 같이 운영했다. 그들은 또 가게에 "이찬화장품 가게"라는 새로운 이름을 달았다. 2년 후, 그들은 딸을 낳았고, 가게도 면적을 늘렸다.

이이는 늘 아찬에게 후루진에 관한 이야기를 들려주었고, 시간을 내서 집에 다녀오자는 생각도 가끔 꺼내었다. 가게에 일도 많고 아이도 어리고 하여 차일피일 미루다보니 부모들이 도시로 이사한 그해 겨울이 되어서야 이이는 아내와 딸을 데리고 고향 행을 할 수 있었다.

25

변모한 후루진의 모습을 본 이이는 너무 기뻐 입을 다물지 못했다. 그에게는 둘째형 이바이처럼 그럴듯하게 깊이 사고할 능력도 없었고, 깊은 분석과 궁극적인 질문을 통하여 현상 뒤에 숨겨진 본질을 꿰뚫어 보려는 생각도 없었다. 그는 단지 후루진의 변화가 자기 상상을 초월했다는 생각만 들었다.

낡아서 볼품없던 문화관 건물은 사라지고, 그 자리에 종합시설을 갖춘 웅장하고 화려한 사우나가 세워져 있었다. 엄숙하고 경건한 외형을 한 진 정부 신축 건물은 다분한 관료 냄새로 사람을 주눅 들게 했다. 옛날 좁던 거리는 넓어졌고 낮고 허름하던 건물은 다층 건물로 대체되어 있었다. 백화점, 마트, 안마방, 사우나, 노래방, 미용원, 다방, 술집, 게임방…… 온갖 시설이 다 있었다. 흥분한 이이는 아찬을 데리고 후루진

이곳저곳을 돌아보고 또 돌아보았다. 그는 이곳에서도 마찬가지로 큰 돈을 벌 수 있었다며, 지금처럼 변할 줄 알았더라면 고향을 떠나지 않았을 것이라고 후회했다. 아찬은 그의 말에 마음이 불쾌해져 물었다.

"아니 그래 진짜 후회된단 말이에요?"

그러자 이이가 일부러 아찬을 약 올렸다.

"이미 엎질러진 물인데 후회한들 무슨 소용 있겠어요?"

이이는 아내와 딸을 데리고 이웃들과 친구들을 찾아보았다. 그는 금의환향이나 한 듯 거드름을 피우며 그들에게 립스틱이나 향수, 손 크림 같은 것을 선물했다. 물건들은 "아찬 화장품" 가게의 재고품이었지만, 고향 사람들은 그의 호의를 아주 감사히 받았다. 그들은 이 씨네는 아들들을 잘 키운 덕에 현장어른까지 나왔다며 칭찬했다.

이이는 후에 아찬과 투덜댔다.

"후루진 사람들은 견식이 좁아요. 관리들만 공경하고 두려워하니 말이에요. 선물은 우리가 했는데, 넷째 형을 칭찬하니, 이게 어디 세상 도리인가요? 퉤, 이럴 줄 진작 알았더라면 그들을 찾아가지 말을 걸 그랬어요."

이이네 세 식구는 큰형 이스네 집에서 하룻밤을 묵었다. 맏형수가 된 완 씨의 아내는 처음 시집에 놀러온 막내 동서를 성의껏 접대했다. 아찬은 맏동서의 옷가게를 돌아보고 나서, 자기네가 화장품을 공급해주겠으니, 화장품가게를 해보라고 설득했다. 이스의 아내는 화장품을 팔면 돈을 벌 것 같아, 이이 부부와 화장품가게를 차릴 세부 사항을 가지고 밤늦도록 의논했다.

이스는 막내 동생을 알아보지 못하는지 말을 한 마디도 건네지 않았다. 이튿날 이이가 아내와 딸을 데리고 현성에 계시는 부모네 집으로 가려고 밖에 나서니, 이스도 그들을 바래주려는 듯 아내를 따라 나왔다. 이스는 아찬이 걸어가는 모습을 뚫어지게 바라보더니 갑자기 한 마디 뱉었다.

"우리 마당이 울퉁불퉁한가 봐요!"

그 말을 들은 아찬은 얼굴이 홍당무가 되었다.

이스의 아내가 급히 설명했다.

"동서, 저 양반은 정신적으로 미약해서 아무 소리나 막 하니, 마음에 두지 말아요."

"저 여자 뒤뚱거리며 걷는 꼴을 봐요. 마당이 워낙 고르지 않아서 그러는가 본데 그걸 아직도 보질 못했다니. 내가 멍청한 게 아니라 당신이 멍청해요?"

이스가 진지한 표정을 지으며 자기 생각을 고집했다.

이이가 다녀간 후, 후루진의 적지 않은 주민들은 아찬한테 돈이 무척 많을 거라며, 그렇지 않으면 이이가 다리를 절름거리는 여자를 아내로 맞아들일 이유가 없다며 뒷소리를 했다.

후루진 주민들의 논리적 판단은 아주 독특했다.

26

이괴물 부부는 후루진이 나날이 번창하던 시기에, 유명한 백치 아들 이스만 남겨놓고 그곳을 떠났다.

후루진 주민들은 차후 이 씨네 말만 나오면, 백치 이스만 기념 삼아 고향에 남겨 두고 떠난 그들의 행위에 대해 이러쿵저러쿵 꽤나 말들이 많았다.

"똥을 누고 치우지도 않고 달아나는 저런 인간들이 세상 어디에도 없을 거야. 개나 고양이보다도 못한 사람들이야."

왕리정의 평가였다. 그는 세 아들과 전 재산을 잃은 후 성격이 몹시 괴벽해졌을 뿐만 아니라, 지방산 저질 술을 입에 달고 살았다.

후루진의 많은 주민들은 이괴물네가 고향을 떠나 이사를 간 행위를 용서할 수 없는 배신행위라고 여겼다. 일부 주민들은 심지어 이 씨네 자식들이 밖에서 윤택한 생활을 하고 있다는 사실을 받아들이기마저 힘들어 했다. 그들은 이이가 다리를 절름거리는 아내를 얻은 이유가 "그 여자의 돈을 탐내 결혼했다"거나 "그 여자는 다른 남자와 바람을 피우다 이이한테 얼굴 바로 앞에서 들켜 얻어맞아 불구가 되었다"고 추측하는 것처럼, 이 씨네 자식들이 불행을 당했다는 여러 가지 요언을 지어내어 퍼뜨렸다.

이바이, 이첸, 이완, 그리고 이 괴물 부부의 생활 태도에 관하여 후루진 주민들에게는 다양한 소문이 떠돌았다. 그중 한 가지는 실상과 가장 어울리지 않았지만, 도리어 대다수 주민들이 가장 믿어마지 않는 소문이었다. 이는 이 씨네에 대한 일부 주민들의 솔직한 마음과 기대치이기도 했다.

"이바이가 대학교에서 사고가 났는데, 몇 해 전 베이징에서 일어난 난에 참가하여 군용차를 불태우는 바람에, 교도소에 잡혀 들어갔대요. 인생 쪽 났대요!"

하지만 이바이는 당시 대학교에서 유명한 교수라는 신분으로 학생들을 가르치고 학술활동에도 참가하고 있었다.

사실 난이 일어나던 그 해 이바이는 확실히 베이징에 있었다. 하지만 그의 정치적 열정이 최저치로 떨어져 있어서, 학교에 나타난 열광적인 장면을 보며 "이는 체력을 허비하는 운동"이라며 냉소했다.

"이첸이 1만 톤급 대형 선박을 타고 가며 낚시질 하다 발이 미끄러지는 바람에 바다에 빠져 상어 밥이 되었대요. 아무런 흔적도 찾지 못했대요."

사실 이첸은 아내와의 이혼 수속을 밟을 수 없게 되자 홧김에 남아프리카에 있는 해외 주재 회사로 전근하여, 몇 해 동안 중국에는 얼씬도 하지 않고 있었다.

"이완은 시장으로 부임되어 간 것이 아니라, 조사를 받고 있대요. 그가 우리 현에 있을 때 탐오하고 뇌물을 받아먹었으며, 내연녀를 두고 있었다는 사실을 모르는 사람이 어디 있어요? 그가 우리 현을 떠날 때 현성의 많은 백성들이 설에 폭죽을 터뜨리듯이 역귀를 쫓느라 그랬다고 해요! 누군들 그를 미워하지 않았겠어요. 믿지 못하겠으면 현성 사람들에게 물어봐요!"

사실, 후루진 주민들은 텔레비전만 켜면 익숙한 이완의 얼굴을 자주 볼 수 있었다. 하지만 그들은 "저 사람은 우리가 알고 있는 이완이 아니다. 세상에 얼굴이 쌍둥이처럼 비슷하게 생긴 사람이 너무 많아. 특히 이름이 같은 사람이 더욱 많지" 하며 극력으로 남들을 설득하려고 했다.

이밖에 이괴물 부부는 며느리한테 쫓겨났는데, 이 괴물이 아내를 부축하고 휘청거리면서 거리에서 음식을 구걸하고 있다는 것이 그들이 인정하는 보편적인 결과였다.

이바이는 이런 말을 한 적이 있다. 역사를 대하는 사람들의 태도는 두 가지 뿐이다. 한 가지 태도는 잊어버리는 것이고, 다른 한 가지 태도는 뜯어고치는 것이다. 후루진은 유구한 역사가 없어서, 문자로 기록된 역사가 없다. 또한 근시안적으로 역사를 보기에 쉽게 흥분한다.

역사적 부담이 없기에 후루진 주민들은 홀가분하고 자유로운 삶을 살 뿐만 아니라 만족스러운 삶을 살고 있었다.

이바이는 대학교에 붙기 전에 후루진 주민들에게 신념이나 신앙 같은 것이 있을까 하는 의문을 가진 적이 있었다. 그러다 어느 날 이완이 "중국공산당의 기준으로 모든 후루진 주민들에게 요구해서야 되겠어요?"라는 한 마디 말이 그의 집요한 의문을 단념시켰다.

거의 30년 세월이 흐른 지금 후루진 주민들의 신앙이 또 움트기 시작한 것 같았다. 주민들은 자금을 모아 진 중학교 남쪽 산언덕에 재물신을 모신, 규모는 크지 않지만 화려한 사찰을 하나 지었는데, 진 내외의 많은 주민들이 찾아와 부자 꿈이나 출세 꿈같은 분수에도 맞지 않는 꿈을 이루게 해달라며 빌었다.

이바이의 인상에, 후루진은 '수줍은 소녀'였지만, 그 소녀가 지금은 '괄괄한 젊은 부인'으로 변하고 있었다. 이바이는 자신이 지은 난해한 시에서 '걸레'라는 말로 고향을 암시한 적이 있었다. 이는 일종의 은유였다. 걸레는 더러운 것을 닦아버릴 뿐만 아니라 기존의 것도 지워버렸다. 걸레는 더러운 것을 닦는 과정에서 검게 시큼하게 변하여 그 시대의 이미지가 된 것이다.

하지만 이이는 "우리 생활은 걸레를 떠날 수 없다." "나는 후루진을 사랑한다. 둘째형이 철학을 떠나 살 수 없는 것처럼 나는 후루진을 떠나 살 수 없다. 나는 아내와 딸을 데리고 후루진에 가 살 것이다"라고 말했다.

이이는 자기 약속을 지켰다. 그는 2년 전에 후루진으로 돌아왔는데,

170

고기가 물을 만난 것처럼 살고 있다. 이이의 딸은 초등학교에 다니는
데, 한창 중국어 병음을 배우고 있었다. 그는 시간만 있으면 "버(가),
퍼(나), 머(다), 퍼(라)……" 라고 종알거렸다.

바보 웃음

들어가는 말

내가 감히 3대 조상을 걸고 맹세하지만 동팡여우(東方優)는 세기적인 바보임이 틀림없다. 나는 그를 미워할 정도가 아니라 사무치게 미워한다(이는 동팡여우에게 어릴 적부터 한 말투였다. 나는 그를 떠올리고, 그가 말할 때의 어투와 수식어만 떠올려도 머리가 어지러워진다. 어느 한 번은 그 녀석 때문에 목숨을 잃을 뻔했고, 그리하여 나는 그 녀석을 잊을 수 없으며, 역시 잊어서도 안 된다)

사람이 지난 세월을 돌아보기 시작했다면, 노쇠해지기 시작했다는 뜻이란다. 나는 늙는다는 것을 결코 인정하지 않는 것은 아니지만, 지도자 자리에서 한 기를 더 할 수 있다는 자신감이 있다. 마침 그 때가 되면 정년퇴직의 나이인 60살이 되니 말이다. 나는 쉰 고개를 넘어서자 신장이 허해지고 기가 허해지고 마음이 허해졌을 뿐만 아니라 기타 공허감도 늘 엄습해왔다. 방금 있었던 일도 돌아서면 깜빡 하기가 일쑤였다. 그런데 과거의 일은 도리어 귀찮도록 눈앞에서 얼른거리며 사라지지 않았다. 가장 자주 나타나는 얼굴이 바로 소꿉시절 친구이자 소년시절 동창생인 맹추 동팡여우이다. 엄마의 뱃속에서부터 달고 나온듯한 그의 웃는 모습이 꿈속에 자주 나타났다.

아래 세대가 윗세대보다 점점 낮다

동팡여우는 원 이름이 동팡량(東方亮)이며, 중국인민들이 일어서기 시작한 그 해(1949년)에 태어났다.

동팡여우의 아버지는 이름이 동팡량(東方良)이었다. '良(량)'과 '亮(량)'의 발음이 같아서 사람들은 그들 부자의 이름을 부를 때 무척 조심해야 했다. 자칫하면 그들 부자가 헷갈릴 수 있었으니 말이다.

동팡량(東方亮)이라는 이름은 비록 사회의 진보를 열정적으로 노래하고, 시대적 변천을 충실하게 기록하여, 정치적 의미가 뚜렷하기는 했지만, 아버지의 이름과 발음이 같아서 누가 호명하면 동시에 대답할 경우가 흔히 있어서 부자간에 난처한 처지에 빠지곤 했다.

이름을 고치는 것은 이러한 골칫거리에서 벗어날 수 있는 유일한 방도였다.

"누구 이름을 고칠까요?"

"쌍놈의 새끼 뭘 그런 걸 물어봐, 당연히 네 이름을 고쳐야지! 아들 놈 때문에 애비가 이름을 고쳐야 하냐? 그런 법이 세상 어디에 있다더냐?"

동팡량(東方良)이 아들을 꾸짖었다.

"그럼 이름을 뭐라고 고쳐요?"

"흠! 원래 이름과 뜻이 가장 비슷한 글자가 밝을 백(白)자인데, 그럼 동방바이(東方白)라고 고치면 어떠냐?"

"안 돼요. 백자는 듣기 싫어요."

일곱 살밖에 안 되는 아들 녀석이 아버지 뜻을 받아들이려 하지 않자,

"아니 왜 싫다는 거냐? 백자는 바로 밝다(亮)는 뜻이고, 수탉이 울자 천하가 밝았다고 하지 않느냐? 동녘이 밝으면 새날이 되니, 이름이 얼마나 좋니! 잔말 말고, 동팡바이라고 고치자!"

아버지가 막무가내로 밀어붙였다.

"안 돼요! 안 돼! 고치려면 아빠 이름이나 그렇게 고쳐요! 전 절대 그렇게 안 고칠 거예요! 백비(白匪, 백군이라고도 하는데, 1930년대 초

공산당이 국민당 군대를 부르는 별칭 -역자 주), 백군, 백치, 백안랑(白眼狼, 눈이 흰 자위만 있는 승냥이란 말로, 배은망덕한 사람을 비유하여 이르는 말 -역자 주), 백자가 붙는 말은 좋은 뜻이 하나도 없어요. 아빠가 마음에 들면 아빠 이름이나 동팡바이이라 하세요. 제 이름은 동팡량이라 하고요. 아예 우리 둘 이름을 바꿔요."

아들의 고집이 더 셌다.

"그럼 네 이름을 뭐라고 고치면 좋겠니?"

아버지가 한 보 양보했다.

"그럼 아예 동팡홍(東方紅)이라 고쳐요!"

아들이 눈을 깜빡이면서 말했다.

"담이 배 밖으로 나오지 않고서야 어찌 감히 네 녀석이 동팡홍이라 부르겠다고? 동방홍은 모주석을 뜻하는 말인데, 네놈이 감히 모주석과 같은 이름을 붙이려고 하다니, 큰 경을 치고 싶니!"

아버지는 너무 화가나 안절부절 못했다.

"그럼, 동팡록(東方綠)이라 하면 안 돼요?"

아들이 진지하게 생각하더니 물었다.

"안 돼! 네 녀석이 살고 싶지 않은 모양이구나. 자꾸 반대편에 서서 언쟁하려 한다면, 네 볼기를 칠거다!"

동팡량(東方良)이 넓적한 손을 쳐들어보이며 말했다.

"언쟁이란 게 뭐예요?"

아들이 물었다.

"언쟁이란 게 내 말을 듣지 않는 걸 말한다. 내가 동쪽을 가리키면 넌 서쪽을 보고, 내가 개를 때리라면 넌 닭을 욕하는 걸 말한다!"

아버지가 참을성 있게 설명했다.

"그럼 동팡여우(東方優)라고 고치면 어때요?"

동팡량(東方亮)의 얼굴에 순진함이 가득 묻어났다.

"허, 똑똑한 녀석, 그래 난 양(량, 良)자를 쓰고, 넌 우(優)자를 쓰잔 말이지! 좋아, 다음 세대가 윗세대보다 더 낫단 말이 되는구나. 그래 그럼 동팡여우라고 고치는 거다!"

동팡량(東方良)이 아들의 뒷머리를 토닥여주었다.

그리하여 동팡량(東方亮)은 동팡여우라고 불리게 되었다.

"다음 세대가 윗세대보다 더 낫다"는 아버지 말에서 힌트를 얻은 동팡여우는 "장강의 뒷 물결이 앞 물결을 민다"(長江後浪推前浪, 사물이나 사람은 끊임없이 새롭게 교체되게 마련이라는 뜻 −역자 주)는 최신 유행어를 떠올리게 되었다.

아버지 동팡량의 논리에 따라 동팡여우는 할아버지와 증조할아버지의 이름을 도출해냈다. 즉 십중팔구 할아버지 이름은 '동팡중(東方中)'이고, 증조할아버지 이름은 '동팡차(東方差)'였을 것이라고 생각했다.

'여우', '양(량)', '중', '차'는 초등학교 시절 동팡여우가 젖 먹던 힘까지 다해서야 겨우 밝혀낸 등급 기준이었다. 자기 이름에 '우'자가 들어갔다는데서 그는 언제나 스스로 가장 훌륭한 사람이라고 여기게 되었다.

뛰어남과 어리석음은 한 발짝 차이

동팡여우는 바보 기질이 넘쳐흘렀지만 콧물은 절대 흘리지 않았다. 생김생김을 논할라치면, 오관이 완벽하고, 하나도 빠진 것이 없었다. 다만 눈, 코, 입, 그리고 귀를 배열할 때 위치가 좀 바꾸어진 듯 했고,

배열해놓고 보면 어딘가 그 비례가 맞지 않을 듯 했다.

그는 머리가 너무 크고, 이마가 튀어나왔다. 시골 사람들은 이런 머리를 '남북골'(奔儿頭)이라 한다. 많은 사람들이 머리가 크고 이마가 넓으면 총명하다고 하지만, 이는 그릇된 생각이다. 과학자들은 이마가 툭 튀어나온 것은 어릴 적에 칼슘 부족으로 인한 결과라고 했다.

동팡여우는 "네 개가 크고 하나가 작은데", 머리, 눈, 입, 귀는 크고 코가 작았다. 이웃에 사는 꺼 씨는, 머리가 크면 침착하지 못하고, 눈이 크면 정기가 없으며, 입이 크면 먹새가 좋고, 귀가 크면 바람이 잘 들어간다고 했다. 하지만 코에 관해서는 이러쿵저러쿵 논하지 않았다. 몇 해 후, 동팡여우가 "귀가 크면 잡아당기기 좋고, 엉덩이가 크면 매를 맞기가 좋다"고 덧붙였다. 전자는 자신이 늘 선생님에게 귀를 잡히어 교실 밖으로 끌려 나가던 일을 말하는 것이고, 후자는 꺼 씨(별명이 큰 볼기짝이다)가 한때 마을의 반란세력(造反派)들에게 단 위에 끌려 올라가 엉덩이가 만두 속이 되도록 두들겨 맞았던 일을 말한다. 그리하여 꺼씨는 "몽둥이로 삶은 고기"라는 별명이 하나 더 붙었다.

동팡여우는 초등학교에 입학하여 첫날부터 선생님에게 귀를 잡혀 끌려 다닌 데서 '맹추'라는 영예롭지 못한 별명을 얻게 되었다. 국어시간에 선생님이 교과서의 첫 문장인 "중국인민이 일어서다"를 강의하는데 동팡여우가 손을 번쩍 들었다. 선생님이 질문을 하라고 하자 동팡여우는 실실 웃으면서 입을 열었다.

"중국인민들이 일어서기 전에는 어떤 자세를 취하고 있었나요? 누워 있었나요? 엎드려있었나요? 쪼그리고 앉아 있었나요? 아님 앉아 있었나요?"

교실은 '와―!' 하고 웃음바다가 되었다. 동팡여우는 겸연쩍게 따라 웃었다. 선생님은 화가 났다. 그는 이 아이가 자기를 조롱할 뿐만 아니라 말 속에 악의적인 정치적 의도가 숨어 있다고 생각했다. 그는 다짜고짜 씽 하니 달려와 표가 나도록 커다란 동팡여우의 귀를 잡아 교단 쪽으로 천천히 끌고 가더니, 머리를 숙이고 잘못을 뉘우치라고 닦달했다. 동팡여우는 귀가 너무 아파 입술을 다물더니 고통스런 웃음소리를 냈다. 선생님은 그 웃음 속에 경멸, 도전과 조롱의 뜻이 담겨있다고 확신했다. 화가 상투 끝까지 치밀어 오른 선생님은 고무창을 댄, 고약한 냄새가 나는 누런 해방표 헝겊신발로 동팡여우의 종아리 위쪽을 힘껏 걷어찼다.

동팡여우는 '털썩' 하고 반애들 앞에 주저앉았다. 그 때까지도 웃음기가 얼굴에 고집스레 붙어있었다.

"하하하, 이 철두철미한 맹추야, 이제 알았어! 중국인민들이 일어서기 전에 너처럼 이런 자세로 꿇어앉아 있었다. 이놈아!"

선생님이 한바탕 미친 듯이 웃어댔다.

학생들도 삽시에 따라서 웃음보를 터뜨렸다. 그들은 또 손뼉까지 치면서 "맹추! 맹추! 맹추! 맹추!" 하고 소리쳤다.

동팡여우는 별로 당황해 하는 것 같지 않았다. 그는 웃음기가 사라질 줄 모르는 큰 얼굴로 겸손하게 선생님과 반애들이 달아준 '맹추'라는 후한 선물을 받았다.

오늘까지도 동팡여우는 입학 첫날 선생님이 "귀를 잡아당기고", "뒷다리를 걷어찬" 일련의 거동을 '시범교육'이나 '개발교육'의 성공적인 사례라고 여기고 있었다. 그 일이 있은 후부터 "중국인민들이 일어서기" 전까지 "꿇어 앉아 있었다"는 사실을 분명히 기억했고, 다시는 잊지 않았기 때문이었다.

동팡여우의 별명도 그날부터 공식적으로 불리기 시작했다. 그들 부자가 무척 고심하고 머리를 쥐어짜면서 함께 만들었으며, 희망과 기대, 포부가 담긴 동팡여우라는 멋진 이름이 점차 그리고 신속하게 맹추라는 별명으로 대체되었다.

한 젊은 늙은이

이름은 하나의 부호에 지나지 않는다고 하지만 역시 상징적인 하나의 부호이기도 하다. 이름과 운명 사이에 어떠한 연관성이 있는지는 예로부터 지금까지 설이 분분하여, 논쟁은 많지만 정설은 없다. 바로 하나로 정해진 결론이 없기 때문에 점쟁이나 예언가들, 그리고 수많은 일반인들에게 상상하고 편성하고 조작하고 날조할 수 있는 넓은 공간을 남겨놓았던 것이다. 이름은 함축된 의미로 기대, 꿈과 축복을 나타내고 있으며, 이름은 격려하고 유도하는 암시적 작용도 하고 있다.

선생님이 홧김에 동팡여우를 동팡사(傻, 어리석을 사)라고 부르는 바람에 원체 그리 영리하지 못한 이 아이는 더욱 멍청해 보였다.

동팡여우는 사람들이 자기를 조롱하는 줄도 모르고 그들이 웃으면 따라서 아주 진지하게 웃었다. 그의 과장된 얼굴에는 사계절 변함없는 웃음기가 어려 있었는데, 웃음으로 미움에 보답하고 꾸중에 보답했으며, 심지어 매를 맞는 것에 대해서도 보답했다.

동팡여우는 교과서의 본문을 암기하지 못했다. 글을 암기하라면 그는 알아들을 수 없는 이상야릇한 이야기를 한 단락 중얼거리곤 했다.

"한 젊은 늙은이가 캄캄한 대낮에, 갓 만든 낡은 식칼을 가지고 숨이 넘어간 사람을 죽였었다. 장면을 목격한 봉사가 벙어리를 보고 사람을 부르라고 하자, 앉은뱅이가 쫓아갔다……."

동팡여우는 어수룩한 논법에 각별한 애정을 보이면서, 번거로움도 마다하지 않고 흥미진진하게 한 번 또 한 번 주변의 어린 친구들에게 들려주었다. 뿐더러 한 번 들려주고는 숨이 넘어갈 듯이 깔깔 웃어댔다. 몇 번은 뜻밖에도 교실에서 뒹굴며 깔깔 웃어대는 바람에 수업을 제대로 진행할 수가 없었다. 교장선생님은 부득불 학생들의 수업에 지장을 주지 않으려고 두 체육선생님을 보내 동팡여우를 운동장에 데려다놓고 혼자서 더 넓은 공간에서 제멋대로 뒹굴며 웃으라고 내버려뒀다.

반애들은 대부분 상황에서 그가 웃으면 같이 웃었다. 특히 그가 스스로 자제하지 못하고 깔깔 웃어댈 때면 반애들도 저도 모르게 따라서 큰 소리로 미친 듯이 웃어댔다. 심지어 일부 반애들이 동팡여우처럼 땅바닥에 뒹굴며 포복절도하다가 경련을 일으킨 적도 있다. 웃음은 침투성이나 감화력이 무척 강하다. 한 사람이 홀로 웃어도 웃음은 쉽사리 옆 사람들에게 전염되어 집안이 떠나갈듯 한 웃음바다를 불러올 수 있다. 거듭 되풀이되는 "한 젊은 늙은이가 캄캄한 대낮에"와 같은 식상한 낡은 이야기가 지속적인 웃음을 불러오는 것이 아니라, 이야기하는 사람이 이야기에 너무 빠지고, 그의 지나친 반응이 모인 사람들을 저도 모르게 그 분위기에 빠져들게 한다는 것을 사실 누구나 다 알고 있었다.

물론 이야기를 즐겁게 하느라 피곤한 줄도 모르는 동팡여우의 이상한 행동에 대해 결코 모든 반애들이 웃음으로 받아 넘긴 것은 아니었다. 1학년 졸업을 앞둔 학기말 시험 때, 학급의 몇몇 친구들이 방과 후 하교 길에서 동팡여우를 불러 세우더니 불문곡직하고 몰매질을 했다.

그리고 늘 웃음을 짓고 있는 그의 얼굴에 소똥을 발라 놓은 다음, 와아 하고 뿔뿔이 달아나면서 소리 질렀다.

"한 젊은 늙은이가 얼굴에 구수한 냄새가 폴폴 나는 소똥 발랐네!"

한 사람이 한 개 대대를 포위하다

동팡여우가 늘 입에 달고 있던 "한 젊은 늙은이"의 이야기보다 사람들을 더 매료시킨 이야기가 있었는데 바로 영웅에 관한 이야기였다.

전쟁이 끝난다는 것은 영웅이 한꺼번에 생겨날 수 있다는 의미이기도 하다. 혁명 과정 역시 전투가 빈발하는 과정이기도 하다. 혁명과 전쟁은 영웅이 성장할 수 있는 기름진 토양을 만들어낸다. 동팡여우가 초등학교를 다니던 시절이 바로 영웅이 꼬리를 물고 나타나고, 영웅의 이야기가 집집마다 전해져 다 알던 시대였다.

영웅의 이야기는 국어, 정치, 역사 교과서에 수록되었고, 심지어 수학에서는 영웅이 적을 몇을 사살했는지를 더하고 덜고 곱하고 나누는 계산문제도 있었다.

교실 네 벽에는 여러 유형의 전투 영웅을 선전하는 그림이 붙어있었는데, 폭발물을 손으로 추켜든 그림, 폭파시키는 통을 들고 적진으로 뛰어드는 그림, 가슴으로 적의 총 화구를 막는 그림, 대도를 휘두르는 그림······ "두 눈에 뜨거운 불길이 활활 타오르고, 하늘이 무너지면 손으로 받치는" 영웅의 기개는 어린 마음들을 감동시켰다.

학교에서는 영웅을 이야기하고, 영웅을 노래하고, 영웅을 따라 배우고, 영웅이 되려는 열기가 날로 거세졌다.

영웅의 이야기를 교사들만 생동감 넘치게 구술할 줄 알았을 뿐만 아니라, 많은 초등학생들도 거꾸로 유창하게 외울 수 있었다.

각 학급의 어린이들은 자발적으로 이야기 모임을 가지고, 윤번으로 돌아가며 자기가 가장 익숙히 알고 가장 숭배하는 영웅인물의 감동적인 이야기를 들려주었다. 동팡여우는 '맹추'이긴 하지만 영웅을 숭배하는 충동은 전혀 사그라지지 않았다. 그는 이야기 모임에서 영웅이야기를 하려고 여러 번 손을 번쩍 추켜들었지만 매번 선생님의 제지를 당했다. 그는 얼굴에는 미소를 띠고 있었지만 속으로는 몹시 괴로웠다. 그는 자기 마음속의 감정을 꼭 반 아이들 앞에서 말하리라고 마음먹었다. 어느 날 학급회의에서 그는 선생님이 호되게 꾸짖고 반 아이들이 큰 소리로 야유를 하며 소란을 피우는 것도 아랑곳 하지 않고 강단에 뛰어 올라가 숨을 크게 들이쉬고 나서 젖 먹던 힘까지 다하여 큰 소리로 말했다. "한 젊은 늙은이가, 아니, 한 젊은 사병이 캄캄한… 아니, 캄캄한 저녁에 반짝 반짝 빛나는…… 칼 조각을 들고 적진으로 뛰어 들었어요……." 그는 갑자기 머리가 하얘지면서 뒷말을 이을 수가 없었다. 그는 너무 긴장하여 목구멍이 바싹바싹 타들어가는 것만 같았다. 얼굴은 홍당무처럼 붉게 상기되었지만, 웃음기가 사라지지 않았다. 그는 고집스레 강단 위에 버티고 서 있었다. 반애들이 야유를 부리기 시작했다. 동팡여우는 정신을 반짝 차리고 나서 또 큰 소리로 이야기를 엮어 내려갔다. "그는 혼자 몸으로 적진에 뛰어 들었어요……. 혼자서 한 개 대대를 포위했어요!" 말을 마친 그는 성큼성큼 제자리로 돌아왔다.

반애들이 떠들썩하게 웃어댔고 선생님은 화가 났다.

"거참, 마구 꾸며 대는구나. 한 사람이 어떻게 한 개 대대를 포위할 수 있겠니?" 한 반애가 질의했다.

"허튼 소리만 하는구나. 그 젊은 사병이 누구니?"

선생님이 동팡여우에게 대답하라고 했다.

"우리 아버지에요!"

동팡여우가 어색해하며 대답했다.

"네 아버지가? 네 아버지가 그 소달구지를 몰고 다니는 그 동팡량이 아니냐. 그 사람을 누가 모르냐? 그가 영웅이라고? 이 멍청한 녀석아, 네가 어리 벌벌 하지만 않으면 산에다 내다버려 승냥이 밥이나 되게 하고 싶다 이놈아!"

선생님은 너무나 화가 나 온몸을 부들부들 떨었다.

"우리 아버진 원래 영웅이었어요. 믿지 못하겠으면 찾아가 물어보세요! 우리 셋째 외삼촌은 재채기로 큰 불을 끈 적도 있어요!"

동팡여우는 아주 억울해하는 눈치였다.

"그래, 그래, 좋아! 우리가 그 위대한 영웅을 만나고 싶으니, 그럼 집에 가 네 아버지와 셋째 외삼촌을 데려와!"

선생님이 정색해서 말했다.

동팡여우는 부랴부랴 집으로 달려갔다. 그는 아버지를 보고 학교에서 영웅이야기 해달라고 요청한다고 했다. 동팡량은 반신반의해 하면서 학교에 찾아갔다가 교장선생님에게 한바탕 꾸지람을 당했다. 다행히 동팡량이 참전한 적이 있고, 싸움을 한 적도 있어서 한때는 혁명전사였다고 볼 수 있는지라, 교장선생님과 담임선생님은 차마 더는 추궁하지 않았다. 그러나 동팡여우의 셋째 외삼촌은 오지 않았다. 동팡여우의 어머니는 외동딸이어서, 이른바 "셋째 외삼촌"이 당초부터 없었기 때문이었다.

일당백의 영웅이 되려 하다

아무튼 사람들이 자기 말을 믿지 않을 텐데, 아예 그 때 "한 사람이 한 개 대대를 포위했다"고 말하지 말고, 한 개 연대, 한 개 사단이나 한 개 군단을 포위했다고 말할 걸 그랬다며 동팡여우는 후에 무척 후회했다.

이는 동팡여우가 평생동안 한 이야기 중 유일한 영웅에 관한 이야기였다. 이 일이 있은 후 학교에서는 이와 유사한 활동에 동팡여우를 절대 참여시키지 않았다. 그러나 반애들과 같이 혁명을 제재로 한 영화를 관람하는 것은 허락했다.

동팡여우는 이야기를 할 수는 없지만 보고 들을 수는 있었다. 이는 그가 영웅주의 교육을 받을 수 있는 효과적인 형식이었다. 매번 영화를 관람할 때마다 그는 무척 격동되어야 했으며, 다른 반애들보다 그 반응이 더욱 강렬했다.

많은 동년배 어린이들처럼 동팡여우도 영웅이 되고픈 욕망을 가지고 있었다. 또한 적의 내부에 잠입한 "일당백의 영웅"이 되는 것이 소망이었다. 이와 같은 포부를 가지고 있는 학생이 그 뿐이 아니었다. 그의 학급의 10여 명의 남학생들도 동팡여우와 비슷한 생각이나 충동을 가지고 있었다. 다만 동기가 일치하지 않을 뿐이었다.

다른 반애들의 꿈의 뒷면에는, 혹시 개인적 영웅주의가 장난을 쳤는지 그들은 동료들의 개입 없이 홀로 특수 사명을 특출하게 완수하고 또한 단번에 큰 공적을 이룩하려 했으며, 공을 세우고 상을 받는 것도 남과 공유하지 않고 혼자 독차지하려 했다. 동팡여우가 적의 내부에 깊숙이 잠입하고 싶은 직접적 이유는, 영화에서 비적의 소굴에는 언제나 매혹적인 여자 스파이가 있었기 때문이었다. 그녀들의 몸치장, 목소리나 말투, 용모나 자태가 사람의 넋을 쏙 빼가면서 흥분을 가라앉힐 수 없게 했다. 동팡여우는 영화를 관람한 다음에는 여 스파이나 나쁜 여인이 등장하는 장면이 자꾸 머릿속에 떠오르고 이상한 느낌이 들면서 따라서 온몸이 화끈 달아올랐다. 그는 앞으로 적의 내부에 잠입해야 만이 그런 여 스파이들과 밀접한 접촉을 가질 수 있다는 것을 알고 있었다. 그리하여 그는 어른이 되면 꼭 나쁜 놈으로 분장하여 적후에 잠입한 다음 교묘하고 특이한 경험을 겪어보리라 다짐했다. 영웅이 된 후의 메달, 꽃다발이나 박수에 대해 그는 별로 중요하게 여기지 않았다. 결과보다 과정이 그를 더욱 매료시켰다. 무명영웅도 역시 영웅이 아닌가. 중요한 것은 말로 표현할 수 없는 기묘한 느낌이었다.

동팡여우는 단도직입적으로 자기 영웅의 꿈을 반애들에게 밝혔다. 그 결과 한 바탕의 폭소와 질투를 초래했다. 맹추도 영웅이 되려 하다니, 그것도 일당백의 영웅이라니. 그야말로 소가 웃다 배가 터질 노릇이었다. 특히 이는 영웅에 대한 모독이기도 했다. 몇몇 남학생들이 소매를 걷어붙이더니 동팡여우를 한번 통쾌하게 패 놓으려 했다. 그런데 뜻밖에도 이번에는 동팡여우가 먼저 쓰는 바람에 하마터면 한 남학생이 목숨까지 잃을 뻔했다.

어느 날 점심, 동팡여우보다 키가 거의 머리 하나는 큰 남학생이 동팡여우를 한바탕 조롱한 후 동팡여우와 다른 반애들 앞에서 한 영화에 등장하는 유명한 여 스파이를 모방하기 시작했다. 그는 분필을 담배처럼 꼬나물고, 한 손은 허리를 짚고서 엉덩이를 흔들며 교실 안을 왔다 갔다 했다. 모두들 웃느라고 동팡여우의 반응 같은 것은 살필 겨를이 없었다. 그런데 갑자기 동팡여우가 걸상을 추켜들더니 여 스파이 동작을 모방하며 득의양양해하는 그 남학생의 등을 후려쳤다. 걸상 다리가 바로 그 남학생의 뒤통수를 강타하는 바람에 남학생이 '푹' 하고 쓰러졌다.

"퉤! 더러운 녀석!"

동팡여우는 너무 화가 나 씩씩거렸다. 그는 자기 마음속 롤 모델에게 먹칠하는 행위를 용서할 수 없었던 것이다.

그 남학생은 일어나기는 했지만 머리에는 큰 혹이 생겼다. 동팡여우는 학교 측으로부터 징계처분을 받았다.

"징계로 큰 혹을 바꿨으니 정말 수지가 맞는 노릇이야! 밑진 건 없어!"

동팡여우는 못내 기뻤다.

40여 년의 세월이 흐른 지금에 와서도 만약 이 세상에서 어느 여인이 가장 아름다우냐고 묻는다면 동팡여우는 주저하지 않고 '여 스파이'라고 대답할 것이다.

땅콩 껍질 속에서 잠잘 수 있네

동팡여우가 초등학교 시절 내내 질책이나 처분만 받은 것은 아니다. 그도 한 번인가 두 번인가 표창을 받은 적이 있었다. 비록 기회가 아주 적었지만 말이다. 그러나 동팡여우는 엊그제 일처럼 생생하게 기억하고 있다.

그것은 '대약진운동' 시대의 일이었다. 사람들은 들끓는 삶을 살고 있었는데, 그 어디나 나날이 번영하고, 비약적으로 발전하며, 나날이 새로워지고, 열기가 하늘을 찌르는 광경이 펼쳐졌다.

동팡여우는 사람을 격동시키는 열렬한 분위기에 휩싸여서인지 정신이 어느 정도 회복된 것 같았다. 그는 적극적으로 집의 문잡이, 창문 고리, 서랍 손잡이와 같은 쇠로 된 물건을 뜯어다 학교에 바쳐 녹여서 철강을 만들게 했을 뿐만 아니라 반애들과 같이 '약진'의 엄청난 변화를 선전하고 노래했다.

"한 젊은 늙은이"라는 저차원의 유머 밖에 할 줄 모르던 열 살도 안 되는 어린 맹추가 기세가 하늘을 찌르는 약진이라는 큰 물결의 충격 하에서 시흥이 도도해질 줄이야 누구도 짐작하지 못했다. 동팡여우는 가사 한 수를 지었는데, 생산대(生産隊)에 풍년이 든 정경을 노래하면서 호쾌한 그의 심정을 토로했다. 한때 널리 퍼진 이 가사는 내용이 이러했다.

곡식이 참 잘 자랐네,
밀 줄기가 두 아름이나 되네.
식량은 넘쳐나 미처 먹지 못하고,
땅콩 껍질 속에서 잠잘 수 있네.

책장에 비뚤비뚤하게 쓴 이 가사를 본 선생님은 그야말로 자기 눈을 믿을 수가 없었다.

"세상에, 맹추가 가사를 쓰다니. 맙소사, 고목에 꽃이 피고, 벙어리가 백년 만에 입을 열고, 귀신이 곡할 노릇이군 그래!"

선생님은 중얼거리면서, 꿈인지 생시인지 분간하기 어려워 손바닥으로 자기 얼굴을 둬 번 토닥거려 보았다.

이 같은 기적은 물론 센세이션을 일으킬 수 있는 전형적인 의의를 가지고 있었다. 그리하여 학교 벽보에는 동팡여우라는 이름을 밝힌 걸작이 붙여지게 되었다. 밀 가지는 너무 굵어 두 사람이 팔을 벌려야 껴안을 수 있고, 땅콩은 너무 커서 껍질 속에서 잠을 잘 수 있다니, 이 얼마나 낭만적이고 상상력이 넘치는 경지인가! 이렇게 굵은 밀 가지가 없고 엄청난 땅콩이 없다면 어떻게 100근이 넘는 밀 이삭이 있을 수 있고, 땅콩 알이 있을 수 있단 말인가? 수확량이 만근이나 되는 기름진 옥토가 있을 수 있단 말인가?

동팡여우는 선생님의 칭찬을 받았을 뿐만 아니라, 어느 학교 대회 때에는 연단에 올라가 큼직한 꽃을 다는 영예를 안기도 했다. 얼굴에 한가득 피어난 그의 미소는 그토록 찬란하게 사람들의 시선을 끌었다.

그러나 동팡여우의 이 같은 영예는 그에게 있어서 순간에 지나지 않았다. 그의 맹추 성향이 며칠 안 되어 또 튀어나왔기 때문이다.

어느 날 아침, 반애들이 마을의 한 늙은이가 목을 매고 죽었다고 했다. 선생님이 호기심이 발동해 "그 노인이 누구냐? 어디에서 목을 매고 죽었냐?" 하고 물었다.

반애들이 모른다며 머리를 가로저었다. 이 때 동팡여우가 갑자기 한 마디 끼어들었다.

"틀림없이 밀밭에서 죽었어요!"

"허튼 소리 마라, 밀밭에 나무가 어디 있냐?"

선생님이 물었다.

"없어요?"

동팡여우가 잠깐 머뭇거리더니 대답했다.

"그럼 어디다 목을 매겠느냐?"

선생님이 매서운 목소리로 물었다.

"밀 줄기에 목을 맸어요!"

동팡여우가 단정했다.

"개 풀 뜯어 먹는 소리 말아아! 밀 가지에다 어떻게 목을 매? 이 녀석이 완전히 맛이 갔군!"

선생님은 동팡여우의 터무니없는 소리를 더는 듣기 싫었다.

"밀 가지가 두 아름이나 되는데, 왜 목을 맬 수 없어요?"

동팡여우는 자기가 지은 유명한 시구를 인용했다.

"넌 왜 밀 줄기에 목을 매러 가지 않니?"

선생님은 너무 화가 나 숨도 제대로 고르지 않고 내 뱉었다.

"너 또 허튼 소리를 한다면 너에게 고깔모자를 씌워 거리를 끌고 다닐 거야. 이 명청한 녀석아, 넌 지금 '대약진운동'을 모독하고 있어!"

동팡여우는 걸상에 똑바로 앉아 눈을 둬 번 깜빡이더니 더는 대꾸하지 않았다. 그는 거리에서 끌려 다니는 것은 두렵지 않았다. 다만 선생님이 달려와 귀를 잡아당기는 것이 두려웠다.

허리띠를 줘요

1년 여 후, 동팡여우는 재차 선생님의 칭찬을 받았다.

그 해 마을에서 적지 않은 사람이 죽어나갔다. 풍작을 거두었는데도 기황이 든 것은 '캄캄한 대낮'처럼 이치에 맞지 않는 일이었다. 많은 사람들이 유례없던 풍작을 거두어 배가 터져 죽을 까봐 걱정을 했는데, 아사자가 생길 줄은 꿈에도 생각지 못했던 것이다.

풀뿌리는 물론 나무껍질까지 모두 먹어버렸다. 가축이 먹은 것이 아니라 사람이 먹었고, 남녀노소가 세상에서 먹을 수 있는 것은 깡그리 먹어치웠다.

학교는 수업을 하는 선생님이나 학생이 점점 줄어들었다. 그러나 동팡여우는 여전히 등교했다.

그의 큰 얼굴은 작아지고 거멓게 변하더니, 후에는 하얗게 변했다. 수종 증세였는데, 마치 물을 가득 채운 돼지오줌보 같았다. 그러나 웃음기는 변모한 그의 얼굴에 역력히 남아있었다.

수업시간에 선생님의 목소리는 뚜렷이 낮아졌고, 학생들의 배에서는 꾸르륵 꾸르륵 하고 이상한 소리가 났다. 그 소리는 전염성이 무척 강했는데, 처음에는 한 두 번 나다가 잇따라 여기저기서 상호 교차되어 요란한 소리를 내면서 선생님의 무기력한 목소리를 덮어버리곤 했다.

기아에 허덕이는 신음 소리였다. 배가 외치는 소리였고, 소란을 피우는 소리였다.

동팡여우도 배에서 소리가 났지만 얼굴에는 웃음을 띠고 있었다. 그 웃음은 선생님의 호감을 자아냈다. 선생님은 수업시간에 재차 동팡여우를 칭찬하면서, 모두들 그를 따라 배우라고 호소했다.

"동팡여우 학생은 우리들에게 좋은 본보기를 보여주었다. 그는 비록 우리와 마찬가지로 제대로 먹지 못하지만 왕성한 혁명적 낙관주의 정신을 유지하고 있다. 너희들 잘 보아라! 그의 얼굴에는 늘 미소가 사라지지 않고 있으며, 매우 만족스러워하는 표정을 짓고 있다. 저 표정은 어려움에 대한 멸시이자, 미래에 대한 자신감이다. 너희들을 둘러보아라, 일부 친구들은 한숨만 지으면서 수심에 가득 찬 얼굴을 하고 있다. 그런 표정을 지으면 배가 안 고프냐? 동팡사(傻), 아니 동팡여우처럼 허기져도 배부른 척 하고, 칼바람이 불어쳐도 꿋꿋이 맞서야 하며, 굶어죽는 한이 있더라도 비굴한 표정을 지어서는 안 된다. 그래, 우리는 바로 동팡여우의 모습처럼, 웃음으로 어려움에 대응하고, 끝까지 웃음을 잃지 말아야 한다!"

동팡여우는 아마 선생님의 칭찬에 머리가 뜨거웠던지, 선생님이 자기를 따라 배우라고 호소하며 "웃음으로 어려움에 대응하고, 끝까지 웃음을 잃지 말아야 한다."고 말하는 순간, 몸이 균형을 잃고 쓰러졌다. 너무 배고파 졸도한 것이다. 그는 미소를 잃지 않은 채 바닥에 누워있었는데, 포식을 한 듯 흡족한 표정을 짓고 있었다.

선생님과 반애들이 힘겹게 그를 깨우고 나서, 몸이 괜찮으냐고 묻자 그는 히죽히죽 웃으면서 "너무 먹어 체한 거 같아" 하고 대답했다.

선생님이 눈물을 흘렸다. 그는 학생들에게 배고픔을 참는 묘책을 알려줬다.

"얘들아, 허리띠를 꽉 조여라!"

동팡여우가 선생님에게 물었다.

"선생님, 허리띠를 하나 줄 수 있나요?"

선생님의 요구대로 허리를 꽉 조이다, 낡은 천으로 만든 허리끈이 끊어졌던 것이다.

동팡여우가 이제 방금 자기가 한 칭찬을 귓등으로 흘려버렸다고 생각한 선생님이 그의 귀를 잡아당기려고 동팡여우에게 다가갔다. 동팡여우의 귀를 잡아당기려고 내밀었던 선생님의 손이 움츠러들었다. 표시나게 크던 동팡여우의 귀가 조그맣게 오그라들었기 때문이다.

"이 어리바리한 녀석, 귀마저 오그라든 걸 보니 배가 무척 고팠던 모양이군."

선생님은 동팡여우의 머리를 쓰다듬어주었다.

"호호, 너무 좋아요. 귀가 굶어서 떨어졌으니, 제 귀를 잡아당길 수가 없게 됐으니까요."

동팡여우가 활기를 되찾았다. 그의 얼굴에 웃음꽃이 더욱 활짝 핀 것 같았다.

엉덩이를 닦고 뒤를 보다

동팡여우의 초등시절은 6년간 지속되었고, 어느덧 졸업할 때가 되었다. 그해 그는 14살이었다.

졸업 전 최후 과목은 '군사 배우기' 활동이었다. 학교의 규정에 따라 학생들은 한 달 동안 군사화된 생활을 해야 했다. 학생들은 엄격한 군영의 요구대로 기상하고 작업하고 휴식하고 동작해야 했다. 평소에 선생님에 대한 호칭마저 달리 불렀는데, 선생님을 만나면 '수장(首長)'이라 부르며 군례를 올려야 했다.

동팡여우는 여러 가지 규정 동작을 완성하기 위해 열심히 따라했다. 한 달 동안 의 훈련과 교정을 거쳐, 그의 얼굴 표정만 어딘가 엄숙하지 못한 느낌이 든 외에 열중쉬어, 차렷, 경례, 전후좌우 돌기, 그리고 바른걸음으로 가 등 모든 동작을 거의 다 통과했다.

처음에는 동팡여우가 학급의 짐이 되어 누구도 그와 같이 보조를 맞추며 대열 훈련을 하려 하지 않았다. 동팡여우는 팔다리가 잘 어울리지 않기로 이미 교정할 수 없는 한도에 이르렀는데, 즉 팔과 다리를 한 방향으로 움직일 뿐만 아니라 온갖 추태를 다 보였다. 일단 그가 발만 내디디면 전체 대열이 혼란에 빠졌다. 동팡여우가 열심히 하면 할수록 다른 학생들의 눈에는 그가 고의로 말썽을 부리는 것 같이 보였다. 군사 훈련을 책임진 교관이 동팡여우의 서 있는 자태와 발걸음을 교정해 주려고 그의 엉덩이를 차는 바람에 교관의 새 고무창 헝겊신이 닳아 해어졌을 정도였다.

동팡여우는 너무나 자신을 가책했다. 그러면서도 교관이 남에게 불쾌한 인상을 주는 두드러진 자기의 큰 귀를 발견하지 못하여 다행이라고 생각했다. 교관이 자기 엉덩이를 차는 것은 참을 수 있어도 귀를 잡히기는 죽어도 싫었던 것이다.

동팡여우가 이해할 수 없는 것은, 교관이 끊임없이 변덕을 부리며, 잠깐 있다가 좌로 돌아! 잠깐 있다가 또 우로 돌아! 하며 자기를 어리둥절하게 만드는 행위였다. 그러나 주도권이 자기한테 없으므로 그 뜻을 따라 반애들이 돌면 자기도 돌았다. 다만 때로는 옆에 있는 반애들과 방향이 다르게 돌 뿐이었다. 교관은 별 수가 없어 그에게 단독 지도를 했다. 동팡여우는 단독 훈련을 하면 좀 쉬울 것이라 생각했는데, 오히려 많은 체벌을 받았다.

군사 훈련은 뚜렷한 효과가 있었다. 동팡여우는 다른 학생들과 보조를 맞출 수 있게 됐을 뿐더러, 전후좌우 돌기를 할 때 대부분 상황에서 판단이 정확했다.

'군사 배우기' 활동의 최종 과목은 비상소집이었다. 이 항목은 학생들을 흥분케 하고 자극하고 긴장하게 만들었다. 몇 번 연습하자 반애들은 꽤나 많은 경험을 쌓았고, 일부 비결도 알아냈다. 교관의 요구에 따르면, 마지막 한 차례 비상소집은 '군사 배우기' 활동이 끝나는 그날 아침에 진행돼 이를 평가한 다음 우승기를 수여한다는 것이었다.

이는 집단의 영예와 관련되는 사항이었다. 학급의 간부들은 그날 밤 회의를 열고, 전체 반애들이 정신을 차리고 충분히 준비하여 전교 우승을 따내자고 결의했다. 동팡여우는 어리둥절한 정신으로 구석 한 쪽에 앉아 반애들이 한 명 한 명 격앙된 정서로 발언을 하는 것을 듣고만 있었다.

"오늘 밤, 우린 옷을 입고, 허리띠를 매고, 모자를 쓴 채로 자자. 내일 아침, 호루라기 소리가 들리면 곧바로 밖으로 달려 나갈 수 있게 말이다."

누군가가 그렇게 하자고 건의했다.

"그래서는 안 돼! 꼭 옷을 벗고 자야 한다고 교관이 말했어. 기율을 어겨서는 안 돼!"

누군가 반대했다.

그러자 한 여학생이 일어나더니 말했다.

"너네, 남자들은 그대로 나가면 그만이지만, 우리 여자들은 세수하고 머리 빗고 하느라면 틀림없이 시간이 지체될 거야."

그러자 다른 여학생이 계책을 내놓았다.

"오늘 밤 잠자기 전에 세수도 하고 머리도 빗는다면, 내일 아침 그럴 필요가 없지 않겠니."

모두들 박수를 치며 찬성했다.

여기까지 듣고 있던 동팡여우가 갑자기 구석에서 일어나 밖으로 나가려 했다.

"동팡사(傻), 회의가 끝나지도 않았는데 어디로 나가?"

급장이 큰 소리로 불렀다.

"나 미리 엉덩이 닦으러 간다. 내일 아침 뒤를 본 다음 닦을 필요가 없게 말이야."

동팡여우가 우쭐해서 대답했다.

"하하하……."

회의장이 온통 웃음바다로 변했다.

증명서를 한 부 더 받다

초등학교를 졸업할 때 동팡여우는 졸업장 외에 증명서를 하나 더 탔다. 그 증명서는 동팡여우가 교장선생님과 담임선생님을 귀찮게 굴어서 얻은 것이다. 동팡여우가 아주 진지하게 선생님에게 물었다.

"제가 멍청한가요?"

선생님이 가엾게 생각되어 위안 조로 대꾸했다.

"어리바리한 녀석, 넌 멍청하지 않아!"

"그럼, 선생님과 같단 말이지요? 그렇지요?"

동팡여우는 선생님의 말을 곧이곧대로 믿었다.

"이 녀석, 당장 물러가! 널 어떻게 나와 비길 수 있니? 우리 둘을 동일시해서는 안 돼, 알았지?"

선생님이 귀찮아서 손사래를 했다.

"모르겠는데요. 동일시란 게 무슨 말인가요?"

"동일시란, 둘 이상의 것을 똑같이 본다는 뜻이다. 알겠니? 역시 넌 맹추야!"

선생님이 머리를 가로저었다.

"선생님과 비길 수 없다면 다른 친구들과 비기면 안 되나요?"

동팡여우가 끊임없이 캐고 들었다.

"그건 되지! 넌 다른 애들보다 머리가 단순해! 알아듣겠어?"

선생님이 일깨워주었다.

"모르겠는데요. 머리가 단순하다는 게 무슨 말인가요?"

동팡여우가 끝까지 캐물었다.

"머리가 단순하다는 건, 까놓고 말해서 바보라는 뜻이다.

선생님이 아주 미안하다는 듯 계면쩍게 웃었다.

"알았어요, 전 바보예요. 선생님, 감사해요. 선생님이 저한테 증명서를 떼어줄 수 있어요?"

동팡여우가 간청했다.

"무슨 증명서?"

선생님이 무슨 말인지 몰라 물었다.

"바보라는 증명 말이에요. 동팡여우는 머리가 단순하여 남들과 비겨서는 안 된다는 말 같은 거 말이에요."

동팡여우가 아주 진지한 표정으로 말했다.

"그걸 어떻게 쓰니? 그리고 너의 앞날에도 좋지 않다. 알아들었니? 그런 증명서가 있다면 직장도 구할 수 없고, 결혼 상대도 찾기 힘들 거다."

선생님이 타일렀다.

"헤헤, 결혼하려면 아직 멀었는데요! 그리고 졸업하면 아빠를 따라 농사일을 해야 되니 직장을 구할 필요가 없어요."

동팡여우가 어색하게 웃었다.

"그래도 증명서를 떼어 줄 수 없다. 여긴 학교지 병원이 아니다. 그리고 난 의사도 아닌데 어떻게 증명서를 떼어줄 수 있니?"

선생님은 무척 난감했다.

"의사도 아닌데 어떻게 제가 바보란 걸 알았어요?"

동팡여우 역시 질문을 했다.

"그래, 넌 바보가 아니야, 됐니?"

선생님은 답답증이 났다.

"그럼 선생님이 바보인 거죠, 맞죠? 이제 선생님이 저와 다르다고 말했으니, 만약 제가 바보가 아니라면 선생님이 바보인 거죠!"

동팡여우가 연역추리를 하기 시작했다.

"감히 어떻게 그런 말을 할 수 있니, 너?"

선생님이 화가 났다.

"그럼, 제가 확실히 바보가 맞나요?"

동팡여우가 분명히 짚고 넘어가려 했다.

"그래, 그래, 좋아! 널 교장선생님한테 데려다 줄 테니, 교장선생님이 증명서를 떼어주는 걸 동의하는지 보자. 넌 정말 맹추야, 맹추!"

기분이 잡친 선생님이 빈정댔다.

"헤헤, 맹추가 비열한 사람보다 낫지 않아요, 선생님?"

동팡여우는 선생님의 꽁무니를 따라 교장선생님을 만나러 갔다.

교장선생님은 동팡여우의 사정을 손금 보듯이 잘 알고 있었다.

"네가 그처럼 강렬히 요구하니, 학교에서 사실대로 감정해주겠다. 네 뜻은 알았으니 말을 어떻게 만드느냐가 문제구나. 후! 자기가 바보라고 증명해달라는 이런 골칫덩어리를 만나다니……. 그야말로 바보 중에 상 바보군 그래."

교장선생님은 교무처의 한 교사에게 감정서를 한 부 작성하라고 분부했다. 그리고 감정서를 자기가 여러 번 수정하고 정서한 다음 공인을 찍어 동팡여우에게 건네주었다. 동팡여우는 보배라도 얻은 듯이 너무나 좋아서 차마 손에서 놓지를 못했다. 동팡여우는 귀가하자마자 초등학교 졸업장과 '바보 증명서'를 나란히 액자에 넣어서 벽에 반듯하게 걸어놓았다.

그는 어머니에게 자랑했다.

"다른 애들은 6년 동안 공부하고도 겨우 증서 하나 밖에 타지 못했는데, 전 두 개나 탔어요. 대단하지요?"

말 한 마디에 볼기짝이 드러나다

동팡여우는 초등학교를 졸업하자 곧 소달구지를 모는 아버지를 따라 일하러 다녔다.

이 일은 생산대(生産隊)에서 그에 대한 배려였다. 소달구지를 따라다니는 일은 그리 힘들지 않았다. 겨울에는 똥거름을 나르고 가을에는 곡물을 날랐으며, 평소에는 돌이나 모래, 무차이나 사료 등 이것저것을 실어 날랐다.

초등학교 졸업장과 바보증명서는 동팡여우가 소달구지를 따라다니는 '좋은 일자리'를 찾는데 큰 도움이 되었다.

열 네 댓살 밖에 안 되는 아이라도 마을 사람들의 눈에는 거의 어른으로 보였다. 동팡여우는 매일 아침 날이 밝으면 일어나 아버지를 따라 먼저 생산대 외양간에 가 소를 끌어내어 달구지에 맨 다음 무엇을 실어 나르라면 무엇을 날랐으며, 정오가 되어야 잠시 일손을 멈추고 집에 가 대충 끼니를 때울 수 있었다. 물건을 먼 곳으로 실어가야 할 때는 아침에 건량을 지니고 나갔으며, 점심에 돌아오지 않았다.

그들 부자간은 짐을 하역하고, 달구지를 부리는 등 작업에서 손발이

척척 맞았다. 할 일이 없을 때는 동팡여우는 아버지와 같이 흥얼흥얼 노래 한 곡조씩 서로 받아 넘기면서 옆 사람들을 즐겁게 했다.

동팡여우는 멍청하기는 했지만 그래도 책을 몇 해 동안 읽었고 글자도 좀 알고 있어서 신문을 보는 데는 별 문제가 없었다. 그리하여 생산대에서 정치학습을 할 때면 늘 그에게 신문에 실린 글 한 편을 읽게 했다. 그 때마다 생산대장은 언제나 '어험' 하고 크게 기침을 하여 사람들을 조용하게 만든 다음, "이제부터 맹추께서 읽으면, 우리가 듣기로 하겠소!" 하고 말했다. 그러면 맹추가 아주 조리 있고 똑 부러지게 신문에 실린 중앙의 뜻을 낭독했다. 시간이 흐르면서 마을 사람들은 생산대장이 "맹추께서 읽으면, 우리가 듣기로 하겠소!"라는 말버릇처럼 하는 권두언을 "맹추께서 말하고, 우리가 듣겠소!"라는 두 마디 말로 고쳐 말했다.

동팡여우는 정치학습에 참석하는 것이 가장 큰 바람이었다. 그는 신문을 읽는 일에 무척 열중했으며, 신문을 읽을 때면 아주 득의만만해하는 표정이 역력했다. 간혹 모르는 글자가 나오면 그는 아는 체하며 얼버무리지 않았다. 간혹 벽자가 나오면 그는 매번 "젠장, 모르는 글자니 넘어가요!" 하고는 계속해서 읽어 내려갔다. 모르는 글자가 많을 때면 "젠장, 모르는 글자니 넘어가요"와 같은 삽입어가 종종 들려 사람들이 배를 끌어안고 웃어댔다.

문장에서 이해할 수 없는 곳이 있어도 사람들은 동팡여우를 나무라지 않았다. 그에게 '바보증서'가 있기 때문이었다. 생산대장은 연설할 때 글자를 틀리게 읽는 경우가 흔히 있었다. 동팡여우는 이 점을 아주 경멸했다. 한번은 생산대장의 잘못을 당장에서 지적하여 그를 난처하게 했다. 또한 생산대장의 연설에 허점(破綻, 동팡여우는 터질 탄[綻]을 볼기 정[腚]자로 발음했는데, 웃음거리를 만들려고 그랬는지, 아니면 틀리게 읽었는지 모르겠다)이 곳곳에 드러났고, "말 한 마디에 볼기짝이 드러났다(破腚)!"고 비웃었다.(중국어 터질 탄[綻]자와 볼기 정[腚] 모양이 비슷하여 오독할 경우가 간혹 있음 —역자 주) 이에 생산대장은 웃음으로 넘길 수밖에 없었다. 바보와 옥신각신 다툴 여지가 없었기 때문이었다.

그 시대, 어떤 사람은 관변 측의 전국지 신문의 톱기사 제목인 "시하누크 친왕 8일 베이징에 도착, 외교부장 지펑페이(姫鵬飛) 공항에 나가 영접"을 "시하누크 친, 왕팔일(王八日, 왕팔의 중국어 발음은 왕바, 거북이란 뜻이지만 사람을 욕하는 뜻으로도 쓰임. 여기서는 개뿔 같은 날이라는 의미로 쓰임 —역자 주) 베이징에 도착, 외교부장 지펑, 공항에 날아가(飛) 영접"으로 틀리게 읽었다. 이 같은 일은 동팡여우에게서 생긴 적이 없었다. 다만 종종 동팡여우는 야페이(阿沛)·야왕진메이(阿旺晉美)를 두 사람의 이름인가 하여 "아페 동지와 야왕진메이 동지도 회의에 참석했다"와 같이 나누어 읽는 작은 실수를 범했을 뿐이었다.

지금은 대등해지다

동팡여우가 정치에 관심을 가지게 된 데는 그가 글자를 좀 알아 신문을 읽었던 일과 관련된다. 어쨌든 초등학교까지 마친 맹추인지라 정치에 남다른 시각과 예민한 후각을 가지고 있었다.

한차례 보다 격렬한 정치적 폭풍이 들이닥치기 전, 동팡여우는 허리다리 통증이 또 재발했으니 집에서 며칠 쉬겠다며 휴가를 맡았다. 이전에 이런 병으로 앓은 적이 없었는데, 재발이라니? 동팡여우의 아버지 동팡량은 누구보다도 아들을 잘 알고 있었다.

"아픈 체 하긴, 너의 그 게으름 병이 또 도진 거지. 돈을 벌지 못하면 식량을 분배받을 수도 없고, 그럼 널 쫄쫄 굶길 거다!"

동팡여우는 아버지가 화를 내도 전혀 개의치 않았다. 그는 집에서 빈둥거리다가 '바보 증명서'가 들어있는 액자를 벗기어 보고 또 보다가 다시 조심스레 벽에 걸어놓은 다음, 소중한 예술품을 다루듯이 손에서 놓기 아쉬워했다. 지금에 와 돌이켜 보면, 그 '바보 증명서'가 어떤 의미에서 확실히 호신부 작용을 한 것 같았다. 동팡여우는 조금만 조심하지 않으면 시대에 적합하지 않는 괴상한 말을 한두 마디씩 뱉곤 했는데, 특수한 '신분'을 증명해주는 문자자료가 없었더라면 그 말들을 정치를 비꼬는 말이라고 하여 경을 칠 수도 있었던 것이다. 그러나 그 때 그의 괴상한 말들을 지금에 와 돌이켜보면, 바보가 하는 엉터리 말이라고 여겼기 때문에 정치적 책임이나 형사적 책임을 면할 수 있었다.

예컨대, 동팡여우는 위대한 수령(마오쩌둥을 가리킴 −역자 주)의 초상 휘장을 패용할 때면 의기양양해하면서 사치스러움을 비교했다. 그는 마을의 한 농민이 앞가슴에 단 마오 주석 초상 휘장을 가리키며 빈정댔다.

"뭐 이 따위 불량품 같은 휘장을 달고 있어요? 강아지 목에 단 패쪽 같아서 원, 내 이 휘장과는 아예 비기지도 못하겠는데요!"

만약 이 같은 말이 다른 사람의 입에서 나왔다면 목숨까지 위태로웠을 것이다. 하지만 누구도 그의 말을 따지고 들려 하지 않았다.

또 이런 일이 있었다. 생산대에서 고생스런 지난날을 회상하고 지금의 행복을 소중하게 생각하는 대회를 소집했다. 동팡여우가 히죽히죽 웃으면서 연단에 오르더니 신사회의 행복한 생활과 구사회의 쓰라린 생활을 아주 간단하게 비유했다.

"구사회에서 우리 빈농과 중농들은 우마보다도 못한 생활을 했습니다. 지금은 대등한 생활을 하고 있습니다!"

누군가 "모주석을 반대하면 우리는 그의 개 대가리를 박살내자!"고 큰 소리로 외쳐대면, 동팡여우는 이 구호가 완벽하지 못하니 바로잡아야 한다고 했다. 그는 상급 지도자를 보고 "그네 집의 돼지 대가리라도 박살내야 해요! 모 주석을 반대하는 나쁜 놈들이 집에 개만 기르는 것이 아니지 않나요. 만약 그의 집에 개가 없다면 박살낼 것이 없지 않나요? 이러면 반혁명분자들을 잘 대해주는 꼴이 되지 않나요? 그래서 저는 개 대가리가 없으면 돼지 대가리를 박살내고, 돼지 대가리가 없으면 양 대가리를 박살내야 한다고 생각해요. 아무튼 아무 가축 대가리나 하나 박살내야 한다고 생각해요"라고 말했다. 후에 동팡여우는 자기의 생각이 논리적인 관계가 분명하지 않다고 생각되어 지도자에게 또 자기 생각을 털어놓았다.

"전 뭔가 문제가 있다고 생각되는 데요. 모주석을 반대하는 것과 개나 돼지, 양의 대가리와 무슨 관계가 있지요?"

지도자가 펄쩍 화를 냈다. 그는 동팡여우의 귀뺨을 치며 욕을 퍼부었다.

"다시 허튼 소리를 하면, 네 녀석의 머리부터 박살낼 테다!"

맹추가 말더듬이로 변하다

지도자가 귀뺨을 때렸지만 동팡여우는 웃음으로 받아넘겼다. 이는 그의 정치적 열의를 조금도 가라앉히지 못했다. 터무니없는 '허리 다리 통증'도 까맣게 잊은 지 오래되었다.

동팡여우가 제일 열중하는 일이 바로 "가장, 가장, 가장 경애하는 모주석"이라는 말 앞에, 그리고 "모주석 만만세"라는 최신식 구호 뒤에 여러 개 내지 수십 개, 심지어 수천수만 개의 '가장'이나 '만'자를 붙이는 것이었다. 그는 원주율을 외우듯이 혼자서 머리를 흔들며 한도 끝도 없이 "가장, 가장, 가장, 가장……" 하거나 "만, 만, 만, 만, 만……"을 붙여 말했는데, 다른 사람이 그의 말을 강제로 중단시키고 나서야 "가장, 가장 경애하는"이거나 "만만세"라는 맺음말이 나왔다.

스스로 재미있다고 여겼는지 아니면 자기의 무한한 충성을 분명히 밝히려고 그랬는지는 모르겠지만, 아무튼 동팡여우는 1년쯤 되는 시간에 틈만 있으면 "가장, 가장, 가장……"이란 말을 염불하듯 중얼거렸는데, 한 번 중얼거리면 3, 4리 길을 오갈 수 있는 시간이 걸렸다.

정성이 지극하면 돌 위에도 꽃이 핀다고 한 해가 지나자 동팡여우는 명실상부한 말더듬이로 변하였다. 그는 입만 열면 첫 마디 말을 최소한 수십 번 반복했는데, 기관총을 쏘거나 폭죽을 터치 듯 더듬거렸다. 잘 아는 사람을 만나 인사말을 건넬 때면 "삼, 삼, 삼, 삼… 촌, 어, 어, 어, 어…디로 가, 가, 가, 가…요?" 하거나 "대, 대, 대, 대… 대장, 저, 저, 저, 저… 전 무슨 일, 일, 일, 일…을 해, 해, 해, 해…요?" 하고 말했다.

"무슨 일을 하려고 그래? 무슨 일을 할 수 있길래 말이야? 일을 시켜도 할 수 없으니, 넌 쫄, 쫄, 쫄, 쫄… 굶, 굶어라!"

대장이 그를 골려주었다.

"그, 그, 그, 그…럼 대, 대, 대, 대…장 말씀을 드, 드, 드, 드…을 게요."

동팡여우의 얼굴에 찬란한 미소가 어렸다.

말더듬이는 문화대혁명이 동팡여우에게 남긴 기념이었고, 그의 수령에 대한 무한한 충성의 흔적이었다. 동팡여우의 말더듬증을 치료해주고자 아버지 동팡량은 숱한 재래식 방법을 이용했다. 이를테면 아들이 주의하지 않는 틈을 타서 귀뺨을 때린다거나 엉덩이를 걷어찬다거나 등의 방법을 썼지만 전혀 효과를 보지 못했다. 그러던 어느 날, 동팡여우가 마을의 한 왕 씨네 집에 찾아가 마당에서 "왕, 왕, 왕, 왕…" 하고 더듬거리며 주인을 반나절이나 불렀다. 그런데 뜻밖에도 주인은 안 나오고 '개' 한 마리가 쏜살같이 달려 나오며, 동팡여우의 종아리를 덥석 물었다. 아마 그 '개'는 이 멍청한 녀석이 자기 소리를 흉내 낸다고 생각했던 모양이다. 그 일이 있은 다음부터 동팡여우의 말더듬 증상이 거의 치료되었다. 그러나 완치되지는 못했다. 지금도 그가 만약 '가장'이나 '만'자라는 글자만 본다면 말을 더듬을 것이다.

말더듬이가 아나운서로 되다

초등학교 졸업장, '바보증명서', 그리고 '개'는 동팡여우의 복주머니이자 마스코트였다.

'개'가 동팡여우의 종아리를 무는 바람에 그의 말더듬이 증상이 치료되었다. 그는 그 '개'가 고마웠다.

동팡여우는 말더듬이 증상이 사라지자 대장을 보고 일거리를 달라고 했다. 대장은 맘에 안 든다는 듯이 말을 뱉었다.

"네가 무슨 일을 할 수 있겠니? 힘든 일은 하기 싫어하고, 쉬운 일은 능력이 안 되니 말이다. 아, 그렇지, 신문을 괜찮게 읽으니 생산대 아나운서나 해라. 잘 부탁하지만, 신문 내용 그대로 읽어야지 제멋대로 읽어서는 절대 안 된다. 잘 알아들었어? 내일 나와 같이 가 시험해보자!"

이렇게 되어 말더듬이가 아나운서로 되었다.

동팡여우는 매일 아침, 점심, 저녁 세 시간대로 나누어 방송했는데, 한 시간대에 40분씩 신문에 실린 일부 사론, 논설, 회의 통지, 현지 주요 뉴스 등과 노래, 쾌반(快板儿), 삼구반(三句半, 중국 민간 구연 예술의 일종), 이인 낭송 등 문예 프로를 삽입해 방송했다.

동팡여우가 가장 자신 있는 프로는 매 시간대마다 방송을 시작하면서 읊는 낭송시였다. 낭송시는 남녀 두 사람이 서로 주고받았다.

남: 문화대혁명의 봄 우렛소리 '우르릉' '우르릉'
여: 봄 우렛소리 '우르릉' '우르릉' 개선가 울려 퍼지네
남: 문화대혁명의 깃발 힘차게 펄럭이고
여: 깃발 펄펄 아침 햇살에 붉게 물드네
남: 문화대혁명의 북소리 '쿵쿵'
여: 북소리 '쿵쿵' 기세 돋우네

매번 시를 낭송할 때마다 동팡여우는 정신이 분발되고 투지가 격앙되었으며, 목소리는 질박하면서도 우렁찼다.

동팡여우의 음질과 음색은 즐거운 분위기가 다분했는데, 사계절 변하

지 않는 그의 표정처럼 목소리에는 늘 웃음기가 어려 있었다. 동팡여우는 희소식을 방송하거나 알리는 데는 뛰어났지만 너무나 장중하고 엄숙한 내용을 읽는 데는 좀 서툴렀다. 심지어 사람들의 웃음을 자아냈다. 천성적인 한계를 가지고 있는 목소리로 인해 동팡여우는 아나운서를 3개월 만에 그만 둘 수밖에 없었다. 3개월 후에 추도문 형식의 문장을 읽어야 하는 부담스러운 일에 봉착했는데, 문장의 뉘앙스를 제대로 소화해내지 못하여 부득이하게 집으로 돌아가야 했다. 중국공산당 중앙위원회의 "전당, 전군, 전국 각 민족 인민들에게 알리는 글"(마오쩌둥 주석의 부고를 알리는 글 –역자 주)을 방송한 지 셋째 날에 일이 터졌다.

석 달 간의 아나운서 일은 동팡여우에게 크나큰 자신감과 포부를 심어주었다. 간혹 조그마한 실수를 한 곳은 있지만 더듬거리는 증세도 한결 더 나아졌다.

만약 마오쩌둥 주석이 몇 해만 더 살았더라면 동팡여우는 천성적으로 즐거운 목소리와 순진한 웃음을 띤 얼굴로, 조국의 형세는 어디가나 아주 좋으며, 적들은 나날이 썩어가지만 우리는 나날이 행복해 진다고 광범위한 대중들을 더욱 굳게 믿게 했을 것이다.

마오쩌둥 주석이 사망하자 한 시대가 막을 내렸다. 태양을 따르던 천만의 얼굴이 비 오듯이 눈물을 흘렸다. 웃음기가 가시지 않던 동팡여우의 큰 얼굴에도 예전에 볼 수 없었던 몇 갈래 비통의 그늘이 어리었다.

마침내 '여 스파이'를 얻다

동팡여우는 그 몇 년 동안 정신 줄을 놓은 것처럼 휘청거리며 흘려 보냈다. 그는 초등학교 졸업장과 "바보 증명서"가 들어있는 액자를 벽에서 내려 치워버렸다. 그는 마음 한 구석이 텅 비고 무언가 내내 부족한 것 같아 좌불안석이었다. 아버지를 도와 농사를 하는 것 외의 많은 시간을 어떻게 보내야 할지 몰라 그는 신문을 첫 장부터 마지막 장까지 읽어보기도 하고, 해가 떠서부터 질 때까지 읽어보기도 했다. 그리하여 목소리마저 다 쉬었다.

저녁 잠자리에 눕기만 하면 '여 스파이'의 매력적이고 섹시한 모습이 삼삼하게 밀려와 잠들 수가 없어서 온 밤을 엎치락뒤치락했다. 그는 상사병에 걸렸고, 식욕마저 잃었다.

아들이 내일 모레면 서른을 앞둔 노총각이 되자 아버지 동팡량과 어머니는 온종일 동팡여우의 혼처를 구하느라 노심초사했다. 아들의 조건을 보면, 팔다리가 멀쩡하고 눈이나 코, 입 등이 제대로 붙어 있으며, 말주변이 좋은 처녀를 얻기는 어려운 일이었다. 그들은 절름발이, 곰보, 팔다리가 불구인 여성을 목표물로 잡았다. 그러나 지적 장애인은 배제했다. 그들 부부는 이 기준을 아주 분명히 했다. 마음씨 고운 사람들이 그들을 도와 많은 혼처를 소개해 줬지만 성사되지 못했다. 매번 소개팅을 하면 여자 측이 눈이 높은 것이 아니라 동팡여우가 그 여자를 마음에 들어 하지 않았다. 동팡여우가 어리버리한 구석이 있기는 하지만 심미적인 시각은 결코 낮지 않았다. 그는 단 한 번만 왼쪽 다리가 좀 불편한 처녀에게 호감이 가 그녀와 같이 구들 언저리에 앉아(중국식 온돌은 침대처럼 높다 —역자 주) 아주 열렬하게 많은 말을 주고받았다. 여자도 자기에게 마음이 있다고 생각한 동팡여우는 엉덩이를 조금씩 움직여 그녀와의 거리를 점점 좁혀갔다. 그리고 자기도 모르게 손을 그녀의 손등에 얹으며 만지려고 했다. 그러자 그녀가 갑자기 벌떡 일어나며 그의 귀뺨을 호되게 치며 "이 건달 새끼야, 사람을 희롱해!" 하고 소리를 질렀다. 그 바람에 동팡여우는 너무나 창피해서 얼굴이 시뻘겋게 되었다. 그 처녀는 동팡여우가 돈 100위안을 배상해야 한다며 중매인을 통해 요구했다. 동팡여우가 거절하자 그 처녀는 창피하여 살 면목이 없다며 자살소동을 벌였다. 결국 동팡량 부부가 50위안을 배상하고서야 소동을 잠재울 수 있었다.

동팡여우는 설을 쇠면 서른 살이어서, 농촌으로 말하면 노총각이었다. 그는 여자의 손은 스위치여서 만지기만 하면 화를 불러올 수 있다고 여겼다. 그래서 다시는 여자의 손을 만지고 싶지 않았다. 그는 영화 속에 등장하는 '여 스파이'를 마음에 품고 사모하면서 평생을 독신으로 살려고 생각했다.

동팡여우네 집에서 1리쯤 가면 공사(면에 해당함 −역자 주) 소재지가 자리 잡고 있었는데, 그 곳의 '자유시장'은 날로 번창해지고 있었다. 동팡여우는 집에 붙박여 있자니 심심한지라, 아버지에게서 밑천을 얻어 시장 한 구석에 앉아 채소나 해산물 같은 것을 팔기 시작했다. 태어날 때부터 가지고 있는 웃는 얼굴이 고객들에게 믿음을 주었는지 그는 장사가 아주 잘 되었다. 웃는 얼굴이 부를 가져다준다는 말이 아마 이런 상황을 두고 한 말 같다. 동팡여우는 돈을 많이 벌수록 얼굴에 웃음꽃이 더욱 활짝 피었다. 그 바람에 누구나 그를 보면 따라서 얼굴에 웃음꽃이 피어났다.

어느 하루 젊은 여인이 대여섯 살 되는 사내애를 데리고 다가오고 있었다. 몸에는 딱 붙는 짙은 회색의 사냥 옷(당시 많은 젊은이들, 특히는 젊은 남자들이 이런 옷을 선호했다.)에 선글라스를 쓰고 있었는데, 한눈에 사람을 매료시키는 멋진 차림새를 하고 있었다. 갑자기 나타난

'여 스파이'에게 정신이 팔려 동팡여우는 손저울에 담았던 조기가 땅바닥에 쏟아지는 줄도 몰랐다. 그 바람에 조기를 사려던 중년 사내가 화가 나 '꽥' 소리 질렀다.

"야 이 멍청한 녀석아, 장사를 안 할 생각이야!"

동팡여우는 만사를 제쳐놓고 무작정 그녀가 사는 곳을 알아보려고 여인의 뒤를 10여 리나 밟았다. 이튿날부터 동팡여우는 매일 그녀의 집 앞으로 달려가 그녀를 기다리느라고 장사마저 팽개쳤다.

후에 그는 2년 전, 그녀의 남편이 트랙터에 부딪쳐 죽었고, 그녀는 비통을 이기지 못하여 울화가 심장에 침입하는 바람에 눈병이 왔는데, 제 때에 치료를 하지 않아 결국 두 눈이 실명했다는 사실을 알게 되었다. 동팡여우는 중매인을 내세워 그녀와 두 번 만나 보고나서, 뜻밖에 혼인을 약속받았다. 그는 서둘러 혼사를 치렀다.

동팡여우는 마침내 20여 년 간 흠모하던 '여 스파이'를 아내로 맞아들이자 온 세상의 행복을 독차지한 것처럼 웃음주머니가 흔들거렸다. 신혼생활을 한지 얼마 안 되는 어느 날 저녁, '여 스파이'가 손으로 동팡여우의 얼굴을 열심히 그리고 세세히 만져보고 나서 말했다. "아이고 힘들어. 얼굴이 어떻게 되어 한참을 더듬어도 다 만지지 못할 정도로 크게 생겼나요?"

1만 위안 농가의 영예를 얻다

동팡여우는 결혼한 온종일 싱글벙글거렸으며, 전신에 힘이 넘쳐흘렀다. 그는 매일 아침 일찍 일어나고 밤늦게 자면서 물을 긷고, 청소를 하고, 밥을 짓고, 게다가 시장에 나가 해산물까지 파느라 눈코 뜰 새 없이 바삐 돌아가면서도 아주 행복에 겨워했다. 그의 말을 빈다면 "공산주의를 실현했다!" 바로 그성이었다.

그는 아내와 아내가 데리고 들어온 아이에게 무척 신경 썼으며, 아이를 자기 친자식처럼 귀여워했다. 그는 별로 할 일이 없으면 아이를 목마 태우고 흔들거리며 거리를 누비면서 어릴 적에 늘 입에 달고 살던 "한 젊은 늙은이가 캄캄한 대낮에…"를 중얼거려 아내와 아이, 이웃들에게 큰 웃음을 선사했다.

두 해도 안 되어 동팡여우는 새로 벽돌기와집을 짓고 돼지 두 마리까지 키우게 되었다. 새집은 그가 시장에 쭈그리고 앉아 장사를 하며 한 푼 두 푼 모은 돈으로 지었다. 집을 짓고 나니 수중에 돈이 얼마 남지 않았다. 그런데 연말에 그의 가정은 마을에서 몇 안 되는 만 위안 농가(萬元戶, 1970년대 말, 중국의 경제개혁으로 인해 나타난 연소득 또는 누계 저축액이 1만 위안 이상 되는 농가를 말하는데, 당시의 졸부에 해당했다 ―역자 주)에 선정되었다. 집과 돼지, 그리고 암돼지가 잉태했을 수 있는 뱃속의 새끼 돼지까지 모두 현찰로 환산했던 것이다.

1만 위안 농가는 중국 최초로 부유해진 소수의 가정에 속하여 사람들이 선망하는 대상이 되었다. 인근 수십 리에서 동팡여우의 지명도는 재차 업그레이드되었다. "맹추가 부자가 되는 바람에 우리와 같이 똑똑한 사람들의 체면이 구겨졌지 않는가?"하면서 일부 사람들은 아니꼽게 생각하며 불만을 토했다. 그러면서도 비가 오든 바람이 불든, 무더운 여름이든 살을 에는 겨울이든 온 얼굴에 먼지를 뒤집어쓰고 노천시장에서 한 푼 두 푼 힘들게 벌려고 하지 않았다.

동팡여우는 1만 위안 농가가 되고 표창까지 받았다. 그는 향(鄕, 면에 해당함)에서 개최한 표창대회에 참석하여 가슴에 붉은 꽃을 달고 무대 위에 올라 상장과 이불겉감을 탔다. 이는 그의 일생에서 최초로 또한 유일하게 받은 상이었다. 동팡여우는 예전과 다름없이 바보 웃음을 지으며 무대 위에 서서 영원히 변치 않는 웃는 표정으로 새로운 생활을 노래했다.

동팡여우는 집에 돌아오자 '바보 증명서'가 들어있는 액자를 찾아내어 1만 위안 농가 상장을 '바보 증명서'와 교체한 후 다시 벽에 반듯하게 걸어놓았다. 이틀 후 그는 집의 암퇘지를 팔고 집에 있던 잔금까지 탁탁 털어 어렵게 300위안을 모아 향에 헌납했다.

"돈을 헌납하는 것은 1만 위안 농가가 마땅히 해야 할 책임이지요."

동팡여우는 향 간부가 한 말을 잊지 않았던 것이다.

누군가 엉터리 시를 지어 동팡여우의 당시 형편을 기록했다.

1만 위안 농가가 되고
여 스파이를 안고
애비 없는 자식을 키우고
암퇘지를 팔았네

동팡여우는 자기에 대한 남들의 이런 평가를 듣고서도 히죽히죽 웃으면서 말했다.

"아주 실사구시하게 말했네요."

누가 그의 밥그릇을 깨 버렸는가

'1만 위안 농가'라는 영예를 저버리지 않으려고 동팡여우는 농촌신용사(농촌과 농민들을 주 고객으로 하는 금융기구 ─역자 주)에 돈 1만 위안을 저금하리라 마음먹었다.

그는 시장 바닥에 쭈그리고 앉아 물건을 사라고 외치는 소리는 희열과 긍지가 묻어있었다. 그 바람에 다른 장사꾼들이 물건을 사라며 외치는 소리가 한결 거칠게 들렸다. 동업종은 원수 간이라고 경쟁은 질투를 초래했다. 맹추의 노점자리는 다른 장사꾼들이 에워싸이는 바람에 점점 줄어들었다. 따라서 장사도 잘 안 되었다.

시장은 관리가 필요했다. 향(鄕)에서는 제복을 입고 팔에 완장을 두른 여러 유형의 법을 집행하는 관리들을 끊임없이 보냈는데, 그들은 향이나 촌 간부들의 친척이나 친구들이었다. 그들은 하루 종일 시장바닥을 한가롭게 돌아다니며 여러 가지 명목으로 돈을 받아갔다. 처음 시장에 나타나 장사 보따리를 풀기만 하면 우선 '출현 요금' 2위안을 받았다. 그리고 청소비, 치안 관리비, 거래비를 받았으며, 날이 어두워 파장을 할 때면 '매장 철거비'를 받았다. 현찰이 없어 비용을 바치지 못할 경우에는 물건으로 대체했으며, 그러지 않으면 매장을 부숴 버렸다.

동팡여우는 더는 물건을 사라고 마음껏 외칠 수 없었다. 제복을 입을 집법원들이 "만약 함부로 물건을 사라고 시끄럽게 떠들면 외치는 비용 2위안을 물어야 해!" 하고 엄포를 놓았기 때문이다.

맹추는 고분고분 입을 다물고 있다가 히죽히죽 웃으며 물었다.

"대장군, 웃을 수는 있나요? 저는 바보처럼 웃는 버릇이 있어서 그러는데요, 제가 웃는다고 해 웃는 비용은 받지 않겠지요?"

"허튼소리 좀 그만 해! 받을 건 꼭 받을 거야. 네가 멍청하다고 세금을 면제받을 생각은 아예 하지 마. 네 매장을 부숴버릴 수 있으니 조심해!"

'대장군'이 정색해서 말했다.

동팡여우의 눈에는 여러 가지 모양의 제복을 입고, 정모를 쓴 여러 유형의 관리원들이 흔히 장군처럼 보여 그들을 만나면 무조건 '대장군'이라 불렀다. 동팡여우는 제복을 입은 그들이 영화에 나오는 나치 친위대 소령처럼 아주 멋져 보였다.

동팡여우의 매장은 결국 부숴지고 말았다. 스스로 부숴버린 것이다.

그는 장난치는 것처럼 히죽히죽 웃으면서 한 매장을 부수었다. 마음씨 착한 사람들이 그를 말렸다.

"네가 매장을 부수는 건 네 밥그릇을 깨는 거나 마찬가지야! 바보 같은 자식, 네가 뭘 가지고 아내와 아이를 먹여 살릴 예산이냐?"

"매장은 내 밥그릇이 아니라 저들의 밥그릇이에요."

동팡여우는 제복을 입고 팔에 완장을 두른 사람들을 가리키며 말했다.

"기분이 좋아서 부숴 버리는 거예요!"

동팡여우는 더는 시장에 쭈그리고 앉아 장사를 하고 싶지 않았다. 그는 집에 돌아가 아내 '여 스파이'와 의논한 후 도시에 들어가 생계를 개척해보려고 궁리했다.

유민은 망나니가 아니다

"어리버리한 당신이 도시에 들어가 무슨 일을 할 수 있어요? 도시 사람들이 얼마나 약아 빠졌다고!"

선글라스를 쓴 아내가 동팡여우의 큰 얼굴을 어루만지며 걱정했다.

동팡여우는 아내가 선글라스를 쓰는 것을 좋아 했다. 더욱이 자기 얼굴을 어루만지는 것을 기꺼이 허락했다. 이 몇 해 사이에 그는 아내에게 선글라스를 10여 개나 사주어 자주 바꾸어 쓰도록 했다. 그는 또 아내가 '여 스파이'를 한결 닮아 보이게 하려고 시장 관리원들이 입는 것과 같은 제복을 그녀에게 마련해 주려고 내내 생각했다.

"난 바보지만, 나쁜 사람은 아니요. 바보는 남을 속이지 않으니까 말이요. 도시 사람들이 약기는 해도 바보를 좋아하오. 그들은 바보와 같이 있으면 안전하다고 생각하오! 도시 사람들은 게으르지만 난 부지런하고 힘이 있어서 닥치는 대로 아무 일이나 다 할 수 있소. 그러니 마음 놓소!"

동팡여우는 히죽히죽 웃으며 아내를 위안 했다.

"안 돼요, 간다면 저도 따라 갈 거예요, 아이를 데리고 말이에요. 당신 혼자 밖에 나가 있으면 다른 여자가 당신을 꼬실까봐 시름이 안 놓이니까요."

그녀는 남편과 떨어져 있는 것이 싫었다.

"당신이 나를 그렇게 생각한다면……", 동팡여우는 원래 "당신이 나를 그렇게 보지도 못하면서……."라고 말하려다 이내 말을 바꾸었다.

"허허, 당신이 나를 그렇게 괜찮은 사람으로 볼 줄은 몰랐어요! 남자 마흔이면 한 송이 꽃이라고, 당신 말이 맞아요. 우리 같이 갑시다. 마침 아들도 여름방학이라 도시 구경도 시켜줄 겸 말이에요. 먼저 내가 일자리를 찾고 자리가 잡히면 당신 모자를 데리러 올게요."

동팡여우는 기분이 붕 떠서 두 손을 싹싹 비벼댔다.

수중에 남아 있는 몇 백 위안을 가지고 동팡여우는 큰 사업을 한 번

벌여보려고 생각했다. 도시에 도착한 그는 아침 먹거리 장사가 괜찮은 것을 보고 아내와 같이 빠오즈(채소나 고기를 넣은 찐빵)를 만들어 팔려고 작심했다. 이 몇 해 동안 그는 아내가 만든 빠오즈를 가장 좋아했다. '여 스파이'는 비록 앞은 보지 못하지만 손발이 민첩하고 입고 쓰는 동작이나 일손은 잽쌌다. 누군가 옆에서 거들어만 주면 그녀는 정상인들이 할 수 없는 많은 일까지 할 수 있었다. 그들 부부는 의논하고 나서, 낡고 조그마한 단층집을 세내어 가마를 걸고 '바보 빠오즈'를 오픈했다. 매장을 세낼 돈이 없어서 동팡여우는 물통에 빠오즈를 담아가지고 골목길을 누비며 팔았다. 첫 며칠은 잘 팔리지 않았는데, 한 주일이 지나서부터 하루에 10여 킬로그램이나 팔 수 있었다. 동팡여우는 너무나 좋아 입이 함박만 해져 얼굴이 배는 더 커져보였다.

10여 일이 지나자 시끄러운 일이 들이닥쳤다. 우선 완장을 두른 사람들이 찾아오더니 임시 거주증명을 검사했고, 또 제복을 입은 사람들이 찾아오더니 일할 수 있는 증명서와 경영 허가증 유무를 검사했으며, 후에는 또 흰 가운을 입은 사람들이 찾아오더니 위생증명서, 건강증명서 유무를 검사했다. 동팡여우가 아무런 증명서도 내놓지 못하자 그들은 물통을 압류하고 빠오즈를 몰수했으며, 벌금도 여러 번 내게 했다. 나중에 그들의 셋집마저 차압해버렸다.

누군가가 "이 집 빠오즈에 세균이 득실거려 먹은 다음 중독되어 설사를 했다."고 말하자 동팡여우는 "매일 팔다가 남은 빠오즈를 우리 세 식구가 먹는데도 설사를 한 적이 없는데요" 하고 대답했다. 누군가가 또 "빠오즈를 만들 때 가운을 입지 않고, 마스크와 장갑을 사용하지 않아 최저 위생기준에 부합되지 않는다"고 말하자 동팡여우는 "그 집에서도 음식을 만들 때 흰 가운을 입고, 흰 마스크나 장갑을 사용하나요?"

하고 물었다. 그러자 그 사람이 화를 발끈 냈다.

"이 망나니가, 또 헛소리를 한다면 잡아 가두고 말테다!"

"잡아 가두려면 가둬요. 밥만 먹여주면 되니까! 그런데 유민(流民)은 망나니가 아니에요. 망나니는 다른 여인의 손을 만지는 자니까요."

동팡여우는 여인의 손을 만지려다 망나니라고 욕을 먹던 일이 떠올랐다. 동팡여우가 아무리 웃음을 지으며 설명하고 애걸해도 도시의 집법원들은 인정사정없이 그들의 부뚜막을 뜯어버리고 시루, 물통, 밀가루 반죽용 대야 등 물건을 모조리 트럭에 싣고 가버렸다. 동팡여우는 아내와 아이가 놀랄까봐 히죽히죽 웃으면서 말했다.

"괜찮을 거요. 우선 집으로 돌아가요. 저 사람들이 빠오즈가 먹고 싶어 팔인교(八人轎, 8명이 메는 가마)를 가지고 우릴 모시러 올 날이 꼭 있을 거예요!"

도시에서 시골로 돌아온 동팡여우는 "세 가지가 없는 사람"이라는 새로운 말을 알게 되었다. 그는 이 말이 권력이 없고, 돈 없고, 번민이 없는 자기 신분에 잘 어울린다고 생각했다. 그는 "세 가지가 없는 사람"이라는 뜻을 제 나름대로 해석했다.

집을 떠나는 것은 집을 그리워하기 위해서다

동팡여우네는 농경지가 적어서 봄 파종과 가을걷이 같은 일을 며칠이면 끝냈다. 한 해 동안 수확하는 양곡이면 온 집 식구가 2년 동안이나 먹을 수 있어서 식량은 걱정할 필요가 없었다. 부족한 것은 돈이었다. 아이가 학교를 다니려 해도 돈이 필요했고, 노인들이 병을 치료하

려 해도 돈이 필요했다. 동팡여우는 멍청하기는 해도 마음씨는 나쁘지
않았다. 그는 아이를 초등학교만 나오게 해서는 안 된다고 생각했다.
중학교와 고등학교, 대학교를 졸업시켜 아이의 능력만 키워줄 수 있다
면 그 어떤 어려움이나 힘든 일도 감내할 수 있었다. 그는 아내와 그녀
가 데리고 온 아이를 친아들로 여겼다. 아내가 동팡여우와 아이를 하나
더 낳겠다고 하자 그는 "이미 아들이 있는데 왜 또 힘들게 아이를 낳자
고 부추기요." 하면서 그녀의 생각을 막아버렸다. 사실 동팡여우는 선
글라스를 쓰고 사냥 옷을 입은 '여 스파이'가 뚱뚱한 배를 하여 자기 마
음속의 롤 모델 이미지를 흐리는 것이 싫었다.

동팡여우는 가을걷이가 끝나자 밖에 나가 돈을 벌려고 생각했다. 그
는 이번에는 성도(省都)에 가 잔일거리를 찾아 하다가 설이 되면 돌아
올 계획이었다.

"집에서 아이를 잘 돌봐요. 서너 달 후에 당신의 고급 선글라스를 사
가지고 꼭 돌아올 거예요."

동팡여우가 아내를 보고 말했다.

"돈을 한 푼이라도 모아 제 눈을 치료해줘요!"

"그 건 안 돼요! 당신이 선글라스를 쓰면 얼마나 멋지다고! 게다가
만약 당신이 눈을 치료한다면 나를 보는 순간 놀라서 다른 남자와 달아
날 수 있으니, 그런 멍청한 짓은 안 할 거예요!"

동팡여우도 심술이 있었다.

"집을 떠나면 저와 아이가 보고 싶지 않나요?"

그녀는 남편이 멍청하게 남들에게 당할까봐 걱정되어, 집에 잡아두
려 했다.

"집을 떠나는 것은 집을 그리워하기 위해서예요. 외국에 나가는 것은

나라를 사랑하기 위해서라는 텔레비전에 나오는 그 젊은이가 말한 것처럼 말이에요."

동팡여우는 섣달그믐 쯤 되어서야 집에 나타났는데, 손에는 마른국수 2.5킬로그램을 들고 있었다. 그는 한 건설현장에서 4개월 간 막일을 했는데, 십장이 품삯을 가지고 달아나는 바람에 한 푼도 받지 못했다. 별수 없어서 그는 이삿짐 회사에 임시로 취직해 나흘 간 무거운 짐을 나르고 품삯 40위안을 받아 겨우 기차표를 살 수 있었다. 그는 그 돈을 몽땅 기차표 값에 밀어 넣는 것이 아깝고, 또한 마른국수 2.5킬로그램을 사기 위해 고향 역에서 한 역 앞서 내렸다. 그리고 도보로 20킬로미터를 걸어서 집으로 돌아왔다.

아내가 마음이 아파 눈물만 줄줄 흘리자 동팡여우가 우스갯소리를 했다.

"돈은 벌지 못했어도 잃어버린 물건도 없지 않아요. 나와 같이 일하던 사람들은 나보다도 길이 멀뿐더러 품삯도 받지 못했고, 게다가 강도를 만나 이불마저 빼앗겼어요. 그런데 난 모자 하나 잃어버리지 않고 아무 탈 없이 돌아왔으니 얼마나 다행이에요. 그리고 건설현장에서 때마다 찐빵 4개에 국 한 그릇을 먹었으니 난 별로 밑진 건 없잖아요? 넉 달 동안이나 내 돈을 팔지 않고 공밥을 먹었으니까 말이에요."

동팡여우는 늘 좋은 쪽으로 생각하려 했다.

"성도가 어떻던가요?"

아내가 눈물을 훔치며 물었다.

"엄청 커요! 호화롭고요! 거리는 우리 마당보다 더 넓어요. 빌딩은 아득하게 높고요. 도시 사람들 변소는 우리 집 부뚜막보다 더 깨끗해요!"

동팡여우가 들뜬 기분으로 말했다.

"도시 사람들 집에도 가봤나요?"

아내가 호기심이 동했다.

"그들을 도와 이삿짐을 날라주었는데, 물론 가보았지요!"

동팡여우가 흥이 나서 말을 이었다.

"잘 사는 집에 가보았는데, 집도 엄청 크고 물건들도 모두 값진 것들이었어요!"

"어떤 값진 물건들이 있었게요?"

"탁자가 있었어요. 내가 짐을 나르는데 주인집 사람이 '부딪쳐 칠이 벗겨지지 않게 조심해요. 그 탁자가 당신 목숨보다 더 값져요' 하고 소리쳤어요!"

동팡여우는 손짓을 해가며 이야기했다.

"다행히 난 손톱이 떨어져 나가면서도 탁자에 흔적 하나 남기지 않았어요. 안 그러면 내 목숨이 위태로워 질 수도 있었으니까 말이에요."

동팡여우는 득의양양해서 자랑했다.

사람은 좀 멍청해야 돼

구정이 지나서 동팡여우는 또 성도로 떠났다. 그는 우선 한 달 간 날 품팔이를 하다가 집에 돌아와 파종을 한 다음, 다시 성도로 떠났다. 그 해부터 동팡여우는 정식으로 도시에 들어가 품팔이를 하는 농민공(농민 출신의 노동자)의 일원이 되었다. 그는 이미 도시에 들어와 일을 한 지 10여 년이 되는 베테랑 품팔이꾼이 되었다. 그는 철새처럼 정기적으로 집에 돌아갔다가(최소한 구정이면 어김없이 귀가했다) 멀고도 낯선 대도시로 제 때에 날아왔다(동팡여우는 이미 전부터 성도에서 생계를 찾는 일에 만족해하지 않고 있었다).

동팡여우는 이 10년 사이 헤아릴 수 없이 많은 더러운 일, 힘든 일, 고생스러운 일을 했다. 하지만 고생스럽다거나 힘들다고 하소연한 적이 한 번도 없었다. 그가 가는 곳마다 웃음기와 웃음소리가 흘러넘쳤다. 고통스러운 표정인지 즐거운 표정인지 가늠하기 어려운 그의 웃음기 어린 얼굴은 언제나 그의 앞날을 밝게 비추어 주었다. 그는 고된 노동과 성실한 마음, 낙관적인 정신과 어리석은 행동을 이용하여 자기 아내와 아이를 위해 가장 기초적인 생존 조건을 얻어냈다.

동팡여우의 의붓아들은 고등학교를 졸업했을 뿐만 아니라 성도에 소재한 꽤나 유명한 대학교에 입학했다. 아들은 아버지의 상황을 잘 알고 있었다. 그는 공부를 열심히 하면서도 검소하게 생활했으며, 일부 학자금은 스스로 마련했다. 동팡여우는 아들이 대학교에서 무엇을 배우고 있는지 모르고 있었지만 아들이 아주 대단하다고 생각되었다. 그는 농민공 동료들과 자기 아들 얘기를 할 때면 얼굴에 더없이 찬란한 미소가 지어졌다.

재작년 구정 때 동팡여우는 처음으로 타지에서 설을 보냈다. 설 연휴 운송이 시작되어 차표를 사기가 무척 힘들었다. 그는 차표를 사려고 두 날 사흘 밤을 꼬박 줄을 서서 기다려도 살 수 없게 되자 결국 암표상한테서 고가로 차표를 구했다. 그런데 개찰구를 나가다가 가짜표라는 바람에 검표원과 경찰로부터 한나절이나 조사받았다. 그는 다시 공사장으로 돌아갈 수밖에 없었다. 동팡여우의 말에 따르면, 구정을 앞두고 현지의 성장(省長)이 몸소 공사현장을 찾아와 그들을 위문했는데, 그는 농민공들과 같이 물만두도 먹었다. 싱글벙글 웃는 동팡여우의 모습은 각별히 사람들의 이목을 끌었다. 성장은 동팡여우와 악수까지 나누면서, 도시 건설에 관한 타지방 농민공들의 의견을 물었다. 동팡여우는 공사현장 지도자가 눈치를 줌에도 불구하고 킬킬거리며 진지하게 건의했다.

"성장님, 돈을 더는 허투루 쓰지 마세요. 성장님이 맹인들을 위해 만든 장애인 길을 맹인들이 전혀 다니지 않아 돈만 허비하고 있어요. 아예 돈을 절약했다가 그들이 배불리 먹고 따뜻하게 입도록 도와주는 게 나을 듯싶어요."

성장이 웃자 옆에 있던 사람들도 따라 웃었다.

"이것을 해외와의 통합이라고 해요, 무슨 말인지 모르겠지요?"

성장이 동팡여우의 어깨를 다독이며 말했다.

"해외와의 무엇이라고요?"

동팡여우는 무슨 말인지 몰라 눈만 껌벅였다.

지난해 설날, 동팡여우 부자가 집에 모였다. 아들이 동팡여우를 보고 말했다.

"아버지, 제가 졸업하면 두분을 봉양하겠으니 더는 밖에 나가 품팔이를 하지 말아요."

동팡여우는 너무 기뻐서 행복한 눈물을 흘렸다.

"이 아빈 멍청하지만 넌 똑똑한 애가 아니냐? 난 스스로 먹고 살 수 있으니, 앞으로 잘되면 네 어머니 눈이나 치료해라! 이 아비가 버는 돈으로는 네 어머니 선글라스나 사줄 수 있을 뿐이다. 네 어머니가 평생 동안 두 조각 검은 유리 너머로 우릴 보게 할 수야 없지 않니."

동팡여우는 말을 이었다.

"이 아빈 반평생을 근심걱정을 모르고 유쾌하게 살았다. 너도 이 아비처럼 좀 멍청하면, 사는데 편할 거다!"

너는 동방삭의 후손이야

의붓아들은 효자였다. 아버지를 걱정하는 그의 효심스런 말에 동팡여우는 온몸이 훈훈해졌다. 동팡여우는 50고개를 넘어섰고, 오랜 기간 각지를 동분서주하며 가정을 위해 죽기 살기로 무리하게 일한데서 체력은 많이 떨어졌지만 지력은 오히려 향상되었다. 반백이 지났어도 변함없이 미소를 짓는 그의 얼굴을 보면 바보끼가 점점 사라지고 지혜가 점점 늘어나는 듯 했다.

동팡여우는 아내의 선의적인 충고를 받아들여 머나먼 남쪽지역을 오가며 품을 팔지 않고, 재차 성도에 돌아와 임시 일거리를 찾아했다. 이는 체력 요소 외(건축공사장에서 짐을 지고 높은 곳에 올라가고, 낮은 곳으로 내려가는 일은 그의 힘에 부치는 일이 되었다)에도 아들과 좀 더 가까이에 있으면 한 달에 한번쯤은 아들의 얼굴을 볼 수 있다는 생각에서였다.

어느 날 우연한 기회에 동팡여우는 웃음만 지으면 돈을 벌 수 있는 좋은 일자리를 구했다. 미술대학의 학생들과 미술대학을 입학하려는 수험생들의 인체모델에 뽑힌 것이다. 이 일은 얼핏 보기에는 아주 쉬운 듯 했지만 사실 고역이었다. 동팡여우는 많은 사람들이 주시하는 가운데 세 시간이나 움직이지 않고 걸상에 똑바로 앉아있어야 했다. 그는 돈을 조금이라도 더 벌기 위해 매일 모델 일을 서너 번씩 했다. 즉 매일 걸상에 9시간 내지 12시간씩 앉아 있어야 했다. 한자리에 너무 오래동안 앉아 있어서 엉덩이가 저리더니 통증이 오다가 나중에는 감각을 잃는 경우가 종종 있었다. 몇 번은 화실에서 졸도하는 바람에 학생들이 불만을 자아내기도 했다.

하지만 동팡여우의 미소가 아주 특이하고 황당하고 강렬하다면서 미술과 학생들은 그래도 그를 모델로 하기를 바랐다. 일부 수험생들에게는 심지어, 무릇 동팡여우를 그린 적이 있는 학생들은 회화 수준이 급상승하여 시험에서 뜻밖의 성적을 따냈다는 소문이 돌면서 무조건 동팡여우를 모델로 삼으려는 미신(迷信)적 경향이 나타났다. 이밖에 동팡여우를 모델로 한 작품들이 대상을 받았다는 등 여러 가지 소문이 파다하게 퍼지면서 동팡여우를 모델로 하려는 사람들이 날로 많아졌으며, 모델료도 따라서 3시간에 12위안으로 인상하여 다른 모델보다 2위안 더 많아졌다.

동팡여우는 모델 일이 좋았다. 자리에 앉아 있으면 남녀 학생들이 서로 다른 각도에서 관찰하면서 모사할 때면 큰 성취감을 느꼈다. 학생들은 이따금 그와 농담을 하면 동팡여우가 기지 넘치게 받아넘겨 모두를 유쾌하게 만들었다.

동팡여우는 자기를 이렇게 소개했다.

"내 이름은 동팡여우(優)이고, 아버지는 동팡량(良)이라 해요. 조부는 동팡중(中)이고 증조부는 동팔차(差)라고 해요. 아래 세대로 내려오면서 점점 나아졌지요. 여러 분들도 마찬가지에요."

화실이 웃음바다가 되었다(이름이 조상들보다 좋은 글자를 써서 의미가 나아졌다는 의미 −역자 주). 누군가 말했다. 우리는 아홉 근 할머니에 일곱 근 아주머니(모두 루쉰 소설에 등장하는 인물임)가 되어 아래 세대로 내려오면서 점점 못해지고 있어요.

동팡여우는 무슨 말인지 알아들을 수는 없었지만 따라서 웃었다.

후에 한 교수가 동팡여우를 정중히 일깨워주었다.

"당신의 조상은 동방삭(東方朔)이 틀림없어요."

동팡여우는 눈이 휘둥그레져서 진지하게 물었다.

"동방삭이 누군데요? 교수님이 아는 사람인가요?"

"동방삭은 유명한 큰 인물이에요. 그는 서한때 사람인데, 그러니 2천여 년 전 사람으로서 한 무제의 대신이었어요. 그는 지략이 풍부하고 해학과 유머가 뛰어나며, 우스갯소리를 잘하고 말재주가 뛰어났지요!"

교수는 동팡여우에게 동방삭의 재미있는 일화까지 몇 가지 들려주었다.

"닮았어요, 참말 닮았어요!"

동팡여우가 입을 열었다.

"교수님이 그린 그림을 말하는 것이 아니라 이제 말한 동방삭이란 사람이 나와 참말로 닮았다는 말이에요. 헤헤, 이제 보니 내 이 바보 웃음이 조상들로부터 전해 내려온 것이군요!"

나도 영생불멸할 수 있다

한 젊은 화가가 동팡여우를 청하여 식사를 했다. 동방삭은 기뻐서 어쩔 줄을 몰라 했다.

그는 화가를 보고 말했다.

"식대가 200위안이나 되다니, 정말 엄청 비싸군요! 너무 폐를 끼친 것 같아요. 이 나이 되도록 난생 처음 접대를 받아봤어요. 정말 굉장히 감사했습니다"

화가가 말했다.

"동팡여우 씨를 모델로 한 그 유화가 비엔날레에서 '금상'을 받아 중국미술관에서 소장했어요. 동팡여우 씨 후대들이 동팡여우 씨의 모습을 영원히 볼 수 있게 되었어요."

"내가 죽은 다음에도 이 그림은 남아있다는 말인가요?"

"그래요. 이 그림은 영원히 보존되는 거예요."

"아, 그럼 영생불멸한다는 말이 아닌가요? 하하, 나도 영생불멸할 수 있게 되었구나!"

동팡여우는 너무나 기뻐서 덩실덩실 춤을 추었다.

"그림 이름이 뭔가요? 동팡여우인가요?"

동팡여우가 유심하게 물었다.

"동팡여우가 아니라 '황당하다'에요."

화가가 대답했다.

"엥, 내 이름을 화가님께서 고쳐버렸군. 화가님은 아마 모르겠지만, 내 원래 이름은 동팡여우가 아니었어요. 어릴 적에는 동팡량이라 불렸지요. 초등학교 때 지금 이름으로 고쳤지요. 우(優)는 우수하다는 뜻인데, 화가님은 틀림없이 알고 있을 거예요."

동팡여우는 화가가 당사자의 의견을 들어보지도 않고 이름을 고친 것이 어딘가 타당하지 않다는 생각이 들었다.

"그건 화명(畫名)이지 동팡여우 씨 본인의 이름이 아니에요."

"화명? 난 화명 같은 게 필요 없어요. 동팡여우라면 바로 동팡여우에요. 난 절대 성이나 이름을 고치지 않아요."

동팡여우는 화가의 말이 이해가 잘 안 되었다.

"동팡여우 씨 이름을 고친 게 아니에요. 화명이란 작품의 이름이어서 동팡여우 씨와는 무관해요."

화가가 해석했다.

"그리고 '우'는 우수하다는 뜻만 있는 것이 아니에요. '우'는 고대에 하나의 직업이었는데, 전문적으로 관객을 웃기는 익살스런 연기를 했던 사람을 말하는데, 지금의 어릿광대에 해당되지요……."

화가는 동팡여우에게 상세한 뜻풀이를 해주려 했다.

"오, 그래요? 그럼 지금 촌극(개그)을 하고 재담을 하는 사람들이 '우수하다'는 말이지요?"

"대개 그런 사람들이라 할 수 있지요."

화가가 머리를 끄덕였다.

" '우'자가 익살이라는 뜻도 있는 줄 진작 알았더라면 어릴 적부터 촌극을 연기할 걸 그랬어요. 지금 웃기는 연기가 돈을 얼마나 많이 번다고 그래요!"

동팡여우는 애초에 '우'자를 학습 성적이 우수하다는 '우'자로 이해한 것이 후회되었다.

화가는 나중에 동팡여우에게 억지로 100위안을 쑤셔 넣어주었다. 이는 동팡여우를 난감하게 만들었다.

"화가님이 내 초상화를 그려주고 수고비도 요구하지 않았는데, 오히려 나한테 돈까지 주다니, 이거 미안해 어쩌지요? 내 보기에는 화가님도 나처럼 멍청한 구석이 좀 있군요."

그해 동팡여우는 드디어 은행에 1만 위안을 예금하게 되었다. 그는 스스로 "1만 위안이 있는 가정"이 되었다면서 흡족해했다. 이는 그 옛날 향에서 봉한 "1만 위안 농가"보다 20여 년이나 뒤였다.

에필로그

나는 얼마 전 동팡여우를 만났다.

"내가 누군지 알만 해?"

나는 웃으면서 그를 맞아주었다.

"자기가 누군지도 모르다니?"

동팡여우가 놀라는 표정으로 나를 보았다.

"그럼, 병원에 다녀와야겠군!"

동팡여우는 아직도 멍청한 모습이었다.

"그 입 닥쳐! 난 서지야, 별명은 '서 꺽다리'였고. 너의 초등학교 동창이구."

그제야 나를 알아본 것 같았다.

"오, 몸을 뒤로 하고 몇 발자국 걸어봐(중국의 유명한 개그맨 자오본산[趙本山]의 작품에서 나오는 대화로서 풍자적 의미가 들어있다 ―역자 주)"

동팡여우가 또 엉뚱한 소리를 했다.

"그래, 그래, 맞아! 서 꺽다리가 맞아! 헤헤, 엉덩이를 흔들거리며 걷는 모습을 보자마자 자네가 떠올랐어. 뒤통수는 괜찮아?"

"괜찮아, 흉터가 하나 생겼을 뿐이야."

초등학교 시절 동팡여우가 걸상으로 뒤통수를 치는 바람에 난 하마터면 목숨을 잃을 뻔했었다.

"그 걸상 때문에 자네가 총명해지고 높은 관리까지 되었으니, 나를 고맙게 생각해야 돼. 원래 자네도 나처럼 멍청했지 않나?"

동팡여우는 자기가 공을 세운 듯 말했다.

"허튼 소리 하지 마! 고향 수 십 리 안에 자네에 관한 우스갯소리가 전해지고 있는데, 아반티(阿凡提, 위구르족 민간 설화 속의 노인, 기지가 있고 선량하며 유머적이고 낙관적인 사람을 가리킴 −역자 주)처럼 얘기하고들 있더군."

나는 이번 고향 행차에서 동팡여우의 기지가 넘치는 이야기를 많이 들었지만, 대부분 남들이 여기저기서 우스운 이야기를 가져다 꿰맞추어 지어낸 이야기들이었다.

"바보면 바보지, 바보를 사칭할 순 없어. 난 '바보증명서'가 있는 사람이야."

동팡여우는 두 눈을 가늘게 뜨고 나를 바라보았다. 눈에서는 형언할 수 없는 한 줄기 우월감이 흘러나왔다.

번뇌

1

샤후(沙胡)는 보름간이나 치통에 시달리고 나서, 드디어 시골 고향 마을인 토끼굴을 다녀와야겠다는 힘든 결정을 했다.

토끼굴은 샤후의 마음속에 오직 하나의 '존재'일 뿐이었고, 철학에서 가장 추상적인 하나의 개념일 뿐이었다.

샤후는 치통으로 인해 평소의 상태가 완전히 변하였다. 물론 먼 천리 길을 달려 고향 마을에 다녀오려는 목적이 치아를 치료하기 위한 것은 아니었다. 고향집이 그리워서일까? 그는 약속을 어긴 자기 행위에 반박할 수 없는 이유를 찾으려고 시도했다. 아니야! 그는 자신이 향수병이 올 정도로 허약해지고 노쇠해졌다고 여겨지지 않았다. '번뇌', 그래 번뇌인 거야. 번뇌가 극도에 이른 거야. 그는 단지 아무런 목적도 없이 편하게 여행을 떠나고 싶었다. 발길 가는대로 어디론가 떠나고 싶었다. 그런데 무슨 원인인지 토끼굴이 줄곧 자기를 향해 손을 흔드는 것만 같았다. 그는 지저분한 방안에서 혼자 안절부절 못하며 며칠 동안 고민하다가 결국 손으로 턱을 고여 변형된 반쪽 입가로 몇 마디 말을 중얼거렸다.

"그래, 토끼굴에 다녀오자!"

'번뇌', 철학 교수인 샤후 박사의 머리에 뚜렷한 정의가 들어 있었다. 그는 같은 분야에 종사하던 독일의 유명한 철학자 하이데거의 "번뇌란 현존한다"라는 견해를 찬성하고 있었다.

일반인들 보기에 철학적 언어는 항상 미친 소리, 허튼소리와 잠꼬대를 모아놓은 잡탕과 같은 이상한 존재였다. 크기만 하고 실용적이지 않고, 매우 현묘하여 이해하기 어려운, 끝을 알 수 없는 분야였다. 평소에 샤후의 입에서 나오는 것들은 이런 말들이었다. 대학교에서 철학을 가르치고 있어서 이상한 말을 하는 것은 그의 특기이자 특허였다. 학생들은 철학교수에게는 터무니없는 말을 제멋대로 지껄일 수 있는 특권이 있으며, 철학과 강의를 알아들을 수 없는 것은 당연한 일이라고 여겼다.

철학과에 대한 반감은 대다수 대학생들이 두루 가지고 있는 폐단이거나 유행이었다. 이는 샤후가 최근 몇 년 사이에 자주 짜증이 나고 이앓이를 하는 주요 원인이었다. 그는 도둑놈 상판에다 눈앞의 성공과 이익에만 급급해하는 학생을 혐오했다. 그런 학생들은 철학과 수업시간이면 언제나 외국어 책이나 컴퓨터 책, 회계 책이나 일본 만화책을 보았다. 샤후를 더욱 참을 수 없게 하는 것은 수업 시간에 들리는 코고는 소리였다.

샤후는 시대가 변하였고, 드디어 천박하고 속물적인 시대가 막무가내로 그의 앞에 가로놓여 있다는 생각이 들었다. 사상적 물건은 의지할 곳을 거의 잃어가고 있었다. 그는 인내할 수밖에 없었다.

교수로서의 샤후는 학설을 전하고, 수업을 하고, 의혹을 풀이하는 것을 자기의 천직이라고 여겼다. 그는 머리를 쥐어짜며 학생들에게 진리를 전수하려고 했다. 전통적인 철학 교수방법은 청강자들의 마음을 움직이기에는 역부족이었다. 그는 신기하고 심지어 별종의 수업방법을 탐구하기 시작했다. 그는 한때 유행가에 철학원리를 써 넣은 노래를 학생들에게 들려주었는데, 결국 학생들의 야유에 강의를 그만둘 수밖에 없었다. 그는 또 여러 가지 희한하고 괴상한 가면이나 의상을 만들어 쓰거나 입고서 어릿광대처럼 교실에서 마구 날뛰었다. 하지만 효과가 별로였다. 학교 측은 샤후 교수의 여러 가지 기괴한 교수방법에 대한 혁신을 애초에는 어느 정도 격려까지 하면서 용인해주었다. 그러나 궁

234_

극에는 질책을 했다.

이렇게 질책받는 바람에 샤후의 치통이 또 발작했다. 그는 억울하다는 생각이 들었다.

질책은 학생이 밀고함으로써 생긴 일이었다. 샤후 교수는 수업시간에 학생들에게 사람의 욕망은 끝이 없다는 한 가지 도리를 명백히 밝히려했을 뿐이었다. 그러나 욕망의 최종 실현은 흔히 일이 바라는 대로 이루어지지 않았다. 그는 누구나 다 아는 재미있는 이야기를 들려주었다.

한 남자가 사막에서 길을 잃었는데 물까지 떨어져 죽음의 변두리에까지 이르렀다. 목숨이 경각을 다투고 있던 남자는 반짝이는 병이 눈에 들어왔다. 그가 병뚜껑을 열자 안에서 검은 연기가 흘러나오더니 마귀로 변했다.

마귀가 입을 열었다.

"나를 구해줘 감사하다. 목숨을 구해준 은혜를 갚으려 하니, 마법을 통해 너의 소원 세 가지를 들어줄 수 있다."

사경에서 헤매던 남자는 젖 먹던 힘까지 다하여 간신히 '물' 하고 외쳤다. 그러자 '콸콸'하는 소리와 함께 사막에 오아시스가 나타났다. 감미로운 샘물이 남자의 옆으로 흘러갔다. 남자는 사경에서 벗어났다. 그는 입술에 붙은 물방울을 빨면서 두 번째 요구를 말했다. "배불리 먹었으면 좋겠어요." 말이 떨어지기 바쁘게 풍성한 요리 한 상이 남자 앞에 차려졌다. 행운의 이 남자는 마파람에 게 눈 감추듯 음식을 한 상 뚝딱 해치었다. 얼굴에 미소까지 어리게 되었다.

마귀가 다시 귀띔을 해주었다.

"너의 소원을 하나 더 들어줄 수 있다."

이리저리 골똘히 생각하던 남자가 쑥스럽게 입을 열었다.

"오래 동안 여자를 보지 못했는데, 가장 큰 소원이라면 평생 여자 엉덩이를 보며 사는 거예요."

"거 쉬운 일이지!"

마귀의 얼굴에는 간사한 미소가 비껴갔다.

'펑!' 하는 소리가 나더니 그 남자는 순식간에 수세식 변기로 변하였다.

그다지 고상하지 않은 이 서양의 유머로 인해 샤후 교수는 학교로부터 질책을 받아야 했다. 한 학생이 학교 교무처에 샤후 교수의 강의에 불만을 표하는 고발 편지를 보냈던 것이다.

샤후 교수는 학교 측에서 사소한 일을 큰일처럼 떠든다면서 아주 못마땅해 했다. 동료 교수들은, 샤후가 수업시간에 한 '여인 엉덩이' 사건을 생동감 넘치게 수식하고, 또한 샤후 교수의 이상과 숙원이 바로 여인의 변기로 변하는 것이었다며, 뒤에서 "얼싸 좋다" 하고 과장하여 뒷공론했다. 샤후가 오십 고개를 바라보고 있으면서도 아직 가정을 이루지 않은 걸 보면 틀림없이 진작부터 변태가 되었다고 여긴 것이다.

샤후는 치통이 오자 고향에 다녀오고 싶었다. 철학의 길에 들어서게끔 잘못 이끌어준 예(葉) 노인을 만나고 싶었다.

2

현성(縣城)의 장거리 버스터미널은 아직 깊은 잠에서 깨어나지 못했는지 대합실 출입문은 여전히 굳게 잠겨져 있었다.

236_

역 광장에는 수박 껍질, 과일 씨, 땅콩 껍질, 식품 포장지, 아이스케이크 봉지, 어른들의 걸쭉한 가래침과 애들의 대변이 아무데나 널려 있었다. 파리는 분명 사람보다 부지런했다. 녀석들은 늦게 잠들고 일찍 깨어난다. 날이 갓 밝기 시작했는데 벌써 '윙윙' 거리며 광장으로 몰려들며 새로운 하루를 시작하고 있었다.

샤후는 자기가 한 마리 파리와 같을뿐더러, 아이큐가 그다지 높지 않은 파리와 같다는 생각이 들었다. 그는 출입문에 분명 자물쇠가 걸려 있는 것을 보고서도 발로 문을 걷어찼다.

"당신 눈 구녕은 죽을 먹는 구녕이여? 그리 큰 자물쇠도 보지 못해요?"

출입문 동쪽 켠 복도 기둥 옆으로부터 한 여인의 소리가 들려왔다.

샤후는 겸연쩍어하며 그쪽으로 걸어갔다.

"아주머니, 토끼굴진(鎭)으로 가는 첫 버스가 몇 시에 있나요?"

그 여인은 머리를 숙이고 비닐 천에 여러 가지 색깔의 양말을 진열하느라 못 들었는지 응대하지 않았다.

"저, 큰어머니! 역은 몇 시에 문을 여나요?"

샤후가 목소리를 한 옥타브 높였다.

"왜 이리 시끄러운 거여? 왜 그걸 나한테 묻는 겨? 내가 뭐 시간표인 겨? 남의 장사에 지장주지 말고 저리 비켜! 파리까지 몰고 왔네 그려."

머리가 헝클어지고 얼굴에 때가 꾀죄죄한 양말을 파는 여인은 화가 잔뜩 나 있었다.

"그까짓 시간을 묻는데 이렇게까지 화를 낼 필요가 있어요?"

샤후는 이맛살을 찌푸렸다.

"당신이 뭐 길래 나한테 묻는 거여? 그리고 내가 왜 당신한테 꼭 알려줘야 하는 거여? 참, 당신이 내 아들놈이라도 되는 거여? 참, 나 원,

저리 비키슈!"

여인이 파리를 쫓듯이 손을 마구 흔들었다.

"할머니, 양말 두 켤레를 사려는데 파나요?"

샤후가 무릎을 쭈그리고 앉았다.

"아무렴, 사요 사. 한 켤레에 2위안, 두 켤레에 3위안인데 맘대루 골라보슈! 이 양말은 얼마나 질긴지 신이 해질 때까지 신어도 그대루 있어유. 그리고 할머닌 무슨 할머니여, 아주머니라고 불러유!"

여인의 말투가 좀 부드러워졌다.

"그럼 이런 양말 두 켤레 주세요!"

샤후는 손이 가는대로 검은색 양말 두 켤레를 집어 들었다.

"아주머니, 토끼굴로 가는 첫 차가 대체 몇 시에 있나요?"

"정말 시끄러운 사람이군! 무슨 토끼굴이요, 당나귀굴이요 하는 거여. 난 양말만 팔어! 50전만 더 주면 내가 알아봐주겠네. 양복까지 입은 데다 멀끔하게 생긴 사람이, 왜 토끼마저 뒤를 보기 싫어하는 궁핍한 곳으로 가려는 거여. 50전을 더 주면 내가 알려주지!"

여인은 여전히 기분이 별로인 것 같았다.

샤후는 바지 뒤 호주머니에서 구깃구깃 구겨진 20전짜리 지폐를 꺼내어 비닐천 위에 획 던졌다.

"이것 20전짜리 밖에 없어요!"

그는 어쩔 수 없어서 머리만 절레절레 흔들었다.

"됐어, 토끼굴로 가는 길이 며칠 전 홍수가 나는 바람에 차가 다닐 수 없어."

여인이 보답을 한 셈이다.

"허, 이 여자가, 차가 통하지 않는다면서 20전을 받다니, 너무 어처

구니가 없구만!"

샤후는 화가 났다.

"왜 어처구니없다는 거여? 차가 통하지 않는 게 나와 무슨 상관인데. 이까짓 20전 도루 가져 가유! 당신 꼴을 봐유. 눈이 부시게 반짝반짝 닦은 구두를 신고 삐걱거리는 낡은 버스를 타겠다고 하다니. 넝마주이를 하는 주제에 가죽가방까지 들고 다니다니, 정말 연기를 잘하는군! 돈이 있으면 왜 택시를 타지 않는 거여? 흥, 주제넘게 시리!"

"길이 홍수에 끊어져 버스가 가지 않는다면서 어떻게 택시는 가지요?"

"멍청하기는…… 택시들은 개인이 하는 거여서 돈만 벌 수 있으면 무슨 길인들 못 가겠나! 버스 회사는 나라의 밥을 먹고 사는지라, 가기 싫으면 안 가는 거지. 요즘 세월에 바보도 당신보다는 총명할 거유!"

여인이 아주 경멸하는 눈길로 샤후를 째려보았다.

"택시를 어디 가서 잡나요?"

"눈이 없어유! 온 거리에 널린 게 택신데 말이여. 택시 기사들이 당신 코앞에까지 차를 갖다 댈 때까지 기다릴 거유! 참, 이른 아침부터 이런 바보 천치를 만나가지고."

여인은 중얼대면서 호루라기를 꺼내더니 "삑삑!" 하고 두 번 불었다.

호루라기 소리가 끝나기 바쁘게 사나이 7, 8명이 달려왔다.

"누가 택시를 타려고 그래요?"

"손님이 택시를 타려는 거지요? 요금이 싸니 제 차를 타요!"

샤후가 무슨 일인지 정신을 차리기도 전에 거대한 몸집에 옷차림새가 단정하지 않은 택시 기사들이 서로 그를 잡아끌면서 승강이질하기 시작했다.

"제 차를 타요, 어디로 가려고요? 토끼굴? 알았어요. 그 곳은 제가 익숙하니, 100위안이면 어때요?”

“80위안에 모실게요. 제 차는 에어컨도 있어요.”

“60위안에 갈게요. 차표가 있어서 비용을 청구할 수 있어요. 차에 어서 앉아요!”

“50위안이면 집 앞까지 모셔다 드려요!”

“40위안이에요, 길에서 수박을 대접할게요!”

“30위안, 30위안에 아이스케이크든 아이스크림이든 먹고 싶은 대로 먹을 수 있어요. 갑시다, 가요!”

“25위안에 빨리 가자구요. 기름 값도 안 나와 밑지면서 가는 거예요!”

“내 가방은?” 샤후는 갑자기 황당해졌다.

“누가 내 가방을 빼앗아 갔어요?”

샤후는 택시 기사들이 어수선하게 떠들며 서로 자기를 끌어당기는 바람에 정신이 혼미해져 있었다.

“여기 있어요! 손님의 가방을 훔친 사람은 없어요. 제가 태워다 줄테니 빨리 차에 올라요. 가방은 이미 제 차에 실어 놨어요! 왼쪽 문은 열 수 없으니 오른쪽 문으로 올라타세요.”

한 젊은이가 히죽거리며 샤후를 차 안에다 밀어 넣었다.

3

“토끼 굴로 간다고요? 어떻게 갈까요?”

운전석에 오른 젊은이가 승자의 표정을 지으며 물었다.

“뭘 어떻게 간다고요? 어떻게 가는지 차를 모는 사람이 모른단 말인가요?"

샤후는 놀란 가슴을 가라앉히지 못하여 거친 숨을 몰아쉬고 있었다.

"물론 전 알지요! 난 어느 길로 가려는가 물어본 건데? 고속도로로 갈까요?"

"고속도로? 토끼굴로 가는데 고속도로가 있다고요? 좋아요, 그럼 고속도로로 가지요!"

샤후는 놀라움을 금치 못했다.

"고속도로는 하이테크 산업단지로 통하는 길이에요. 이 길은 돈을 받는데 고객님이 부담해야 돼요. 만약 돈을 내기 싫으면 원래의 낡은 길로 가면 되는데, 울퉁불퉁해서 가기 힘들어요. 어느 길로 갈까요?"

택시 기사가 분명하게 설명했다.

"그럼, 고속도로로 갑시다!"

샤후가 결정했다.

차가 시동을 걸었다. 차 뒤꽁무니에서 냄새가 코를 찌르는 시커먼 연기가 뿜어 나왔다.

"무슨 차가 시커먼 연기를 뿜어요?"

샤후는 본능적으로 코를 싸쥐며 물었다.

"유엔표 차라고 하는데 디젤을 태워요. 이런 차를 본적이 없지요? 제 스스로 부품을 모아서 설계하고 조립한 차에요. 이 차를 깔보지 말아요. 백미러는 'BMW' 거고, 재떨이는 '아우디' 거예요. 그리고 나사 두 개는 '벤츠' 거예요! 엔진이 좀 문제인데, 제 친구가 트랙터에서 뜯어낸 거예요."

택시 기사가 우쭐해서 헛소리를 쳤다.

"이 차 안전에는 문제없나요? 고속도로에 들어서게는 해요?"

샤후는 마음이 놓이지 않았다.

"급하지 않으니 천천히 운전해요!"

"절대 안전하니 걱정 마세요! 사람을 쳐도 괜찮아요. 이 차는 배기량이 작아 충격도 작으니까요. 이곳에는 이런 차들이 많아요. 돈만 낸다면 톨게이트에서도 관계하지 않아요. 저길 보세요, 우차(牛車, 소가 끄는 차)도 고속도로를 달리고 있지 않나요? 우차와 비하면 우리 차가 그래도 빠르지요. 믿지 못하겠으면 제가 액셀러레이터를 좀 더 밟을게요. 느낌이 경주차 못지않을 거예요!"

택시 기사가 정말 액셀러레이터를 더 밟았다.

"아니, 아니, 그래도 천천히 운전해요! 이 소중한 차를 망가뜨려서야 되겠어요!"

샤후는 차가 분해될까봐 얼른 제지했다.

10분도 안 되어 차가 톨게이트에 도착했다.

"10위안 입니더!"

1970년대의 초록색 군복을 입은 톨게이트의 젊은 아가씨가 말했다.

"10위안을 내겠어요? 5위안을 내겠어요?"

택시 기사가 샤후에게 물었다.

"무슨 말인가요?"

샤후가 의아해서 물었다.

"영수증을 요구하면 10위안이고, 영수증을 요구하지 않으면 5위안이에요. 요금을 결산할 수 있나요?"

택시기사가 물었다.

"결산할 수 없어요."

샤후가 대답했다.

"그럼 5위안만 내세요."

택시기사가 군복을 입은 톨게이트 아가씨에게 5위안을 건네주었다.

"제가 대신 물었으니, 그곳에 도착한 후 같이 계산해요!"

택시기사가 샤후에게 다짐을 했다.

"고속도로를 벗어났으니, 다음 구간은 길이 형편없어요!"

택시기사가 미안하다는 듯 웃어보였다.

"무슨 고속도로가 이리 짧아요?"

샤후는 차가 얼마 달린 것 같지 않았다.

"서쪽방향으로 달리면 꽤나 길어요. 그쪽에는 개발단지가 있어요. 우린 동쪽으로 돌아가야 하거든요."

"허, 개발단지, 어디서 만든 개발단지인데요?"

"향에서 만든 거예요. 이 몇 해 사이 여러 가지 명목으로 된 개발단지가 수두룩해요. 성에서 만든 것도 있고 시에서 만든 것도 있고요. 그리고 현에서도 만들고 향에서도 만들었어요. 떠들썩하게 볶아대기만 했지 아무런 쓸모도 없어요."

택시기사는 너무 흔한 일이라며 대수롭지 않게 여기는 것 같았다.

"무엇하려고 개발단지를 설립한 거지요? 그 곳에 어떤 것들을 개발하고 있느냐 하는 말이에요."

샤후가 물었다.

"모르지요. 그 너른 땅을 마구 파헤치고, 많은 벽돌과 철근, 석재 같은 건축자재를 쌓아 놓은지 몇 해나 되요. 무얼 지으려 했는지는 저도 몰라요. 두 해 전에는 아주 멋진 빌딩 두 동을 지었는데, 듣기로는 일본 상인이 지은 집이래요. 외벽을 유리로 만들어 해만 비추면 눈이 부셔요. 그 빌딩은 도로와 마주하고 있어서, 차를 몰고 지날 때면 강렬한 빛 때문에 눈을 뜰 수 없어 차 사고가 여러 번 일어났지요. 지금은 회사가 망했는데, 빌딩은 그대로 남아 있어요. 서쪽으로 보세요. 그래요, 반짝반짝 빛나는 저 물건이 바로 그 건물이에요. 에이! 계획 없이 되는대로 추진했기 때문이지요. 원래는 비옥한 땅이었는데, 아까운 땅만 버렸어요."

택시기사는 과장되게 긴 탄식을 했다.

"저, 손님! 토끼굴에 땅을 매입하려 가는 건가요, 아니면 놀러가는 건가요?"

택시 기사는 차가 너무 덜컹거려, 잡담을 하는 방법을 통해 샤후의 불편한 느낌을 돌리려는 것 같았다.

"땅을 매입한다고? 놀러간다고?"

샤후는 이 핵심적인 단어를 되뇌었다.

"땅은 다 팔리고 없어요. 첫 해는 땅이 쌌는데, 지금은 돈이 있어도 살 수 없어요. 손님이 큰 가방을 든 걸 보니 부자인 것 같군요. 토지 개발업자들은 모두가 엄청난 부자들인 거 같아요. 그들은 어디 가나 비밀 번호 자물쇠가 장착된 트렁크를 들고 다니더군요. 아, 그래요, 손님의 가방은 비밀 자물쇠가 없지요?"

택시 기사가 비웃는 게 분명했다.

"허허, 이 가방에는 아주 값진 물건이 들어있어요. 모두 금괴에요."

샤후도 놀리기 시작했다.

"그럼, 누구나 금괴를 좋아하니, 토끼굴에 가서 질펀하게 잘 놀아 봐요."

택시기사는 입을 삐죽거리며 기이하다는 듯이 샤후를 흘깃 쳐다보았다.

"토끼굴에 무슨 놀만 한 데가 있겠어요? 궁핍하고 외딴 시골이라 돈이 있어도 쓸데가 없을 텐데……."

샤후가 시큰둥하게 말했다.

"뭐라고요? 돈이 있어도 쓸 데가 없다고요? 아마 손님한테 그만한 돈이 없을까봐 걱정인 데요! 조금만 큰 걸 놀려면, 하루저녁에 수십만 위안이 없으면 손을 댈 생각을 하지 말아야 해요."

택시기사는 손님이 토끼굴을 얕잡아 보고 있다고 생각했다.

"뭘 놀기에 그리 큰돈이 들어가요?"

샤후는 호기심이 동했다.

"사복경찰은 아니지요? 그런 것 같지도 않고요! 노는게 노는 거지요. 돈내기를 하고, 노름을 하고. 손님은 경찰 같지는 않네요, 그리고 경찰도 놀아요."

"어디서 노름을 하나요? 공개적인 카지노인가요?"

공개된 장소인데, 그러나 카지노라고 하지 않아요. 호텔, 술집, 다방, 찜질방 등 여러 가지로 부르는데 어느 곳에서나 노름을 할 수 있어요."

"그래요? 시골에도 찜질방이 있어요?"

"아하, 손님은 토끼 굴이 초행이지요? 찜질방이 거리에 널렸어요. 만약 노름을 하지 않으면 아가씨를 찾을 수도 있어요. 그런 곳도 많고 아가씨도 많아요. 현지 아가씨도 있고, 타지방 아가씨도 있어요. 그리고 파란 눈의 러시아 아가씨도 있고요!"

택시기사는 신이 나서 이따금 손가락을 딱딱 튕겼다.

샤후는 택시기사가 신이 나서 떠들어대도 감흥이 일어나지 않았다. 도리어 그의 얼굴은 삽시에 굳어져 버렸다. 그는 몸을 돌려 얼굴을 차창으로 향하고 뽀얀 먼지 너머로 언뜻언뜻 흘러 지나가는 풍경을 자세히 살펴보기 시작했다.

4

기다란 나무 막대기가 길을 차단하고 '유엔표' 택시의 앞길을 가로막고 있었다.

택시기사가 차창을 내리고 손에 작은 붉은 깃발을 든 젊은이를 보고 물었다.

"왜 길을 막는 거요? 차가 지나게 빨리 막대기를 들어 올려줘요!"

"눈이 없어요? 앞쪽에서 도로 정비 공사를 해 차가 지나갈 수 없어요!"

그 젊은이는 키는 크지 않지만 목소리는 높았다.

"형님, 급한 사정이 있으니 사정을 봐줘요. 집에 환자가 있어 그래요."

택시 기사가 머리를 굽실거렸다.

"집에 사람이 죽는다 해도 관계 안 해요. 통과할 수 없다면 통과할 수 없는 거예요! 도로 전 구간을 모두 봉쇄했어요!"

젊은이는 돌아서 자리를 떴다.

"저, 아니, 아니! 여보게 친구, 잘 얘기해 보자구요!"

택시기사는 서둘러 차에서 내려 젊은이 뒤를 바싹 뒤쫓아 갔다.

"저, 친구, 자 수박이나 사 먹고 목이나 축여요."

택시 기사는 호주머니에서 10위안을 꺼내어 관문을 지키는 그 젊은이에게 건네주었다.

"안 돼, 이러면 안 돼요."

젊은이는 원칙을 견지하느라고 그러는지 돈을 거절했다.

"10위안 더 얹어 줄게요, 자 받아요."

택시 기사가 돈을 한 장 더 꺼내어 젊은이 손에 쥐어주었다.

"그럼, 지나가요."

젊은이가 차단 봉을 들어주었다.

"고마워요!"

택시 기사가 시동을 걸었다.

"앞에서 도로 정비를 한다는데 지나갈 수 있어요?"

샤후가 걱정되어 물었다.

"얼어 죽을 무슨 도로 정비를 한다고 그래요, 돈을 받자는 수단이지! 누군들 자기한테 이득 없는 이 같은 장사를 벌이겠어요."

택시 기사는 그 젊은이를 말하고 있었다.

"저 쌍놈의 새끼가 도로관리국 국장의 손아래 처남일 수도 있어요!"

"관리하는 사람이 없나요?"

"관리한다고요? 관리하지 않는 게 오히려 더 나아요! 관리하지 않으면 좋은 일이고, 관리한다는 것은 곧 수금한다는 뜻이고, 관리하면 할수록 수금 명목만 늘어나지요!"택시 기사는 불공평한 처사에 분개해 했다.

"토끼굴을 잘 아는 것 같은데?"

샤후가 화제를 바꾸었다.

"잘 알지요. 눈을 감고도 찾아갈 수 있어요. 제가 토끼굴 사람이니까요."

"그럼, 예 씨라는 교사를 알겠네요? 향 중학교에서 정년퇴직한 노인인데."

샤후가 토끼굴로 가는 유일한 목적이 바로 생사를 알길 없는 이 노인을 찾아뵙는 일이었다.

"예 씨라고요? 잘 모르겠는데요. 연세가 어떻게 되는데요?"

택시 기사가 머리를 돌리며 물었다.

"칠팔십 세는 넘었을 걸요. 몇 해 전까지는 생전에 있었는데, 지금은 잘 모르겠어요."

샤후는 헛걸음을 할까봐 걱정되었다.

"중학교 교사들을 제가 다 아는데, 예 씨 성을 가진 교사는 들어본 적이 없네요?"

택시기사가 입을 다시 열었다.

"아직 나이가 젊어서 잘 모를 거예요. 이 예 씨라는 교사의 얼굴이 나도 기억이 아물아물해요. 사실 내가 향 중학교에서 공부를 할 때도 이 교사의 이름을 모르고, 성이 예 씨라는 것만 알고 있었어요. 교사들이나 학생들 모두 예 노인이라 불렀거든요. 그는 한때 국민당 군대에 있었어요."

샤후는 예 씨의 정보를 보다 상세히 말하려고 노력했다.

"아, 그 늙은 괴물을 말하는군요! 저도 알아요, 그 국민당 군졸은 올해 최소한 여든은 되었을 거예요. 아직 생전인데, 날마다 술에 절어 있어요. 눈까지 멀었고요. 손님도 토끼굴에 사나요? 왜 한 번도 본 적이 없을까요? 그리고 말씨도 이 고장사람 같지 않고 말이에요!"

택시기사는 의아해하는 눈빛으로 샤후를 몇 번 흘깃 쳐다보았다.

"난 토끼굴 태생이에요. 노인들의 말대로라면 순수 토종의 "토끼굴, 토끼새끼"지요. 고향을 떠난 지 30년이 가까워 오니까요. 말씨는 별로 변하지 않았는데, 남북의 사투리를 두루 섞어 말한다고나 할까요."

샤후가 자기소개를 했다.

"아, 그러니 손님이 이 곳을 떠날 때 전 아직 태어나지도 않았으니까요. 이십 년 사이에 토끼굴 출신의 축구스타, 유명 가수가 몇몇 나왔는데요, 그들의 인기가 대단해요. 국가대표 축구팀의 장톄터우(張鐵頭)가 바로 우리 토끼굴 출신이에요. 그는 명실상부한 축구 국가대표 선수인데 돈을 엄청 벌었어요. 지난 해 그가 토끼굴을 다녀갈 때, 전 그에게서 사인까지 받았어요. 정말 잘 나가요! 이밖에 CCTV "멋지게 놀아보다" 프로그램의 사회자 시과(西瓜, 수박) 역시 우리 토끼굴 출신이에요. 그 녀석은 평소에 까다로운 말을 잘 하더니, 지금은 아주 유명해졌어요. 말재주를 부리고 상스러운 말을 해도 이름을 날릴 수 있으니. 제기랄! 말다툼을 하고 욕을 해도 돈을 벌 수 있다는 걸 진작 알았더라면, 어릴 적부터 그까짓 구구단을 외우고 혼합식 사칙운산(四則運算)이나 배울 것이 아니라 말다툼이나 욕을 하는 걸 배울 걸 그랬어요! 이제 어디가 따지겠어요? 제기랄!"

고향이 배출한 유명 인사를 부러워하며 자부심을 느끼던 택시기사가 한순간에 그를 질투하는 대상으로 생각하며 화를 냈다.

"오! 토끼는 제 굴 주변의 풀을 뜯어먹지 않는다고, 토끼굴 사람들은 밖에 나가면 큰일을 해내는군요."

샤후가 뚱딴지같은 소리를 했다.

"아, 정말 반나절이나 얘기하면서 묻지도 않았군요. 손님은 어디서 오시는 길인가요?"

택시 기사가 물었다.

"베이징에서 근무해요."

"베이징? 성씨를 어떻게 쓰시는지요? 베이징에 살고 있는 우리 토끼굴 사람이 몇 안 되는데요."

택시기사가 반신반의했다.

"샤(沙) 가라고 해요. 1978년 대학에 붙으면서 떠났어요."

샤후가 낮은 소리로 대답했다. 그는 축구 국가대표 선수나 사회자들에 비하면 지명도가 하잘 것 없다고 생각했다.

"아, 이름을 샤후라고 부르지요? 대학교 교수로 계시고요, 들은 적이 있어요."

택시기사가 너스레를 떨었다.

"그래요, 샤후라고 해요. 26, 7년 만에 처음으로 토끼굴을 찾아오는 길이고요!"

샤후의 목소리에 힘이 실렸다. 택시기사가 자기 이름을 알고 있다고 하자 그는 한 동안 흥분을 가라앉히지 못하였다. 토끼굴에서 그래도 자기 지명도가 어느 정도는 있는 것이 분명했다.

"그럼 꺼지바오(葛吉寶)라는 이름을 들어본 적이 있나요? 그분은 샤 교수의 초등학교 동창인데요."

택시기사는 일부러 브레이크까지 밟아 차를 멈춰 세우고 뒤를 돌아보며 물었다.

"꺼지바오라구요? 오, 꺼화이쉐이(葛壞水)를 말하는 거지요! 거화이쉐이는 그의 별명인데, 그 녀석 못된 놈이에요. 좀 도둑질을 하곤 했는데 손버릇이 나빴지요. 통조림통에 동물을 담아서는 된장이라며 담임 선생님에게 건네주기도 하고, 여학생 변소에 기어 올라가기도 했어요. 그 녀석 어릴 적에 나쁜 짓을 많이 했지요."

샤후의 머릿속에 옛날 개구쟁이 친구가 퍼득 떠올랐다.

"오! 그렇게 나쁜 사람이었군요. 그 사람이 저의 부친이에요. 저는 꺼화이쉐이의 아들이지요!"

택시기사가 침울한 억양으로 한 마디 던졌다.

"어라, 세상에 이리 공교로운 일이 다 있군요. 아버진 잘 계시지요?"

샤후가 어색해하며 응대했다.

"죽었어요! 죽은 지 10년이나 돼요."

택시 기사가 대수롭지 않게 대답했다.

"그래요? 어떻게 돌아갔는데요?"

"술을 과음하고, 오토바이를 타고 가다 공동변소 벽에 부딪쳐 죽었어요. 그래요, 여자 변소에 부딪쳐 죽었어요."

"너무 안 됐군요!"

샤후는 무슨 말을 했으면 좋겠는지 몰라 망설였다.

"자넨 아버지를 닮은 곳이 하나도 없군."

샤후는 택시기사 선친에 대한 자기의 무례함을 만회하려고 위로하는 말을 했다.

"그런 말을 절대 하지 마세요."

택시기사는 그의 호의를 받아들이지 않았다.

"우리 어머니가 가장 싫어하는 말이 이 말이에요."

택시 기사가 쌀쌀맞게 대답했다.

5

현성에서 토끼굴로 가는 도로는 확실히 힘든 행차였다. 고속도로를 지나자 차가 좌우로 흔들리는 폭이 전진하는 속도를 초과하는 것 같았다. 택시기사 꺼 씨는 이 도로는 '마사지 도로'라고 하면서 샤후 교수와 같은 분들이 다니기에 가장 알맞은 도로라고 설명했다. 차가 상하좌우로 덜커덕 덜커덕 거리면 차에 앉은 사람이 마사지 효과를 충분히 받을 수 있기 때문이라는 것이다. 그는 택시요금에 마땅히 마사지 비용을 더 보태야 한다고 했다.

차가 물굽이를 지날 때 차대가 바닥에 돌출된 돌에 부딪치면서 '꽈당' 하는 소리가 나곤 했다. 하천에 물이 고일 수 없어서, 폭우가 내리면 세찬 물결이 출렁이었지만, 비만 그치면 물이 싹 빠져나가고 하상이 드러나면서 산에서 밀려 내려온 크고 작은 돌들만 모습을 보였다.

꺼화쉐이(꺼지바오)의 아들은 이름이 꺼톈시(葛天西), 나이는 21살, 택시를 몬지 3년이 된다고 했다.

샤후가 그의 아버지 어릴 적 얘기를 한 후부터 꺼톈니시는 입을 다물었다.

샤후는 민망한 생각이 들어 슬그머니 자기의 넓적다리를 몇 번 꼬집었다. 자기에게 내린 징벌이었다. 그는 어색한 분위기를 깨뜨리고 싶었지만, 말문을 어떻게 열었으면 좋을지 몰라 망설였다. 그가 한창 머리를 굴리며 어떻게 할까 고민하고 있을 때 갑자기 '꽈당!' 하는 굉음이 터졌다. 그 바람에 그는 깜짝 놀라고 말았다. 차대가 또 돌에 걸렸다. 이번에는 차가 아예 움직일 수 없게 되었다.

꺼톈시는 차에서 내려 차 트렁크에서 착암용 정을 꺼내었다. 그리고 웅크리고 앉아 정으로 지래대 작용을 하게 하여 차대에 걸린 돌을 빼내려 했다. 샤후도 차에서 내려 그를 도와 차바퀴 주변의 돌을 정리했다.

"베이징의 대학 교수가 이런 힘든 일도 할 줄 알아요?"

차에 오른 꺼톈시가 샤후를 보고 웃으며 다시 말을 걸었다.

"허, 자네 아버지와 마찬가지로 나도 어릴 적부터 어렵게 살며 숱한 고생을 한 사람일세. 이런 건 일도 아니지."

샤후는 꺼롄시에게 잘 보이려고 극력 애를 썼다.

"교수님도 농사일을 해봤다고요? 힘든 일을 해 본 사람 같지 않은
데!"

꺼롄시가 말대꾸를 했다.

"저, 대학교에서 뭘 가르치는데요? 국어인가요? 산수인가요?"

"산수? 아니, 철학을 가르치네."

토끼굴 사람들에게는 세상에 단지 산수와 국어 두 가지 과목뿐이라
는 것을 샤후는 잘 알고 있었다.

"철학이요? 철학이 무엇인데요?"

꺼롄시는 배움에 아주 열정적인 것 같았다.

"철학? 철학이란? 나도 분명하게 설명하기 어렵군."

샤후는 철학에 대한 정의를 어떻게 간단명료하게 내렸으면 좋을지
몰라 잠깐 망설였다.

"설명하기 어렵다면서 어떻게 학생들을 가르치지요? 그걸 뭐라던
가? 그래요, 남의 자식을 망치는 게 아닌가요?"

꺼롄시는 아직도 아버지에 대한 샤후의 평가를 마음에 두고 있는 것
같았다.

"내 말은 그 뜻이 아니라, 철학이란 아주 복잡하여 한 마디로 설명하
기 어렵다는 말이지. 내가 설명한다 해도 자네가 단시간에 이해하기 힘
들다는 말이네."

샤후가 얼버무렸다.

"그럼, 철학으로 돈을 벌 수 있나요?"

꺼롄시가 끈질기게 캐물었다.

"돈은 못 벌지!"

샤후는 솔직하게 대답했다.

"돈도 못 버는데 그 따위 걸 배워 뭘 하나요?"

꺼롄시는 아주 실망하는 표정으로 샤후를 흘깃 쳐다봤다.

"그래, 나도 고민하고 있어. 이 질문은 답하기가 아주 어려운 문제야."

샤후는 쓴 웃음을 지었다.

"고민할 필요가 없어요. 무얼 하든 먹고 살려는 게 아닌가요. 제가 택시를 모는 것처럼 말이에요. 철학이란 바로 교수님의 택시이고, 제 택시가 바로 교수님이 말하는 철학인 것처럼 그렇고 그런 거 아니예요? 안 그런가요?"

꺼롄시가 넓은 도량을 발휘하여 샤후를 깨우쳐 주었다.

"자네 말에 일리가 있군. 어떤 의미에서는 그렇고 그런 거야, 허허허, 자네 아주 영리한 젊은이군."

샤후는 아주 과장되게 웃었다.

"우리가 비슷한 수준이라면 아예 저도 대학에 가서 철학을 가르치는 게 좋겠어요."

꺼롄시는 말을 마치고 "하하하" 하고 큰 소리로 웃었다.

6

2시간 반을 달렸는데도 겨우 40킬로미터도 달리지 못했다. 토끼굴에 이르렀을 때는 거의 열시가 되었다.

샤후는 떠난 지 26, 7년이 되는 고향 시가지를 자세히 둘러보려고 꺼뗀시에게 '유엔표' 차를 진(읍) 중심거리를 한 바퀴 돌게 했다.

샤후의 기억 속의 고향마을은 그 모습을 완전히 바꾼 상태였다. 머릿속에 남아 있으며 꿈속에 떠오르던 거리 모습은 찾아볼 수가 없었다.

동서남북으로 교차되어 이루어진 네거리가 여전히 그 자리에 누워있을 뿐 거리 양쪽의 건물들은 거의 다 재건축한 건물들이었다. 건물들은 예전보다 높이가 훨씬 자라 있었다. 토끼굴에서 가장 웅대한 상징적 건물이었던 진 문화관은 진작 사라지고 그 자리에 5층 높이의 은행 건물이 들어서 있었다. 거리에서 가장 으리으리한 건물들은 은행, 보험회사, 경찰서, 세무서, 정부 등 큰 간판을 걸고 있었다. 그에 비해 좀 낮은 건물(2, 3층 건물)들은 각양각색의 광고판들로 아주 화려하게 포장되어 있었고, 대부분 건물 외벽은 모자이크 타일, 타일, 유리 등 현대적인 건축 재료로 장식되어 있었으며, 창문은 하나같이 알루미늄이나 폴리염화비닐로 되어 있었다.

거리는 행인들로 붐볐다. 노점상들은 목이 쉬도록 외치고 물건을 흔들며 손님들을 끌고 있었다.

"번영이란 소란스러운 거군."

샤후는 차창 밖을 내다보며 중얼거렸다.

"어떤가요, 베이징 왕푸징(王府井) 거리보다 더 흥성거리지요!"

꺼뗀시가 우쭐해서 물었다.

"그래, 많이 변했고, 발전도 참 빠른 것 같군!"

샤후가 맞장구를 쳤다. 말을 하는 순간 그는 불연 듯 자기가 엄연히 현지조사를 내려온 고위급 관원 같다는 느낌이 스쳐 지났다. 그는 방금 자기의 시답잖은 말투와 어조에 대해 저도 모르게 웃고 말았다.

"시장 구경 안 할래요?"

꺼톈시가 물었다.

"아니, 여긴 너무 익숙하면서도 낯선 곳이네."

샤후가 손을 흔들었다.

"그럼, 샤후 교수님의 옛집을 찾아보지요. 집이 어느 근처에 있었지요?"

꺼톈시는 사람의 의중을 잘 헤아려주었다.

"그럴 필요까지 없네! 옛집 자리도 기억나지 않고 말이네! 예 선생님 댁이나 찾아가 보지. 바로 그 국민당 병졸이었던 예 노인을 말이네!"

샤후의 "옛집 자리가 기억나지 않는다"는 말은 그에게 있어서 다른 하나의 철학적 의미를 내포하고 있다고 할 수 있었다.

"새후 교수님 옛집은 십중팔구는 헐어버렸을 거예요. 거리 옆의 건물들은 거의 다 헐어버렸으니까요. 옛집을 찾을 필요가 없으면 예 노인네 집으로 가지요. 제가 알고 있으니까요."

꺼톈시가 액셀러레이터를 밟았다.

"울긋불긋하고 천하네, 울긋불긋하고 천하네……."

샤후는 차창 밖을 내다보며 흥얼거렸다. 꺼톈시가 흥얼거리는 가사는 행인들의 몸단장을 말하는지, 아니면 거리 양쪽의 건물을 말하는지 도무지 알 수가 없었다.

예 노인은 읍내 중학교 동쪽 담장에서 가까운 거리에 있는, 예전의 낮고 헌 조그마한 집에서 살고 있었다. 샤후가 중학교를 다닐 때 다녀간 적이 있는 집이었다.

집안은 어두컴컴했는데 점심 무렵인데도 햇빛이 거의 들지 않았다.

집 출입문은 활짝 열려 있었다. 샤후는 주먹으로 때가 반지르르한 문짝을 두드렸다.

"예 선생님, 계시나요?"

샤후가 큰 소리로 물었다.

"누구요?"

집안에서 대답했다.

"저예요!"

샤후는 대답하며 집으로 들어갔다.

"당신은 대체 누구요?"

예 노인이 소리를 한 옥타브 높였다. 그 바람에 기침이 발작했다.

"샤후라고 하는데, 절 기억하세요?"

샤후가 잰걸음으로 침대에 다가가 몸을 일으키려는 노인을 부축했다.

"샤후(沙壺, 모래로 만든 주전자라는 뜻 −역자 주)라고? 기억이 없어! 무슨 흙으로 만든 주전자든 자기로 만든 주전자든 다 필요 없네!"

노인이 머리를 푹 숙였다.

"예 선생님, 전 선생님 제자예요. 1978년에 베이징에 있는 대학교에 입학했어요. 그해 저만 대학교에 입학했어요. 대학교 지망을 쓸 때 제가 선생님 보고 무슨 전공이 가장 좋으냐고 물으니, 선생님께서 철학이 좋다고 해서 제가 철학과를 선택했지 않았나요, 기억나세요?"

샤후는 일어나 노인의 귀가에 입을 대고 큰 소리로 물었다.

"오, 그래, 이제 생각나는군. 난 눈은 멀었어도 귀는 멀쩡하니 큰 소리로 말할 필요는 없어. 그래, 그래, 그래! 우리 토끼굴 녀석들 중에서 네가 가장 출세했다고 난 늘 말했지!"

노인은 기분이 좋아졌는지, 한바탕 기침을 했다.

"지금 뭘 하나?"

노인이 물었다.

"하이데커를 연구하지요."

샤후는 선생님에게 자기가 지금 하고 있는 연구테마를 알려줬다.

"하이데커라는 양주를 가져왔다고? 난 양주 같은 걸 안 마시는데!"

노인이 대답했다.

샤후는 마음이 짠했다. 그 옛날 이 작은 집에서 헤겔이나 스피노자와 같은 철학자들을 얘기하던 스승이 지금은 철학자 하이데커를 양주 이름으로 여기고 있다니!

"마오타이주(茅台酒) 두 병 가져 왔어요. 양주가 아니라 국산 술이에요."

샤후는 가방에서 술 두 병을 꺼내 침대 옆 탁자에다 올려놓았다.

"마오타이주? 진짜냐 가짜냐? 그 술은 우리 서민들이 마시는 술이 아니지 않나? 얼른 도로 가져가게, 내가 내일 죽는다 해도 그렇게 비싼 술은 마실 수 없네!"

노인은 손을 저었다.

"진짜 술이에요. 제자가 스승께 올리는 선물이니 기쁘게 받아주세요!"

샤후가 웃으며 말했다.

"흥, 난 이 따위 유명무실한 물건을 탐탁지 않게 여겨. 난 우리 고장에서 빚은 소주가 좋아. 술을 담은 비닐통이 침대 밑에 있으니 믿지 못하겠으면 자네가 따라 마셔보게. 그리고 나한테도 한 사발 주게."

노인은 손짓을 해가며 말했다.

"선생님, 전 술을 못해요. 선생님께서 두고 마셔요."

샤후가 집안을 살펴보니 헐고 누추하기 그지없었다. 벽에 칠한 석회는 거의 다 벗겨지고 황토로 다진 바닥도 연기에 그을려 시커멓게 변색해 있었다.

노인은 또 기침을 하기 시작했다. 그는 몇 해 살 것 같지 못하다고 했다. 그는 여태껏 자신의 상세한 생년월일을 모르고 살지만 올해 적어도 80살은 될 거라고 했다. 그는 아무튼 국민당 군대에 입대할 때 15살이나 16살이었는데, 일본 놈들과 싸우다 부상을 입었고, 후에 부대가 퇴거하는 바람에 공산당 군대에 편입되었으며, 사관학교에 가 공부를 하고 통신병이 되었다고 했다. 중화인민공화국이 수립된 후 정치적 운동이 있을 때마다 예 노인은 투쟁의 대상이 되었는데, 역사적 문제는 영원히 해명할 수 없는 미스터리였다. 노인은 교도소에도 갇혀보고 노동교화소에도 다녀오는 등 여러 가지 형벌은 거의 다 맛보았다. 혼자 몸으로 지금까지 살아왔다는 자체가 기적 중의 기적이라고 예 노인은 말했다.

"샤, 샤, 샤……."

노인이 샤후의 이름이 떠오르지 않아 더듬거렸다.

"샤후에요!"

샤후가 얼른 일깨워 주었다.

"그래, 샤후! 자네와 말하지만, 사람이 너무 오래 살면 안 되네. 오래 살면 아무런 존엄도 없다네. 80살을 살았지만 1만년은 산 것 같이 느껴지네. 언제가 이놈의 목숨이 끊어지는 날이 되겠는지, 너무 지루하네! 후!"

노인은 사는 게 귀찮은 것 같았다.

집안에 곰팡이 냄새가 진동했다. 샤후는 가슴이 답답해졌다. 그는 선생님의 휴식에 지장을 주는 것 같다며 인사를 하고 자리를 뜨려 했다.

노인은 샤후의 팔을 잡고서 마오타이주를 가져가라며 고집을 부렸다.

"난 저런 술을 먹으면 잠이 안 와! 그러니 도리에 어긋나는 짓이야! 빨리 가져가게. 난 소주만 마시네. 소주는 마시기도 좋고 값도 싸지. 마오타이주 한 병 값으로 소주를 산다면, 한 해 동안 매일 마셔도 다 마실 수 없을 거야."

노인의 말은 샤후에게 시사해주는 바가 있었다. 그는 별 수 없이 마오타이주를 도루 가방에 넣었다.

7

샤후는 가방을 들고 어슬렁어슬렁 걷다보니 시가지 중심에 이르러 있었다. 그는 소주를 전문적으로 취급하는 술집을 찾아 들어갔다. 술집의 면적은 그리 크지 않았지만, "온 세상이 취하는 소주 술집"이라는 큼직한 간판을 걸고 있었다. 술집에는 고밀도 무차이패널로 만든 간이 상이 댓 개 놓여져 있었는데, 웃통을 벗은 남자 손님 일곱여덟 명이 여기 저기 앉아 돼지고기 요리, 땅콩볶음 등 안주에다 술을 마시고 있었다. 술을 파는 카운터는 정문을 마주하고 있었다. 샤후가 술집에 들어서자 술을 파는 중년 남자가 목청을 높여 인사를 했다.

"어서 오세요, 어서 오세요! 처음 뵙는 귀한 손님이시군요. 우리 고장에서 만든 소주를 맛보세요. 순 알곡으로 빚은 거라 마시면 피로 회복에 좋고, 머리도 아프지 않습니다! 저, 반근을 드릴까요, 아니면 두 냥을 드릴까요? 따끈따끈한 돼지고기 요리도 큰 접시로 올릴까요?"

술집 주인은 한 편으로 말하고 한 편으로 컵을 꺼내 술을 뜨려 했다.

260_

"요리는 싫고요. 소주 500근만 줘요."

샤후는 카운터로 다가갔다.

"얼마를 달라고요?

수염이 뻣뻣한 술집 주인이 눈을 껌벅이며 물었다.

"500근이요!"

샤후가 다섯 손가락을 펴보였다.

"5근인가요, 아니면 500근인가요?"

주인이 고개를 쭉 내밀었다.

"이 비닐통에 술을 몇 근 담을 수 있지요?"

샤후가 카운터 위에 놓인 비닐통을 가리키며 물었다.

"한 통에 10근이요."

"그럼 50통, 도합 500근 줘요."

샤후가 반복해서 말했다.

"아, 그래요, 알았어요!"

주인은 술을 한꺼번에 많이 팔게 되어 너무나 기뻐 머리를 연신 조아렸다.

"언제 가져갈 건데요?"

"지금 당장이요, 저를 도와 집까지 실어다 주세요."

샤후는 값을 치르려고 돈지갑을 꺼냈다.

"예, 위치만 알려주면 어디든지 실어다 줄 수 있어요."

주인은 기분이 좋아 손을 부비며 싱글벙글했다.

"값이 모두 얼만가요?"

"싸요. 1근 2위안이니, 500근이면 모두 1000위안이에요."

"1000위안이에요, 받아요. 한 번 세어보세요. 지금 곧 진 중학교 동쪽 담장 밖에 살고 있는 예 선생님 집에 실어다줘요."

샤후는 돈지갑을 가방에 넣은 다음 지퍼를 잠갔다.

"예 선생님이요? 중학교 동쪽 담장 밖이라고? 아, 혹시 예 노인을 말하는 게 아닌가요? 중학교에서 경비를 서던 등사지에 글을 새기던 옛 국민당 병졸 말이에요"

술집 주인이 더 한층 확인했다.

"그래요, 바로 그 노인에요! 주인도 그 분을 아나요?"

샤후도 무척 기뻤다.

"허, 예 선생님이라 하니까 난 누굴 말하나 했어요! 그는 수업을 한 적이 없고 평생 대문이나 지키는 등 잡일만 했어요. 그 노인은 팔자가 사나워 숱한 고생을 했어요. 외톨이로 지금껏 살아오고요. 헌데 그 노인한테 친척이 있다는 소리를 못 들었는데, 손님은 그 노인과 어떻게 되는 사이인데요? 이나, 자네 샤후가 아닌가?"

주인의 눈이 휘둥그레졌다.

"저를 아는가요? 당신이?"

샤후도 어리둥절해졌다.

"나를 못 알아보겠나? 자네 초등학교 동창이야, 잘 생각해보게!"

주인이 샤후의 어깨를 다독였다.

"글쎄, 낯이 익은 것 갖기도 하고, 그런데 이름이 잘 떠오르지를 않는군 그래!"

샤후는 재빨리 옛날 기억을 되살리기 시작했다.

"씨발, 이제 좀 잘 나가니 볼기짝을 드러내고 함께 자란 소꿉친구마저 까맣게 잊고 알아보지 못하는군."

주인이 또 샤후의 어깨를 툭 쳤다.

"씨발, 자네가 볼기짝을 드러내지 않고 있는데, 내가 어떻게 알아보나?"

샤후도 따라서 농담을 했다.

"다시 기억을 되살려 주지. 난 성이 닝(寧)이고 이름은 따창(大强)이야. 그래도 기억이 안 나나?"

주인은 기분이 좀 시무룩해졌다.

"닝따창? 자네 별명이 뭐지?"

샤후가 진지하게 물었다.

"씨발, 별명이 '흉터 모가지'야. 우리 아버지 목 뒤에 흉터가 있어서 생긴 거지. 우리 아버지 별명은 '큰 흉터 모가지'고 난 '작은 흉터 모가지'였지. 내 평생에 아버지 덕을 본 적이 없는데, 별명만 상속받은 꼴이지. 이제 기억이 나나?"

주인이 무안한지 뒷머리를 긁적였다.

"아니 자네가 '흉터 모가지', 아니, 아니, 아니, 따창이, 닝따창이구나! 여기서 자네를 만나리라고는 꿈에도 생각 못했네!"

"샤후, 자네 별명은 오줌통이었지, 난 똑똑히 기억하고 있네. 맞지?"

닝따창은 일부러 샤후의 별명을 들춰냈다. 마음의 평형을 바라서였다.

"그래, 오줌통이었지. 우리 소싯적 때는 듣기 좋은 별명이 하나도 없었지. 자네, 날 어떻게 알아봤나?"

샤후가 '터 모가지'의 어깨를 툭툭 쳤다.

"그래, 거리에서 만났다면 자네를 알아보지 못했을 거네. 자네 토끼굴을 떠날 때 열두 살인가 열세 살인가 그랬지, 맞지? 금방 중학교에 진학했을 때일 거야, 그렇지? 그 후 우리는 더는 만나지 못했지, 안 그래? 내 기억엔 자네 집이 도시로 이사를 갔고, 후에 자네가 대학교에 입학한 거 같은데, 맞지? 한 30년 만나지 못했지, 안 그래? 작년인가 재작년인가 텔레비전 쇼프로에서 자네 얼굴을 보았는데, 한담을 하는 것이 참말 같더군. 텔레비전 자막에 대학교 교수 샤후라고 소개하더군. 보면 볼수록 자네 같아서 우리 집 사람을 불렀지, 역시 우리 학급 동창생이네. 이름은 차이위메이(蔡玉梅), 별명은 '차이빠오즈(蔡包子, 차이 만두)'였지. 그가 보더니 자네가 확실하다고 하더군."

"아니 '차이 만두'가 자네 아내라고? 난 아직 그녀를 기억하고 있네. 앞가슴이 늘 불룩한 게 다른 여자애들보다 조숙했지. 걸음걸이는 이러했고."

샤후는 신이 나 걷는 흉내까지 냈다.

"씨발, 여자 동창생은 생생하게 기억하고 있네!"

닝따창이 불쾌한 척 했다.

"아니 우리가 그 때 겨우 몇 살이나 되었나, 그런데도 남녀 간의 일을 속닥거리기 시작했지! 조숙한 거지! 어, 우리 학급 여학생들은 잘 있나?"

샤후의 호기심이 순간적으로 튀어나왔다.

"여학생? 여학생은 개뿔, 우리 학급의 늙은 여편네들을 말하는 거지! 지금은 뚱뚱한 여편네들이 되었는데, 여학생은 개뿔!"

닝따창이 일부러 샤후의 뜻을 폄하했다.

"그녀들이 어떻게 보내고 있는지 말해줄 수 없나?"

샤후가 다그쳐 물었다.

"이 말은 나중에 하고, 우선 예 노인한테 술이나 가져다주자고. 이러지, 술값은 1근에 1위안만 받을게. 옛 동창생한테서 돈을 벌어서야 되겠나, 이 500위안을 도로 받게."

닝따창이 100위안짜리 지폐 5장을 샤후의 손에 쥐어주었다.

"자네도 힘들게 장사를 하는데, 허튼소리는 걷어치우게!"

샤후가 돈을 카운터에 획 던졌다.

"그 노인한테 왜 이렇게 많은 술을 사다주는데? 술로 목욕 시켜주려고?"

닝따창이 물었다.

"허, 이제 금방 마오타주 두 병을 들고 노인을 뵈러 갔는데, 노인네가 너무 귀하고 비싼 술을 마시면 사람으로서 못할 짓을 하는 것이기에 비명횡사를 당할 수 있다며 한사코 거절하더군. 그래서 마오타주 두병 값으로 소주를 산거네."

샤후는 사연의 자초지종을 대체적으로 말해주었다.

"그 노인네 말이 맞네. 우리 같은 서민들이 그런 술을 마실 형편이 되나? 그 술 한 병 값이면 거의 1년 마실 술을 살 수 있는데, 어느 게 수지맞는지 뻔하지 않나? 우리 여긴 시골이라 형편에 맞게 살아야 하네! 빨리 삼륜차에 소주 50통 싣게! 자네 언제 떠나겠나?"

닝따창이 한편으로 점원들에게 술을 실으라고 외치고, 한편으로 샤후에게 말을 건넸다.

"오후에 현성으로 갔다가 모레 귀경할 작정이네."

"오후에 떠난다고, 말도 안 되는 소리 하지 말게! 사람을 욕하는가? 거의 30년 만에 만났는데, 아무리 바빠도 동창생들을 만나봐야 하는 게 아닌가! 자네 아직도 우리 학급의 그 아줌마들을 마음에 두고 있지 않나. 사정이야 어떠하든 꼭 만나봐야지! 내 말을 따르게! 예 노인한테 술을 가져다 준 다음 괜찮은 식당을 정하세. 아직 점심은 안 먹었지? 내가 부근에 사는 우리 학급 초등학교 동창생들을 부르겠네. 베이징 대학교 교수가 만나려고 하는 줄 안다면 그들은 땅에서 마구 뒹굴며 좋아

할 거네! 오늘 토끼굴에서 하룻밤 자고, 내일 일찍이 자네를 바래다줄게. 괜찮겠지? 여편네들처럼 우물쭈물하며 망설일 게 있나! 그 마오타주 두 병이 아까워 그러나? 식대는 내가 내겠으니, 술은 자네가 가져온 모태주를 마시자고! 마오타이주 맛이 어떤지 우리 시골 놈들도 한 번 맛보자고! 자꾸 궁리하지 말고 빨리 가자고, 씨발, 하룻밤 지체한다고 하늘이 무너지나!"

8

예 노인은 방금 술을 마셔서 그런지 걸음걸이가 좀 휘청거렸다. 샤후가 소주 500근을 사왔다는 말을 듣자 실명한 그의 두 눈이 반짝 빛나는 것 같았다.

"마셔요, 베이징에서 온 제자가 사온 술이에요. 정년 은퇴한 간부들보다도 대우가 훨씬 좋네요. 드시고 싶은 대로 실컷 드세요!"

닝따창이 잔뜩 올려 주자 예 노인은 기분이 붕 뜬 상태로,

"누가 보낸 거여?"

예 노인이 어리둥절해서 물었다.

"저 사람이 사온 거예요. 샤후가요! 저 사람 말이 예전에 특식을 대접하고 헤겔을 말해줬다면서요! 샤후, 헤겔이 맞지? 노인네가 저한테도 헤겔을 강의해줬더라면, 아마 베이징 사람이 되었을 거예요! 샤후가 노인네를 만나려고 특별히 베이징에서 왔대요. 이 술이면 노인네가 한 동안 마실 수 있을 거예요. 다 마시기 힘들면 간혹 세수는 해도 되지만, 화장실 물로 써서는 절대 안 돼요."

닝따창이 노인과 농지거리를 했다.

"샤후라고? 왜 기억이 안 나지? 사람이 늙으니 술만 생각나고, 다른 건 다 잊어버렸네."

좀 전에 만난 사람마저 알아보지 못하는 것을 보아 노망이 든 것 같았다.

"자리를 뜨지, 이 노인네 이만하면 괜찮은 정도야. 온 종일 술에 절어 있는데, 정신이 멀쩡하다는 건 술을 마시지 않았다는 것이지. 이 500근 술이면, 우리 토끼굴에서 큰 소식이야. 자네 정이 있는 괜찮은 사람일세! 요즘 같은 세월에 아들놈마저 에비한테 술 사주는 걸 아까워하는데, 500근이 아니라, 설이나 명절 때 소주 둬 병 구입해 물을 섞지 않고 가져다만 줘도 효도하는 셈이야! 말세야, 말세!"

닝따창이 샤후를 끌고 어두컴컴한 예 노인네 집을 나섰다.

"저 노인네 한두 해 전만 해도 여기저기 다닐 수 있었고, 술을 둬 잔하면 말이 많아졌는데, 늘 두 가지 일을 입에 달고 살았지. 한 가지 일은 이러하네. 공산당도 항일했고 국민당도 항일했는데, 결국 공산군에서 항일한 사람은 이직하여 휴양하는 간부 대우를 받고 있지만, 국군은 기초생활 보장금을 받으며 살아간다는 거지. 노인은 우선 국군에 한 동안 있었고 후에 해방군에 입대했는데, 공산당은 국군 시절만 인정하고 해방군 시절은 일언반구도 언급하지 않고 있다는 거네. 국군 시절에 일본 놈들과 싸운 사실을 인정하지 않을뿐더러 '거시기'를 잃은 일까지 인정하지 않고 있다는 거지. 참 불쌍한 노인네야. 다행히 민정 기구에서 매달 생계비를 조금씩 주고 있는데, 우대라고 할 수 있지. 일거리가 없어 백수로 살아가는 젊은이들이 수두룩한 요즘 같은 세월에 그만하면 괜찮은 대우라 할 수 있네.

노인네가 역시 한시도 잊지 않고 아무데 가서나 마구 입을 늘어놓은 다른 한 가지 일이 있네. 노인네 말에 따르면, 우리 토끼굴 뒷거리에 살고 있던 말더듬이 손 씨네 셋째 아들 손우(孫武)가 '문화대혁명' 기간에 반란무리의 두목이었는데, 홍위병들을 이끌고 다니며 때리고 부수고 빼앗고 했다는 거네. 예 노인이 리를 직접 목격한 광경인데, 중학교에서 수학을 가르치던 송(宋) 씨라는 입이 큰 교사가 바로 그 녀석한테 생죽음을 당했다는 거지. 송 교사를 때려죽인 그날 저녁, 예 노인은 송 교사와 한 교실에 갇혀 있었다네. 그날 저녁 손우가 몇몇 사람을 데리고 교실에 뛰어 들어오더니 다짜고짜 걸상 다리로 송 교사에게 몰매를 안겼다네. 걸상 다리에 박혀있던 못이 송 교사의 머리 여기저기에 큰 상처를 입혔지. 나중에 송 교사가 숨이 끊어졌는지 그들이 끌고 나갔다고 하네. 송 교사가 죄가 두려워 바다에 투신자살했다는 소문을 어릴 적에 들은 기억이 없나? 예 노인은, 숨이 겨우 붙어있는 사람이 어떻게 창문을 뛰어넘어 10리 밖에 있는 바다에 달려가 자살할 수 있었겠냐고 했네. 씨발, 이 일을 조사한 사람이 없어서 사실의 진위야 누구도 모르지. 어느 해인가, 그렇지 그 땐 자네 집이 이사를 간 뒤였지. 그래, 바로 1978년이야. 어느 날, 현에서 경찰차 두 대가 달려오더니 손우를 데리고 갔지. 예 노인은 손우가 수갑을 차고 가는 걸 봤다며, 그가 검거된 거라고 했네. 그런데 후에 말더듬이 손씨는 손우가 경찰이 되었고, 그래서 경찰서에서 그를 모시러 온 거지 잡아간 것이 아니라고 했네. 예 노인이 요언을 날조하여 가문의 명예를 더럽혔다고 손 씨네가 고소하겠다며 날뛰는 바람에 예 노인은 하마터면 또 콩밥을 먹을 뻔했네. 예 노인은 퉤, 무슨 개 뼉다구 같은 명예야 하면서 욕을 했지. 참말로 세상의 시비곡직이 뒤바뀌어 졌어. 분명 범인이 맞는데 후에 경찰이 되고 말이야. 범인이 잘 개조되면 경찰이 된다는 말을 들은 적이 없거든. 자네가 알고 있는지 모르겠지만, 손우는 지금 아주 떵떵거리며 살고 있네. 유사 이래 우리 토끼 굴에서 나온 가장 높은 관리일 거야. 녀석은 현재 성 경찰청 부청장이 되었네. 아무튼 읍내 노인들은 손우가 토끼굴에 있을 때 나쁜 일을 숱하게 했다고 말하고 있네. 예 노인은 자녀도 없는 외톨이이고, 연세가 많아 곧 땅속에 묻힐 몸인지라 남들이 감히 하지 못하는 말을 잘하지. 자네는 교수여서 학문도 깊고 견식도 넓은데, 예 노인이 너무 근거 없는 말을 한 것 같나? 난 노인의 말을 믿고 싶네. 이제 곧 땅속에 묻힐 사람이 거짓말을 할 수는 없다고 생각되네. 오, 그래! 아마 3, 4년 전일 거네. 예 노인이 차에 치어 다리 아래로 떨어진 적이 있네. 노인네 목숨이 질기긴 질기지. 놀랍게도 목숨을 건졌으니 말이네. 읍내 일부 사람들은 뒤에서, 살인일 가능성도 있다고 수군대기도 했지. 모두 너저분하고 어수선한 일이어서 사실 여부에 관여하는 사람은 없었네. 우리 같이 하찮은 서민들이야 쓸데없는 일에 신경쓰지 말고, 술 한두 잔씩 마실 수 있으면 행복한 거지! 자, 우리 이 해산물 식당에 들어가 식사를 하세. 내가 이내 동창들을 부르지.”

9

식당은 상하 2층 구조로 되어 있었다. 닝따창이 주인 여자와 시시덕거리더니 2층의 가장 큰 방을 예약했다. 닝따창은 주인 여자를 보고 “이분은 당신처럼 계산을 할 때면 신발을 벗고 발가락까지 이용하며 계산하는 사람이 아니라 수학, 물리, 화학을 전부 정통한 베이징에서 온 유명한 교수요" 하고 샤후를 소개했다.

샤후는 찻물을 몇 모금 마신 다음 증편 몇 조각으로 대충 요기를 했다. 닝따창이 밖에서 소리쳤다.

"모두에게 알렸으니, 잠시 후에 모여들 거네."

"누구랑 오나? 다들 바쁘겠는데 사람들도 많이 불러 연회를 떠들썩하게 베풀지 말게."

샤후는 어쩐지 미안한 생각이 들었다. 전날 밤 꿈에 예 노인이 나타나는 바람에 충동적으로 이루어진 고향 행차일 뿐, 동창생들을 만날 계획은 없었기 때문이었다. 샤후는 도시로 집을 옮긴 후 고등학교와 대학교를 다니고, 석사와 박사과정을 밟으면서 같지 않은 학습 단계를 거치는 가운데 많은 동창생들이 생겼다. 따라서 시의 초등학교와 중학교 시절 동창생들은 아리송하고 어정쩡하며 아득한 기억으로 남아있었다. 다른 연령 단계, 다른 생활권, 다른 직장생활은 차원이 각기 다른 사람들과 사귀고 거래하게 했다. 과거의 소꿉친구들은 어느덧 마흔 고개를 훨씬 넘긴 중년이 되었고, 어린시절의 얄팍한 정은 세월의 무정한 세례를 이겨내기에는 힘에 부쳤다.

찻물을 마시고 있는 샤후의 마음은 두근거렸다. 그의 머릿속에 또렷이 떠오르는 초등학교 시절의 동창생 얼굴이 거의 없었다.

"샤후!"

닝따창이 말했다.

"내가 우리 진(읍)의 전장(鎭長)을 초대했네. 유명한 교수님이 오셨는데, 진의 일인자가 참석하지 않으면 결례지. 우리 진에서 직급이 가장 높은 사람은 당서기와 전장인데, 지역이 조그마하다보니 직급도 낮다네. 아무리 큰 관리가 시찰을 내려온다 해도 우리 토끼굴에서는 그들

두 사람이 접대하니 선택의 여지가 없네."

"아니, 동창생들의 모임에 전장 어른은 왜 청하는 건가? 따창 그런 쓸데없는 짓은 하지 말게나. 그리고 전장 어른까지 모시다니, 자네 얼굴이 꽤나 넓군 그래."

샤후가 황급히 닝따창을 말렸다.

"자네 얼굴이 넓은 거지. 자네가 오지 않았더라면 우리한테 언제 전장 어른한테 아부할 기회나 차례가 있겠나? 자네 덕을 보는 거네! 전장도 우리 학급 동창이고, 자네가 아는 사람이야."

닝따창도 식탁에 앉아 찻물을 마시기 시작했다.

"전장도 우리 학급 동창이라고? 누군데?"

"자네만 출세한 줄로 여기지 말게. '주판알'이라고 기억나나?"

"기억나지, 기억나고 말고. 작은 키에 앳된 얼굴, 말을 할라치면 얼굴이 빨개지고, 웃음소리가 주판알 퉁기는 소리처럼 특이하게 달그락거려서, 반애들이 그한테 '주판알'이라는 별명을 붙여주었지. 이름이 우윈하이(吳運海)인 그 녀석이 전장이 되었다고?"

샤후의 흥미가 또 발동했다.

"바로 그 녀석이야. 지금은 어릴 적 모습을 찾아볼 수 없어서 자네가 첫눈에 알아보지 못할 거야. 180센티가 넘는 장대한 기골에다 만여 명 사람들 앞에서 연설을 하면서도 얼굴 한번 붉히지 않아. 사람은 많이 변하게 마련이지!"

닝따창은 머리를 끄덕이다가 다시 절레절레 저었다.

"자네 또 누구를 불렀고, 그들은 어떻게 살고 있는지 어서 말해보게!"

샤후는 옛날 동창들의 근황을 한시 급히 알고 싶었다.

"아, 정말 자네에게 귀띔하는 걸 잊었네."

닝따창이 아주 엄숙한 표정을 지었다.

"좀 있다 동창들이 오면 그들이 누구라는 걸 알아맞히게. 아마 이름도 그렇고 겨우 몇 사람 밖에 알아맞히지 못할 거야. 내가 자네 옆에 앉아 낮은 소리로 알려 줄 테니, 우리가 오전에 만날 때처럼 기어코 모른다고 잡아떼면서 상대방을 난처하게 만들지 말게. 그리고 만약 그들이 말을 꺼내지 않는다면, 제일 좋기는 지금 뭘 하고 있냐고 묻기는 하나 굳이 캐묻지는 말게. 우리 학급 반애들은 남자든 여자든 다 괜찮게 보내고 있네. 그렇지만 안정된 직업과 소득을 가지고 있는 자네와는 비기지 못하지. 그들은 농사를 짓지 않으면 구멍가게를 운영하고, 날품팔이를 하면서 그럭저럭 살고 있네!"

닝따창은 대수롭지 않다는 듯이 웃으면서 말했다.

"호의를 알만 하니 자네 말을 따르겠네. 동창생들 모임이란 즐기자는 게 아닌가! 모두 옛날 추억 속으로 돌아가는 거지! 옛정만 말하고 정치는 논하지 말아야 해. 근심걱정을 모르고 번민도 없는 어린 시절이 그래도 좋아. 눈 깜짝할 사이에 반평생이 흘렀네. 뭘 하든 살기 위해서가 아닌가. 휴! 글을 가르치든 농사를 짓든, 지력에 의존해 살면 머리가 아프고 육체노동을 하며 살면 허리가 아프고, 별로 차이가 없네! 생활이란 누가 더 잘 사는가 비기고 경쟁하는 게 아니지 않는가? 죽어서 관속에 들어가면 누구나 마찬가지 아닌가? 왜 하필 남과 비교하며 살겠나? 신발이 없는 사람이 발이 없는 사람보다는 행복하지 않는가! 따창이, 안 그런가?"

샤후는 닝따창의 '귀띔'에 큰 감동을 받았다. 작은 가게를 열고 술장사를 하는 농민이지만 그의 선의적인 '귀띔'과 생활에 대한 이해력은 다

년간 존재주의 철학을 연구하고 있는 샤후를 무척 탄복하게 했다. 철학은 추상적이지만 생활은 구체적이고 자질구레하고 번잡했다. 존재주의는 그럴듯하게 강의할 수 있다고 하여 일상생활 중의 자질구레한 일까지 여유 있게 대응할 수 있다고 할 수는 없었다.

"그래, 그래, 그래, 똑 부러지게 말하는 게 교수가 다르긴 달라. 난 무심코 뱉은 말인데 말이야. 괜찮아, 초등학교 동창생들이 자네가 왔다고 하니 미칠 듯이 기뻐하더군. 너무 기뻐 그들이 자네를 갈기갈기 찢어놓을지도 모르니 조심하라고. 여편네들을 각별히 조심하라고. 말괄량이처럼 얌전한 년이 하나도 없어. 점잖은 체 할 필요가 없다는 말이지. 차 버릴 건 차 버려. 여자들이란 남자가 멀리할수록 더욱 치근대니까. 정말 주량이 어느 정돈가? 한동안은 대작할 수는 있겠지! 주량이 약하면 억지로 술을 마시지 말게. 아무리 날랜 호랑이라 해도 승냥이 무리를 대적할 수야 없는 법이지. 여편네들이 자네를 가만 놔두지는 않을 걸세."

닝따창이 또 미리 주의를 주었다.

"술은 안 되고, 물은 괜찮아! 술 대신에 찻물을 마셔도 마찬가지로 성의는 보이는 거지. 정만 있으면 뭘 마시든 술이라 할 수 있지. 안 그런가?"

샤후가 솔직하게 고백했다.

"씨발, 오늘 연회는 개판이 될 거야. 우리 학급의 빌어먹을 연놈들은 다른 재간은 없어도, 술이라 하면 죽기 살기로 덤벼든다네. 좀 있다 자네를 식탁 밑에 기어들어가도록 고주망태가 될 걸세."

닝따창이 기회를 타 샤후에게 으름장을 놓았다.

"그럼, 난 지금 곧바로 달아나겠네!"

샤후는 두려움이 살짝 엄습했다.

"내빼려고? 하하. 어디로 내빼려고? 거의 30년 만에 어쩌다 한 번 왔다가 옛날 동창들 얼굴도 보지 않고 내빼려 하다니? 친구들, 들어오게! 우선 이 녀석의 다리부터 분질러 놓자고."

갑자기 문 밖에서 예닐곱 명이 밀려들어오더니 샤후에게 덮쳤다.

10

"내 이름은? 빨리 맞혀보게!"

"루푸라이(盧富來), 별명은 '큰 고구마'!"

"하하, 친구 이름을 까먹지 않았다니, 의리 있는 녀석이야!"

"내 이름은 기억나나?"

"'넷째 장님' 왕밍칭(王明清)!"

"'넷째 장님'은 우리 아버지 별명이었지. 기억력이 좋아. 맞혔다고 인정할게!"

"'오줌통', 나를 알아보지 못하지는 않겠지? 우린 한 쌍이었는데!"

"아이고, '요강' 시더뱌오(史德彪)가 아닌가! 맞지?"

"좋아, 샤후! 누구 이름이나 다 기억하고 있다니 자네 골통은 확실히 좋군! 내 이름은, 내 이름은 기억나나?"

"흥, 네 녀석 이름은 평생 잊지 못하지. 겁쟁이 멍원꺼(孟文革)! 수업 시간에 변소에 가겠다며 손을 들 담력이 없어서 참다가 그대로 실수를 해 구린내가 온 교실에 진동하는 바람에 우리가 숨 막혀 죽는 줄 알았지 않나!"

"저 친구 이름을 멍까이꺼(孟改革)라고 고쳤어!"

"그래? 이 녀석은 언제나 시대와 더불어 발전하는구나. 첫 이름은 멍따밍(孟大鳴)이었는데, 대명대방(大鳴大放)이라는 뜻이었을 거야."

"다시 개혁을 해도 그 꼴에 그 모양이야! 급하면 아직도 바지에 똥을 누는데, 무슨 소용이 있나."

닝따창이 주먹으로 멍원꺼의 가슴을 쳤다.

"서 있지 말고 어서들 앉아! 몇 명이나 왔나? 하나, 둘, 셋, 넷, 다섯, 여섯, 씨발 아직도 빠진 녀석들이 있네! 늘 늑장 부리는 고약한 그 녀석들은 기다리지 말고 우리 먼저 먹자고!"

닝따창이 식탁에 앉으라고 동창들을 불렀다.

"주판알 우윈하이가 아직 안 왔어! 기다릴 바에는 좀 더 기다리자고. 벼슬이 크든 작든 우리 토끼굴에서 최고 행정 장관인 전장이 아닌가! 홍콩 특별 행정구 행정 장관에는 미치지 못하지만 말이야! 아니면 누가 재촉하는 전화를 해보지 그래. 그는 정말 바쁜 사람이야! 하루 내내 부패해 지느라 바삐 돌아가지. 개뿔! 참석하겠다고 대답하지 않았나? 좀 더 기다려 보자고!"

'큰 고구마'가 제의했다.

"그래, 기다려 보자고. 그런데 왜 여학생들은 그림자도 보이지 않지?"

샤후가 한 마디 했다.

"씨발, 샤후가 말끝마다 여학생 여학생 하는 걸 보니, 이번 길에 우리 남자 동창생들은 만날 생각이 전혀 없었던 거 같아. 호색한이야! 사실대로 말하면 우리 학급의 그 여편네들, 자네가 보고 싶어 하는 이른바 그 여학생들 말인데, 남녀 관계가 문란하지 않은 년이 하나도 없어. 퉤, 말실수를 했군. '차이 만두'는 제외하고 말이야. 바로 '흉터 모가지' 닝따창의 아내 말이야. 그 외는 깨끗한 년이 하나도 없어. 씨발, 만나지 않았다면 몰라도 만나본 다음에는 역겨워서 죽을 때까지 후회할 거야. 무슨 말인지 알아들었나? 그래, 따창이! 여편네들은 누구를 불렀나?"

'요강' 시더뱌오가 고통스러운 표정을 지으며 말했다.

"시샤오샤(西小霞), 관셰메이(關雪梅), 옌홍(閻紅), 그리고 하오징(好晶)을 불렀네. 모두 샤후가 지명한 여편네들이야. 이들 넷 외에 다른 여편네들은 부르지 않았어."

닝따창이 눈을 껌뻑이더니,

"샤후, 이 여편네들 맞지? 빠진 여학생이 없나?"

하고 물었다.

"샤후, 눈썰미가 좋은데. 초등학교 때 우리보다 이성에 눈이 빨리 뜬 것 같네 그려! 이 여편네들이 우리 학급에서 가장 아름다운 여학생들이었는데 말이야. 대단해, 대단해! 탄복해, 탄복하네! 어? 시샤오샤는 보험사에 출근하는데, 올 수 있겠나?"

'요강'이 물었다.

"자네가 청하면 무조건 안 올 거야. 샤후가 인기 있는 거지! 내가 시샤오샤한테 샤후가 왔다고 전화 하니, 그 년이 격동되어 목소리까지 다 떨렸어. 곧 미용원에 가 머리를 하고 미용을 한 다음 택시를 타고 달려오겠다고 했어. 늙은 오이가 푸른 물이 오른 거지! 여편네들이란 바로 이런 꼴불견들이야! 아무리 멋지게 치장을 한들 샤후가 넘어갈 줄 아나?"

닝따창이 조롱조로 말했다.

"구미호 같은 후징이도 불렀어? 좋은 볼거리가 생기겠네. 따창이, 샤후한테 후징의 일을 솔직하게 알려주는 게 도리인 것 같지 않나? 후징이가 어떤 사람으로 변했는지 샤후가 알 수 없지 않나. 이 여편네가 오면 또 무슨 추태를 부릴지 누가 알겠어. 씨발, 스트립쇼를 벌일 수도 있는데, 정말 꼴불견이야!"

"모두들 동창생인데, 뭘 솔직하게 알려주라는 거야? 한 끼 식사를 하며 기분 좋게 보내자는데, 동창들 사이에 꼭 여러 등급으로 나눌 필요가 있나! 초조해 하는 자네 꼬락서니를 보니, 그럴 필요까지 있겠나? 아무리 그래도 후징이가 우리와 그 일을 하려 하겠나?"

"자기 시아버지와도 그 일을 하는데, 왜 우리와 하지 못하겠어?"

"그런 엉뚱한 생각은 걷어치우게! 오줌 물에 자네 얼굴을 비춰보고 말하라고? 바보와 그 일을 할망정, 아무리 돈을 많이 준다 해도 자네와는 절대 그 일을 하려 들지 않을 거야. 자네가 대단한 사람인줄 아는 모양이네!"

"너무 심하게 말하는군. 내가 그래 자네보다 못하단 말인가? 내가 그년과 그 일을 하지 않았다는 것을 자네가 어떻게 아나? 너무 쪽팔리게 놀지 말라구!"

"후징이 무슨 일을 하게?"

샤후가 그들이 말다툼하는데 끼어들었다.

"창녀야! 낫살을 가득 처먹었는데도 영광스럽게 은퇴할 생각은 않고 몸을 팔고 있지. 아무 사람하고나 그 짓을 하기에 먹고 사는 데는 별 걱정 없어!"

"몇 해 전까지도 괜찮았고, 10년 전까지만 인기가 대단했어! 하루에 많을 때는 20여 명을 접대했는데, 모두 토끼굴에 투자하러 온 부자들이어서 떼돈을 벌었지. 지금은 형편이 안 되어 뒤에서 남을 소개해 주는 일을 하지. 뚜쟁이 노릇을 하고 있다는 말이네."

"관셰메이와 옌훙은 뭘 하며 사는데?"

샤후는 미안쩍게 물었다.

"그녀들은 그 짓을 하지 않아. 셰메이는 읍내에서 가장 큰 마트에서 물건을 팔고 있어. 그녀와 옌훙은 늙은 티가 별로 없어. 아마 그 둘은 할망구가 된 다음에도 곱게 늙은 할망구가 될 거야. 옌훙은 세무서에 출근하다가 지난해 명예퇴직하고 집에서 놀고 있지. 좀 있다가 그녀를 만나게 되더라도 너무 격동되어서는 안 되네. 수줍던 소녀가 활발한 아줌마로 변하고, 품위도 교수들처럼 우아하지 않고 완전히 왈패가 되었으니 말이야! 저기 그녀들이 온 것 같군. 저들의 험담을 하지 않은 게 다행이군. 어! 전장 어른도 왔군. 저 부패한 꼴을 보라고, 어디 가든 여자들을 끼고 다닌다니까. 동창들 모임까지 말이야. 허, 저 거드름을 피우는 걸 보라구. 왼쪽에는 옌훙이, 오른쪽에는 셰메이가, 하하, 뒤에는 '구미호'까지 묻어 다니는군. 전장 어른, 아예 하나는 안고 하나는 품고 하나는 엎고 다닐 거지."

11

"미안해, 미안해요!"

'주판알' 우원하이가 동창들에게 주먹을 마주 잡고 읍을 하며 들어섰다.

"사무실을 막 나서려 하는데 전화벨이 울리는 게 아니겠나. 받자니 약속시간을 어길 것 같고, 안 받자니 일을 그르칠 것 같아 망설이다가 이를 악물고 받아보니, 내일 시 민정국(民政局)에서 업무 검사하러 온다는 현의 전화였네. 하루 종일 손님을 맞고 바래다주는 일 때문에 바삐 도는데, 모두 형식적인 것이지. 개뿔이나 정말 골치 아픈 노릇이야!"

"자, 손이나 잡아 보자! 대학교 교수가 다르긴 다르군, 척 봐도 학문이 있어 보이니 말이야. 이 안경을 보라고, 병 밑굽보다 더 두꺼운 거 같아! 빨리 앉게. 이게 얼마만인가, 토끼굴을 까맣게 잊고 살았지? 이렇게 잊지 않고 뜻밖에 찾아오니 참 기쁘군. 자! 내가 먼저 한 잔 권하지."

전장이 다르긴 달랐다. 그는 사양도 하지 않고 당연하다는 듯이 주인 자리에 앉았다. 그리고 술잔을 들고 좁쌀눈으로 오만하게 동창들을 둘러보더니 '권주가'를 불렀다.

"에헴, 오늘 연설 원고를 까먹고 가지고 오지 않았으니, 몇 마디 지껄이겠네. 첫째는, 샤후가 금의환향한 걸 환영하고. 어, 두 번째는, 역시 샤후 교수가 우리 초등학교 동창생들이 한 자리에 모일 수 있는 기회를 마련해주어 고맙네. 어, 평소에 모두들 바삐 보내고 있어서 한 자리에 모이기가 정말 쉽지 않은데 말일세. 어, 세 번째는 오늘 이 자리에 좋은 건 없네. 사람이 아니라 요리를 말하는 거네. 자, 모두들 배 풀어놓고 먹고 마셔 보세. 어, 네 번째는, 샤후가 지도에서 찾아보기 힘들고, 토끼마저 뒤를 보기 싫어하는 우리 이 고장을 자주 찾아주기 바라네. 어, 다섯 번째는, 다섯 번째가 맞지? 그래, 그래, 그래, 이만 수다 그만 떨겠네. 자, 모두들 건배하자고. 그래 모두들 술 잔을 비우자고! 샤후는 건배를 하지 말고 깡그리 마시면 되네. 하하하, 안주를 들라고!"

"자, 샤후! 우리 형제끼리 한 잔 하지! 재차 말하지만, 내 별명은 '넷째 장님'이 아니라고. '넷째 장님'은 우리 아버지 별명이야. 내 이름은 왕밍칭, 별명은 '푸른 알'이라고. 난 전장 어른처럼 말을 잘 하지는 못해. 저 녀석은 말을 잘 하지. 온종일 확성기에다 당당하게 헛소리를 치고 있으니 말야. 대단한 놈이야! 입만 열면 멋진 말들이 쏟아져 나오는데, 난 안 돼. 난 한 마디만 할게. 우리가 동창 맞지? 동창이 맞으면 우리 한 잔 하자고. 만약 아니라면 난 당장 이 자리를 뜨겠네. 설 필요가 없으니, 앉으라고! 이렇게 하는 게 어때? 방금 자네가 거의 30년이나 토끼굴을 찾지 않았다고 했지, 다시 말하면 우리가 30년 동안 만나지 못했다는 말이 아닌가? 그럼, 한 해에 한 잔, 우리 서른 잔을 마시는 게 어떤가? 술을 못한다고? 헛소리 치지 말라고! 교수까지 되었는데, 술을 마실 줄 모른다고? 내가 술 마시는 법을 가르쳐주지. 입을 벌리고 잔을 입가에 가져간 다음, 술을 입에 쏟아 넣고 꿀떡 넘기면 되네. 내가 하는 걸 보게. 바로 이렇게 하면 되네! 자, 어렵지 않으니 한 번 해보라고. 옛날 대학 입시보다 훨씬 쉽다고. 어, 그럼 이러면 어떤가? 절반을 할인하지. 두 해에 한 잔! 내가 지켜보고 있을 테니, 자네 오늘 주량을 조절하라고. 열다섯 잔 만 마시라고. 한 잔도 더 마시지 못하게 할 테니까! 좋아, 한 잔 더! 잔에 철철 부으라고! 친구답다고! 이 술 소주가 아니지? 술 맛 참 좋다!"

"이 술은 샤후가 베이징에서 가져온 모태주니, 적당히 마시라고. 한 잔 꿀떡 하면 씨암탉 두 마리가 사라진다고. 씨발, 되게 비싼 술이야!"

닝따창은 술만 보면 죽을 둥 살 둥 모르고 마시는 왕밍칭이 아니꼬와서 한 마디 쏘아붙였다.

"씨발, 모태주라고! 그러기에 설탕물처럼 끈적끈적한 게 입에 착착 붙지. 다시 맛을 봐야겠군. 금방 전까지 음미할 새도 없이 꿀떡 넘겼으니 말이야. 자, 철철 넘쳐나게 부으라고!"

"당신네 세 미녀 분들은 술도 권하지 않고 뭘 하고 있어! 씨발, 구경 왔어? 대학교 교수 앞이라고 내숭 떨기는……. 자기들이 숫처녀 줄 아나! 이실직고하지만, 샤후가 오늘 토끼굴을 찾은 건 당신네 암토끼가 보고 싶어 온 거라고. 우리 수토끼들은 당신네 덕을 본거고! 빨리 술을 권하라고!"

누군가 부추겼다.

"아니, 아니, 아니, 내가 한 잔 권할게!"

샤후가 얼굴을 붉히며 황망히 술잔을 들었다.

"그건 안 돼요! 샤후는 손님이고, 유명한 지식인인데 어떻게 우리한테 술을 권할 수 있어요. 우리 여학생 셋이, 아니 세 여편네가 존경하는 샤후 교수님께 한 잔 올려야지. 우리 셋이 먼저 잔을 비울 테니, 주량대로 마셔요!"

셰메이 먼저 자리에서 일어났다.

"얄팍한 수작 부리지 마! 셰메이, 너만 샤후를 아끼는 것 같니? 셋이 함께 권할 게 아니라, 한 사람 한 사람 씩 권해야 해. 게다가 샤후 이 몸을 가지고 어떻게 한 번에 너희 셋을 감당할 수 있겠니, 안 그래?"

"그럼 어떻게 마셔야 하는데?"

샤후는 확실히 주량이 안 되었다. 몇 잔 마셨는데 벌써 머리가 어지러워졌다.

"당신은 위에다 대고 난 아래다 댈 테니, 당신이 하자는 대로 따를게요!"

후징이 앞장섰다.

"후지이, 꼭 샤후가 위에서 해야 하는 것만 아니지 않아? 기분 좋은 자세만 취할 수 있다면 네가 위에서 해도 되는데 말이야. 전장 어른 안 그래?"

'큰 고구마'가 일부러 남녀 간의 일에 갖다 붙였다.

"세상일을 관계한다고 해, 남이 방귀 뀌고 뒤를 보는 것까지 관계해야 하나? 둘만 좋다면야 아무 자세든 상관없지!"

'주판알' 전장도 옆에서 부추겼다.

"전장 어른의 말뜻이 뭔가요? 아무 자세든 상관없다면, 우리 한 번 시범을 보여 주시지요."

후징이 한 손에 술잔을 들고 한 손으로 전장의 목을 끌어안는 바람에 그의 무릎에 주저앉고 말았다.

"아이쿠, 너무 무거워 다리가 분질러 질 것 같아. 이게 무슨 장소라고, 빨리 일어나! 아직 감기도 채 낫지 않았는데, 이제 바지까지 벗으면 또 찬바람을 맞을 수 있으니, 허튼 수작 부리지 마."

'주판알'이 후징을 밀쳤다.

"소란 피우지 말라고! 괜히 샤후 웃음거리만 만들겠어. 자, 유명한 교수님께 내가 한 잔 올리지. 잔의 술을 내 잔에 좀 따라요. 샤후 씨, 당신은 우리 동창들의 자랑이에요!"

옌훙이 단 모금에 한잔을 비웠다.

"다들 보았지만 그래도 옌훙이 샤후를 아끼네! '당신은 우리 동창들의 자랑이에요' 말도 얼마나 멋지게 하나. 난 왜 이런 멋진 말이 떠오르지 않지? 그래, 옌훙은 몇 해 전에 초등학교 교사로 일했었지. 학식이 있어! 여보게, 샤후! 자네 이름이 아주 이상해. 난 아직도 자네 이름 뜻을 잘 모르겠어. 지난 해 시에 가 회의를 하고, 저녁에 셔플보드(중국어로 沙狐球 혹은 沙壼球라고 하는데, 가늘고 긴 막대(큐)로 원반(디스크)을 밀어 코트에 그려진 스코어링다이어그램(득점구역)에 디스크를 넣어서 점수를 겨루는 스포츠다 ㅡ역자 주)를 놓았는데, 갑자기 자네 이름이 떠오르더군. 당시 문득 크게 깨닫는 게 있더라고. 씨발, 샤후란 본디 쥐뿔이라는 뜻이더군."

'주판알'의 말 속에는 의미가 들어있었다.

"자네가 쥐뿔이야!"

샤후가 곧바로 되받아쳤다.

"농담이야, 농담이네! 마음에 두지 말게. 이 자리에 모인 모두가 쥐뿔이야! 자, 술이나 마시자고!"

'주판알'은 진의 행정수장이어서, 모든 일에 두루 능하게 대응할 줄 알았다.

"아니, 이 어른이 오지 않았는데도, 감히 술상을 시작하다니? 담이 배 밖으로 나왔군 그래!"

곱게 화장하고 의상에 무척 신경을 쓴 여인이 방에 들어서자 큰소리로 떠들어댔다.

"시샤오쌰!"

닝따창이 귀띔을 할 새도 없이 샤후가 첫눈에 알아봤다.

"호호, 샤후! 애타게 그렸어!"

시샤오쌰가 막 자리에서 일어나는 샤후에게 덮쳤다.

"자, 우리 뽀뽀해!"

시샤오쌰가 사람들 보는 앞에서 샤후를 끌어안고 그의 얼굴 여기저기에 입술을 갖다 대었다.

12

"샤오쌰, 네가 독하단 걸 인정하겠으니, 반애들한테 좋은 인상을 남기려면 너무 호들갑 떨지 마라! 너무 왈패 같이 놀아, 샤후가 놀라 바지에 오줌 싸겠다!"

'요강'이 눈 꼴 사나운지 시샤오쌰를 샤후의 몸에서 억지로 떼어내었다.

"요강아, 저리 썩 꺼져! 너는 날 질투할 자격이 없어. 너희들한테 고백하지만, 난 샤후와 한 책상에서 공부한 적이 있어. 어린 여자애라고 세상 물정 모르는 것 같지만, 애송이 사내애들이 우리 속내를 어떻게 알겠어. 샤후는 성적이 전교 앞자리를 차지했지. 너희들한테 감히 말하지만, 난 슬그머니 샤후를 만진 적이 있어! 하하하!"

시샤오쌰가 드러내놓고 호탕하게 웃었다.

"어, 솔직하군! 그런데 어디를 만졌지? 단단했어?"

'요강'이 음큼한 쪽으로 화제를 몰고 갔다.

"풰, 널 만질 사람은 없어. 당연히 손을 만졌지. 열 살 남짓한 남자애 그것이 단단하면 얼마나 단단했겠어!"

시샤오쌰가 반박했다.

"네가 오지 않았더라면 샤후가 바로 떠날 뻔했는데, 빨리 한 책상에 앉았던 짝꿍과 합환주나 마셔!"

'주판알' 전장이 잇따라 조롱했다.

"가긴 어디로 간다고 그래? 오늘 저녁 누구도 자리를 떠서는 안 돼! 어쩌다 만났는데, 아무리 바빠도 하루 밤은 묵어야 해. 샤후, 오늘 밤 우리 한 방을 써. 옛날엔 한 책상에 앉았고, 오늘은 한 방을 쓰는 거야.

후징아, 넌 직장을 잃어 형편이 어려우니, 내가 샤후를 보살필게! 전장 어른, 방 한 칸을 열어줄 권리마저 없는 건 아니겠지?"

시샤오쌰가 실성한 사람처럼 호들갑을 떨었다.

"전화 한 통이면 되는 일이니 걱정 마. '미인여가(美人麗家)' 1층에 예약할 테니, 숙박도 할 수 있고, 유흥도 할 수 있어. 그래도 샤오쌰가 꼼꼼하게 생각했네. 우리 천천히 마시겠으니 따창이, 자넨 아래층에 내려가 기사더러 내 사무실에 가 마오타이주 몇 병 더 가져오라고 하게. 이 두 병만 가지고 되겠나. 그 마오타이주도 누가 선물한 건데 진짜라더군. 난 평소에 마오타이주를 마시지 않는데, 오늘 기분 좋으니 양껏 마시자고. 그리고 주방장보고 비싼 요리 몇 가지 더 올리라고 하게. 먹고 싶은 거 있으면 마음대로 주문하라고. 오늘 식대는 따창이 내가 계산할게. 내가 부패했다고? 이것도 부패라고 하나? 개소리 치지 마. 우린 국가 돈을 자기 호주머니에 넣은 게 아니라, 좀 먹고 마셨을 뿐인데 부패라니? 이게 뭐 대단한 일이라고. 광둥 사람들 말을 빈다면, 새 발의 피야! 우리 간부들이 모두 나처럼 처사한다면 반부패를 할 필요가 없을 거야! 안 그래, 샤후?"

'주판알'은 어릴 적처럼 수줍어하지 않고 산전수전을 다 겪은 모습을 보였다.

"마오타이주 한 병 값이 서민들의 반년 임금에 맞먹는데 부패하지 않은 것이라고? 쩨쩨한 놈! 마오타이주 마실 돈이 있으면, 깨진 초등학교 교실 창문유리나 바꿔 넣을 거지. 모두 망나니 같은 놈들이야!"

닝따창이 샤후의 귀에다 소곤댔다.

"전장 어른, 우리 서쪽거리 가옥을 철거한 이주비를 도대체 언제 보상해주나? 이미 3년이나 질질 끌고 있는데, 어느 때 준다고 확답을 줘야 하는 게 아닌가! 우리 온 가족은 지금 비바람을 피할 곳마저 없는데, 어떻게 살아가란 말인가? 무슨 방도가 없는가? 숱한 집을 허물어 놓아. 빈터도 많은데 말이야. 무슨 광장이든가, 그 광장을 언제 만드나? 자네는 전장 어른이고, 동창이기도 한데 우리 어려움을 해결해주면 안 되나!"

줄곧 입을 다물고 있던 멍원꺼가 불만의 말을 몇 마디 뱉었다.

"씨발, 이게 왜 내 탓인가? 전 정부 지도부에서 추진하던 골칫거리 일인데 말이야. 난 이제 전장을 2년 밖에 안 했어. 3년 사이에 그 많은 채무를 다 청산할 수 있겠나? 원래 부동산 개발업체에서 투자를 철회할 줄 누가 짐작이나 했겠나? 천천히 기다리라고. 조만간 보상을 해줄 거야. 동산촌 그 땅에 골프장이 들어섰지 않나? 농민들의 토지보상금도 아직 지불하지 못한 판이야! 자네 생각엔 전장 노릇을 하기가 쉬운 줄 아나? 머릿속에는 송사뿐이야. 사무실 밖에는 늘 민원을 하러 온 사람들로 진을 치고 있어. 이밖에 밤낮 현에다, 시에다, 성(도 −역자 주)에다, 베이징(중앙정부 −역자 주)에다 신고하는 사람들로 머리 아파 죽겠어! 전화만 오면 현으로, 시로, 성으로, 베이징으로 달려가 신고한 자들을 데려와야 하니까 파출소 경찰력을 아무리 늘려도 필요가 없어. 위에서는 걸핏하면 "신고 사건"이 한 건이라도 생기면 안 된다고 엄포를 놓고 있어. 사건만 터지면 제일 먼저 현장에 도착해야 해. 그게 어디 쉬운 줄 아는가? 어떤 때는 정말 미칠 것만 같아!"

말을 마친 '주판알'은 술을 단 모금에 쭉 들이켰다.

"그럼 올 겨울에도 우리는 또 막사에서 지내야 한단 말인가? 여름에는 그럭저럭 지낼 수 있지만, 겨울에는 너무 추워 우리 아이 손발이 썩어 문드러진 고구마처럼 된 적이 있어. 정말 더는 견딜 수 없으니 전장인 자네가 도와줘야 하지 않나!"

멍원꺼는 울먹울먹해서 말했다.

"에이, 멍원꺼! 왜 때와 장소도 가리지 않고 말하는가! 오늘 이 장소가 그런 말을 할 장소인가? 이제 말했지만, 이 일은 천천히 해결할 문제라고. 다시 말하지만, 우리가 초등학교 동창이라고 자네를 먼저 돌봐줄 수는 없네. 다른 사람들은 어떻게 생각하겠는가? 서쪽 거리 철거와 관련된 사람이 많다고! 자네 집 문제만 해결한다고 될 일이 아니라고. 안 그런가? 자네 가정은 그래도 불을 지필 수 있는 막사에서 지내고 있지 않는가? 그 막사에서는 그래도 겨울을 따뜻하게 날 수 있지 않는가 말이다! 그런대로 참고 살면 안 되는가? 오늘은 우리 동창들이 샤후 고향 행차를 축하하는 모임이 아닌가? 마음 속 말을 꼭 오늘 이 자리에서 해야 하는가? 원꺼, 우리 둘이 한 잔 하자고!"

'주판알'이 미소를 지으며 멍원꺼와 한 잔 했다.

"우 전장, 난 감히 자네 이름을 부르지 못하겠네. 별명은 더욱 말이네. 동창들 앞에서 기어코 자네를 난처하게 할 생각은 아니었네. 양심적으로 말해서 오늘 샤후가 오지 않았다면 자네가 나와 술을 마시려고 했겠나? 자네는 정부 관리고 난 농사꾼이네. 어릴 적부터 같이 학교를 다녔다 해도, 지금은 자네와 감히 허물없이 지낼 수는 없지! 자네는 평소에 아주 바쁜 사람인데, 언제 나 같은 걸 만나 주겠나. 난 진 정부 대문에 들어선 적도 없네. 경비들이 막아서고, 나 역시 자네를 찾아갈 생각이 없었네! 샤후가 오는 바람에 우연히 전장을 만날 기회가 생긴 거지. 방금 말이 많았는데, 적절치 않은 말이 있었다면 내가 방귀 뀐 셈치게! 안 되나? 그래, 난 참을 수 있네. 자네 말이 맞아. 우리 가정 뿐아니라, 거처할 곳이 마땅치 않은 철거민들이 많지. 자, 우 전장! 고마

우이!"

멍원꺼가 통쾌하게 술잔을 비웠다.

"어, 그런데 때때중은 왜 안 보이나? 아까부터 누가 빠졌다 싶더니 말이야. 따창이 빨리 내 핸드폰으로 때때중한테 전화를 하라고. 지금 인물이 되었는데, 이 자식이 빠지면 안 되지."

'주판알'이 핸드폰을 닝따창에게 건네주었다.

"자네가 전화하라고! 그 녀석이 내 전화번호를 아니까 무조건 받을 거야."

"정말 이 까까중을 깜빡했네. 다 내 탓이네!"

닝따창이 전화 버튼을 누르면서 해석했다.

"어느 때때중을 말하는 거지?"

샤후가 물었다.

"자네 기억력 좀 보게! 까까중이라고도 하고 소지주라고도 하던 우리 학급 루웨이민(盧衛民) 말이네. 기억나나? 아랫배가 볼록하고, 머리가 듬성듬성 하고, 얼굴이 동그스름하고, 이상한 놀음을 좋아하던, 작은 몸매의 애 말이네."

전장이 손으로 동그라미 모양을 그렸다.

"오, 그래, 그래, 그래! 소지주 루웨이민. 이 녀석 지금 뭘 하는데?"

샤후가 물었다.

"그 녀석의 변화가 가장 큰데, 그 녀석이 지금 잘 나가고 있어. 오면 뭘 하는지 곧 알게 될 거네! 통화 되었나?"

전장이 은근슬쩍 호기심을 던졌다.

"통화했네. 이 근방에 있는데, 곧 오겠다는군!"

13

"하하! 누가 왔나 보게!"

5분도 안 되어 스님 차림을 한 남자가 방에 들어섰다.

샤후가 부랴부랴 자리에서 일어나 마중 나갔다. 그는 어릴 적의 때때중이 진짜로 장삼을 입은 스님이 된 줄은 꿈에도 생각지 못했다. 그는 어쩔 바를 몰라 하다가 얼결에 두 손을 합장했다.

"그렇게 신경 쓸 필요가 없네. 모두 혁명동지니 악수나 하게!"

'때때중' 루에이민이 손을 내밀었다.

"참, 자네를 어떻게 불러야 할지 모르겠군. 정말 중이 되었나, 아니면 연극을 하는 건가?"

샤후가 긴가민가해서 물었다.

"다 맞네! 진짜이면서도 가짜인 거지! 인생은 한편의 드라마에 불과하고, 무소유라 빈손으로 왔다 빈손으로 가는 게 아닌가! 개의치 말게! 자네, 언제 왔나? 거리에서 만났다면 알아보지 못했을 거네!"

스님이 만면에 웃음을 지으며 걸상을 가져다 자리에 앉았다.

"오늘 오전에 도착했네. 우연히 따창이를 만나는 바람에 자네까지 보게 됐군 그래! 아직도 어리둥절한데, 정말 출가했는가?"

샤후의 호기심이 발동했다.

"출가도 가짜가 있나? 루웨이민은 속명이고 내 법명은 스징(釋凈)이네. 자, 내 명함이네!"

스님이 가사 안 주머니에서 명함 한 장을 꺼내 건네주었다.

"롱인스(龍吟寺) 주지라, 실례했네, 진짜로 스님이 되었나?"

샤후가 그래도 믿어지지가 않았다.

"그렇게까지 놀랄 필요가 없네. 자넨 대학교 교수가 되지 않았나? 난 사실 자네와 같은 일을 하고 있네. 승려란 교직자란 뜻이지, 그렇지? 자네가 철학을 가르친다고 들었는데, 설명할 필요가 없겠네. 이런 옷을 걸쳤다고 해 세상물정을 모른다고 여기지 말게. 직업 분업이 다를 뿐이지. 나도 일을 해야 먹고 산다고, 이 가사는 내 작업복이고. 내가 들어서자 자네가 이상한 눈길로 보던데, 자주 보면 익숙해 질 거니 괜찮아. 경찰은 경찰복을 입고, 군인은 군복을 입고, 승려는 가사를 입는 법이 아닌가. 옛날 같으면 우리 우 전장도 관복을 입었을 거네. 사극 드라마를 보지 않나? 관복은 그 모양이 더 다양해!"

스님은 아무렇지도 않다는 듯이 말했다.

"자, 법사님께 한잔 따르게!"

전장이 여접대원에게 분부했다.

"금방 마시고 오는 길이니 관두게. 점심에 우리 시 불교협회의 친구 몇이 와서 몇 잔 했는데, 제대로 마시지 못해 그런지 머리가 좀 아프군!"

스님이 여접대원에게 술을 붓지 말라고 손짓했다.

"그럼 술이 좀 깨게 맥주나 마시게."

닝따창이 권했다.

"그럼, 맥주나 한 병 할게."

스님이 응했다.

"자, 샤후와 한 잔해야지. 세월은 정말 살 같이 흐르는군. 눈 깜짝할 새에 30년이 흘렀지 않은가? 자, 한 잔 하자고!"

스님이 맥주 한 방울 남기지 않고 통쾌하게 한 잔을 쭉 들이켰다.

"어떤가, 신자들한테서 얻는 수익이 꽤나 짭짤하지?"

전장이 스님에게 술을 권했다.

"전장 덕분에 괜찮게 보내고 있네! 얼마 전에 아우디(Audi)차 두 대를 새로 뽑았는데, 아무 때나 갖다 쓰게!"

"재간이 이만저만이 아니군. 광저우 혼다 승용차가 싫증나 아우디로 바꿨단 말인가?"

전장 '주판알'이 부러움과 질투가 섞인 말을 뱉었다.

"아우디 A6인데, 배기량이 2,400밖에 안 되네. 평범한 차네."

스님이 일부러 전장을 약 올렸다.

"아직도 만족하지 않는가? A6에 배기량이 2,400인데도 부족하단 말인가! 어쨌든 난 어엿한 한 전(鎭)의 전장인데도 겨우 파사트(Passat)가 아닌가? 계급을 따진다면 자네가 나보다 높긴 한데 말이네! 아우디 A6가 평범한 차라고 아우성인가! 광저우 혼다는 어떻게 했나? 그 차도 산 지 두 해가 안 되지 않는가?"

'주판알'이 무슨 속셈에서인지 물었다.

"우리 딸을 줬네! 결혼 때 다른 건 장만해 줄 수 없다고 하니, 딸년이 차가 낡았다며 뾰로통해 하더군. 참, 나 원!"

스님이 빙그레 웃으며 한탄했다.

"내 보기에는 우리 동창들 가운데서 자네가 실속 있게 사는 거 같아. 대머리를 깎았다고 중이 된 줄 아나? 체, 자네 그 얄팍한 궁리를 다른 사람들은 몰라도 우리 동창들이야 누가 모르는가? 너무 남의 눈에 띠게 놀지 말게! 안 그런가? '아우디'가 평범한 차라고, 우쭐 대는 자네 꼴을 보게니!"

전장이 기분이 언짢은지 한바탕 훈계했다.

"내 차면 자네 차가 아닌가? 이제 말했지만, 차가 필요하면 아무 때나 몰고 가게."

스님이 아주 진지한 표정을 지으며 말했다.

"그럼 좋네! 내일 자네 차로 샤후를 현성까지 데려다 주게."

닝따창이 끼어들었다.

"그러지. 내일 내 차로 모실게."

스님이 흔쾌히 대답했다.

"스님한테 폐를 끼칠 필요가 없네! 꺼화이쉐이 아들과 이미 선약을 했네. 현성에서 올 때 그의 택시를 타고 왔거든."

샤후가 얼른 사양했다.

"사양하지 말게. 스님 차로 가게. 꺼화이쉐이 아들의 그 택시를 나도 알고 있네만, 너무 낡았어! 베이징에서 온 우리 유명한 교수님이 너무 체신을 지키지 않는군. 후, 꺼화이쉐이도 우리 동창인데, 하늘나라로 간지 벌써 10년이나 되는군! 인생은 참 덧없어! 자, 우리 건강을 위해 한 잔 하자고!"

전장이 또 술을 권했다.

"이 밖에 악종, 양(楊) 큰 사발, 장(張) 자라 북, 여섯째, 두(杜) 뚜껑까지 합하면 먼저 떠나간 우리 학급 동창들이 벌써 예닐곱이나 되네."

닝따창이 손가락을 꼽았다.

"얘들이 다 죽었다고?"

샤후가 놀라서 되뇌었다.

"그래, 악종은 병으로 죽었네. 큰 사발은 꺼화이쉐이처럼 술을 먹고 떨어져 죽었지. 여섯째는 산에서 돌을 캐다 다이너마이트에 폭사했어. 자라 북은 아내를 살해해 총살당했네. 뚜껑은 지난 해 봄에 죽었지. 무슨 기공을 연마한다며 이상한 물건을 먹고 중독되었는데, 구해내지 못했지."

왕밍칭이 샤후에게 설명했다.

"마음 아픈 화제는 그만 꺼내자고! 자, 다시 한 잔 하지. 모두들 거나해진 거 같은데, 자리에 앉은 대로 마시자고. 허, 벌써 여덟 시가 다 되는군. 오후 두 시부터 시작해 이런저런 얘기를 나누다보니 여섯 시간이나 마셨군. 두 끼를 한 번에 먹은 꼴이 됐네. 자, 샤후가 자주 우리를 찾아오기를 바라는 마음에서 한 잔 더 하자고. 30년에 모임 한 번이라, 시간이 너무 길지 않나? 이번 모임은 이렇게 되었으니, 내년 이 때 샤후가 다시 온다면, 우리 골프나 치러 가자고. 이 잔을 비운 다음 우리 '미인여가'에 가 한바탕 노는 게 어떤가? 우선 노래를 부른 다음, 발 안마도 하고 사우나도 하지. 특별한 일이 있는 사람은 개별 행동을 해도 되네. 값은 내가 전적으로 부담하겠으니 말이네. 이렇게 하는게 어떤가? 자, 건배하자고."

'주판알'이 처음부터 끝까지 연회를 주재했다.

14

"빨리 들어오라고! 우물쭈물하면서 왜 그래? 노랠 부르는 게 뭐 그리 어려운가? 자네가 상상하는 그런 홍등가가 아니고, 절대 문명한 곳이니 걱정 붙들어 매게. 자, 빨리 들어오라고! 요강이, 샤후가 술에 많이 취한 거 같으니 부축하게."

'주판알'이 답답한지 고래고래 소리 질렀다.

"난 음치여서 노래를 못 부르네."

독방에 몸을 거의 드러낸 아가씨들이 서있는 것을 본 샤후는 가슴이 두근거리기 시작했다.

"음치면 어떤가? 요즘 가장 유행되는 게 음정을 맞추지 않는 거라네! 자, 너희들은 멍하니 서만 있지 말고, 빨리 손님을 접대하라고. 장사를 할 생각이 없나?"

스님이 옆에서 소리쳤다.

"우리 교수님이 고르게 아가씨 몇을 더 부르라고. 서둘러 벽 쪽에 나란히 서라. 너, 너, 너, 그리고 너까지 넷만 남고 나머지 애들은 나가. 넌 거기서 우물쭈물하며 왜 나가지 않는 거야! 그 얼굴을 하고 손님 앞에서 얼쩡대기는, 빨리 나가!"

전장이 소파에 깊숙이 앉아 호령했다.

"샤후, 자네를 대신해 고른 아가씨들이 마음에 들지 모르겠지만, 아쉬운 대로 어쩌겠나! 이리 와 손님 양옆에 앉아 선곡해라! 그리고, 맥주 몇 병 올려라!"

전장 '주판알'은 식당에 있을 때보다 더 격동된 것 같았다.

"토할 것 같으니 더 마시면 안 돼! 여태까지 취하도록 술을 이렇게 많이 마신 적이 없네! 급하니 화장실에 좀 다녀와야겠네!"

샤후가 구석진 곳에 웅크리고 앉아 고통스러운 표정을 지었다.

"안 되겠네, 안 되겠어! 너희들 모두 나가라!"

스님이 손짓을 하며 아가씨들을 밖으로 몰아냈다.

"우 전장, 대학교 교수가 속된 짓을 하려 들겠나. 샤후한테 억지로 아가씨를 붙이지 말자고."

닝따창이 샤후를 궁지에서 구해주려고 나섰다.

"대학교 교수도 계집질 하다가 잡혔다고 신문에 나지 않았나? 그리고 우린 노래만 부르고 다른 짓은 안 하면 되지 않나. 그래, 우리 교수님을 난처하게 하지 말자고. 좀 있다 술이 깨면 발 안마나 시켜주게나!
어, 그리고 스님, 이 장소가 아주 익숙한 거 같은데, 아가씨 보러 자주
다닌 게 맞지?"

전장이 또 스님을 조롱했다.

"나무아미타불! 이 장소는 확실히 처음이네. 옆집 궈(郭) 사장이 하는
사우나는 몇 번 간 적이 있네. 발 안마를 괜찮게 하니까. 어, 자네 엉큼
하게 그런 쪽으로 생각하지 말게. 안마를 사내애들이 모두 하니까!"

스님이 구구히 설명했다.

"누가 그런 쪽으로 말했다고 그러나? 난 그런 뜻으로 말한 적이 없는
데. 도둑이 제 발 저리고, 말 못할 사연이 있으니 지레 짐작하는 게 아
닌가! 아, 그래 깜빡했군. 자네 롱인스 동쪽에 불향각(향탑)을 지을 계
획이라더니, 자금을 얼마나 마련했나?"

"그러지 않아도 자네에게 보고하려 했네! 자금은 거의 다 되어가네.
자네가 도와서 보시를 하면 더욱 좋고 말이네. 중요한 건 건축용지네."

"건축용지는 걱정 말게. 중요한 건 자네가 어떻게 처사하는 가에 달
렸지. 무슨 뜻인지 알만하지?"

전장이 스님의 말을 끊었다.

"알지, 알고 있고말고! 불교를 선양하려면 지역 건설에 기여를 해야
지. 마음 놓게!"

스님이 고개를 연신 끄덕였다.

샤후는 발 안마도 받지 못할 정도로 확실히 취한 것 같았다. 동창들
은 별수 없이 그를 부축하여 방에 들여다 놓은 다음 각기 집으로 돌아
갔다.

이튿날 아침, '요강'과 왕밍칭을 제외한 기타 동창들은 샤후를 전송하

려고 방으로 찾아왔다.

"엊저녁 시샤오쌰와 한 방에서 자지 않았나?"

전장이, 아직 취기가 가시지 않아 정신이 얼떨떨한 샤후를 만나자마자 물었다.

"훼, 그렇게 좋은 일이 나한테까지 차례가 오겠어?"

샤후가 응하기도 전에 샤오쌰가 웃으며 전장의 말을 받아쳤다.

"샤오쌰가 주동적이 되지 못해 생긴 일이니, 날 탓하면 안 돼! 천재일우의 좋은 기회였는데 또 놓쳤군 그래! 기회는 잘 포착해야 할뿐더러 단단히 잡아야 하는 거야. 단단히 잡지 않았다면 안 잡은 거나 마찬가지지. 엊저녁에 당신네 둘을 감시한 사람이 없었는데, 둘 사이에 무슨 일이 생겼는지 누가 아나, 안 그래?"

전장은 연설이나 하듯이 억양을 길게 뽑았다.

"샤오쌰는 나와 옌훙한테 보험을 홍보하느라 언제 다른 일에 신경 쓸 겨를이 있었겠어."

후징이 증언을 했다.

"우리를 책망하지 말고, 먼저 자신부터 자백해. 엊저녁 샤후한테 아가씨를 붙여줬지? 아가씨를 붙여줬냐고?"

시샤오쌰가 '주판알'의 귀를 잡아당기려 했다.

"아니, 절대 그런 일을 안 했어! 왜냐하면 첫째는, 너와 후징이가 있는데 또 다른 여자를 찾는다면 자원을 낭비하는 거나 다름없지 않나? 둘째는, 솔직하게 말해 우리 시골 바닥에 괜찮은 아가씨들이 몇이나 되니? 그리고 아가씨들 모두가 이 고장 사람들이어서 면목도 있고 한데 어떻게 그런 짓을 할 수 있겠어? 게다가 샤후는 큰 도회지에서 온 교수님인데 그런 아가씨들을 쳐다나 보겠나, 안 그래?"

‘주판알’이 또 억양을 길게 뽑았다.

“그래, 그래, 맞아, 쓸데없는 소리를 그만들 하게. 자, 샤후, 스님의 고급 승용차에 한 번 앉아보라고. 샤오샤, 샤오샤도 현성으로 돌아가지 않나? 그러면 샤후와 동행하여 같이 가면 좋은데. 토끼굴을 벗어난 다음에는, 둘이 무슨 짓을 하던 우린 상관하지 않을 테니까…….”

전장만 혼자서 떠들어 댈 뿐, 다른 사람들은 거의 한 마디도 하지 않고 있었다.

“샤후, 별로 줄 것이 없는데, 이 채소 한 박스를 가지고 가게. 이 채소는 내가 살고 있는 비닐하우스에서 자란 거네. 친환경 채소니 맛이나 보게.”

싱싱한 채소를 가득 넣은 종이 박스를 어깨에 멘 멍윈꺼가 땀이 범벅이 되어 달려왔다. 샤후가 한사코 거절했지만 멍윈꺼는 막무가내로 박스를 차에다 실었다.

“윈꺼의 마음인데 가지고 가라고. 자네가 먹지 않으면 윈꺼가 돼지나 닭한테 먹일 거네. 하하하, 자네 먹는 것이 돼지가 먹는 것보다는 낫지 않겠나, 안 그래?”

‘주판알’이 변죽을 울리며 멍윈꺼를 추켜올렸다.

차에 시동을 걸었다. 샤후의 눈가가 축축해졌다. 그는 주먹을 맞잡고 연신 동창들에게 읍소를 했다. 너무 격동된 나머지 “잘들 있게나!” 하는 인사말조차 하지 못했다.

샤후는 현성에 이르자 채소 박스를 열어보았다. 편지 한 통이 들어있었다. 멍윈꺼가 쓴 편지였다. 편지는, 토끼굴에서 가옥을 철거하는 과정에서 농민들의 이익을 해친 일부 문제를 밝히면서, 샤후가 자기들을 도와서 이 편지를 상급 해당 부처에 전해주기를 바란다는 내용이었다.

샤후는 베이징에 도착한 후 이 편지를 중앙정부의 민원실에 보냈다.

구정 무렵, 샤후는 닝따창에게 전화를 했다.

샤후는 닝따창을 보고, 이틀 전 신문에서 성 경찰청의 손우 부청장이 밀수죄 혐의로 당적과 공직을 박탈당했을 뿐만 아니라 사법기관의 조사를 받고 있다는 소식을 보았다고 했다. 그러자 닝따창은, 토끼굴 사람들은 이미 전에 알고 있었다고 했다. 그는 또 이 소식을 들은 예 노인이 너무나 기뻐 술을 폭음하고, 사람만 만나면 하늘이 굽어 살피어 악인이 벌을 받게 했다는 등의 말을 했다고 했다.

닝따창은 전화에서 다른 한 가지 소식을 알려주었다.

멍원꺼가 한 달 전에 허위사실을 고발한 죄로 경찰서에 검거된 적이 있다는 것이었다. 듣자하니 중앙정부 민원실에 보낸 고발 편지가 후에 성에 넘겨지고 성에서 다시 시에 넘겨지고, 시에서 다시 현에 넘겨졌으며, 최종 진 정부에까지 넘어오게 되었다는 것이다. 진 정부에서는 멍원꺼가 사실을 날조하고 좋은 사람을 음해했기 때문에 법에 의해 제재를 가해야 한다고 인정하고 사법기관에 넘겼다는 것이었다. 하지만 보름 간 구금했다가 풀어주었다고 했다. 어제 멍원꺼를 길에서 만났는데, 무척 야위어 있었다고도 했다. 닝따창이 괜찮으냐고 물으니 낯선 사람을 대하듯이 하면서 한 마디도 응대하지 않았다고 했다.

샤후는 깊은 나락으로 빠져드는 듯한 느낌이 들었다. 그는 한숨을 '후!'하고 내쉬며 전화를 끊었다.

'번뇌!'

샤후는 하이데거 철학의 키워드인 이 단어가 머리에 떠올랐다.

돌잡이

1

"앗, 뜨거-!"

하늘땅을 뒤흔들 듯한 '어린 벙어리'의 된 소리와 함께 메밀국수가 수북이 남긴 큰 사발이 바닥에 '탕-' 하고 떨어졌다.

온 집안 식구가 눈앞에서 벌어진 광경에 놀라 그만 굳어지고 말았다. 할아버지는 한식경이 지나서야 후 하고 숨을 내쉬었다. 녹나무로 만든 젓가락은 입술을 가로질러 콧구멍에 들이박혔다. 다른 식솔들은 이빨 치료를 받듯이 입을 벌리고 있었다.

"뜨겁다고?"

아버지는 두 눈을 크게 부릅뜨고 '어린 벙어리'를 뚫어지게 쏘아보았다.

"뜨거워요."

'어린 벙어리'가 연신 고개를 끄덕였다. 그는 성질이 불같은 아버지가 자기 말을 쉬이 믿지 않을 줄을 잘 알고 있었다.

"뜨겁다고? 다시 말해봐!"

아버지의 거친 숨결이 느껴지자 '어린 벙어리'는 목을 본능적으로 뒤로 젖혔다.

"더 큰소리로 말해, 뜨겁다고?"

아버지의 목소리가 커지면서 손까지 부르르 떨리는 모습이 눈에 들어왔다. '어린 벙어리'는 불길한 느낌이 들었다. 그 손은 돼지를 단번에 진압할 수 있는 넉가래 같은 손이었다. 그는 이틀 전 아버지가 집에서 돼지를 잡는, 피비린내 나는 장면을 목격했다. 장대한 체격의 젊은 사나이 넷이 달려들어 돼지를 제압하려 했지만 죽음을 예감한 돼지가 사투를 벌이는 바람에 어쩔 바를 몰라 했다. 옆에서 그들을 지휘하던 아버지는 그 광경이 갑갑했던지 뭐라고 욕지거리를 하며 달려들어 넉가래 같은 손으로 돼지 왼쪽 볼을 냅다 쳤다. 기세 사납게 날뛰던 돼지는 옆으로 쓰러져 둬 번 꿍꿍 대다가 더는 버둥거리지 못했다.

"예, 뜨, 뜨거워요……."

'어린 벙어리'는 옹알거리며, 눈은 아버지가 천천히 치켜드는, 이틀 전 돼지 피가 질펀하게 묻어있던 넉가래 손을 주시하고 있었다.

"우리 아들이 드디어 말을 했구나!"

아버지는 아들을 덥석 안아 머리 위로 번쩍 들어 올렸다.

"아이구, 천지신명님! 큰 절을 올리려 하옵니다. 덕분에 우리 아들이 말을 하기 시작했습니다. 우리 아들은 벙어리가 아니었습니다!"

아버지는 아들을 구들에 내려놓았다. 그리고 털썩 땅 바닥에 무릎을 꿇고 조상들의 위패를 모신 쪽을 향해 "쿵, 쿵, 쿵" 하고 큰 절을 세 번 올렸다. 제사상에 올려놓은, 돼지머리의 오른쪽 볼에는 얼룩덜룩하게 어혈이 들어나 있었다. '어린 벙어리'는 돼지머리를 쳐다보기가 두려워 황급히 눈을 감았다.

할아버지가 후들후들 떨면서 콧구멍에 젓가락을 빼내고 나서는, '후!' 하고 마침내 모두숨을 내쉬었다.

"귀인은 말을 늦게 하는 법이니라!"

그는 가족들 앞에서 선언했다.

"우리 손자는 팔자가 아주 좋아 커서 큰 복을 받을 것이다!"

'어린 벙어리'는 화가 도리어 복이 되었다는 것을 잘 알고 있었다. 사실 그 사발의 메밀국수는 전혀 뜨겁지 않았다. 그는 회충처럼 끈적끈적하고 미끌미끌한 메밀국수가 질렸던 것이다. 게다가 '어린 벙어리'가 집에서 기르는 "황둥이"에게 먹이를 몰래 주지 않으면 누구도 먹이를 주지 않았다. 개는 똥을 먹어야 한다는 것이 그들의 이유였다. '어린 벙어리'는 '황둥이'를 가장 좋아했다. 그러나 똥을 눈 다음 '황둥이'가 자기 엉덩이를 핥는 것을 가장 싫어했다. 아주 불쾌한 느낌을 주기 때문이었다. 온 가족이 '어린 벙어리'가 "앗, 뜨거−!" 하고 말문을 열었다고 천지신명께 감사를 드리며 기뻐 어쩔 줄 몰라 하고 있을 때, 너무 배가 고파 숨을 껄떡거리고 있던 '황둥이'는 '어린 벙어리'가 심혈을 기울여 조심스레 마련한 밤참을 게눈 감추듯 먹어치웠다.

"추워!"

집 동쪽 편에서 소름 끼치는 된 소리가 또 들려왔다.

"탕!"하고 사발이 바닥에 떨어지는 소리가 또 들려왔다.

온 가족이 재차 숨을 죽였다. 할아버지는 고개를 설레설레 저었다.

"드디어 떠나가는군. 손자가 말하는 소릴 듣지 못했다면 절대 눈을 감지 못했을 거야."

'어린 벙어리'는 5돌 생일을 며칠 앞두고 말문이 터졌다. 그 첫 마디가 "앗, 뜨거"였다. 그 시각 그의 할머니는 평생 잔소리를 달고 있던 입을 영영 다물었다. 할머니가 이 세상에 마지막으로 남긴 말은 '추워'였다.

2

'어린 벙어리'가 말문을 열고서야 진(읍)의 주민들은 동무차이(董木才)라는 그가 태어나서부터 붙여진 이름을 부르기 시작했다. 동무차이는 위로 형이 둘이 있었는데 맏형은 진차이(金才)라고 부르고, 둘째형은 인차이(銀才)라고 불렀다. 이치대로 따지면 동무차이는 이름을 동차이(銅才)거나 톄차이(鐵才)라고 불러야 했다. 하지만 동(銅)자와 동(董)자가 음이 같아서 붙여 부르면 '동동'이라고 발음되어 이상하게 들렸다. 철(鐵)자는 이빨이 빠진 것처럼 중간에 동(銅)자 돌림이 빠지는 바람에 은(銀)자와 연결이 안 되는 느낌을 주었다. 그리하여 동 씨네 가구주인 할아버지 동옌스(董炎社)는 아들 동바오쉐이(董寶水)의 허락을 받고 나서 동 씨네 셋째 손자의 이름을 동무차이라고 지었던 것이다. "금과 은을 나무에 박아 넣으면 더욱 값지다"는 말로 동옌스는 아들 동비오쉐이를 설득했다. 게다가 조손 삼대 이름에 "금, 목, 수, 화, 토"가 다 들어갈 수 있었다.

동옌스 네 가정은 동쟈꺼우진(董家溝鎭)에서 유일하게 성이 동 씨인 가정이었다. 동쟈꺼우진 개척자인 동 씨네 마지막 후손은 60여 년 전에 이 읍내를 떠났는데, 아직까지도 행방이 묘연했다.

'어린 벙어리' 동무차이의 조상들을 6대조까지 거슬러 올라가면, 그들의 조상이 산둥인(山東人)이거나 고려인(高麗人)일 수 있었다. 전에 내려오는 말에 따르면, 동무차이의 할아버지의 할아버지의 할아버지는 바다에서 고기를 잡다 풍랑을 만나 당시 동쟈꺼우라는 이곳까지 표류해 오게 되었고, 그리하여 이 곳에 정착하게 되었다. 이렇게 본다면 동옌스 네 가족이 만족이 아닌 것처럼 동씨는 본디 성이 아니라 동쟈꺼우의 토착민들이 붙여준 성일 수가 있었다. 청나라 통치자들은 태도가 괜찮은 일부 한인(漢人)들에게 만인(滿人)이라는 '영예'를 포상했다. 따라서 만인이라는 신분은 그들의 진짜 출신이 아니었다.

산둥인이든 고려인(高麗人)이든 동무차이는 동쟈꺼우에서 태어난, 동쟈꺼우 사람이었다. 그는 다섯 살이 되어서야 "앗, 뜨거!"라는 첫 마디 말을 했고, 그 바람에 온 가족은 물론 전 읍내 주민들까지 흥분의 도 가니에 빠졌다.

동무차이의 '어린 벙어리'라는 별명은 사람들의 기억에서 점차 사라 졌지만, '어린 말더듬이'라는 새로운 별명이 또 붙었다. 동무차이는 장 기간 동안 말 한마디 하지 않고 산데서 그의 표현방식이 남다른 데가 있었다. 허다한 말더듬이들과 마찬가지로 동무차이 역시 말을 할 때면 한 글자, 한 글자씩 말했다. 그의 둘째형의 말을 빈다면, 양이 배설하 듯 했다고 한다. 말을 연속적으로 이어서 하지 못하자 듣는 사람들이 울지도 웃지도 못하는 난처한 일이 자주 생기었다. 한 번은 동무차이가 그의 맏형 진차이와 두부를 만들고 있었다. 두유를 끓이다 간수를 넣으 면 두유가 순두부가 된다. 그 순두부를 거즈로 둘러싼, 네모난 목판에 옮겨 담은 다음 덮개를 덮고 그 위에 맷돌과 같은 무거운 물건을 눌러 놓는다.

무차이는 맏형과 같이 맷돌을 들어다 목판 위에 올려놓았다. 그리고 흥미가 도도해지자 연거푸 소리쳤다.

"눌, 눌, 눌, 눌러……."

맏형은 무차이의 구령에 따라 젖 먹던 힘까지 다하여 또 큰 돌을 들 어다 목판 위에 눌러놓았다. 그래도 무차이는 계속하여 소리 질렀다.

"눌, 눌, 눌, 눌러……."

맏형이 이해할 수 없다는 듯이 무차이를 흘겨보며 꾸짖었다.

"무척 무거워! 이제 더 눌러 놓으면 두부가 타일이 돼!"

그래도 무차이가 소리 질렀다.

"눌, 눌, 눌, 눌러…… 손, 손을 눌, 눌렀어요!"

다급한 그 소리는 사람을 당황하게 했다.

그제야 진차이는 무차이의 말뜻을 알고 황급히 돌과 맷돌을 들어냈다. 하지만 때는 이미 늦었다. 무차이의 오른쪽 손과 왼쪽 손 손톱이 각기 세 개씩이나 떨어져나갔던 것이다.

또 어느 한 번은 이웃에 사는 마 노인이 타작을 하려고 무차이네 집에 꿘즈(碌子, 탈곡할 때 쓰는 롤로형의 돌 ―역자 주)를 빌리러 왔다. 마침 집에 있던 무차이가 문을 열고 큰 소리로 응했다.

"꿘즈가 바사졌어요!"

마 노인은 처음에는 무차이가 자기를 돌아가라며 축객령(逐客令, 쫓아내라는 령 ―역자 주)을 내리는가 하여 기분이 몹시 언짢았다(중국어에서는 꿘즈(碌子)와 썩 물러가라는 꾸너(滾)자가 음이 같음 ―역자 주)

3

동 씨네는 무차이의 첫돌 생일에 현지의 풍속대로 돌잡이 의식을 치렀다.

구들에는 저울추, 주판, 너무 펼쳐보아 앞뒤 페이지가 떨어져나간 『모택동어록』책, 1위안짜리 지폐, 그리고 전공들이 사용하는 펜치도 나열해 놓았다. 나열한 물건마다 앞으로의 직업, 생계수단 등 특정된 의미를 가지고 있었다. 만약 저울추를 잡는다면 아이가 커서 장사에 종사한다는 의미였다. 만약 아이가 제일 먼저 주판을 만진다면 무조건 장부를 기입하고 계산하는데 능하여 장차 커서 회계사가 될 수 있다는 의미였다. 다시 말하면 회계사와 같은 직업에 종사할 가능성이 있음을 시사해 주었다. 동바오쉐이의 큰아들 동진차이는 첫 돌 때 두 손으로 낡아서 표지조차 없는 『4각 번호 자전』("신화자전"의 일종)을 잡는 바람에 온 가족은 기쁘면서도 은근히 걱정을 했다. 농부의 자식이 감히 책을 잡는다는 것은 엄청난 일이었다. 책은 무식쟁이들 눈에는 '신기한 보물'이나 다름없었다. 동쟈꺼우진 혁명위원회에서 가가호호에 모 주석의 저서를 나누어주기 전에는 몇몇 가정 외에는 새 책을 본 사람이 거의 없었다. 동옌스는 손자가 책을 잡자 너무나 격동되어 염소수염을 부르르 떨었다. 그는 담배통을 구들 언저리에다 떨면서 연신 "좋아, 좋아! 우리 큰손자가 장차 커서 대학교를 다니고 큰 벼슬을 하여 출세를 할 수도 있겠구나. 그래 "농부라도 노력만 하면 큰 벼슬을 할 수 있다고, 이 녀석 양미간이 넓은 걸 보아 벼슬을 할 얼굴이지. 이 할아비가 네 덕을 볼 일만 남았구나!" 하고 말했다.

동바오쉐이도 허허 하고 웃으면서 겉으로는 아버지의 견해를 따르는 척 했지만 속으로는 은근히 불안 했다. 아들이 글을 읽을 감이라고 단정을 지을 수도 없지만, 그런 능력이 있다고 한들 요즘 같은 세월에 대학교에 붙어서도 안 되었다. 게다가 동쟈꺼우라는 자그마한 고장에 대학생이 나온다고 해도 희귀한 일이 아니었다. 몇 해 전 동쟈꺼우에서 최소한 대학생 두 명이 나왔는데, 한 명은 성이 푸(付)이고 이름이 원쳰(文全)이라는 사람이고, 다른 한 명은 성이 샤(夏)이고 이름이 런신(仁信)인 사람이었다.

푸 씨는 대학교를 졸업한지 얼마 안 되어 칭하이성(青海省)에서 동쟈꺼우로 송환되어왔다. 전국 인민들이 충심으로 우러러 모시는 '큰 구세주'를 악의적으로 비난하여 문책을 받은 데서 '정신분열증'에 걸렸다는 것이었다. 동바오쉐이는 '정신 분열증'이라는 말을 난생 처음 들어보는지라 푸 씨가 도대체 병에 걸렸다는 말인지 착오를 범했다는 말인지

처분을 받았다는 말인지 헷갈렸다. 그는 한동안 '정신분열증'이란 우파분자, 반혁명분자, 나쁜 분자 등 '네 가지 부류 분자'나 '다섯 가지 부류 분자' 중의 한 가지 분자라고 생각했다. 시간이 꽤나 흐른 후에나 그는 정신분열증이 사실은 미치광이나 바보를 가리키는 다른 호칭라는 것을 알았다.

샤 씨는 졸업할 무렵 한 학급의 여학생을 좋아했는데, 어느 날 그는 그녀의 허락도 없이 그녀의 손을 만졌다. 그러자 그녀가 '불량배'라고 소리를 지르면서 학교 측에 그의 불량한 행위와 추악한 의도를 고발했다. 학교 측은 샤 씨를 정중히 불러 일의 자초지종을 물은 후 그의 비열한 행위를 엄하게 꾸짖었다. 샤 씨는 너무나 억울해 처음에는 한바탕 웃다가 나중에는 닭똥 같은 눈물을 펑펑 쏟으며 대성통곡했다. 차후 그는 정신이 흐리멍덩해지더니 오락가락해졌다. 결국 그는 대학을 졸업도 못하고 고향으로 돌아오게 되었다.

4

동바오쉐이의 기억에 따르면, 이 몇 해 사이 읍 전체적으로 대학생이 두 명밖에 나오지 않았는데, 결국은 미치지 않으면 바보가 되고, 정신분열증이 오지 않으면 정신착란이 왔다. 만약 대학교에 붙을 경우 누구나 이렇게 된다면 그는 아들더러 성실하게 집에서 농사를 짓게 하는 것이 낫다고 생각했다.

동옌스의 둘째 손자 즉 동바오쉐이의 둘째 아들 동인차이는 첫돌 잔치에서 돌잡이를 할 때 피리를 잡는 바람에 온 가족을 불쾌하게 만들었다. 피리는 악기여서, 노인들의 눈에는 불결한 물건이나 다름없었다. 농민들은 대체로 본분을 중요시하는데, 온종일 불고 켜고 뜯고 노래하는 생업은 성실한 사람들이 하는 노릇이 아니었다. 동쟈꺼우진의 대다수 사람들이 보기에는 춤이나 추고 노래나 하는 사람들 가운데는 성실한 사람이 한 명도 없으며, 건달이나 '기생충'과 같은 인간쓰레기로 여겼다.

동 씨네 대부분 식솔들, 특히 아버지가 피리와 같은 악기나 불면서 살아가는 사람들을 곱지 않게 보는 것을 감안하여 동바오쉐이는 구들에 돌잡이 물건을 나열할 때 피리 대신 펜치를 놓았다.

남편이 심혈을 기울여 저울추, 주판, 『모택동어록』, 지폐, 그리고 녹이 얼룩덜룩 쓴 펜치를 구들에 나열해 놓자, 무차이의 어머니는 무차이의 고사리 같은 손을 따뜻한 물로 씻어준 다음 아들을 구들 위에 올려 앉혔다. 할아버지와 할머니가 구들 아랫목에 점잖고 똑바르게 앉고, 다른 가족들은 바닥에 나란히 서서 신경을 도사리고 무차이가 그들이 소망하는 물건, 1위안짜리 지폐를 잡기만을 목 빠지게 기다렸다.

재부는 누구나 갈망하는 것이고, 떵떵거리며 잘사는 것은 동 씨네 몇 세대 사람들의 꿈이었다. 특히 동옌스, 동바오쉐이 부자는 가족이 풍족하게 사는 꿈을 무차이가 이루어주기를 바라고 있었다. 사실 그들은 돌잡이와 같은 풍속을 그다지 믿지 않았다. 그러나 그 시각이 다가오자 그들은 무차이가 그들이 소망하는 꿈이 이루어 질 수 있는지 점지해주기를 고대했다. 하지만 이제 한돌 밖에 안 되는 어린 것이 어른들의 복잡하고 미묘한 마음을 알아챌 리가 만무했다. 구들에 늘어놓은 물건들 옆을 서너 번 기어 다니던 무차이는 할아버지, 할머니, 아버지와 어머니의 암시와 유도에도 불고하고 결국은 고사리 손을 펜치에 얹고 말았다.

할아버지 동옌스는 실망스러워 하면서도 "그래, 그래, 잘 했어! 우리 손자가 힘든 농사꾼은 되지 않고, 꼬박꼬박 달마다 임금을 탈 수 있는 노동자는 될 수 있겠구나!" 하고 덕담을 했다.

동바오쉐이는 마음속으로 무척 불쾌했다. 그는 펜치가 꼭 노동자를 상징한다고 생각지 않았기 때문이다. 그는 본디 쇠스랑이나 삽, 호미와 같은 농기구를 나열해 놓을까 생각하다가 너무 큰 것 같아서 헛간을 살살이 뒤지어 마침내 녹이 쓴 펜치를 찾아냈다. 그의 눈에는 펜치가 삽이나 괭이, 두엄을 쳐내는 쇠스랑이나 별반 다를 바 없는, 고된 육체노동을 의미하는 물건이었다. 생활을 통해 얻은 그의 경험에 따르면, 육체노동을 해서는 큰돈을 벌 수 없으며, 유족한 생활도 할 수 없었다.

무차이가 펜치를 잡으려고 했지만 한 살 내기한테는 버거운 물건이었다. 무차이의 어머니는 남편의 기색에서 아이의 선택이 바람직하지 않을 줄을 눈치 채고 얼른 무차이를 품에 안고 볼에 입을 맞추면서 할아버지의 말을 따라 되뇌었다.

"할아버지 말씀이 맞아. 장차 커서 노동자가 되어 매달 임금을 타고, 날마다 만두를 먹을 수 있을 거야. 내 귀여운 새끼, 큰 사람이 될 거야."

화가 났지만 이를 악물며 참고 있던 동바오쉐이는 기회를 엿보다 무차이의 볼기짝을 꼬집어놓았다. 그러자 무차이가 비명을 지르며 울음보를 터뜨렸다.

"아가리, 닥쳐!"

동바오쉐이가 두 눈이 튀어 나올 듯이 부릅뜨며 큰소리로 을러댔다. 놀랐는지 무차이가 갑자기 울음을 뚝 그쳤다. 그리고 거의 다섯 살이 되어 "앗! 뜨거"라는 말을 할 때까지 한마디도 하지 못했다.

무차이가 결혼한 후, 어느 날 그의 아내는 우연히 그의 엉덩이에 반점이 있는 것을 발견했다.

"이 건 반점이 아니라, 아버지가 꼬집어 생긴 흉터야!"

무차이가 쌀쌀맞게 대답했다.

5

바보 푸원첸과 샤런신은 줄곧 동바오쉐이 마음속의 그늘이었다. 만약 큰아들 동진차이가 애초에 낡아 페이지가 떨어져나간 『4각 번호 자전』을 잡지 않았더라면 그는 혹시 두 바보의 일거수일투족을 별로 의식하지 않았을 것이다.

동쟈꺼우진에는 바보가 아주 많았는데, 거의 집집마다 바보가 한두 명씩 있었다. 더욱이 식솔이 많은 집에는 무조건 바보가 있었다. 풍수 때문인지, 근친결혼 때문인지, 아무튼 바보는 동쟈꺼우진의 특산물 중 하나였다.

장(張) 바보, 왕(王) 바보, 자오(趙) 바보, 관(關) 바보……. 이 같은 호칭은 이 읍내에서 사용빈도가 가장 높은 말이었다. 주민들은 만나면 상대방을 서로 바보라고 불렀는데, 다른 고장에서 아무개 동무, 아무개 선생이라 부르는 것처럼 자연스러운 일이었다. 오랜 세월 동안 관습처럼 전승된 데서 서로 바보라고 칭하는 것이 예절에 어긋난다고 생각하거나 이상하다는 생각하는 사람이 전혀 없었다. 마을의 간부들마저 '바보'라는 호칭을 달고 살았다. 바보라고 불리는 사람들 중에는 바보 가족사가 없는데도 억울하게 바보라고 불리는 사람도 간혹 있었다. 이를

테면 장 씨네 가족에게는 바보가 나온 적이 없는데도 이웃들이 시기하여 바보라고 불렀다. 이밖에 일부 바보는 본인은 결코 멍청하지 않지만, 아버지 세대거나 할아버지 세대의 호칭을 세습한 사람도 있었다. 예컨대, 마을의 이장 백 씨인데, 할아버지가 바보였던 탓에 손자가 오늘까지 그 신분을 세습하여 바보로 불리고 있었다.

바보라 불린다 하여 이상하게 생각하는 사람도 없었고, 진지하게 받아들이는 사람도 없었다. 그러나 푸원첸과 샤런신은 달랐다. 그들 역시 바보라고 불리긴 했지만, 그들은 확실한 바보였다. 그들은 대학교 공부까지 한, 학식도 있고 문화도 있는 바보였다. 그들은 어머니 뱃속에서 나올 때부터 바보인, 토박이 바보들과는 어디까지나 달랐다.

바보 푸원첸은 어릴 적에 똑똑하고 영리하고 말주변이 좋아 지인들은 모두 천부적인 재능을 가지고 있다고 그를 칭찬했다. 푸원첸이 '정신분열증'이란 이름으로 읍내 바보들 행렬에 편입되자, 동갸꺼우진 사람들은 자부심에 심한 타격을 받았다. 푸원첸이 고향에 돌아와 한 동안, 정신분열증이란 바로 바보를 가리키는 말이라는 것을 믿는 사람이 없었다. 사람들은 매우 공손하고 조심스레 그에게 말을 걸어보았다. 그 결과 멍청해진 게 분명했다. 출중한 재능을 자랑하던 대학생이 바보가 되었을 뿐만 아니라, 정신분열증에 걸릴 정도로 엄청난 바보가 되어 있었다. 푸원첸은 사람들만 만나면 "제국주의 다섯 가지 기본 특징"을 반복해 설명하느라 목소리마저 쉬어빠졌다. 그는 저녁에도 잠자리에 들지 않고 읍내 이곳저곳을 헤매고 다니면서 "제국주의 다섯 가지 기본 특징"을 중얼대는 외에 "현세는 대단히 좋다. 대충 좋은 것도 아니고, 보통 좋은 것도 아니며, 대단히 좋다"는 말도 되풀이하곤 했다.

샤런신의 정신착란 역시 바보라고 할 수 있었지만, 그 표현은 푸원첸과 완전히 달랐다. 그는 누구와도 말을 나누지 않고 침묵만 지켰다. 대학교에서 돌아온 이튿날 아침 일찍부터 빳빳하게 다린 회색 인민복에 거름광주리를 메고 읍내 주요 거리부터 샅샅이 훑으며 온 읍내 거름을 줍기 시작했다. 이렇게 그의 거름 줍기 인생이 시작되었다. 그는 사람에게는 관심이 없고 소나 말, 나귀나 노새의 고체 분비물에만 관심이 있는 것 같았다. 일 년 사계절 폭염이 쏟아지는 한 여름이든 눈보라가 휘몰아치는 엄동설한이든 거리에서 볼 수 있는 첫 사람은 바로 바보 샤런신이었다. 그의 상의 호주머니에는 늘 줄을 단 회중시계가 들어있었으며, 또한 만년필이 꽂혀있었다. 회색 인민복은 새 옷으로부터 낡은 옷으로 변했지만 언제나 깨끗했다. 그는 종래 남과 먼저 인사를 건네지 않았다. 간혹 누군가 말을 걸면 그는 마지못해 머리를 끄덕여 보이곤 했다. 그가 주운 가축 분비물이 자그마한 산을 이루면 생산대에서 마차를 보내 실어갔다. 그리고 그의 앞으로 임금을 매기었다.

동쟈꺼우진 사람들의 자부심이었던 푸원챈과 샤런신 이 두 대학생의 최종 결과는 읍내 사람들에게 큰 실망을 가져다주었다. 몇 해 전까지 그들 두 사람을 롤모델로 여겨온 중학교와 초등학교 학생들도 "독서무용론"이라는 사례가 되어 한때 갈팡질팡하면서 동요하기까지 했다. 어느 정도 총명하고 천부적인 재능을 가지고 있는 아이들은 부모들과 교사들의 권유나 설득을 받아들이려 하지 않았으며, 학교 교실이 텅 비는 일이 자주 생겼다. 아이들은 온 읍내를 쏘다니며 싸우거나 말다툼을 하는가 하면, 좀도둑질을 했다. "수업을 중지하고 혁명에 나서자", "반란에 도리가 있다"는 확성기에서 흘러나오는 선동 구호를 들을 필요도 없이 부무전과 샤런신 두 바보의 현실적인 결론은 정치적 동원보다 효과적이었다.

동바오쉐이는 큰아들 동진차이가 공부를 할 환경이 아니라는 것을 알고 있었지만, 조급해하지는 않았다. 끼니도 제대로 배불리 먹지 못하는 세월에 공부를 한들 무슨 소용이 있겠는가? 그는 동산마루에 자리 잡고 있는 조상들의 무덤을 바라보며 저도 몰래 고개를 가로저을 때가 많았다.

"사람은 운명을 타고나는 거야!"

그는 푸원첸과 샤런신 두 바보를 떠올렸다.

6

진차이, 인차이, 무차이 삼형제는 한 살 터울이었다. 무차이가 여섯 살 때 그의 큰형은 여덟 살이었고 초등학교 2학년이었다. 진차이는 온 가정이 인정하는 선비 감이었다. 오직 그만이 돌잡이 때 책을 잡았고, 이는 천지신명의 뜻이라고 식솔들은 굳게 믿었다. 따라서 인차이와 무차이는 태어날 때부터 분명 공부를 할 감이 아니었다고 그들은 생각했다.

큰아들 진차이가 2학년에 올라 간지 얼마 안 되어 초등학생들이 "시대 조류를 거스르고", "5점+면양"을 비판하는 소동을 벌이었다. "5점"은 학습 성적이 좋은 아이들을 가리키고, "면양"은 평소에 고분고분 말을 잘 듣는 아이들을 가리켰다. 진차이는 선천적으로 총명하지도 못했고 공부하기도 싫어했다. 할아버지와 부모들의 억압에 못 이겨, 그리고 숙명에 따라 마지못해 학교를 다녔다. 그는 한돌 때 자신의 경솔한 행동을 후회했다. 애초에 그 낡은 책을 건드리지 않았더라면, 진차이의 성격에 쓰레기 주이를 할지언정 공부는 하지 않았을 것이다. 진차이는 여덟 살 때 쓰레기에 큰 흥미를 가졌다. 그는 늘 동생들을 데리고 주둔 부대 담장 밖에 쌓여있는 쓰레기더미에 가 쓰레기를 주웠다. 인차이와 무차이도 그 일을 아주 즐기었다.

진차이는 교과목마다 5점을 맞지 못했을 뿐더러, 선생님의 눈에도 영리하고 말을 잘 들으며, 공부하기를 즐기고 진취심이 많은 아이가 아니었다. 하지만 결국 "5점+면양" 식의 "수정주의 교육 노선"을 걷는 앞잡이로 확정되어 반애들의 성토를 받았다. 학교 벽보에 붙은 동시는 동진차이의 마음을 무척 아프게 했다. 그는 벽보 앞을 지날 때마다 머리를 숙이고 종종걸음을 했다. 그 동시는 "시대 조류를 거스르는" "꼬마 맹장"이 지었다.

"동진차이, 어리석은 녀석, 부자 꿈에 푹 빠졌네. 공부에만 골몰하니, 그릇된 길을 걸었네."

다른 한 수의 동시는 이러했다.

"동진차이, 병신 새끼, 부자 꿈에 푹 젖어, 마음이 시커멓게 되었네. 선생님의 뒤꽁무니만 따르니, 앞날이 보이지 않아 꼭 망할 거야. 망할 거야, 망할 거야, 망할 거야!"

진차이는 반애의 능욕과 조소를 견딜 수가 없어서 학교를 그만두기로 마음먹었다. 그는 고개를 축 늘어뜨리고 집에 돌아와 아버지에게 말했다.

"아버질 도와 농사를 지을게요!"

동바오쉐이가 탄식을 하고나서 꾸짖었다.

"이마에 피도 안 마른 철부지 녀석이 뭘 안 다고 그래! 네깐 놈이 농사일을 하겠다고? 거름 광주리를 메려 해도 키가 작아 멜대를 질 수 없

고, 산에 밭을 일구려 해도 곡괭이를 휘두를 힘마저 없는 어린놈한테
누가 임금을 준단 말이냐?"

진차이는 억울하여 눈물을 훔치며 또박또박 말대꾸를 했다.

"그럼 폐품 주우러 다닐게요!"

동바오쉐이는 아들의 귀싸대기를 사정없이 때렸다.

"감히 아버지 말에 말대꾸를 하다니! 싸가지 없는 놈, 폐품을 주워가
지고 평생 먹고 살 수 있어? 집안을 망쳐먹을 새끼, 폐품을 주워서는
장가도 못가!"

귀싸대기를 얻어맞은 진차이는 "엉엉" 하고 더 큰소리로 울었다. 특
히 장가도 갈 수 없다는 말이 더욱 마음에 걸렸다. 진차이는 여덟 살밖
에 안 되지만 마음속으로 이웃에 살고 있는 곰보 관(關) 씨의 작은 딸
관위링(關獄玲, 아명은 야딸[丫蛋兒])을 진작에 아내로 점찍어 놓았다.
그는 관위링을 짝사랑하고 있었다. 대합조개같이 생긴 큰 눈은 자신의
좁쌀눈과 엄청난 대조를 이루어 아무리 보아도 싫증나지 않았다. 관위
링의 어머니도 집에 놀러 오면 늘 진차이를 보고 장모라고 부르라며 우
스갯소리를 했다. 그러면 동 씨네는 아주 불쾌해했다. 진차이 어머니
는 "아들이 높은 벼슬을 할 사람이어서 집의 딸이 어울리지 않을 뿐만
아니라, 집의 딸은 우리 진차이보다 두 살이나 많다"며 면박을 주었다.
관위링의 어머니도 지려 하지 않았다. 우리 딸 역시 귀부인이 될 명을
타고난 사람이어서 어느 쪽이 기울지는 모를 일이에요! 그리고 두 살이
많은 게 무슨 대순가요. 여자가 두 살 위면 복덩이를 낳는다는 말도 있
지 않나요. 둘은 천상배필이에요.

진차이는 매번 이런 광경에 봉착하면 심장이 두근거리고 얼굴이 빨
갛게 상기되면서 목덜미에 땀까지 났다. 그는 어른들이 주고받는 말을

마음에 꼭 담아두었다. 20여 년 후 그는 자주 아내와 그 당시의 쑥스러움과 흥분을 털어놓으면서 자신의 조숙함을 뽐내었다.

진차이의 울음소리와 아버지의 호령소리는 할아버지 동옌스를 놀라게 했다. 그는 지팡이를 추켜들어 아들에게 으름장 놓으며 손자를 두둔하고 나섰다.

"그까짓 미친 소리를 믿지 마라! 우리 손자는 진차이이고, 그 개자식들이야말로 둔재야. 아무리 힘들어도 공부는 시켜야 돼. 아들을 키우면서 공부시키지 않을 바엔 돼지를 키우는 게 낫지. 공부를 하지 않으면 장래가 없어!"

외아들인 동바오쉐이는 마침 기회라고 생각되어 아버지와 속마음을 털어놓았다.

"그래도 애들의 이름을 고치는 게 좋을 것 같아요. 애초에 이름을 지을 때 저는 진차이, 인차이, 무차이라는 이름이 마음에 썩 들지 않았어요. 지주들 이름 같아서 너무 고루하거든요."

동옌스가 지팡이를 짚으면서 대꾸했다.

"이름을 고칠 생각만 하는군. 웨이둥(衛東), 웨이뱌오(衛彪), 웨이꺼(衛革)라고 고치면 고루하지 않단 말이냐? 진차이, 인차이, 무차이가 입에도 잘 오르고 기억하기도 쉬워. 남들의 쓸데없는 말에 신경 쓸 필요가 없어. 우린 출신이 빈농인데, 뭐가 두려워서! 진차이, 인차이, 무차이란 모두 나라의 인재가 되란 뜻인데, 뭐가 부끄러워 그래?"

"흥! 진차이, 인차이, 무차이 모두 둔재야!"

밖에서 바보 푸 씨의 목소리가 들리었다. 마침 동씨네 집 앞을 지나던 푸씨가 부 자간이 주고받는 말을 받아서 중얼거렸던 것이다.

7

진차이는 할아버지와 아버지의 기대와 압력에 못 이겨 학교를 다닐수밖에 없었다. 인차이는 날마다 형의 꽁무니를 따라 일찍 학교에 갔다 저녁 늦게 귀가 했다. 그는 형보다 한 학년이 낮았다.

읍내 초등학교는 진차이네 집에서 3, 4리쯤 떨어져 있었다. 그와 인차이는 점심을 대부분 집에 와 먹었으므로 하루에 두 번씩 등교하고 하교했다. 오후 수업시간에 지각하지 않으려면 뛰어다녀야 했는데, 그리하여 그들은 온몸이 늘 땀투성이가 되었다. 진차이와 인차이는 오후 방과 후 저녁을 먹기까지는 시간이 좀 있었으므로, 귀가 길에 풀을 베거나 채소를 뜯는 등 어른들을 도와 일을 했다. 그리하여 저녁 때 땀투성이가 되어 귀가한 진차이와 인차이의 등에는 책가방 외에 나뭇가지나 풀과 같은 것이 한 짐 지워져 있었다. 풀과 나뭇가지는 양과 돼지를 먹였고, 겨울에 주어온 마른 나뭇가지는 밥을 짓고 구들을 덥히는 땔감으로 썼다.

진차이와 인차이는 모두 일곱 살에 학교에 다녔다. 하지만 어린 벙어리 무차이는 2년이 늦은 아홉 살이 되어서야 학교에 다닐 수 있었다. 돌 잔치에 돌잡이를 할 때 펜치를 잡은 것이 주원인이었다. 동바오쉐이는, 한꺼번에 자식 셋을 공부시키려면 힘에 부칠 것 같아, 아예 무차이에게 한동안 집안 일을 돕게 했다. 그 당시 농촌의 아이들은 일곱여덟 살만 되면 풀을 베고, 모를 뽑고, 땔나무를 하고, 양을 방목하고, 돼지를 먹이고, 밥을 짓는 등의 많은 일을 했는데, 이는 그들 특유의 '게임'이고 '오락'이었다.

동 씨네는 돼지 두 마리와 양 한 마리를 길렀는데, 먹이는 무차이가 거의 다 도맡았다. 무차이는 두 형보다 몸이 튼튼했다. 이는 그가 장차 육체노동을 하며 살아야 함을 운명적으로 예시했다. 따라서 그는 자기 처지를 잘 알고 있었다. 그는 감히 형들처럼 제 나이에 학교를 다닐 엄두조차 내지 못했다. 그는 어렴풋하게나마 성인이 된 다음 살아갈 방도를 궁리해보았다. 그는 자기의 튼튼한 몸에 의지해, 읍내 사람들이 부러워하는 행복한 생활을 개척해보려 했다. 구체적으로 말하면, 읍에 있는 탄광이나 벽돌공장의 노동자로 취직하여 매달 고정급 20위안 내지 30위안을 꼬박꼬박 받으며 살아가는 것이었다. 이는 농민들이 꿈에서마저 바라는 삶이었다.

사실 무차이는 학교를 무척 다니고 싶었으며, 두 형처럼 교실에 앉아 선생님의 강의를 듣고 싶었다. 하지만 아버지가 그 말을 한 번도 내비치지 않았고, 그 또한 차마 그 뜻을 먼저 꺼낼 수 없었다. 형들이 학교에 갈 때면 그는 늘 그들의 뒤를 따라 양을 초등학교 부근까지 끌고 가 방목했다. 양이 배불리 먹으면 그는 양을 나무에 매어놓은 다음 가만히 학교 교실 창턱에 매달려 진차이와 인차이가 수업을 듣는 광경을 엿보았다.

무차이는 큰형 진차이가 산수 시간에 늘 귀만 만지작거리며, 구구단마저 제대로 외우지 못하자 머리가 아주 아둔하다는 생각이 들었다. 게다가 국어도 잘 못하는 것 같았다. 선생님이 짧은 문장을 만들라고 하니 겨우 말마디나 만드는 수준이었기 때문이었다. 어느 날 선생님이 학생들을 보고 '개화'란 말이 들어가게 구두로 문장을 만들라고 했다. 자기 차례가 되어 자리에서 일어난 진차이는 한참 동안 생각하다가 나지막한 소리로 '개화장' 하고 대답했다. 벽돌장에 올라서서 창문너머로 교실을 들여다보던 무차이는 그 바람에 배꼽이 빠지도록 웃다가 뒤로 벌

렁 넘어졌다.

무차이는 공부가 아주 재미있다는 생각이 들었다. 특히 대구와 같은 입을 한 옌 씨라는 국어 교사의 강의가 무척 재미있었다. 옌 선생님은 입이 큰 만큼 목소리도 높았고, 강의도 아주 격정적으로 했는데, 입가에 늘 하얀 게거품이 묻어 있었다. 무차이는 창문 뒤에 숨어 옌옌 선생님이 비표준적인 발음으로 낭독하는 백거이(白居易)의 시 "숯을 파는 늙은이"를 엿듣다가 너무나 감동하여 울기까지 했다. 그해 그는 여덟 살이었는데, "숯을 파는 늙은이"를 아주 유창하게 암송할 수 있었다.

"숯을 파는 늙은이, 땔감 베어 남산에서 숯을 굽네……"

무차이는 "숯을 파는 늙은이"를 듣는데 정신이 팔리다보니 양을 나무에 매어놓은 일을 깜빡 잊었다. 그 바람에 양이 끈을 끊고 생산대(生産隊) 고구마 밭에 뛰어들어 고구마를 포식하다가 밭 지킴이한테 붙잡혔다. 그 당시 농가에서 양을 키우지 못한다는 규정이 있었지만 먹고 살기가 힘들어 일부 가정에서는 한두 마리씩 몰래 기르기도 했다. 농가들은 이 일을 서로 눈감아 주었고, 위에서도 굳이 검사를 하지 않았다. 하지만 양을 절대 풀어놓고 키워서는 안 되었으며, 더욱이 생산대의 밭에 뛰어들어 농작물을 훔쳐 먹게 해서는 안 되었다.

동 씨네 양이 생산대의 고구마를 훔쳐 먹다가 당장에서 붙잡힌 사건은 "자본주의 싹을 자르는" 전형적 사례로 떠오르게 되었다. 생산대에서는 호주인 동바오쉐이의 이름이 적힌 패쪽을 양의 목에 건 다음 동무차이에게 양을 끌고 징을 두드리며 읍내 거리를 돌게 했다. 무차이는 양을 끌고 징을 두드리며 흐뭇한 기분으로 "숯을 파는 늙은이"를 중얼중얼 외웠다.

"숯을 파는 늙은이"를 익힌 후부터 무차이는 온종일 머리를 흔들며

320_

의기양양해서 시구를 중얼거렸다. 그러는 사이 자기도 모르게 그는 말더듬증이 사라졌다.

무차이는 요즘 말을 더듬는 사람을 만나기만 하면, "숯을 파는 늙은이"를 암송하면 말더듬증을 뗼 수 있다며 아주 진지하게 그 비방을 알려주었다.

8

동 씨네 삼형제는 늘 쓰레기더미에 가 이용할 수 있는 폐품을 주웠는데, 이는 그들의 공통적인 취미였다.

동쟈꺼우진에는 군부대가 주둔하고 있었다. 군영의 병사 동쪽 담장 밖에는 군인들과 그 가족들이 버린 생활용 쓰레기가 쌓여 있었는데, 시간이 흐르면서 쓰레기더미는 자그마한 산을 이루었다.

진차이는 돌잡이 때 책을 쥐기는 했지만 학교에 다니기를 싫어했다. 그의 흥미는 학교 밖에 있었다. 그는 인차이와 무차이가 별로 할 일만 없으면 그들을 데리고 폐품 줍기에 나섰다.

팔만한 폐품을 주을 수 있는 곳은 주로 세 곳이었다. 한 곳은 군영 밖의 '쓰레기 산'이고, 다른 한 곳은 읍내 병원, 그리고 또 다른 한 곳은 가축병원이었다. 그들 삼형제가 즐겨 찾는 곳은 병사 밖의 쓰레기더미였다.

그들은 쓰레기더미에서 유리조각, 낡은 병, 치약껍질, 철사 등 여러 가지 재활용할 수 있는 폐품을 주워 읍내 고물가게에 가져다 팔았다. 유리조각은 1킬로그램에 2전, 낡은 비닐은 20전이었다. 혹시 붉은 구리선 몇 냥쯤 줍는다면 크게 횡재한 셈이었는데, 한 냥에 20전을 받을 수 있었기 때문이다. 치약껍질은 하나에 3전이었지만, 줍기가 쉽지 않았다. 군인들이 레이펑정신(雷峰精神, 남을 위해 자신을 희생한 노동영웅을 본받자는 정신 −역자 주)을 따라 배워 근검절약하느라 치약껍질을 버리지 않고, 한 개 분대, 한 개 소대, 한 개 중대를 단위로 모아 팔아 몇 위안을 벌어서는 이발 도구 같은 것을 장만했기 때문이다.

그들은 돈이 될 만한 폐품을 줍는 것 외에 나무빗, 석탄 부스러기, 넝마, 배추 줄기나 잎 등도 주었다. 이런 것들은 생활에 보탬이 되었는데, 나무빗이나 석탄 부스러기는 땔감으로 쓰고, 채소 잎이나 감자 껍질은 주린 배를 달랠 수 있었다. 넝마는 깨끗이 씻어서 옷을 깁는데 썼다.

쓰레기더미에는 흥미를 끄는 물건들도 숨어 있었다. 여러 가지 색상으로 된 사탕 포장지나 담배 곽은 삼형제가 흔히 쟁탈전을 벌이는 보배였다. 장교들은 담배를 피우고, 그의 자녀들은 사탕을 먹으면, 농민의 자녀들은 그들이 버린 담배 곽이나 사탕 포장지를 소장했다.

진차이가 모은 사탕 포장지가 가장 많았는데, 가끔 관위링에게 선사했다. 인차이는 담배 곽을 좋아했는데, 담배 곽으로 삼각형 딱지를 접어서 반애들과 놀이를 했다. 당시 가장 비싼 담배는 '중화(中華)'표 담배였고, 다음이 '모란(牧丹)'표, '대전문(大前門)'표 등 담배였다. 놀이를 할 때 값이 비싼 담배 곽으로 만든 딱지가 인기가 제일 높았다. 값이 싼 담배 곽으로 만든 딱지는 한 번에 뒤집어졌지만, 중화표와 같이 비싼 담배 곽으로 만든 딱지는 연거푸 일곱 혹은 여덟 번 넘게 쳐야 뒤집어졌다. 그리하여 중화표 딱지 한 장만 있으면 무패행진을 할 수 있어서 그야말로 '무적의 무기'였다.

무차이는 사탕 포장지보다 담배 곽 속의 은박지에 관심이 있었다. 그는 반짝반짝 빛나는 은박지를 이빨에 씌워 하얗게 만든 다음, 이빨을 드러내고 여기저기 다니며 사람들을 놀래키었다.

진차이, 인차이, 무차이 삼형제는 쓰레기더미에서 대부분 어린 시절을 보내면서 책값과 얼음과자 값을 벌었을 뿐만 아니라, 부모들을 도와 많은 땔감과 먹을거리를 구해왔다. 그러면서도 그것이 재미 있었기에 그들의 즐거운 놀이터였던 것이다.

쓰레기를 줍거나 폐물을 줍는 일은 중독성이 있었다. 이 같은 중독성은 한 사람의 일생에 영향을 주기도 했다. 물론 이는 후에 생긴 일이다.

9

무차이는 9살이 되어서야 학교에 들어가는 바람에 학급에서 키가 큰 축에 속했다. 창틱에 붙어 서서 창문 너머로 2년 동안 종종 수업을 방청했고, 고급 학년 국어교과서에 실린 "숯을 파는 늙은이"마저 유창하게 외우는 무차이에게 1학년부터 다닌다는 것은 무척 피곤한 노릇이었다. 그는 키도 컸고, 정력도 넘쳐났으며, 학습 성적도 다른 반애들보다 훨씬 뛰어났다. 반애들이 1+1부터 배우고, 일부 반애들은 1부터 10까지 세는 것조차 힘들어 했지만, 무차이는 구구법마저 줄줄 외울 수 있어서 "덧셈, 뺄셈, 곱셈, 나눗셈" 같은 것은 한동안 잘 대처할 수 있었다. 그는 수업시간에 별로 배울 것이 없는지라 못된 궁리를 하기 시작했으며, 이따금 남을 괴롭히기도 했다. 일부 반애들은 '어린 말더듬이'라고 부르는데 습관이 되어 얼떨결에 무차이의 별명을 불렀다가 그에게서 욕을 먹거나 매를 맞기가 일쑤였다. 무차이는 누군가 자기를 '어린 벙어리'라거나 '어린 말더듬이'라고 부르는 것이 가장 두렵고 싫었다. 게다가 무차이가 초등학교에 들어간 첫 해, 다시 말하면 그가 아홉 살 나던 해에 "숯을 파는 늙은이"라는 한 수의 시가 말더듬이 3년 역사를 철저히 변화시켰다. 그는 '벙어리' 3년에 '말더듬이' 3년이라는 힘든 나날을 끝내고 마침내 남들과 자기 뜻대로 막힘없이 교류할 수 있게 되었다.

무차이는 1학년에서 한 달간 공부하고 2학년으로 월반했으며, 2학년에서 두 달간 공부하다 다시 3학년으로 월반했다. 그는 한 학기에 3개 학년을 다니고 2년간 교육과정을 마친 셈이었다.

할아버지 동옌스와 아버지 동바오쉐이는 무차이가 한 해에 두 개 학년이나 월반하자 무척 흐뭇했다. 특히 동바오쉐이가 더 그러했다. 그는 막내아들을 구들가로 불러서 부수수한 머리를 쓰다듬어주며 말했다.

"이 녀석, 이젠 그만 월반해라. 이제 더 월반하면 네 형을 뛰어넘겠다. 남들한테 조금도 뒤지지 않는 걸 보니 널 일곱 살 때 학교에 보내지 않은 게 이제 보니 잘 한 일 같구나. 착한 녀석, 3학년부터 다니거라!"

동바오쉐이는 여간해서는 자식들을 직접 칭찬하지 않았는데, 이번에는 예외였다. 그는 이 같은 방식으로 막내아들과의 관계를 완화하려 했다. 그는 자기가 주장하여 무차이를 제 또래 애들보다 두 해 늦게 학교에 보내고, 그 일로 해 무차이의 마음속에 응어리가 맺혔을까봐 늘 죄책감을 느꼈다.

학교에 다니기는 했지만, 일을 조금도 지체해서는 안 되었다. 그들 삼형제는 군부대나 병원, 가축병원의 쓰레기더미에 가 폐품을 주웠다.

대략 5, 6년 동안 그들 삼형제는 날마다 작업 업무를 수행하듯이 폐물을 주웠다.

후에 진차이는 고등학교 진학시험을 준비하느라 더는 폐품을 주우러 다니지 않았다. 인차이 역시 폐품을 주우러 다니지 않았다. 그도 큰형처럼 우람한 체격의 청년으로 성장했다. 그러나 무차이는 여전히 쓰레기더미를 찾아다녔다. 하지만 며칠 견디지 못하고 그도 더는 다니지 않았다. 부끄러워서도 아니었고, 적적해서도 아니었다. 말썽을 일으켰기 때문이었다.

나이가 듦에 따라 폐품만 주워서는 별로 자극을 느끼지 못하자 그들 삼형제는 남몰래 군부대 담장을 뛰어넘어 군인들이 심어 가꾸는 오이, 가지, 토마토 등 채소를 훔쳤으며, 겨울철에는 저탄장에 숨어들어 석탄이나 폐철을 훔쳤다. 이따금 군인들에게 들키면 그들은 부랴부랴 도망했다. 군인들도 도둑을 잡으라며 큰소리로 으름장만 놓을 뿐 뒤를 쫓지는 않았다.

형들이 손을 떼는 바람에 무차이는 혼자 폐품 줍기에 나설 수밖에 없었다. 그는 기회를 엿보다 한 건 하려고 작심했다.

어느 날 무차이는 펜치를 가지고 슬그머니 군부대 병사에 또 숨어들었다. 그는 진작 송신소 가까이에 있는 조그마한 판잣집에 눈독을 들이고 있었다. 판잣집은 언제 보나 두 문손잡이에 철사만 동여 놓고 자물쇠를 잠그지 않아, 그는 들어가기가 아주 쉬울 것이라 생각했다. 심장이 조마조마해서 판잣집 문 앞에 이른 무차이는 펜치로 철사를 끊었다. 난생 처음 물건을 훔치려고 남의 집에 뛰어들었는지라 그는 심장이 쿵쿵거리고 얼굴에서 땀이 비 오듯 줄줄 흘러내렸다. 그가 집안 이곳저곳을 샅샅이 뒤졌지만 값이 나갈 만한 물건을 찾아내지 못했다. 별 수 없이 그는 실습용 방독면 한 묶음을 둘러메고 허둥지둥 밖으로 나왔다. 하지만 몇 걸음 못 가 그는 군인들한테 발각되어 붙잡히고 말았다.

무차이는 군영 본부에 끌려가 거의 반나절이나 장관의 취조를 받았다. 무릎을 꿇고 앉은 그는 너무 겁이 나 얼굴이 하얗게 질렸다. 나중에 반성문을 쓰고서야 그는 두 사병을 따라 귀가할 수 있었다. 펜치는 범죄를 저지른 물증이라며 군인들이 몰수했다.

화가 상투밑까지 치밀어 오른 동바오쉐이는 사병들이 보는 앞에서 아들을 발로 걷어차며 욕을 퍼부었다.

"못된 송아지 엉덩이에 뿔이 난다고, 도둑놈이 되려면 이 집에서 썩 나가!"

동바오쉐이는 무차이가 돌잡이 때 펜치를 잡던 기억이 또 떠올랐다. 그는 '후!' 하고 한숨을 쉬었다. 그 펜치가 아들이 남의 집을 터는 도둑놈이 된다는 것을 예시했단 말인가?

무차이는 너무 무서워 찍 소리도 못했다. 그는 펜치가 상서로운 물건이 아니라는 느낌이 들었다. 그는 이 같은 불길한 물건을 앞으로 절대 만지지 않겠다고 다짐했다.

그 일이 있은 후부터 무차이는 폐품 주우러 더는 다니지 않았다.

10

시험을 쳐서 대학교에 들어갈 수 있다는 소문이 돌았다. 읍내 누구네 자식이 시험을 쳐서 대학교에 입학했다는 소문도 들렸다('문화대혁명' 기간 한때 중국에서는 대학입시 제도를 취소하고 직장이나 정부 측에서 사람을 추천하는 형식으로 대학생을 모집했음 -역자 주)

동옌스와 동바오쉐이는 이 같은 소식에 아주 유념했다. 그들 부자는 약속이나 한 듯이 진차이가 그 꿈을 이루어주기를 기대했다. 진차이가 돌잡이 때 책을 잡았을 뿐만 아니라 줄곧 학교에 다니기 때문이었다.

인차이는 하모니카에 매료되어 있었다. 그 하모니카는 쓰레기더미에서 주워온 것이었다. 그는 하모니카가 더럽고 낡았지만 개의치 않고 물에 씻어 맞지도 않은 곡을 열심히 불었다.

무차이도 지려 하지 않고 불기 시작했다. 그가 분 것은 하모니카가 아니라 쓰레기더미에서 주워온, 고무로 만든 유백색의 씌우개(콘돔)였다. 그는 씌우개에 입김을 불어넣어, 고무풍선처럼 팽창시켜 아가리를 묶은 다음 교실에서 반애들과 같이 가지고 놀았다. 교실에 들어서던 선생님이 무차이가 가지고 노는 물건을 발견하고 호되게 꾸짖었다.

"이게 뭘 하는데 쓰는 물건인줄이나 알고 갖고 노니? 이걸 콘돔이라고 하는 건데, 어른들이 피임하는데 사용하는 물건이라 아무데서나 갖고 놀아서는 안 돼!"

무차이는 선생님이 무슨 말을 하는지 잘 이해가 되지 않았다. 하지만 펜치처럼 절대 좋은 물건은 아니라는 생각이 들었다.

성인이 된 다음에야 무차이는 그 당시 자신이 득의양양해서 입으로 불던 그 물건의 용도를 알았다. 그는 메스꺼워 토했다. 오장육부가 빠져나올 정도로 억수로 토했다. 무차이는 결혼한 후 얇은 그 씌우개를 한 번도 사용하지 않았다. 그 물건을 사용할 엄두가 나지 않았고, 그 물건을 보기만 해도 토했다!

진차이는 대학교에 붙겠다는 일념으로 하교만 하면 집에 틀어박혀 복습을 했다.

인차이와 무차이는 열심히 공부하는 형의 모습이 반은 진짜이고 반은 식구들한테 보이기 위한 연극이라는 것을 알고 있었다. 진차이는 할

아버지와 부모들에게 실망을 줄 까봐 두려웠고, 또한 대학교에 꼭 붙을 수 있다는 신심도 없었다. 사실 그는 공부하기는 싫고, 남몰래 관위링을 보는 것이 더 좋았다.

진차이가 중학교를 졸업할 즈음 관위링은 읍내 백화점에 출근하고 있었다. 백화점 판매원은 남들이 부러워하는 직업이었다. 다른 농촌 여자들은 여름이면 쨍쨍 내리쬐는 불볕 아래서, 겨울이면 매서운 북풍을 맞으며 평생 동안 땅을 파먹으며 살아야 하기에 피부가 새까맣게 거칠어졌지만, 백화점 판매원들은 가운을 입고 바람이 불든 비가 내리든 피부가 거칠어질 염려가 없이 계산대에서 물건을 팔면서 행복하게 살 수 있었기 때문이었다.

관위링은 18, 19세 나이었다. 어릴 적 대합조개 같이 큼직한 눈보다는 볼록하게 도드라진 젖무덤이 사람들의 눈길을 더 끌었고, 또한 진차이의 애간장을 태웠다. 진차이는 볼일이 있든 없든 틈만 있으면 백화점으로 달려가 멀찌감치 서서 계산대에 서 있는 관위링의 모습을 지켜보곤 했다. 간혹 그녀의 눈길이 자기 쪽으로 향하면 진차이는 얼굴이 삽시에 붉게 상기되었고, 마치 그녀 쪽을 보지 않은 것처럼 꾸미려고 얼굴을 황급히 다른 방향으로 돌렸다. 몇 번은 관위링이 그를 발견하고 다가오라고 손짓했다. 그녀 앞으로 다가간 진차이는 목이 꽉 막힌 것처럼 말이 나오질 않았다.

"너의 집 사람들은 참 이상하구나. 무차이 말더듬증이 없어지니 너한테 또 생겼으니 말이다. 넌 물건도 사지 않고 할 말도 없으면서 왜 여기에 와 멍 하니 서 있는 거니? 참 재미 있는 일이구나!"

관위링이 진차이와 우스갯소리를 했다.

진차이는 얼굴이 화끈 달아올랐다. 그는 관위링이 자기를 깔본다고 생각했다. 관위링네는 아버지가 백화점 사장이어서 가정 형편이 진차이네보다 훨씬 나았다. 비록 어릴 때 진차이가 어른들 앞에서 관위링의 어머니를 장모라고 부른 적이 있었지만, 그것은 어른들이 아이들을 어르는 농지거리에 불과했고, 단지 진차이만이 진짜로 그렇게 되기를 바랐다. 관위링의 어머니가 말한 "여자가 두 살 위면 복덩이를 낳는다"는 말을 불변의 이치라고 할 수는 없다. 누군가는 "여자가 두 살 위면 쓰레기를 줍는다"고도 하지 않았던가. 하물며 진차이는 몇 해 전까지만 해도 줄곧 폐품을 줍지 않았는가. 이는 읍내 사람들이 다 아는 일이었다.

관위링이 자기의 복덩이를 낳게 하려면 반드시 고등학교에 진학하고 대학교에 입학하는 길 밖에 없다는 사실을 진차이는 깨달았다. 그날부터 진차이는, 할아버지나 부모들에게 보이려고 책을 보는 흉내를 낸 것이 아니라 진짜로 열심히 공부했다. 관위링은 진차이가 공부할 수 있는 유일한 원동력이었다. 그는 "여자가 두 살 위면 복덩이를 낳는다"는 말을 실증하고 싶었다.

그해 진차이는 결심한대로 고등학교에 붙어, 현성에 들어가 공부하게 되었다.

11

인차이는 진차이가 고등학교 2학년 때 중학교를 졸업했다. 그는 현성의 고등학교에 진학하는 시험을 포기하고 집에서 부모들을 도와 반년 간 농사를 짓다가 그해 겨울에 입대했다.

인차이는 11살 때부터 하모니카에 매료되었다. 그는 누구의 가르침도 받지 않고 자기 나름대로 불고 불더니 점차 한 곡을 불 수 있었을 뿐만 아니라, 학급모임에서 반애들의 노래에 반주까지 할 정도에 이르렀다. 그는 본디 트럼펫을 불고 싶었지만 가정 형편이 어려워 살 수가 없었다. 그리하여 구멍이 있는 악기면 닥치는 대로 불게 되었다. 그는 처음에는 피리를 불다 후에는 생황을 불었고, 나중에는 수르나이(중국식 트럼펫)를 불었다. 수르나이는 시골에서 가장 흔한 악기였고, 용도 또한 가장 많은 악기였다. 귀를 찌르는 날카로운 수르나이 소리는 마음을 부산하게 만들어 인차이는 어릴 적에는 아주 싫어했다. 특히 장례식을 치를 때 들리는 수르나이 소리는 더욱 그러했다. 이상야릇한 그 소리는 마치 불효 며느리가 시부모 무덤 앞에서 눈물 콧물 쥐어짜며 연극을 노는 것처럼 진실감이 부족하다고 느꼈다.

인차이가 수르나이를 배우게 된 이유는, 첫째는 쉽게 구할 수 있고, 둘째는 경조사에 늘 빠질 수 없는 악기여서 생계수단으로 사용할 수 있으며, 셋째는 사춘기인지라 괴로움과 고독이 엄습할 때면 참기 어렵던 차에, 마침 가장 간편한 방법으로 정서를 발설할 수 있는 도구가 바로 수르나이였다. 그는 한 시기 낮이든 밤이든 수르나이를 불어 집 식구들은 물론 이웃들까지 시끄러워했다. 심지어 바보 하 씨마저 참지 못하고 어리둥절한 표정을 지으며 "너의 집에 누가 죽었니? 장례 때 울리는 소리가 들리니 말이다?" 하고 인차이에게 묻자 "내일 차에 치어 죽을 당신을 위해 미리 장례식을 치르는 거예요!" 하고 인차이가 쏘아붙였다.

인차이는 자기가 대학교에 붙는다고 해도 집에서 뒷바라지를 할 형편이 안 되는 줄 알고 진작 고등학교 진학을 포기했다. 그는 할아버지와 아버지가 그 뜻을 밝히지 않았을 뿐, 표정에서 더는 공부를 하지 말았으면 하는 그들의 마음을 읽었다. 인차이 역시 할아버지의 숙명론적 사상의 영향을 얼마쯤 받았다. 누가 돌잡이 때 피리를 잡으라고 했던가?

인차이는 남들이 싫어하는 수르나이를 미친 듯이 불었다. 이웃들이 항의를 제기하자 그는 뒷산 수림 속에 들어가 불었는데, 한 번 불기 시작하면 반나절이나 불었다. 불다가 지치면 산언덕에 누워 하늘에 떠 있는 변화무쌍한 여러 가지 모양의 꽃구름을 멍하니 바라보곤 했다. 그리고 계속해서 두 볼이 감각을 잃고 두 눈이 아물아물할 때까지 불고 또 불었다.

인차이는 마침내 수르나이 덕을 보게 되었다. 입대한 후, 수르나이를 불기 좋아하는 그의 특기가 그에게 큰 도움을 주었다.

진차이는 현성에서 고등학교를 다니는 2년 사이 많은 고생을 했다. 본래부터 공부에 큰 흥미가 없었고, 기초 또한 튼튼하지 않아 물리와 수학 이 두 개 과목은 그의 골머리를 썩이었다. 그는 낮에는 수업을 듣고 저녁에는 자습을 했다. 침실 전등을 끄면 그는 슬그머니 재래식 공중 화장실에 가 책을 보았다. 파리와 모기떼의 성화, 그리고 지독한 배설물 냄새로 하여 그는 늘 머리가 어질어질하고 눈앞이 캄캄해져 똥구덩이에 떨어질 뻔한 적도 여러 번 있었다. 사실 공중화장실이라는 열악한 환경에서 복습 효과가 좋을 리가 만무했다. 기억되는 것보다 잊혀지는 것이 많거나 혹은 새로운 것은 기억되지 않고 도리어 원래 기억했던 것들이 잊혀지는 경우가 많았다. 훗날 진차이는 당시 상황을 이렇게 회억했다. 그 때 나는 단지 의지를 연마하기 위해서였다. 지금에 와서 보면 철저히 바보 같은 행동이었다. 그러나 그 연령기에, 진차이와 같은 출신의 성깔 있는 학생이라면 가장 쉽게 취할 수 있는 방법이 바로 아무런 도움도 받을 수 없는 극단적인 자기 학대 행위였다.

진차이는 마침내 대학교에 입학했다. 하지만 꿈에마저 그리던 베이징의 명문대학이 아니라 창장(長江) 이남의 한 이공계 대학이었다.

인차이는 머나먼 동북지역에 소재한 군부대에 입대하게 되면서 형 진차이보다 반년 먼저 집을 떠났다. 진차이가 대학교에 입학하여 받은 첫 편지는 인차이의 편지였다. 편지 봉투에는 "중국인민해방군 ×××부대"라는 발신인 주소에 삼각형 소인이 찍혀 있었다. 진차이는 몇 해 전 인차이가 담배 곽으로 접어 만든 삼각형 딱지가 생각났다.

무차이는 그 때까지도 고등학교를 다니고 있었는데, 성격이 괴팍해지면서 반애들과 잘 어울리지 않았다. 동바오쉐이는 막내아들이 재차 벙어리가 될까봐 은근히 걱정했다.

두 형이 이남과 이북으로 떠나가자 무차이는 안절부절못했다. 그는 멀고 먼 곳으로 당장 떠나지 못하는 것이 한스러웠다.

12

진차이는 대학교로 떠나기 전 일부러 물건을 사는 척 하고 몇 번이나 읍내 백화점에 갔다. 기회를 엿보다 관위링을 만나려는 생각에서였다. 하지만 공교롭게도 한 번도 만나지 못했다. 할 수 없이 그는 관위링의 어머니와 그녀의 근황을 빙빙 에둘러서 물었다. 그제야 위링이가 갓 시집을 갔으며, 남편은 읍내 곡물창고에 근무하는 노동자이고, 다리 한쪽을 못 쓰는 장애인이라는 사실을 알았다. 그 당시 노동자는 아주 인기 있는 직업이었다. 호적이 농민인 처녀들이 나라에서 주는 식량을 먹고 사는 노동자에게 시집가면 남편을 잘 얻은 것이라고 여기는 시대였다.

진차이는 관위링이 시집을 갔다는 소식을 듣고 우울하고 괴로움에 시달렸다. 저녁 잠자리에서는 울기까지 했다. 진차이는 8, 9세 때부터 관위링을 좋아했다. 그는 10여 년 간 줄곧 그녀를 짝사랑했다. 고등학교에 진학하고 대학교에 붙은 것도 관위링의 사랑을 얻기 위한 노력이 큰 힘이 되었다. 하지만 관위링보다 두 살 연하였기에 그녀에 대한 사랑을 얼굴이 붉어지고 가슴이 두근거리며 손바닥에 땀이 나는 등 증세를 통해 드러냈을 뿐 직접 밝힌 적은 없었다. 자기가 얼굴이 붉어지고 가슴이 두근거리며 손에 땀이 나는 것이 그녀 때문인지 몰랐단 말인가? 그녀는 권세나 재물에 눈이 어두운 소인배였단 말인가! 진차이는 화가 났다. 날 얕잡아 보다니, 누가 잘 되나 어디 두고 보자! 사람은 운명에서 벗어날 수 없지 않는가! 관위링도 운명이 불행하고 나도 운명이 불행하다고 할아버지가 늘 말씀하시지 않았던가! 진차이는 어릴 적부터 지금까지 겪은 고생을 떠올리자 자신이 가엾다는 생각이 들었다. 그는 이불 속에서 가만히 흐느꼈다.

대학교 생활은 모든 것이 새로웠다. 북쪽지역에 있는 고향은 겨울철이면 푸른색이라고는 한 점도 없는, 사방이 벌거벗은 누런 세상이었지만, 이 곳은 사시장철 푸른 녹음이 우거져 있었다. 학교 식당 음식 또한 집보다 나았다. 이는 진차이가 가장 흡족해 하는 부분이었다. 남쪽지역에 온지 얼마 안 되고, 후덥지근하고 습윤한 기후에 습관이 안 되어 저녁에 잠을 제대로 자지 못하는 것이 불편한 점이었다. 이밖에 북쪽지역에서 온 많은 반애들이 기후와 풍토가 맞지 않아 몸에 붉은 두드러기가 생겼는데, 진차이도 마찬가지였다. 이 때문에 진차이는 한 동안 괴로움에 시달렸다. 후에 점차 환경에 적응되자 두드러기도 사라지고 피부도 더는 가렵지 않게 되었다.

　진차이는 대학교에서도 학습 성적이 별로였다. 첫 학기에 몇 과목은
심지어 학급에서 꼴등을 겨우 면할 정도였다. 하지만 그는 고민하지 않
았다. 그는 60점을 맞아 급제만 하면 되었다. 가정 형편이 어려워 어릴
적부터 고생을 하며 자랐기에 진차이가 가장 걱정하는 일은 역시 집안
생활 형편이었다. 생활 형편은 예전보다 많이 나아져 먹고 입는 문제는
별 걱정 없지만 대학교 뒷바라지는 부모들에게 있어서 여전히 엄청난
부담이었다. 둘째 인차이는 군인이어서 한 달 보조금이 겨우 몇 위안
밖에 안 되었고, 막내 무차이 또한 고등학교를 다니고 있어서 역시 지
출이 적지 않았다. 진차이는 평소에 무척 아껴먹고 아껴 썼는데, 식당
에서도 가장 싼 요리만 사서 먹었다. 그렇게 1년 간 절약하니 몇 백 위
안을 모을 수 있었다. 그는 대학교에 붙은 첫 해 겨울 방학에는, 노비를
절약하여 아버지 부담을 덜어주고자 구정에도 집에 돌아가지 않고 학
교에서 보냈다.

　설날 진차이는 가만히 기숙사에 혼자 앉아 있으려니 너무나 집 생각
이 나 캠퍼스에 나와 아무런 목적도 없이 여기저기 돌아다녔다. 갑자기
그는 이상야릇한 흥분에 눈앞이 환해지면서 피가 마구 끓어 넘치는 것
만 같았다. 바로 쓰레기를 발견했기 때문이었다. 캠퍼스 도처에 쓰레기
통이 비치되어 있었다. 진차이의 심장이 방망이질을 했다. 어릴 적 폐
품을 줍던 충동을 억제할 수 없어 하나하나의 쓰레기통과 쓰레기더미
를 지나며 그 속에 숨어있는 생소하면서도 익숙한 폐품을 눈여겨 살펴
보았다.

　진차이는 오후 내내 온 캠퍼스를 자세히 돌아보았다. 교사 구역으로
부터 생활 구역, 그리고 주택단지까지 캠퍼스는 너무나 넓었으며, 거기

에서 생기고 나오는 쓰레기 또한 너무나 많았다. 쓰레기통마다, 쓰레기 더미마다에 돈이 될 수 있는 '보물'이 많이 묻혀있었다. 이 곳 쓰레기더미는 어릴 적 연연하던 쓰레기더미보다 더 많았고 값이 가는 물건도 더 많았다.

저녁에 잠자리에 누운 진차이는 잠이 오지 않았다. 그는 한편으로 흥분되고 한편으로 불안 했다.

13

바로 설날 저녁 진차이가 학생기숙사에 누워 엎치락뒤치락하며 허튼 생각을 하고 있을 때, 둘째 인차이 역시 눈을 붙이지 못하고 있었다. 방금 중대에서 주최한 설 음악회에서 수르나이로 "뭇 새들이 봉황의 뒤를 따르다"를 독주하여 전우들의 박수갈채를 받았을 뿐만 아니라, 사병들과 함께 설을 보내러 내려온 군관구 최고 지휘관의 칭찬까지 받았기 때문이다.

음악회가 끝날 무렵 군관구 최고 지휘관은 인차이와 악수를 하면서 인차이의 이름, 나이, 출생지, 문화 수준, 부모들의 건강상황까지 친절하게 물었다. 인차이는 격동된 마음으로 일일이 대답했는데, 오래 동안 수르나이를 불어서인지 발음이 똑똑하고 목소리가 우렁찼다. 최고 지휘관의 물음에 대답하던 진차이의 목소리는 "뭇 새들이 봉황의 뒤를 따르다"를 독주할 때의 수르나이 음색, 음질과 아주 비슷했다. 진차이의 대답을 듣고 난 최고 지휘관은 환한 표정을 지었다. 떠날 즈음에 그는 또 부드럽고도 두툼한 손으로 진차이의 어깨를 다독이면서 격려의 말을 했다.

"음, 그래, 그래, 좋아! 젊은이, 잘해 보라구! 부대는 대학교이자 대형 용광로야. 인재가 되려는 뜻을 세워야 하고, 시련을 많이 겪어야 강해지는 법이야!"

인차이와 중대장이 이구동성으로 대답했다.

"최고 지휘관님, 걱정 놓으십시오! 최고 지휘관님의 간절한 기대를 절대 저버리지 않겠습니다!"

최고 지휘관은 흡족한지 고개를 끄덕이었다. 그는 미소를 지으며 물었다.

"젊은이, 사귀는 여자가 있나?"

인차이는 얼굴이 붉게 상기되었다. 장내는 와 하고 웃음바다가 되었다. 중대장이 얼른 경례를 올리고 나서 답했다.

"최고 지휘관님, 동인차이는 업무와 학습에 전념하느라 여자를 사귀는 일을 뒷전으로 여기고 있습니다."

최고 지휘관이 엄정한 표정으로 말했다.

"연애와 업무, 학습을 대립시켜서는 안 되지!"

최고 지휘관은 몸을 돌려 그를 수행하고 온 연대장을 보고 말했다.

"싹수가 있는 괜찮은 젊은이고, 양성할 가치가 있는 젊은이요!"

연대장이 "알았습니다!" 하고 즉시 대답했다.

숙소로 돌아온 인차이는 음악회에서 있었던 광경을 비디오테이프를 틀듯이 한 번 또 한 번 회억했다. 특히 군관구 최고 지휘관이 자기와 나눈 매 한마디 말을 혹시 까먹기라도 할까봐 자세히 회억하며 그 뜻을 음미해보았다. 더욱이 "싹수가 있는 괜찮은 젊은이고, 양성할 가치가 있는 젊은이요"라던 말은 글자마다 천근무게가 되어 인차이의 가슴을 짓누르는 바람에 숨쉬기조차 힘들었다. 그는 연대장이나 중대장이 자기처럼 최고 지휘관의 말뜻을 깊이 터득하고 구체화하기를 조물주에게 묵묵히 빌었다. 그는 북방의 겨울밤이 길기는 하지만 결국은 새날이 밝는 것처럼 자기한테도 언제인가는 기회가 찾아올 것이라는 느낌이 들었다. 인차이는 이불 속에서 수르나이를 어루만져보았다. 그는 아버지가 들려준, 돌잡이 때 피리를 잡았다는 이야기가 또 떠올랐다. 운명이라는 것이 있기는 있나보다. 그는 피리로부터 수르나이까지, 자기가 나팔을 배울 때 그 어떤 암시 같은 것을 받았음을 배제하지 않았다. 인차이는 자기의 향후 운명이 수루나이, 즉 나팔을 부는 일과 밀접하게 연관되어 있다고 굳게 믿었다.

날이 밝을 무렵 선잠이 든 인차이는 난생 처음 할머니를 보았다. 할머니가 돌아가실 때 인차이는 여섯 살밖에 안 되었다. 꿈에 나타난 할머니 모습은 흐릿했는데, 연세가 높은 할머니 같기도 하고 연세가 높은 할아버지 같기도 했다. 잠에서 깨어난 인차이는 이상한 느낌이 들었다. 꿈속에서의 장면은 거의 기억이 나지 않았지만 할머니가 임종을 앞두고 한 말은 기억에 생생했다. 할머니는 숨을 거두기 전 "추워!"라고 한마디만 했다. "추워"라는 말이 떠오르자 인차이는 저도 몰래 온몸이 으스스 떨렸다. 창밖을 내다보니 온통 하얀 세상이었다. 그래, 창문을 제대로 닫지 않았군. 살을 에이는 듯한 삭풍이 문틈으로 사정없이 밀려들어오면서 '잉잉' 하고 날카로운 소리를 냈다. 그 소리는 어딘가 수르나이 소리와 비슷했다.

문틈을 비집고 들어오는 바람 소리는 인차이를 또다시 상기시켰다. 그는 마음껏 통쾌하게 불고 싶어 이불 속에서 재빨리 애지중지하는 수르나이를 꺼내들었다.

14

온 밤 엎치락뒤치락하며 흥분과 불안을 반복하면서 생각을 굴리던 진차이는 날이 밝을 무렵 드디어 대체적인 결단을 내렸다.

어린 시절 진차이의 즐거움은 대개 고향에 주둔하고 있던 부대 병영 밖의 그 쓰레기더미에서 왔다. 고향에서 멀리 떨어진 대학교 캠퍼스에서 어린 시절 찾아가던 쓰레기더미보다 훨씬 풍부한 쓰레기자원을 발견했으니 흥분하는 것은 당연한 일이었다. 어린 시절 그의 꿈이 다시 활활 타오르기 시작했다. 쓰레기는 학비를 마련할 수 있는 현실적 가능성을 제공해줬을 뿐만 아니라, 아버지 동바오쉐이의 경제적 압력과 정신적 압력을 줄여줄 조건을 제공해 주었다. 이 점이 특히 중요했다.

진차이가 불안해 하는 것도 이해하기 어렵지 않다. 대학생이 캠퍼스에서 쓰레기를 줍고 폐품을 줍는다면 필경 체면이 깎이고 체통이 서지 않으며 구설수에 오를 수 있는 불가사의한 일이었다. 이는 단지 진차이 개인의 일만이 아니어서 그로 인해 초래되는 영향은 진차이가 단시간에 예측할 수 없었다. 그는 이는 아주 체면이 깎이는 일이어서 반애들과 선생님, 나아가 학교 측의 비난을 받게 될 것이라는 생각이 들었다.

일반인들의 눈에는 쓰레기가 더러운 물건에 지나지 않았지만 진차이의 눈에는 재물이었다. 폐품을 주워야 하나, 줍지 말아야 하나? 이 문제에 있어서 진차이는 자기 반대편에 서 있었다. 얼굴이 깎이고 백안시당할 수 있으니 주워서는 안 된다. 반애들과 선생님들의 얼굴마저 깎을 뿐만 아니라 큰 풍파를 불러올 수 있으니 주워서는 안 된다고 거듭 자신을 달래었다. 하지만 머릿속에 한 무더기, 한 무더기 쓰레기더미가 떠오를 때마다 그는 일종의 쾌감을 느꼈다. 쓰레기는 진차이에게 뿌리칠 수 없는 엄청난 유혹이었다.

진차이는 우선 쓰레기를 둘러본 다음 다시 생각을 정리해 보기로 했다. 그는 흥분해서인지 잠기가 말끔히 사라졌다. 설 이튿날 날이 밝자마자 진차이는 시뻘게진 눈으로 캠퍼스를 한 바퀴 빙 돌아보았다. 그리고 학교 밖에 나가 폐품 매입소와 폐품 시세를 알아보았다. 사실 날마다 일부 떠돌이 고물상들이 삼륜차를 끌고 캠퍼스를 가로 지나가기도 했다.

체면이고 뭐고 한 번 해보자! 진차이는 이를 악물었다. 그는 학생들이 집에 설을 쇠러 간 틈을 타서, 될 수 있는 한 남의 눈에 띄지 않게 슬그머니 하려고 마음먹었다. 그는 돛의 천으로 만든 자루를 들고 마치 누구에게도 개의치 않는 다는 듯이 여기저기 돌아다니다 맥주병이나 깡통, 생수병 같은 것이 있으면, 사방을 둘러 본 다음 보는 사람이 없으면 얼른 주머니에 담았다. 품을 얼마 팔지 않고도 폐품을 한 자루 가득 주울 수 있었다. 그는 폐품을 다른 자루에 담은 다음 부근에 있는 폐품 매입소나 떠돌이 고물상들한테 팔았는데, 매 번 3위안 내지 5위안 쯤 벌 수 있었다. 진차이에게 있어서 이는 엄청난 수입이었다.

이렇게 진차이는 겨울방학 동안에 폐품만 주워 팔아 206위안을 벌었다. 한 학기 학비를 마련한 셈이었다.

진차이는 자신감이 생겼다. 그는 이 장사를 버릴 생각도 없었고 도둑놈처럼 눈치를 보며 남몰래 슬그머니 하기도 싫었다. 한 겨울방학 동안의 치열한 사상투쟁을 거쳐 그의 머릿속에는 성숙된 방안을 궁리해냈다. 정정당당하고 대대적으로 폐물을 줍는 방안이었다. 새 학기가 시작되자 진차이는 학급의 학급간부들을 찾아가 자기 소견을 털어놓았다. 그는 경제형편이 어려운 학급과 학부, 나아가 전교 학생들의 형편을 분석한 다음 폐품 줍기가 환경 보호, 자원 재활용 등 면에서 가지고 있는 중요한 의의를 설명했다. 아울러 근면한 노동을 통해 학자금을 마련하는 행사가 대학생들이 고난과 시련을 이겨낼 수 있는 정신력을 양성하는데 일으키는 긍정적인 역할 등을 상세히 진술했다. 또한 행사를 벌이는 구체적인 방안도 내놓았다.

학급 간부들은 검토를 거쳐 동진차이의 생각이 무척 가치가 있다고 모두가 찬성 했다. 그리고 그 생각을 학급 담임선생님과 학부 지도층에 보고했다. 학부 지도층에서는 이에 지지한다는 뜻을 밝혔다. 그리하여 학급 전체 학생들이 참여한 "자원을 아끼고, 환경을 보호하며 근검절약하는 행동을 통하여 마음을 정화하자"는 특별 행사가 드높이 전개되었다. 반애들은 진차이를 이번 행사의 책임자로 일제히 천거했다.

동진차이는 이번 행사의 최초 발기자이자 최대 수혜자가 되었다. 한 개 학급의 참여로 시작된 행사는 전 학급과 전교의 행사로 점차 확대되었다. 폐품을 팔아 모은 돈은 가정형편이 어려운 학생들에게 전해졌다. 그들은 또 오랜 혁명근거지 어린이들과 재해지역 이재민들에게 수천 위안을 조달해주었다.

진차이는 폐품을 팔아 모은 돈으로 학비를 마련했다. 그는 부모들에게 손을 한 번도 내밀지 않았을 뿐더러 대학교 3학년 때에는 설을 맞아 아버지에게 60위안을 보내주기도 했다. 추신에는 아르바이트해서 번 돈이라는 내용이 적혀있었다.

그 해 동진차이는 또 "전 성 대학교 모범 고학생"이라는 영예를 받아 장려금을 200위안이나 탔다.

15

진차이는 대학교에서 하늘을 찌를 듯한 열성으로 폐품을 줍고, 인차이는 부대에서 긍지와 의욕이 가득 차서 수르나이를 불고 있을 때, 막내 무차이는 결연히 1년 앞당겨 대학교 시험를 치르기로 마음먹었다.

무차이가 대학교 입시를 보던 해부터 고등학교 학제를 2년에서 3년으로 개편했다. 더는 부모들의 잔소리를 듣기 싫었던 그는 얼싸 좋다 하고 하루라도 빨리 집을 떠나 일찌감치 직장을 구하려고 작정했다.

무차이는 대학교보다는 전문대학에 입학하려 했다. 그는 부모들이 수심에 가득 찬 얼굴에 한숨을 지으면서 힘들게 자식들 뒷바라지를 하는 모습이 보기 싫었다. 만약 대학교에 붙는다면 최소한 4년은 공부해야 하지만 전문대학에 붙으면 3년이면 졸업할 수 있었다. 졸업만 하면 직장을 구하고 가정을 돌볼 수 있어서 더는 부모들의 눈칫밥을 먹을 필요가 없었다.

무차이는 돌잡이 때 잡았던 녹 쓴 펜치가 그에게 가져다 준 그림자를 떨쳐버릴 수 없었다. 그는 아버지에게 이렇게 말했다.

"아버지, 저는 노동자나 되고 중노동이나 하며 살 명이니 쓸데없는 걱정을 하지 마세요. 할아버지 말씀처럼 사람은 정해진 재능이나 운명에서 벗어날 수 없다고 했듯이 바로 제 재능이 전문대학에 갈 수준 밖에 안 되니 대학교는 아예 포기했어요. 게다가 전문대학에 가면 돈을 절약할 수 있잖아요. 대학교 학비는 점점 늘어나는데, 저희 가정 형편에서 살림살이를 다 판다 해도 제 뒷바라지를 하기 힘들 거예요. 그래 저는 전문대학을 지망하기로 했어요!"

동바오쉐이는 무차이가 대학교에 가는 것을 그리 원치 않았다. 옆에 아들 하나만이라도 두고 싶었던 그는 무차이가 전문대학에 가면 공부를 1년 적게 할 수 있고, 또한 대학교는 학비가 비쌀 뿐만 아니라 공부하는 시간도 길다는 바람에 아들의 뜻을 따랐다. 동바오쉐이는 두 해 사이에 떠나간다 하니 아들들이 하나 둘 다 떠나가자 마음이 허전해지면서 서글픈 생각이 들었다. 그는 자식들이 하루 빨리 크기를 바랐고, 누구나 잘 되기를 바랐다. 그런데 눈 깜짝할 사이에 자식들이 커서 아득히 먼 곳으로 떠나가 버렸다. 그는 실의에 빠졌다. 자식들이 크니 더는 아버지 말을 듣지도 않고, 부모들이 관계하면 좋아하지 않으니, 하고 싶다는 대로 내버려 두자! 그는 무차이에게 하고 싶은 대로 하라고 했다.

사실, 무차이가 1년 앞당겨 대학 입시를 보게 된 데는 한 가지 이유가 또 있었다. 무차이는 현성에서 2년 간 고등학교를 다니면서 한 처녀를 좋아했다. 그녀는 중학교를 졸업하고 신화서점에 출근하는 종업원이었다. 함초롬한 예쁜 얼굴에 말하기 좋아하고 웃기도 잘했다. 무차이는 서점에 복습자료를 사러 갔다가 그녀에게 한눈에 반했다. 무차이는 큰형 진차이와는 달리 마음에 들면 단도직입적으로 말하는 성격이라 조금도 망설이지 않고 노골적으로 그녀가 예쁘고 섹시하다고 칭찬했다. 그녀는 활발한 성격이기는 했지만 초면인데 얼굴에 철판을 깐 듯이 뻔뻔스럽게 알랑거리는 사람을 별로 보지 못했는지라 무차이가 눈에 거슬렸다. 그녀는 그를 망나니새끼라고 생각했다.

무차이는 그녀를 만난 다음부터 넋이 나간 사람처럼 사흘이 멀다하게 서점으로 달려갔으며, 수업이 없는 날에는 하루 내내 버티고 앉아 있었다. 두 주일도 안 되어 그는 데이트 신청에 성공해 그녀와 영화도 보고 거리도 거닐면서 즐거운 나날을 보냈다. 무차이 스스로도 만약 이렇게 세월을 보내다가는 고등학교를 3년이 아니라 4년, 5년 다녀도 허사이며, 대학교 꿈이 망상에 지나지 않는다는 것을 잘 알고 있었다.

게다가 대학교에 붙는다고 해도 현성에서 얼마나 멀지 모를 뿐만 아니라 졸업 후 혹시 티베트나 신장(新疆), 하이난도(海南島) 같은 곳에 배치 받는다면 그녀와 어떻게 만난단 말인가? 그건 안 될 일이지. 그는 그녀를 반드시 아내로 맞아들이겠다고 속으로 다짐했다. 그럭저럭 성(省)내에 있는 전문대학에 다니다가 졸업한 후 현성에 돌아와 그녀와 함께 보낼 수만 있다면 어떻게 살든 상관없었다.

그녀는 무차이가 자기와 심심풀이삼아 만나지나 않나 걱정했다. 둘이 만나 한담을 나눌 때면 그녀는 자주, 무차이가 대학에 가면 무조건 자기를 버리고 다른 여자를 만날 거라며 투정을 부렸다. 무차이가 하늘과 땅을 가리키며 만약 배신하면 벼락에 맞아 죽을 것이라고 맹세를 하자, 그녀는 부정 탄다며 황급히 그의 입을 막기도 했다.

무차이는 소원대로 성내에 있는 사범단과대학에 붙었다. 그는 중문학과를 택했다. 그가 사범대학을 지망한 것은 첫째는 가정경제 형편을 고려해서였고, 둘째는 대구입을 가진 초등학교 국어교사 옌 씨의 영향 때문이었다. 무차이는 일곱 여덟 살 때, 늘 형이 공부하는 교실 밖에서 옌 교사의 수업을 엿듣곤 했었다. 특히 무차이의 말더듬 증을 치료한 "숯을 파는 늙은이"라는 시는 그의 인생에 큰 영향을 주었다. 무차이가 중문학과를 택한 원인도 이 시와 관련되어 있었다.

무차이는 대학 입학통지서를 받자 기쁜 마음으로 집에 달려갔다.

그는 할아버지 귀에 대고 말했다.

"할아버지, 작은 손자가 장원급제해서, 이후부터 집을 나서면 큰 말을 타고 다니게 되었어요!"

아버지 동바오쉐이가 물었다.

"어, 대학에 붙었니? 학비가 비싸냐?"

무차이가 머리를 쳐들며 대답했다.

"아버지, 걱정 마세요! 이 아들은 효자여서 아버지를 힘들게 하지 않을 거예요. 사범대학에 붙었으니까요! 사범대학은 공짜로 먹고 자고 공부하니까 돈 한 푼도 필요 없어요!"

동바오쉐이는 반신반의해하며 꾸짖었다.

"세상에 어디 그렇게 좋은 일이 있니? 공짜로 먹고 자고 공부한다구? 흥, 네가 머리가 돈 것 같구나!"

16

인차이는 부대에서 수르나이를 불어 유명해지자 얼굴을 내밀 기회도 날로 잦아졌다. 수르나이를 중대 축하모임에서 불던 데서 군관구 문예 합동공연까지 참가하여 불게 되었다.

인차이는 처음에는 연대 공연에 참가했다가 후에는 사단 사령부, 나중에는 군단 사령부에서 주최한 공연에까지 참가했다. 그는 연대 공연에는 대대를 대표하여 참가했고, 사단 공연에는 연대를 대표해 참가했으며, 군단 공연에는 사단을 대표해 참가했다. 나중에 그는 군단을 대표하여 군관구 문예 합동공연에 참가했다.

인차이가 명실상부하게 중대에서 병사생활을 한 시간은 합산하면 3년도 채 되지 않았다. 이 3년 사이에 그는 리허설을 하느라 여러 번 연대와 사단에 차출되었다. 후에 그는 한 해에 몇 번씩은 중대에 내려가 위문공연을 하기는 했지만 매번 체류하는 시간이 며칠 밖에 되지 않았다. 게다가 중대에서는 위에서 공연하러 내려온 문예단체 배우들을 손님으로 대우했기에 침식이 중대 일반 병사들보다 훨씬 좋았다. 그리하여 무차이는 더는 꿈에 할머니가 나타나지 않았고, 춥다는 할머니 목소리도 더는 듣지 못했다.

군관구 최고 지휘관이 중대를 시찰하면서 장병들과 설을 함께 보낸지 3년째 되던 해에 인차이는 재차 자신의 재능을 뽐낼 수 있는 기회를 얻었다. 그는 운이 좋게 군관구에서 주재한 말단 부대 합동공연에 참가하게 되었다. 공연을 군관구 최고 지휘관이 관람했을 뿐만 아니라 전체 배우들을 친절하게 접견까지 했다. 최고 지휘관이 다가오자 인차이는 격동된 마음으로 경례를 올리고 나서, 몇 해 전 자기 어깨를 다독여주던 최고 지휘관의 부드럽고 두툼한 손을 잡으며 미소를 띤 자애로운 얼굴을 감개무량한 표정으로 응시했다. 그리고 기회를 놓칠세라 입을 열었다.

"병사 동인차이는 여태까지 최고 지휘관님의 가르침을 마음속 깊이 새기고, 기량을 열심히 연마하여 조국에 보답하고자 합니다!"

무차이의 암시적인 말은 단번에 최고 지휘관의 기억을 상기시키지 못했다. 잠깐 생각에 잠겼던 최고 지휘관이 옆에 있던 한 고급 장교에게 물었다.

"이 꼬맹이가 누구더라? 왜 기억이 없는 거지?"

마침 그 고급 장교는 당시 최고 지휘관을 수행하여 인차이가 소속되어 있는 중대와 설을 함께 보낸 분이었다. 그의 놀라운 기억력은 인차이가 차후 성공 가도를 달리는데 새로운 길을 열어주었다. 고급 장교는, 2년 전 중대에 내려가 장병들과 즐겁게 설을 쇠던 장면을 추억하면서 최고 지휘관의 기억을 되살려 주었다. 뿐만 아니라 인차이를 재차 최고 지휘관에게 소개했다. 최고 지휘관은 무척 반가워하면서, 인차이와 단둘이 기념사진까지 찍었다. 최고 지휘관은 역시 부드럽고 두툼한 손을 인차이의 어깨에 얹고 수행한 장교들에게 말했다.

"그래, 그래, 좋아! 우리는 바로 이와 같은 훌륭한 병사를 양성해야 한다! 우리 각급 장교들은 인재를 제때에 발견하고 심혈을 기울여 양성하며, 대담하게 등용해야 한다. 내 보기에는 이 젊은이가 보기 드문 인재인 것 같다! 동인차이라고 했지, 이름을 아주 겸손하게 지었군! 어째서 진차이라고 안 지었지?"

"최고 지휘관님, 우리 형 이름이 진차이입니다!"

인차이가 큰 소리로 대답했다. 그 바람에 온 장내가 웃음바다가 되었다.

최고 지휘관이 말했다.

"그래, 좋은 이름들이야! 진차이나 인차이나 모두 인재란 말이 아닌가! 그래, 많이 배우고 더욱 진보하기를 바란다!"

인차이는 최고 지휘관의 가르침을 잊지 않았다. 이후 10년 여 동안 그는 고등학교 교과과정을 복습했고, 또한 부대의 추천을 받아 사관학교에 가 3년간 공부했다.

현재 동인차이는 소령으로 승진하여 군관구 예술단 부단장이 되었다.

인차이는 가정을 이루었는데, 아내는 최고 지휘관의 생질녀로서 군관구 병원 회계였다. 인차이는 딸을 낳았는데 이름을 아비라고 지었다. 딸애는 돌잡이 때 청진기를 잡았다.

"의사도 괜찮지, 엄마처럼 말이야."

인차이의 말에 그의 아내가 눈을 흘기며 대꾸했다.

"전 의사가 아니라 회계에요!"

인차이가 받아 넘겼다.

"병원에 다니니 의사나 마찬가지지."

그는 더 대꾸하려다 말끝을 사렸다. 성깔이 사나운 아내가 걸핏하면, 자기 외삼촌의 덕을 봤기에 이만큼 되었다며 그의 과거를 들먹이기 때문이었다. 아내는 말다툼을 할 때면 꼭 한 마디 꼬집는 말을 했다.

"당신, 나팔 부는 것 외에 할 줄 아는 게 뭐가 있어요!"

나팔 밖에 불 줄 모른다는 말이 수르나이 밖에 불 줄 모른다는 뜻 외에 다른 뜻이 숨어 있다는 것을 인차이는 잘 알고 있었다. 여편네들은 다 이 꼴이야! 그는 언제나 이렇게 자신을 달래고, 아내를 양해하려 애썼다.

17

진차이가 한편으로 공부하고 한편으로 폐품을 줍는 사이 어느덧 4년이란 세월이 흘렀다.

대학교 3학년 때 진차이는 전교 학생 고학 봉사센터 센터장이 되었다. 그는 학생들을 설득하여 폐품을 주웠을 뿐만 아니라, 생활 형편이 어려운 학생들을 묶어 교실, 숙사, 공중 화장실, 식당, 홀 등의 청소를 청부했다. 그리고 학자금을 마련하기 위해 간행물 판매 가게와 같은 시설을 개설하여 반애들과 학교 측의 호평을 받았다.

공부에만 몰두하는 학생들에 비해 진차이의 대학생활은 다채로우면서도 수확이 컸다. 그의 졸업 평가에는 "의지를 단련하고 능력을 연마했으며, 친구들을 사귀고 좋은 평판을 받은 데서 영예를 받았다"고 밝혔다. 졸업평가에는 그가 착실하게 돈을 벌었다는 내용을 밝히지는 않았다. 졸업 전날, 진차이가 세밀하게 계산해보니 3년 반 동안에 모은 돈이 1만 위안이나 되었다. 그리하여 명실상부한 "만 위안 농가"가 되었던 것이다.

졸업 평가에서 밝히지 않은 진차이의 또 다른 수확은 사랑이었다. 진차이의 사랑은 쓰레기더미에서 주워왔다. 비록 사연을 듣고 보면 좀 불편하지만 말이다. 그러나 틀림없는 사실이었다.

대학교 3학년, 햇빛 다사한 화창한 봄이었다. 그 때는 진차이가 고학봉사센터 책임자가 된 후여서 직무도 변하고 인기도 높아졌기에 몸소 쓰레기통이나 쓰레기더미를 뒤지는 일은 드물었다.

어느 날, 진차이가 교실에서 저녁 자습을 마치고 숙사로 돌아가던 길에 대학원생 기숙사 동쪽을 지나는데 가지런히 비치한 새 쓰레기통이 그의 눈길을 끌었다. 그는 저도 모르게 발걸음을 늦추었다. 이는 진차이가 어릴 적부터 기른 습관인데, 쓰레기만 보면 자연스럽게 친근감이 본능적으로 표출되었다. 순간 그는 습관적으로 쓰레기통에 다가가 저도 모르게 덮개를 연 다음 나무 막대기로 신이 나서 쓰레기를 뒤적였다. 그는 가로등 불빛을 빌어 반투명한 붉은색 비닐봉지를 발견했다. 아가리를 단단히 봉했는데 안에 일반 쓰레기가 들어있는 것 같지 않았다. 그는 나무 막대기로 비닐봉지를 쑤셔댔다. 봉투가 터지자 정연하게 쌓아 넣은 편지묶음이 나왔다. 호기심이 동한 진차이는 비닐봉지를 통째로 꺼내 들고 가로등 밑에 가 앉았다.

비닐봉지에는 40여 통의 편지가 들어있었는데, 어떤 편지는 개봉을 했고 어떤 편지는 그대로였다. 진차이는 손에 잡히는 대로 편지 한 통을 뜯어 흥미진진하게 읽어 내려갔다. 야쮜얜(雅娟)이란 여자애가 남자 친구에게 쓴 한 통의 연애편지였다. 편지는 사랑하는 사람을 향한 그녀의 그리움을 토로했는데, 변함없는 사랑을 고백하면서도 원망의 목소리를 담기도 했다. 사용한 많은 어휘들이 너무나 원색적이고 니글거려 진차이는 얼굴이 화끈해지고 가슴이 두근거렸다.

이는 진차이가 난생 처음 보는 연애 편지였다. 대학생활 3년 동안 그는 쓰레기에 흥미를 가진 것 외에 장애인한테 시집을 간 관위링이 마음 한 구석을 차지하고 있어서 다른 여자한테 눈길을 준 적이 한 번도 없었다. 그는 한때 관위링한테 편지를 쓸까도 생각했다가 너무 당돌할뿐더러 그녀한테 도움도 안 될 것 같아 그만 두었다. 대학교 2학년 때 그는 집에 설을 쇠러 갔다가 식솔들을 속이고 몰래 백화점에 찾아간 적이 있었다. 관위링은 결혼한 후 얼굴이 몹시 초췌해져 진차이가 기억하고 있던 그 모습이 아니었다. 그 때문에 한 동안 비통한 마음에 허덕이며 공연히 찾아가 보았다고 후회했다. 어린 시절 우상이 여지없이 뭉개지는 바람에 그는 세상이 암울하다는 느낌까지 들었다.

손에 쥐고 있는 연애편지가 일면식도 없는 여자가 역시 일면식도 없는 남자에게 쓴 편지이기는 했지만 진차이는 그 내용에 깊이 도취되었다. 그는 이미 개봉한 편지는 물론 아직 개봉하지 않은 편지까지 몽땅 뜯어 거의 단숨에 읽었다. 그는 격동되어 탄식했고 눈물을 흘렸다. 나중에 욕까지 퍼부었다.

진차이가 편지 내용을 한 줄로 엮어보자 머릿속에 완정한 사랑이야기가 이루어졌다. 이야기 속 여 주인공은 야쮜얜이고, 남 주인공은 약자로 KH였는데, 아마 이름이 캉훙(康宏)이나 카이항(開航, 그러나 진차이는 남자의 이름이 분명 커헌[可恨]이라고 생각되었다)이었다. 야쥐앤과 KH는 중학교 시절 같은 반 동급생으로서 조기 연애를 했다고 할 수 있었다. KH는 처음에는 야쥐앤과 아주 정분이 좋았다. 그러나 대학교 본과를 졸업하고 대학원에 입학하자 갑자기 야쥐앤과 헤어지자며 단연히 결별 선언을 했던 것이다. KH가 다른 여자애를 좋아했기 때문이었다. 야쥐앤은 매우 고통스러웠고, 참혹한 타격을 받아들일 수 없어서 끊임없이 편지를 보내 자신의 사랑을 토로했던 것이다. 그들 둘은 아주 깊은 관계로까지 발전했었다. 야쥐앤은 KH를 위해 최소한 두 번이나 임신중절 수술을 했다. 하지만 KH의 마음은 이미 야쥐앤을 떠나가 버린 데서 답신을 거의 하지 않았다. 간혹 답신을 보낸다 해도 몇 마디뿐이었고, 잘못을 뉘우치고 관계를 회복할 생각은 없었다. 쓰레기통에서 주운 편지 묶음을 미루어 볼 때(대부분 편지는 개봉하지도 않았음) 야쥐앤의 모든 노력이 헛수고였음을 알 수 있었다.

진차이는 날이 희뿌옇게 밝아올 무렵에야 편지를 다 읽을 수 있었다. 진차이는 형언할 수 없는 서글픈 감정이 밀려들어 왔다. 머릿속에 관위링의 모습이 떠올랐다. 그러면서 야쥐앤의 모습과 어릴 적 기억 속 관위링의 모습이 겹쳐졌다. 그는 야쥐앤에게 편지를 보내어 가능한 그의 마음의 상처를 무마해주고자 마음먹었다.

이는 진차이의 인생에서 문장력을 보여줄 수 있는 가장 좋은 기회가 되었다. 그는 이 "제삼자 연애편지"를 진실하고 애틋하게 감동적이고 눈물겹게 썼다. 그는 생색을 내거나 그 어떤 수법을 쓰지 않고 쓰레기통에서 편지를 발견하는 바람에 비밀을 알게 되었다며 자초지종을 사실대로 상세히 밝혔다. 뿐만 아니라 이 일에 대한 자기 견해까지 진솔하게 밝혔다. 편지 결말에 그는 당시 유행하던 노래 가사를 인용하여 그녀를 위로했다. "마음이 너무 여리어, 홀로 날 밝을 무렵까지 울지 마세요, 아무리 눈이 빠지게 기다려도, 떠난 사람은 돌아오지 않으니까요, 아무리 그리워해도 소용없으니 이제는 마음을 돌리세요."

그는 야쥐앤이 이 편지를 받아본 다음 굳세어 질지는 알 수 없었지만, 스스로 편지 내용에 너무나 감동돼 목메어 울다가 몇 번이나 편지지를 적셨다.

18

진차이는 편지를 부치고 나서 어느 정도 후회했다. 자신이 어이없고 실없이 느껴졌기 때문이다. 그는 야쥐앤이 답신을 보내오거나 찾아올까봐 근심했다. 그는 또 여러 가지 결과를 상상해보기도 했다. 그 어느 것이나 극적인 결과였다. 그는 상상 속에서 자신을 감정의 유린을 받은 연약한 여자를 구하기 위해 물불을 가리지 않고 뛰어드는 거룩한 인물로 부각시켰다.

진차이는 백일몽만 꾸는 것으로 만족되지가 않아, 친구들을 불러 KH를 캠퍼스 밖의 으슥한 곳으로 꾀어낸 다음 한바탕 호되게 두들겨 팼다. 그리고 야쥐앤에게 사과 편지를 쓰도록 강박했다.

약 한달 쯤 되었을 때 진차이는 야쥐앤이 보낸 편지를 받았다. 그는 기쁘기도 하고 두렵기도 하여 편지를 쥐고 한참 망설이다가 조심스레 개봉했다. 야쥐앤은 편지에서, 우선 예의바르게 고맙다는 인사를 한 다음, 진차이가 자기 남자 친구를 때린 악랄한 행위를 아주 매섭게 질책했다. 그러면서 남의 잔치에 감 놓아라 배 놓아라 하지 말라고 경고했다.

진차이는 너무나 부끄러워 쥐구멍에라도 들어가고 싶었다. 그는 한때 머리가 돌았었다며 자신을 원망했다. 쓸데없는 일에 참견해 가지고……. 진차이는 그날 난생 처음 홀로 코가 비틀어질 정도로 맥주를 마시고 나서 드르렁드르렁 잠에 곯아떨어졌다. 진차이가 잠에서 깨어나니 머릿속에 관위링과 야쮜앤의 겹쳐진 모습이 더는 떠오르지 않았다.

반 년 여의 세월이 흘렀다. 진차이가 직장 구하느라 바삐 보내는데 야쮜앤이 보낸 편지를 또 받았다. 편지 속에는 한 여자의 사진도 들어 있었다. 그 편지는 재차 진차이를 감정의 소용돌이에 말려들게 했다.

야쮜앤은 편지에서 진차이에 대한 사랑을 내비쳤다. 그녀는 편지에서 이렇게 밝혔다.

자기는 연애편지처럼 쓰레기통에 버려진, 사랑의 버림을 받은 여자이며, 고독감과 절망감에 허덕이고 있다. 지난 번 편지에서 한 자신의 무례함을 용서해주기 바라며, 예전에 자기를 너그럽게 대해준 것을 고맙게 생각한다. 진차이를 오빠나 동생(그녀는 진차이의 실제 나이를 모르고 있었다)으로 사귈 수 있기를 원한다. 하다못해 서신 왕래라도 할 수 있는 친구로 지낼 수 있다고 해도 아주 만족스럽다는 내용이었다.

진차이의 마음 속 깊이 잠자던 미세신경이 재차 꿈틀거리기 시작했다. 그는 조금도 망설이지 않고 야쮜앤에게 열정이 차 넘치는 편지를 써 보냈다. 그는 편지에서, 야쮜앤이 겪은 불행에 깊은 동정을 표하고 나서, 그녀의 고백을 높이 평가했다. 그는 야쮜앤의 사진을 보며 그녀의 미소에 사로잡히고 말았다. 그는 야쮜앤이 너무나 예쁘다는 생각이 들었다. 그는 그녀의 사진을 앞가슴 호주머니에 넣고 다니다 수시로 꺼내보며 바보스럽게 웃곤 했다.

편지를 주고받는 횟수가 늘어나면서 그들 사이의 관계도 날로 가까워졌다. 진차이는 졸업을 할 때 고향 마을이 있는 성(省)으로 갈 기회를 포기하고 결연히 야쥐앤이 살고 있는 도시로 갔다.

진차이는 쓰레기더미를 헤집고 폐품을 줍는 과정에서 단맛을 보고 즐거움을 얻었다. 심지어 자기 실현을 할 수 있는 가치를 찾았다. 졸업을 할 때 그는 스스로 폐품주이를 생업으로 하는 사업을 시작해볼까 하는 계획도 세워보았다. 그가 그런 생각을 기숙사의 반애들에게 털어놓자, 그들은 진차이가 "쓰레기 중독증"에 걸렸다면서 마약을 끊듯이 쓰레기를 줍고 싶은 충동을 억제해야 한다며 일제히 말렸다.

진차이는 세속적인 편견을 좌지우지할 능력이 없는지라 자기 생각을 더는 고집하지 않았다. 다른 사람은 그만 두고라도 할아버지와 부모, 동생들마저 그의 '황당한' 선택을 받아들이지 않을 것이라 생각했다.

진차이는 야쥐앤이 살고 있는 도시의 기계공장에 배치되었는데, 그가 배운 전공에 알맞는 직장이었다. 드디어 진차이는 야쥐앤을 만났고, 번갯불에 콩 볶아 먹듯이 이내 결혼등기를 했다. 회사의 경제적 수익이 별로이고 관리가 엉망이어서 진차이는 2년쯤 견디다가 사직하고 말았다. 그는 폐품 줍기라는 옛 일에 다시 손을 댔다.

타고난 폐품 줍기 열정, 그리고 그에 대한 떨쳐버릴 수 없는 강한 흥미는 진차이가 사직하고 품격 있는 "폐품 줍기 왕"으로 되려는 소망을 다질 수 있는 밑거름이 되었다. 그는 대학교 시절 모은 1만 위안 과 2년 간 직장생활을 하면서 모은 돈을 꺼내어 자그마한 회사를 설립했다. 그는 우선 폐품 수매를 시작으로 하여 점차 방대한 폐품 줍기 인원을 편성했다. 수매한 폐품은 부문 별로 분류한 다음 원자재를 요구하는 회사에 팔아 이문을 챙겼다. 몇 년이 지나자 진차이는 재력이 탄탄해지고 경험도 풍부해졌다. 그는 폐품 가공공장을 몇 개 더 세웠다.

현재 진차이는 종업원이 수천 명이 되는 '진차이자원재활용개발그룹'
의 회장 겸 사장이 되었고, 지사는 전국 각지에 널리 분포되어 있다. 심
지어 베이징 외곽에도 지사를 설립하고, 생수병을 전적으로 수매하여
화학섬유로 된 여러 가지 색상의 털실을 만들어 판매하고 있는데 그 인
기가 대단했다.

진차이는 성의 모범 근로자라는 영예를 얻은 데다 시 정치협상회의
위원이라는 라벨까지 달고 있다. 그는 빳빳하게 다린 양복에 고급승용
차를 타고 다니는데 대기업주의 냄새가 물씬 풍기고 있다.

진차이는 자기는 쓰레기만 보면 마음이 무척 즐거워지기에 한 평생
폐품을 주우며 살 명이라고 자조했다.

그의 아내 야쥐앤이 그 말을 듣자 시무룩해서 따지고 들었다.

"누가 쓰레긴가요? 제가 폐품인가요? 당신은 저와 살 건가요, 아니
면 쓰레기와 살 건가요?"

진차이가 미소를 지으며 급히 해석했다.

"다 같아, 다 같아!"

야쥐앤이 발끈 화를 내며 말꼬리를 물었다.

"어떻게 같아요? 그래 저를 쓰레기나 폐품처럼 여긴단 말인가요?"

"당신이 기어코 억지를 부리며 그런 뜻으로 생각하니, 불쾌한 일을
자초하는 게 아니요? 여편네들은 모두 이런 못된 버릇이 있다니까!"

진차이도 화를 내며 말했다.

진차이 부부는 남자애를 보았다. 아들 돌잡이 때에도 진차이는 침대
에 돌잡이 물건을 늘어놓고 아들에게 그의 앞날을 예측할 수 있는 상징
적 물건을 잡게 했다.

"왜 머리에 온통 봉건적 미신만 들어차 있나요? 어떻게 정확히 맞출 수 있지요?"

아내가 나무랐다.

"난 책을 잡는 바람에 공부하여 대학에 갈 수 있었지. 확실히 잘 맞춘단 말이요!"

진차이가 변명했다.

"맞추기는 개뿔, 대학교를 졸업하기는 했지만 폐품이나 줍고 있지 않나요?"

아내가 꼬집었다.

"그건 그 때 앞장도 뒷장도 다 떨어져나간 쓰레기나 다름없는 낡은 책이었기 때문이지. 그래서 대학교도 다니고 폐품도 주울 수 있었던 거지. 얼마나 신통하오!"

진차이가 맞받아쳤다.

<h1 style="text-align:center">19</h1>

셋째 무차이는 3년제 사범대학을 졸업한 후 현성의 한 중학교 국어교사로 취직했다. 이는 그가 소망하던 일자리였다.

무차이는 졸업하자마자 서둘러 신화서점에 출근하는 그 처녀와 가정을 이루었다. 그는 친구들에게 결혼 사탕을 보내주었을 뿐, 음식상도 차리지 않았고 하객도 부르지 않았다.

"갓 졸업해 빈털터리라 비웃을 사람도 없을 거야. 결혼 사탕을 사는 돈마저 신부가 댔으니 말이야!"

무차이가 위안 조로 말했다.

무차이는 중학교에서 6년 간 교사로 근무했는데, 아내는 무척 만족스럽고 직장생활도 적성에 맞아, 걱정 같은 건 없다는 듯이 싱글벙글거리며 날마다 즐겁게 보냈다.

예전의 '어린 벙어리', '어린 말더듬이'가 지금은 "능변가"가 되었다. 학교 측은 운동회나 축하모임 같은 대형 행사가 있을 때면 무차이에게 사회와 해설을 맡겼다.

2년 전, 시 방송국에서 아나운서를 초빙했는데, 학교 동료들이 진차이에게 한번 응해보라며 부추기자 그는 통쾌하게 대답했다.

"응해보라면 해보지요! 채용되지 않으면 전 시의 청중들이 손해를 볼 것이고, 채용되면 우리 학교가 손해를 보게 되는 거지요. 아무튼 난 부족한 게 없는 사람이니까요."

여러 차례의 선별을 거쳐 무차이는 정말로 통과되었다. 그러나 아버지 동바오쉐이가 아들이 걱정되어 말렸다.

"일단 조급하면 어릴 적 말더듬증이 도질 수 있을텐데, 왜 하필 입을 나불대며 살려고 하니?"

무차이가 대답했다.

"아, 아아 버, 버, 버, 지, 그, 그런 거, 걱정 마세요! 제, 제, 제가 말을 어, 얼마나 자, 잘잘 하나요? 어, 어, 어디 마. 마알 더듬이 같나요?"

동바오쉐이는 웃느라 하마터면 사레가 들 뻔했다. 그가 찻잔을 들어 보이며 무차이를 을러댔다.

"이, 이 녀석아, 저, 점잖지 못하게 느, 늘 해, 해롱거리는구나. 차, 찻잔으로 머, 머리를 칠 수 있으니 조, 조심해!"

할아버지는 귀가 어두워 부자간에 무슨 말을 하는지 알아들을 수는

356_

없었지만, 아들 동바오쉐이가 찻잔을 들어 손자를 때릴 듯이 하는지라 젓가락을 식탁 위에 탁 놓으며 큰소리로 꾸짖었다.

"집안을 말아먹을 불효자식들! 왜 만나기만 하면 시끄럽게 다투는 거야!"

무차이는 너무나 우스워 배를 끌어안으며 말했다.

"하하, 제가 왜 말을 더듬었는지 이제야 알았어요. 원래는 유전이군요. 아버지도 말을 더듬는다는 걸 제가 왜 여태껏 눈치 채지 못 했을까요!"

무차이의 어머니가 끼어들었다.

"말더듬증은 옮는다. 아버지를 놀리려다 늙은 다음 또 말을 더듬겠다. 자, 할아버지가 식사가 끝났다며 젓가락을 내려놓았으니, 괜히 젓가락이 콧구멍에 들어가기 전에 상을 치워야겠다."

온 집안에 웃음소리가 또 한 바탕 일어났다. 무차이가 5살 때 처음으로 말을 하게 되자 할아버지가 너무 놀라 젓가락으로 콧구멍을 찌른 일이 있었기 때문이다.

무차이는 후에 방송국의 추천을 받아 방송대학에 가 반년 간 연수했다. 지금 그는 방송국으로 전근하여 "세상을 말하다" 프로의 MC를 맡고 있다.

무차이가 방송국 MC가 된 다음부터 동바오쉐이는 늘 휴대용 라디오를 들고 다니면서 방송을 듣고 있다.

"우리 아들이 이 라디오 안에서 말하고 있소. 이 녀석이 원래 말을 더듬었는데, 지금은 한 번도 꺽꺽 거린 적이 없소이다. 말을 누구보다도 잘한단 말이요!"

그는 사람만 만나면 아들 자랑을 늘여놓았다.

21세기 첫 봄, 동쟈꺼우진에 희한한 일이 생겼다. 이 일은 현과 시 고위층을 비롯한 많은 사람들을 놀라게 했다.

동 씨네 삼형제 진차이, 인차이, 무차이도 이 희한한 일로 인해 아내와 아이를 데리고 고향 집을 찾아왔다. 온 가족이 명절도 아니고 경조사도 없는데 한 자리에 모이기는 거의 10년 만에 처음이었다.

동바오쉐이가 자식들에게 말했다.

"세상에 별의별 이상한 일이 다 있다고 하더니, 어떻게 이런 이상한 일이 다 있니? 너희들이 예전에 할아버지가 한 말씀을 기억하고 있는지 모르겠지만, 우리 가정은 동쟈꺼우의 원주민이 아니지. 동쟈꺼우에는 원래 동 씨 성을 가진 집이 한 가구뿐이었는데, 그 마지막 세대도 8, 90년 전에 어디론가 이사를 가버렸지 않았다니? 허, 그런데 바로 이 동씨네 후대들이 찾아왔다는구나. 어디에서 찾아왔냐고? 머나먼 미국에서 왔다는구나!"

동바오쉐이가 말을 이었다.

"며칠 전, 우리 집에 노란 머리에 눈동자가 까만 젊은이가 찾아왔었다. 바로 너희들 또래지. 현장이 안내하여 왔는데, 뒤에 사람들이 한 무리나 따라 왔더구나. 카메라를 멘 사람도 있구 말이야. 그 젊은이는 콧마루가 높고 피부가 몹시 희었는데, 서양인 같지도 않고 중국인 같지도 않아서, 딱히 어느 나라 사람인지 모르겠더라. 뭐라고 꼬부랑거리는 소리를 하는데, 우리말을 한 마디도 할 줄 모르더라. 현의 간부 말이, 그 젊은이는 우리 동쟈꺼우 사람인데, 증조부가 8, 90년 전에 미국으로 이민 갔다는구나. 그들의 본적지가 동쟈꺼우라는 곳이라고 조부가 알려줘서 찾아왔다는구나!"

"이 일이 우리 집과 무슨 상관이 있어요?"

진차이가 물었다.

"우리도 성이 동 씨가 아니냐? 동쟈꺼우에서 동 씨 성을 가진 가정이 우리 집 뿐이니, 그 젊은이가 우리를 친척이라고 오인한 거지. 사실 우리는 동 씨가 아니야. 우리 조상들은 바다에서 표류하다 여기까지 밀려온 거라고 너희들 증조부가 말한 적이 있어. 그 당시에도 이 곳을 동쟈꺼우라고 불렀지. 그래서 이 곳 이름을 따서 성이 동씨가 되었지."

동바오쉐이가 진지한 표정으로 자식들에게 주의를 주었다.

"우린 젊은이 친척이라고 사칭해서도 안 되고, 그의 덕을 볼 생각을 해서도 안 된다."

"어째서 너희들을 불렀는지 아느냐?"

동바오쉐이가 말을 이었다.

"하나는 그 외국인이, 아니 미국에 나가 살던 동쟈꺼우 사람이 너희들을 꼭 만나고 싶다고 해서이다. 다음은 무차이 아들이 오는 4월이면 한 돌이 되어 돌잔치에 온 가정이 모여서 '돌잡이'를 하게 할까 한다. 미신이 아니라, 건강이 날로 못해지는 할아버지를 즐겁게 하려는 생각에서다. 노인네가 증손자나 증손녀를 보면 얼마나 기뻐하겠니?"

이튿날 오전, 미국에서 산다는 그 동쟈꺼우 사람이 동옌스, 동바오쉐이 집에 또 찾아왔다. 그는 동바오쉐이네가 자기네 일가라며 단정지었다. 그는 미국에 자그마한 읍이 있는데 역시 동쟈꺼우라고 부르며, 자기 증조부가 처음으로 발을 붙인 곳이라고 했다. 그 말은 또다시 사람들의 호기심을 자아냈다. 무차이가 미국에 있는 동쟈꺼우라는 지명을 적어보라고 하자, 그 젊은이가 "Dong Town"이라고 매우 바르게 썼다.

읽으면 마치 쌍발 폭죽을 터뜨리는 소리 같았다.

점심 때 사람들은 흥성한 분위기 속에서 음식을 먹으면서 이야기를 나누었다. 이야기를 나누면 나눌수록 그 젊은이와 동씨네는 관계가 더욱 가까워지는 듯 했다. 진차이가 자원 재활용 사업을 하고 있다는 말을 듣자 젊은이는 더욱 격동되어 했다. 알고 보니 그도 미국에서 환경보호 사업에 종사하고 있었는데, 회사는 세계적으로도 꽤나 이름난 회사였다. 그는 당장에 진차이와 협력하여 중국에 투자하겠다는 의사를 밝혔다. 동석했던 시의 지도자도 정책적으로 특혜를 주겠다며 장담을 했다. 나중에 자리에 모인 사람들은 그 젊은이와 많은 사진을 남겼다.

흥성한 분위기가 채 식기도 전인 그날 저녁에 동 씨네는 전통적인 첫돌 '돌잡이' 행사를 성대히 치렀다.

무차이는 서른 살이 넘어서 자식을 보아 삼형제 중 아이를 가장 늦게 본 아버지가 되었다.

여전히 증조부가 거주하는 구들에 돌잡이 물건을 배열해야 했다. 하지만 대체 무슨 물건을 배열해야 하느냐 하는 문제에서 의견이 엇갈렸다. 무차이는 "펜치만 아니면, 아무 물건이나 놓아도 된다"고 했다.

동바오쉐이는 아들의 마음을 이해할 수가 있었다.

"그 때는 배열할만한 물건이 없어 그랬다. 펜치는 그래도 그 당시에는 괜찮은 물건이었어. 구들에 거름을 푸는 쇠스랑을 놓기보다야 훨씬 보기 좋았지."

진차이가 건의했다

"할아버지 금은보화를 몽땅 꺼내 놓으세요. 무얼 잡든지 운이 좋을 테니까"

그러자 인차이가 건의했다.

"우리 딸의 장난감 권총도 놓아요. 이 애가 군인이 될 수도 있으니까요."

나중에 구들에 붓, 향수병, 주판, 저울추, 장난감 권총과 100위안짜리 지폐를 늘어놓았다. 할아버지 동바오쉐이가 어린 손자를 안아다 구들 중앙에 앉혀 놓았다. 어린 것은 두리번거리며 어느 물건을 잡을까 망설이는 것 같더니 앙기작거리며 기어가 한 손에는 장난감 권총을 잡고, 한 손에는 지폐를 잡았다. 그러자 온 집안에 "하—하"하는 웃음소리가 터졌다.

진차이가 덕담을 했다.

"대단한 녀석이야. 두 손 다 힘 있는 물건을 잡았으니까."

인차이도 한 마디 했다.

"내 보기에는 이 녀석이 커서 군인이 되어 국고를 지킬 것 같아."

무차이가 끼어들었다.

"무슨 소리에요, 저 얼굴을 봐요. 은행을 털 것처럼 매서운 표정을 짓고 있는데요!"

무차이의 아내가 불쾌해 하며 이내 아들을 품에 안으며 말했다.

"너의 아버진 불길한 소리만 내뱉는구나! 우리 아들은 커서 은행을 세울 거야."

"그래, 은행을 털든 은행을 열든 부자가 되거라!"

문밖에서 바보 하 씨의 목소리가 들려왔다. 그는 이제는 늙어서 광주리를 메고 거름을 주울 기력이 없어 집집마다 돌아다니며 음식을 구걸하며 살고 있었다.

저는 최근에 너무 바빠서 눈코 뜰 새가 없습니다. 마치 발끝이 뒤통수에 닿을 것만 같습니다. 하품할 시간조차 없습니다. 제가 오늘 바쁜 와중에 인터뷰를 받아들인 것은 당신에게는 영광입니다. 또한 저희들의 인연이기도 하지요. 인연이라는 게 참 묘한 것이에요. 볼 수도 만질 수도 없는 물건이지만 정말 존재한다는 거죠. 마치 이 시각 당신과 내가 느끼는 감정과도 같은 것이지요. 됐어요. 미남 동생, 이제 곧 모 회사 변기광고 촬영이 있어서요. 오늘의 인터뷰는 여기까지만 할게요! 맞다. 화보사진 몇 장은 찍어야 하지 않나요? 눈 복이 있을 만큼 만족하게 해 드릴게요. 한눈에 확 들어오게 끔요!

특별인터뷰

1

앉으세요. 그렇게 흥분하고 감동하지 않으셔도 됩니다. 당신에게 인터뷰 기회를 주기로 했으니 쉽게 내 쫓지는 않을 겁니다. 저 같이 사람들의 주목을 받는 베테랑 미녀에게 인터뷰 한다는 것은 그 어떤 남성 기자 분이라도 감당할 수 없는 유혹과 정신적 부담이 된다는 것을 잘 알고 있습니다. 저도 당신 같은 기자 분들의 고충을 이해합니다. 조금이라도 생업으로 삼을 일이었더라면 이 직업을 선택하지는 않았을 것입니다. 호기심을 최대한 풀어드리겠습니다. 저의 사생활을 남김없이 다 털어놓겠습니다. 여기 앉아서 이야기를 나눌까요? 아니면 침대에 누워서 이야기를 나눌까요? 알았어요! 그럼 당신의 습관을 존중하여 엄숙하고 경건하게 이야기를 나누도록 하죠. 그렇게 긴장하지 않으셔도 됩니다. 당신의 품위와 도덕성을 의심치 않습니다. 당신도 일부 기자 분들과 같이 처음에는 의아한 눈을 크게 뜨고 깜짝 놀라 입을 크게 벌리겠지만, 사실 당신들 마음속 욕망의 불꽃은 벌써 불타오르고 있을 겁니다. 아랫도리가 없으면 몰라도 색을 좋아하지 않는 남자가 어디 있겠어요? 저는 팔순 영감을 흥분케 해서 가슴을 치고 발을 동동 구르며 기뻐서 어쩔 줄 모르게 할 수도 있습니다. 여자가 남자의 본능적인 충동을 자극하지 못한다면 어찌 여인이라 할 수 있겠어요? 저는 바로 세상에서 보기 드문 매혹적인 절세미인이랍니다. 그 어느 남자도 나의 침투력을 거부하거나 방어할 수는 없을 것입니다. 보세요. 벌써 이마에 땀방울이 돋았네요, 빨리 겉옷을 벗으세요! 저의 집이 많이 덥습니다. 보세요, 제가 얼마나 얇게 입었는지 아시잖아요. 기자분이 안 오셨으면 평소에 저는 집에서 실 오라기 하나 걸치지 않고 지내지요. 저와 같이 귀신같은 몸매에 그 어떤 화려한 옷을 입으면 모든 아름다움에 대해 모멸하는 것이 되겠지요.

저에 대한 모든 것을 이미 블로그에 남김없이 폭로했습니다. 당신이 오늘 방문한 것은 결국은 저의 아름다운 용모를 직접 보시려고 오신 거잖아요. 그런 심정 저는 다 이해합니다. 인터뷰가 끝나고 나서 사인해 드릴게요. 어디에다 싸인해 드릴까요? 속옷에 아니면 얼굴에? 그건 하시는 거 봐서 결정하죠! 백년에 한 번도 만나지 못할, 천년에야 한번 올까 말까한 기회를 절대 놓치지 마세요!

어디서부터 이야기할까요? 처음부터 얘기하죠! 저는 엄마가 없는 아이였어요. 말이 길어지겠네요. 저의 부모님은 모두 일찍 돌아가셨어요. 거기부터 얘기하면 더 길어지겠죠. 이렇게 합시다. 시간을 기준으로 저의 진선미적인 품격을 핵심으로 아주 통쾌하게 제 마음을 솔직하게 털어놓을 게요. 진선미 이 세 글자는 너무 남용되는 바람에 천하게 들리겠지만, 최신 유행어나 혁신적인 개념으로 대체할 단어가 금방 생각이 나지 않아 그럭저럭 쓸 수밖에 없네요. 한마디로 제가 늘 얘기했듯이 제가 바로 진선미의 화신이랍니다. 저의 아름다운 외모만 보셨지만 저의 풍부한 진선미적인 내심세계에 대해서는 아는 사람이 별로 없지요. 외모지상주의의 싸구려 기준이 저는 싫습니다. 하지만 무슨 방법이 있겠어요? 우리가 세속 세계에 살고 있는 한 많은 사람들이 나의 아름다운 외모와 글래머한 몸매만 중요시하지 저의 내적 미에 대해서는 소홀히 하죠. 그러나 그들을 탓하지는 않아요. 저도 거울을 볼 때마다 어지러울 때가 있으니까요. 미는 저항할 수 없는 마력이죠. 제가 천생미인이라 어쩔 수가 없는 거겠죠.

단점요? 세상에 완전무결한 사람은 없어요. 저도 예외는 아니에요.

저의 제일 큰 단점은 현재까지 단점을 찾지 못했다는 거죠. 제가 언젠가 단점을 찾으면 그 때 알려드릴게요. 그럼 처음부터 시작하죠! 저의 헤어스타일 보셨죠? 아 처음부터 이걸 얘기하는 게 아니지. 그럼 제가 태어날 때부터 이야기합시다! 보세요. 날씨가 너무 더워요. 우선 브래지어를 벗고 시작할게요.

2

정말 역겹네요. 당신 변태죠! 왜 그런 사람 인터뷰하러 가셨어요. 그 여자도 사람이에요?

저는 그녀를 알지 못해요. 대화를 나눈 적도 없어요. 대화하고 싶지도 않고요. 저는 인터넷에서 그의 블로그를 봤어요. 뭐라고 말해야지. 저는 며칠 동안 엄청 토했어요. 구역질나는 사람을 보긴 했지만 그렇게 역겨운 사람은 처음이에요. 정말이지 말도 마세요. 그 이름만 들어도 토할 것 같네요. 정말 더 말할 나위 없는 인간이지요. 다른 네티즌을 인터뷰하세요. 더는 못 참겠네요!

너무 지나치시잖아요. 못 생긴 건 그의 잘못이 아니지만 인터넷에서 위협하는 건 그의 잘못이죠. 혼자 집에서 몰래 거울을 보면서 자신에게 겁을 주는 정도면 그만이지 뭐하러 튀어나와서 공포 분위기를 조성할 것까지는 없지 않나요? 저는 용서할 수가 없습니다. 서양에는 할로인데이가 있다고 들었습니다. 귀신절인 거죠? 그날이 되면 애들은 흉악하고 공포를 느끼게 하는 마스크를 쓰고 이리저리 뛰어다니죠. 제가 볼 땐 그가 마스크를 쓰지 않아도 혼비백산하여 사람 살리라고 소리칠 것 같습니다. 더 이상 인터넷에서 소란을 피우지 말라고 기자들은 말해야 합니다. 그렇지 않으면 사상자가 생길 수도 있습니다. 절대로 제가 오버한 게 아닙니다. 그가 춤을 추는 동영상을 보고 연속해서 며칠째 잠을 이루지 못했습니다. 너무 놀랐습니다. '반테러'에 해당하는 이 상황은 포함 안 되는지 모르겠습니다만, 저는 그의 연기를 비평해야 할 주요 대상으로 강렬히 건의합니다. 정말입니다. 테러범, 테러사건이 이미 우리의 일상생활에까지 침투되었습니다. 제가 보건대 '반테러' 책임은 크고 갈길 또한 먼 것 같습니다.

그 정도는 아니지 않나요? 그녀가 못생기긴 했지만 절대로 인터넷에서 욕을 먹어야 하는 그 정도는 아닙니다. 저는 참을 수 있을 뿐만 아니라, 그의 용기에 더없이 감탄합니다. 그의 자신감은 저에게 큰 격려가 되었습니다. 예전에 저는 열등감이 엄청 컸습니다. 사람들이 비웃을까 두려워서 낮에는 거의 문밖을 나가지 못했어요. 정말 너무 꽉 막혔습니다. 집에 사람을 볼 수 있는 물건은 모두 버렸습니다. 거울도 당연히 버렸죠! 인터넷에서 그녀의 실물사진 화면을 본 후부터 저의 자신감은 부쩍 늘었습니다. 지금은 아무 거리낌 없이 쇼핑을 다닐 수 있습니다. 사람이 많은 곳은 더 비집고 들어갑니다. 그가 나타나지 않았더라면 저는 지금까지도 그늘에서 벗어나지 못했을 겁니다. 정말 저는 그녀에게 고맙다고 생각합니다. 그를 모범 삼아 항상 밝게 살아갈 겁니다.

저는 그 사람에 대하여 들어본 적이 없습니다. 만난 적은 더욱더 없습니다. 그래서 뭐라고 말씀드릴 수가 없습니다. 단 개개인의 자유는 존중해야 한다고 생각합니다. 당신이 말씀하는 그 미인이라는 분도 마찬가지고요. 미인은 주관적인 것입니다. 그가 자신이 뛰어나게 아름답다고 생각하면 그렇게 생각하라고 하세요. 자신이 추하기 그지없다고 생각하는 것보다는 낫지 않겠어요? 인터넷상 많은 것들은 믿을 수가 없습니다. 이는 그녀의 패러디일 수도 있고요. 모두 싫다면서 날마다 인터넷에서 검색은 왜 하는 거죠? 클릭수가 그렇게 많은 걸 보면 많은 사람들이 그에게 관심을 가지고 있다는 걸 설명할 수 있잖아요. 적어도 그가 아름답다고 생각하는 사람이 있다는 거지요.

　기자 분, 그녀도 한심하지만 당신들이 더 한심하네요! 모두 정신병자에요. 저의 손자는 전에는 좋은 아이였어요. 초등학교 다닐 때 열심히 공부하여 시험을 치를 때마다 성적이 뛰어났어요. 하지만 인터넷에 빠져들면서부터 수업은 땡땡이 치고 하루 종일 PC방에서 죽치고 있었습니다. 알고 보니 인터넷에는 이런 지저분한 쓰레기만 있더군요. 기자로써 가슴에 손을 얹고 양심 있게 처사하셔야죠! 뭘 인터뷰한들 안 되겠어요. 굳이 그런 구질구질한 걸 해야겠어요! 싫은 소리 듣기 싫어하지 마세요. 제 아들이었으면 벌써 따귀를 올렸을 거예요. 저한테 이것저것 물어보는 게 수치스럽지도 않아요? 제가 더 싫습니다. 좋은 것을 올릴 수는 없나요? 밥 먹고 할 짓이 없어 바짓가랑이 속 그 치사한 일들을 조작하려고만 하세요? 됐거든요. 집에 가서 눈곱이나 비비세요. 차 조심하시고요.

3

　제가 응애응애 하고 태어날 때 첫 울음소리가 시는 아니었지만, 정말 리듬감이 있는 선율이었다고 합니다. 저의 어머니께서 직접 말씀해 주신 거예요. 정말 거짓말 아니에요. 아쉽게도 그땐 녹음기가 없었죠.

어머니 말씀에 따르면 저는 태어날 때부터 예뻤다고 합니다. 천사 같았다고 하죠. 저는 지금도 제가 하늘의 천사였는데 내려왔다고 생각합니다.

세 살 때 유치원에 들어갔는데 100여 명 되는 아이들 중에서 저만 제일 귀여웠다고 하지요. 유치원 선생님들은 저를 엄청 예뻐했다 네요. 부딪칠까 다칠까 정말 보배처럼 여겼다고 하지요. 사람들은 열매 맺을 나무는 꽃 필 때부터 알아본다고 하지요. 그 뜻은 어릴 때 어른 된 모습을 볼 수 있다는 말이죠. 성장과정에는 필름이 중요합니다. 알아들으시겠어요? 사진 촬영할 때 필름이 나쁘면 사진이 잘 나온다는 보장을 하기가 힘들죠. 저는 태어날 때부터 미인종자이자 스타 씨앗이었습니다. 이건 부모님께서 주신 거고 하늘이 편애하시어 주신 겁니다. 제 말이 맞죠?

유치원 다닐 때부터 사람들의 주목을 받았어요. 저는 명절에 공연이 있을 때마다 적어도 사회자는 했죠. 지금의 아나운서와 같은 것이었어요. 제가 사는 지방에서 저는 엄청 유명했어요. 애들이 엄청 질투하고 뒤에서 못된 짓을 하곤 했죠. 여러 번 저를 왕따 시키기도 했어요. 저와 말도 안 했죠. 저를 향해 침을 뱉기도 하고요. 그러나 저는 상관 안 했어요. '퉤!' 하고 저도 같이 침을 뱉었죠.

천재는 좌절도 하고 늘상 공격도 받는 법이죠. 천재는 소수이고 개별적입니다. 다수의 사람들은 평범하죠. 다수의 사람들은 천재가 될 수 없으니 갖은 방법과 수단을 다하여 개별적인 천재를 그들과 같은 사람으로 끌어내리려고 하지요. 제가 성과를 이룩하는 과정이 바로 그 전형적인 사례입니다. 정말입니다. 제가 어릴 적부터 지금까지 질투와 비난을 받고 있을 뿐만 아니라, 이는 평생 그림자처럼 따라 다닐 겁니다. 저는 이미 마음의 준비를 하고 있습니다. 그러니 두려워하지 않아요. 저는 앞으로도 계속 스트레스를 받을 겁니다. 사실상 규칙에 맞는 일이고 저도 예상하고 있는 일입니다.

이건 믿으세요? 예쁘고 총명한 여자애는 남자애들의 사춘기를 앞당길 수 있다는 말을요. 제가 유치원 다닐 때는 엄청 잘 나갔죠. 모든 남자애들의 우상이었어요. 정말입니다. 제 기억에 저의 반 몇몇 남자애들은 4-5살 때부터 바람둥이였어요. 늘 몰래 제 얼굴에 침을 묻히며 뽀뽀를 한곤 했지요. 언제가 한 번은 몇이서 저를 작은 식탁에 올려놓고 누른 채 한참이나 깨물어서 엉엉 운적도 있었지요. 그리고 꼬맹이 하나가 있었는데, 이름이 뭐였는지 갑자기 생각은 안 나지만, 그의 더러운 손을 제 치마 속에 넣은 적도 있어요. 그때 저는 화내지 않고 뾰족한 손톱으로 그 애 손을 긁어서 뻘건 피 자국이 나게 했지요. 그 일 때문에 그 애 엄마는 그 일을 선생님께 일러바쳐 제가 곤란한 적도 있었지요.

웃기죠? 지금 말하면 모두 안 믿으시겠지만, 그 어린 것이 그런 걸 어떻게 알았을까요? 그래서 저는 제 자신을 천재라고 생각합니다! 여하튼 저는 어릴 적에 다루기가 쉽지 않은 아이였어요. 계집애였지만 정말 만만치 않았어요. 그래도 저는 시비를 가리고 철이 들었을 뿐만 아니라 다재다능했죠. 누구나 보면 뽀뽀해주고 싶은 얼굴을 가졌을 뿐만 아니라, 노래, 춤, 연주, 그림까지 모두 가능했죠.

저는 태어날 때부터 다른 사람의 롤모델이라고 생각해요. 그러니 조명이 끊이지 않는 눈부신 스타죠. 그 때 만약 지금처럼 매체가 발전하였다면, 저는 진작 엄청 유명해졌을 겁니다. 지금 거물급스타들이라고 떠드는 것들 별거 아니에요. 저와 급이 다르죠. 저는 거들떠보지도 않아요. 속 마음이 그렇다는 말이지요. 정말 하나도 보태지 않았어요.

4

누구라고요? 그 못생긴 여자가 유명해졌다고요? 잘못 아신 거 아니에요?

맞습니다. 제가 그녀가 말한 그 유치원 때 꼬맹이였는데, 그때 치마를 잡고 다리를 만졌었지요. 세상에! 그 때 제가 4-5살밖에 안 될 때였거든요. 너무 빨리 성숙했던 거 아니었나요?

정말 그녀가 예쁘다고요? 이름만 같지 정말 같은 사람 맞아요? 그녀는 유명한 못난이였어요. 그녀가 태어날 때 어떻게 생겼는지 제가 그걸 어떻게 알겠어요? 하지만 저희 고향 어르신들이 말씀하시기를 그 애 어머니가 그녀를 낳을 때 산파에게 뺨을 맞았다고 하더군요. 그 조산하는 의사가 너무 놀라서 "평생 이 일을 해 왔지만 이렇게 못생긴 애는 처음 봐요. 정말 깜짝 놀랐지요"라고 할 정도였으니까요. 그는 아무말도 하지 않고 산부의 뺨을 내리쳤대요. 다른 간호사들은 그러는 의사를 보고는 놀라서 도망쳤다지요, 아마! 누구도 그 불쌍한 애를 제대로 보지 못했대요. 또 다른 이에게서 들었는데, 한 번은 그 애 어머니가 친정집에 가려고 그 애를 안 고 버스정류장에서 버스를 기다리고 있었는데, 어떤 아저씨가 그 애 어머니가 우는 걸 보고 돈을 잃어버린 줄 알고 물어보니, 보는 사람마다 애가 너무 밉게 생겼다고 해서 속이 상해 운다는 것을 알고는 그 애 어머니를 위한답시고 한 말이 "제가 이 원숭이를 안고 있을 테니 그놈을 찾아오세요. 제가 혼쭐을 내주겠습니다!" 이는 당연히 우스갯소리지요. 저는 당연히 이런 말들을 믿지 않아요. 그녀가 못생기긴 했지만 그 정도는 아니었기 때문이죠. 하지만 여자는 자라면서 18번 변한다고는 하지만 그녀에게 그 정도의 변화는 어려울 걸로 압니다. 정말 말도 안 되는 얘기지요. 어떻게 그녀가 그런 미인으로 변할 수 있겠어요? 시간을 내서라도 인터넷을 들여다봐야겠어요. 정말 그런 기적이 나타날 수 있는지 알아보게요. 듣건대 현대의 성형기술이 아무리 뛰어나다고는 하지만, 그녀는 애초부터 너무 기초가 약해서 어지간한 의사는 손을 대려고 하지도 않을 걸요? 자칫 잘못하다간 병원 간판을 내릴 수도 있을 테니까요!

저도 유치원 때 그녀의 친구였어요. 그래서 그녀의 사정을 제가 잘 알죠. 제가 인터넷에서 그녀의 이미지를 봤는데 별로 변한 건 없던데요. 어릴 때와 비슷하더라고요. 별로 못생기지는 않았어요. 어려서부터 같이 자라서 낯이 익어서인지 저는 그렇게 못생겼다고 생각하지는 않아요. 그냥 보통이죠! 못생긴 건 아니지만 당연히 예쁜 것과는 거리가 훨씬 멀죠. 지금 사회에서 죽기 살기로 한다면 유명해지는 건 어려운 일이 아니잖아요? 그녀가 유명해졌다는 게 저도 참 의외의 일로 생각하지요. 뭐라고 말씀드려야 할지 설명할 도리가 따로 없네요. 아! 그러다 보니 그녀의 동창이라는 걸 인정하기가 부끄럽네요. 왜냐하면 그녀의 과대선전은 정말 사람을 망치게 할 수도 있거든요. 그녀가 그렇게 스스로 과대평가하는 건 그녀의 기분에 의해서라고 할 수 있죠. 그러니 제가 어찌 막을 수 있겠어요? 그녀에게 충고를 하라는 말씀이신 것 같은 데 저는 그일 못합니다. 정말이지 그녀는 어릴 적부터 사람들 앞에 나서기를 좋아했었어요. 그녀가 거짓말을 한 건 아니에요. 그녀는 유치원 때부터 무대에 올라서기를 좋아했었으니까요. 그렇게 한 건 애들 장난이었죠. 웃기는 일이었죠. 기억에 의하면 그녀는 양쪽으로 머리를 땋고 볼을 빨갛게 바르는 걸 엄청 좋아했었죠. 그러나 웃는 것이 우는 것보다 더 보기 싫었어요. 그녀가 무대에 올라가 노래하고 춤추고 할 때마다 아래에서 소리 지르는 어린애들이 있었죠. 선생님께서 막을래야 막을 수가 없었지요. 그러니 저더러 그녀에게 충고를 하라고요? 말도 안 되는 말씀입니다. 그 대신 정말 눈뜨고 못 보시겠으면 그저 눈을 감고 보지 않으시면 제일 좋은 방법이지요.

그러나 그 애는 좀 못 생겼을 뿐이지 괜찮은 편이었어요. 저는 그때 유치원 교사였는데 그 애를 봤던 기억이 나요. 그 애는 성격이 강하고 표현하기를 좋아하는 것 외에 다른 결점은 없었어요. 노래하면 음이 빗나가도 목청껏 불렀죠. 고의로 그러는 것 같았어요. 한번은 위에서 유치원을 검사하는 분이 내려왔는데, 애들 공연을 보게 됐지요. 그 때 겨우 겨우 그 애의 입을 막았어요. 다행히 그 애가 말을 들었으니 말이지 아니면 큰 일 날 뻔했어요. 선진유치원 상장도 뺏기고 장려금도 날아갈 뻔했기 때문이죠. 그 때 그녀는 어렸어요. 5-6살 정도였죠. 그 때 저는 그 애 어머니께 괜찮다고 말씀드렸어요. 어른이 되어 부끄러움을 알게 되면 더 이상 부르지 않을 거라고요. 방금 그녀가 아직도 노래를 부른다고 하셨나요? 그건 저도 뜻밖이네요. 지금 서른이 넘었죠? 음! 도망치는 결점은 고쳤나요?

5

초등학교서부터 중학교까지 이야기가 참 많아요. 제가 학교 분쟁의 근원이었기 때문이죠. 얼마나 많은 남자애들이 저 때문에 머리가 터지도록 싸웠는지 몰라요.

저는 저의 선천적인 장점을 이용하여 반 분위기를 컨트롤하곤 했죠.

생색내면서 선생님 곁을 맴도는 말 잘 듣는 착한 애들과는 달리, 늘 어려운 문제를 내어 선생님을 난처하게 만들곤 했죠.

예를 들면, 수업 종소리를 들으면서 교실에 들어가거나 어떤 경우엔 선생님과 함께 아니면 선생님보다 몇 분 늦게 전 학생들이 다 앉은 후에 느긋하게 교실에 들어갔죠. 40쌍의 눈이 한 번에 제 몸에 쏠리는 것이 마치 눈인사라도 하는 듯한 그런 느낌이 너무 좋았어요.

어떤 선생님은 너무 나쁘세요. 서서 강의를 듣게 벌을 내리지요. 그러나 그건 제 꼬임에 넘어가신 거가 되는 것이죠. 저는 흐뭇해서 고개를 쳐들고 서서 몰래 저를 훔쳐보는 남자애들에게 윙크를 해주면 그들은 부끄러워서 얼굴이 빨개지곤 했죠. 그러니 수업 받을 마음이 있겠어요? 그러는 것을 알아차린 선생님은 저를 교실 구석으로 끌고 가 벽을 보고 서게 하셨죠. 그래봐야 별 것 아니었어요. 저의 이 몸매를 좀 보세요. 제 뒷모습에 모두 반해서 수업이 끝나기도 전에 남자애들 눈이 튀어나올 것처럼 뚫어지게 보는 것 같았으니까요. 특히 제가 엉덩이를 살짝 흔들면 여름에는 난리가 나죠. 그러다가 고등학교에 들어가니까 선생님들이 이제는 더 이상 제 속임수에 넘어가지 않더라고요. 더 이상 저를 세워두고 강의를 듣게 하는 벌칙을 내리면, 전 학교의 진학률에 영향을 미친다는 걸 알게 되었기 때문이죠. 하하, 재미있죠?

몇몇 남학생들은 초등학교에서부터 고등학교까지 저를 따라 왔어요. 제가 어느 반에 가면 그들도 그 반으로 오는 거예요. 정말 끈질기게 따라다녔죠. 수업이 시작되면 저를 바라보고 오글거리는 내용을 적어서 쪽지를 보내곤 했죠. 무슨 내용이냐고요? 그건 기억나지 않네요. 여하튼 엄청 오글거리는 그런 글이었죠. 제 눈과 마주쳤다 하면 정신이 번쩍 든다는 그런 내용이었던 것 같아요. 아마 잠기운도 사라지고 눈을 부릅뜨고 칠판을 오전 내내 바라볼 수 있는 그런 정신 차림 같은 거였을 겁니다. 그들 몇몇 명은 모두 대학에 들어갔어요. 아마 저에게 고맙게 생각하고 있을 걸요. 만일 제가 다정한 눈빛으로 그들을 격려해 주지 않았더라면 아마도 그들 성적은 부진했을 거 아니에요?

아무도 모르는 이야기 하나 더 알려드릴게요. 이건 절대 비밀이에요. 제가 처음으로 매체에 폭로하는 거예요. 당신이 너무 성실해 보여서 선물 드리는 거예요. 독점뉴스로 발표하셔도 돼요. 중학교 3학년과 고등학교 기간에 적어도 두 분의 남자 선생님이 저를 마음에 두었었지요.

중학교 3학년 때 체육선생님이 그중 한 분인데 정말 인품이 별로였죠. 그는 체조시간에 안마라는 뜀틀 수업을 이용해서 수작을 걸곤 했죠. 제가 안마를 못한다고 고의로 여러 번 연습하게 하고서는 저의 옆에서 보호해 주는 척하는 거 있죠. 결국 다른 애들은 모두 통과하여 빙둘러서서 배구를 하고 있는데, 저에게만 단독으로 안마 연습을 하게 하셨지요. 그리고 제가 안마를 뛸 때마다 달려와서 저의 허리를 껴안곤 했죠. 분명히 그의 심장 뛰는 소리와 거친 숨소리를 들었어요. 정말이지 두 교시 내내 저와 단 둘이 있으면서 이 소녀의 몸을 괴롭혔어요. 이를 악물고 그 죽일 놈의 안마를 넘었으니 다행이지, 아니면 무슨 일이 일어났을지 상상조차 할 수 없었죠.

고등학교 때에도 체육 선생님 한 분이 계셨는데 그는 정말 말도 안되는 인격의 소유자였죠. 아침 체조시간에도 끈적끈적한 눈으로 저를 바라보는가 하면, 걸핏하면 저를 대열 앞으로 불러서 반 전체 학생들에게 시범을 보이게 했죠. 쉬어, 차렷, 앞으로 가, 좌향 좌, 우향 우, 뒤로 돌아, 정말 한도 끝도 없이 시키곤 했지요. 게다가 애들을 빙 둘러 앉게 하고 저에게 가운데서 방송체조를 하게 하지요. 거기에다 20개 팔굽혀

펴기와 30개 윗몸 일으키기까지 하게 하니 말씀 좀 해 보세요, 변태 아니고 뭐겠어요? 결국 몇몇 남학생들이 보다 못해 체육 선생님을 향해 큰소리로 외치고 휘파람을 불고해서야 겨우 그의 행동을 막을 수 있었지요. 제가 겨우 살아남을 수 있었던 거죠.

6

그의 학교 동창으로서 영광입니다. 저는 정말 초등학교 때부터 중학교까지 줄곧 그녀와 같은 반이었어요. 그녀가 말한 바와 같이 그녀의 정겨운 눈빛에 끌려 대학에 입학했지요. 하하, 정말 의외지요. 그녀가 지금까지 저를 기억하고 있다니 깜짝 놀랐네요. 기자 선생님, 그녀에 대한 저의 숭고한 경의를 전해주세요!

그녀에게 끌린 남학생은 저 뿐만이 아니에요. 정확히 말하자면 전체 남학생들이 정도는 다르겠지만 모두 나름대로의 이득은 봤을 겁니다. 끌렸다기보다는 자극을 받았다는 게 더 정확한 말일 겁니다. 솔직히 말하자면 오히려 우리가 끌린 게 아니라 그녀를 위해 끌려진 것처럼 한 것이지요.

그녀의 눈은 정말 특이했지요. 누가 봐도 혼비백산하여 벌벌 떨게 될 정도지요. 그녀는 정이 너무 많았어요. 보통 사람이라면 그녀의 눈빛을 통해 느껴지는 박해를 벗어날 수 없었지요. 정말 저는 그녀가 보내오는 눈빛을 볼 때마다 쇼크를 받은 것처럼 온갖 생각이 다 부서지고 눈앞이 아찔해지며 머릿속이 하얗게 되어 모든 것을 잊게 되곤 했지요. 그저 칠판만 멍하니 바라볼 수밖에 없었어요. 반나절동안 목을 돌리기조차 무서웠지요. 어떤 때는 교단에 서 계시는 선생님마저 그의 희롱과 자극에 견딜 수 없으셨는지 아예 눈을 감고 강의를 하시는 분도 있었어요. 그리하여 그녀는 저희들에게 묵묵히 참게 하는 걸 배우게 해주었죠.

고등학교 체육선생님께서 무슨 의도였는지는 모르겠지만 확실히 전 학생들이 그녀의 걸음걸이, 체조하는 것 등을 감상하게 했어요. 저희는 지금도 그 선생님이 너무 잔인하게 우리를 대했다고 생각합니다. 그녀가 아니라 저희들에게 말입니다. 저희들은 빙 둘러 앉아서 그의 과장된 신체 동작을 바라봐야만 했으니까요. 그건 정말 고등학교시절에서 제일 비참한 일이었습니다. 그녀는 전혀 저희들의 느낌을 고려치 않고 자신의 환상 속에 도취되어 있었죠. 제가 맹세하건대 중학교 시절 그 체육 선생님은 그녀에게 그 어떤 다른 마음을 품지는 않았어요. 그녀의 사촌 오빠였으니까요. 그건 저희 모두가 다 아는 사실이에요. 뜨겁게 내리쬐는 햇빛을 받으며 한 번 또 한 번 그에게 안마 연습을 시킨 건 고등학교 들어갈 때 체육성적이 20점이나 차지했기 때문에, 사촌여동생이 손해를 보지 않도록 하기 위해 그러신 것이었지요.

기자 님! 저도 중학교 때 그녀로부터 자극을 받았던 남학생 중 하나라고요? 그렇게 보십니까? 허허 참! 그녀도 정말…… 저도 같이 덕을 보았네요, 행운이네요!

공정하게 말씀드리자면 상상한 것처럼 못생기지는 않았어요. 다만 상상을 초월하였을 뿐이죠. 아, 깜빡했네요. 이미 인터뷰하셨다고 하셨죠. 그럼 제가 더 말씀 안 드려도 아시겠네요. 제가 좀 부풀려서 말이 안 되는 소리를 하기도 했지만, 기자 양반 당신은 아마도 이해 못할 겁니다. 그렇죠. 그래서 이렇게 말할게요. 그녀는 사람은 괜찮아요. 다만 좀 "그런 거" 있죠. "그런 거"라는 뜻은 여러 가지예요. 정확한 의미를

378_

부여할 수 없다는 말이죠. 직접 체험하신다면 아실 거예요. 여하튼 정상적인 사람과는 다르죠! 아니면 속이 없다고나 할까요? 사실 또 그런 것도 아니지만 말이에요. 영리하다고나 할까 그런 거죠. 아니면 사람들 앞에서 장난 끼가 많다고 해야 할까요? 그러다가도 어떤 때는 특히 우울해보이곤 하죠. 자비심이 너무 있다고나 할까요? 그녀는 종래부터 머리 숙여 걷지를 않아요. 돌이켜 보면 중학교 시절에 그녀는 '인물'이였죠. 오늘날 명인이 된 건 하나도 놀랍지 않아요. 제가 반대로 말씀 드리는 거 아니에요. 그녀도 그렇게 되기까지는 쉽지만은 않았을 거예요. 저도 그녀로부터 많은 걸 배웠죠. "남이 뭐라고 하던 자기의 길을 걸으라!"는 진리 같은 거죠. 그녀의 성공은 바로 방약무인하고 안하무인 식 품격에서 나온 거라는 말이죠. 정말 저에게는 그녀의 그런 정신이 부족하다고 느낍니다.

남자들은 늘 외모로 사람을 평가하죠. 말도 까칠하게 하고요. 그녀는 저의 짝꿍이었어요. 잘 아는 사이였죠. 여학생들은 그녀를 많이 좋아한다고는 말할 수 없지만 그렇다고 싫어하는 것도 아니에요. 그녀는 그런대로 괜찮았어요. 다만 스스로 스스로에 대해 너무 좋게 느낌을 갖고 있다는 거죠. 저희는 그녀와 같이 있기를 좋아했어요. 저희들의 미모를 돋보이게 할 수 있으니까요. 이렇게 말하면 좀 이기적이긴 하죠. 그러나 그녀는 그렇게 생각하지 않아요. 그녀는 저희가 잎이고 자기가 꽃인 줄 아니까요! 그녀는 온라인에서 중학시절에 모든 남학생들이 자기에게 생각이 있어 자신 때문에 밥도 잘 못 먹고 잠도 잘 못 잔다고 올리곤 했죠. 그건 사실이에요. 그녀에게 놀라서 그랬던 거죠. 운동회 때 그녀는 저에게 조용히 알려주더라고요. 거기에 앉아 있어야만 남학생들이 자기에게 뛰어오는 희열을 느낄 수 있다고요!

7

늘씬한 몸매를 가진 제가 사춘기에 눈을 뜨기 시작한 것은 중학교 시절이었지요. 그러나 아름다운 자태에 꽃이 피기 시작한 것은 대학시절이었지요.

제가 들어간 대학은 별로 유명하지는 않았어요. 그저 보통 대학이었죠. 허나 다시 말씀드린다면 저같은 천생미인이 유치원 때부터 남자들의 유혹 속에서 생활하면서 대학에 들어간다는 건 대단한 일이죠. 얼마나 많은 유혹과 방해를 받았겠어요! 저는 정력이 강한 사람이에요. 제 몸도 엄청 아끼고요. 곁눈질하지 않고 용감하게 앞으로만 나아가는 그런 사람이지요. 이렇게 하는 것은 쉬운 일이 아니죠! 어떤 때는 제 어깨를 다독이며 자신에게 이렇게 말하곤 해요. "잘했다, 잘했어! 정말 대단하다!" 이렇게 자신을 인정하고 격려하고 감상할 줄 아는 것도 필요하죠. 그렇죠?

대학은 중학교와 확실히 달랐어요. 학교 문을 들어서는 순간부터 저는 질적인 차별을 느꼈어요. 대학교와는 달리 초등학교, 중학교 시절에는 정이며 사랑이며 모든 것이 애들 소꿉장난 같은 것이었죠. 어린 남자애들이 뭘 알겠어요? 뒤를 졸졸 따라다니며 걸음걸이나 말투를 따라하며 떠들어대는 것밖에 몰랐으니까요. 그러나 대학교 남학생들은 많이 성숙했지요. 더 무게감 있게 보이고 남자다워 보였죠.

저희 학교에는 여학생이 남학생보다 많아서 경쟁이 치열했어요, 남자친구에 대한 경쟁을 말하는 게 아니에요. 저는 그런 저급 경쟁에는 신경도 안 쓰니까요.

다른 여학생들과 달리 저는 가만히 있어도 전교 남학생들이 공동으로 관심을 갖게 되는 초점과 같은 존재가 되곤 했죠. 제가 어디를 가든지 기대에 가득한 눈빛이 제 몸에 쏠리곤 했지요. 저는 정말 피할 때도 숨을 때도 없는 위험을 느끼곤 했어요. 어디에 숨어도 안전감이 없었죠. 그럴 때는 정말 견디기 어려웠어요. 낮이든 밤이든 사람이 많든 적든 간에 제가 나타나기만 하면 소동이 일어나는 거예요. 제가 아무리 깊숙이 숨어도 일부 남학생들의 그 침투력이 강한 눈빛에 닿아서 두 말 할 것 없이 끌려나왔지요.

그런들 누굴 탓하겠어요? 제 자신이 너무 뛰어나고 너무 눈부셔서 사람들의 이목을 끄니 어쩔 수 없는 일이었으니까요. 다만 제 부모님 탓을 할 수밖에요. 왜 저를 이렇게 아름답고 훌륭하게 키웠는지 말입니다. 별수 없이 저는 제 자신의 출중함에 대가를 치러야 한다고 생각하게 됐지요! 치열한 대학교 경쟁 속에서 모두를 제치고 제가 우뚝 서다 보니 어쩔 수 없었던 거죠. 정말 미인은 괴로운 거예요. 이런 복잡하고 미묘한 소녀의 감정을 아마 이해하지 못하실 걸요.

저는 블로그에다 거의 모든 남학생들이 저에게 엉큼한 생각을 갖고 있었다고 얘기했어요. 어떤 사람들은 진실을 왜곡하여 "설마 그랬겠어? 그녀가 모든 남자들에게 엉큼한 생각을 한 거겠지?"라는 댓글을 다는데, 그 사람은 참 눈이 멀었나 봐요. 눈을 크게 뜨고 보라고 하세요. 눈앞에 있는 사람이 어느 정도의 절세미인인지를 말이지요! 제가 교정에 나타나기만 하면 남학생들의 눈엔 다른 사람이 들어갈 공간이 없었으니까요. 정상적으로 발육이 된 남학생이라면 저에게 생각이 없을 수 없죠.

도대체 몇 명의 남학생들이 실질적으로 대시를 하였냐고요? 그건 또 무슨 말씀이세요? 하루종일 쳐다보는 게 실질적인 대시가 아닌가요? 설마 대낮에 제 옷을 벗겨야만 대시라고 할 수 있는 건가요? 선물 준 거는 아닌가요? 팬티를 준 건요? 아, 그럼 됐어요. 알려 드릴게요. 한번은 제가 게시판에 유실물 찾는 공고를 올렸어요. 제가 숙소 베란다에 걸어 놓았다가 바람에 날려간 브래지어와 팬티를요. 그런데 어떻게 됐겠어요! 3일이 지나기도 전에 100여 장의 팬티를 받았지 뭐예요. 가지각색의 팬티였지요. 모두 남학생들이 보낸 거예요. 이런 건 확실한 거죠.

8

　그녀는 저희 학교에서 유명했어요. 모두가 다 아는 '극품녀(極品女)'였지요. '극품녀'라는 말은 요즘에 하는 말이고, 저희가 학교 다닐 때는 이런 단어가 없었던 것 같아요. 그녀는 화장하기를 엄청 좋아했어요. 눈썹 세우고, 눈 화장까지 하면서 옷도 과감하게 입었죠. 처음 봤을 때는 중매인이 학교에 들어온 줄 알았을 정도니까요.

　정말이지 저는 그녀에 대해서 많이 알고 있습니다. 같은 반이었으니까요. 익숙하다고 할까, 아니면 뭐라고 해야 할지 잘 모르겠지만, 그녀의 기이한 자아감각은 저에게 평생 잊을 수 없는 기억으로 남아있어요. "기이한 자아감"을 모르신다고요? 노골적으로 말씀드리지만 초특급 자신감이라고 할 수 있을까요? 하여튼 간에 그녀는 자신이 세상에서 제일 아름답고 잘난 여자인줄 알고 있었지요. 모든 남자들의 이상형인줄로 알고 있었지요. 진실한 상황은 그녀의 자아판단과 비슷했지요. 그건 '이상형'을 어떻게 이해하는가에 달렸었죠. '신세대인간'의 표현에 따르면 이상형은 '구토의 대상'인 약자였던 거죠. 그러나 그녀는 그 정도는 아니었어요. 정말이지 그녀를 미화한(포장한) 것은 아니에요. 저는 그녀의 동창이에요. 관계가 밀접한 사이죠. 그녀가 완벽하다고는 생각지 않지만, 많은 사람들이 얘기하는 것처럼 그렇게 싫어하지는 않아요. 그녀는 사람들 앞에 나서기를 좋아했을 뿐이에요. 예를 들면 많은 사람들 앞에서 깜짝 놀랄 행동을 한다든지, 식당에서 큰소리로 노래를 한다든지, 혹은 조용한 열람실에서 크게 웃는다든지 등이 다였지요. 그 외에 별로 더 유별나거나 더 지나친 행동은 하지 않았던 것 같아요.

아, 그래요. 그녀는 옷차림에 너무 신경을 많이 쓰곤 했죠. 그건 제가 증명할 수가 있어요. 저와 같은 숙소를 사용하였기에 세부적인 보충을 할 자격이 있다고 봐요. 그녀는 헤어스타일부터 신발, 양말까지 맞추는데 신경을 많이 썼죠. 늘 깜짝깜짝 놀라게 했어요.

그녀는 핑크색 나일론 양말을 좋아했어요. 대학교 2학년 때 길거리에서 파는 핑크색 나일론 양말을 정성스레 골라서 며칠 애지중지하다가 그 화려한 양말 허리부분을 두드러지게 드려내려고 양말 다리부분을 반자 정도 잘라내어 그 핑크빛 화려함이 그녀의 발목에서 눈부시게 튀게끔 만들었죠.

그녀는 고집스레 머리를 탑처럼 빗어 하늘을 찌르듯 높여 사람들이 바라볼 수 없을 정도의 시각 효과를 남기곤 했죠. 그러다 보니 매번 머리를 빗는 게 쉬운 일이 아니었지요. 저희도 머리가 위로 쳐들 수 있도록 도와주곤 했어요. 그러한 헤어스타일이 흐트러질까봐 늘 엎드려 자곤 했죠.

정말 웃겼어요.

또 한 번은 그녀 생일 때 어느 남학생이 줬는지는 모르지만, 군사훈련 때 사용했던 혁대를 받은 적이 있는데, 브라운컬러의 인조가죽으로 된 "무장용 혁대"였지요. 가운데가 반짝반짝 빛나는 스텐 버클이었는데, 그녀는 그걸 받고는 너무 좋아했죠! 그해 겨울에는 오리털코트 위에 그 혁대를 차고 의기양양하게 거리를 다니곤 했지요. 그녀는 그런 사람이었어요. 자기방식대로 멋대로 살았죠. 정말 재미있는 사람이었지요!

그녀를 따라다니는 남학생은 못 봤어요. "설마요?"하고 물을 지도 모르겠지만, 그래도 그녀는 늘 연애편지를 썼지요. 우리가 보자고 하면 이리저리 피하면서 못 보게 했지요. 그녀의 말에 따르면 중학시절에 몇몇 남학생들이 따라와서 자주 거절하는 회신을 써야 했다고 했지요. 대학시절에도 그녀를 좋아하는 남학생은 당연히 없었어요. 그녀가 착각하고 많은 남학생이 자기를 따라다녔다고 말하지만요. 거꾸로 남학생들이 늘 뒤에서 그녀를 놀렸다는 건 알고 있지요. 그 남학생들은 그녀에 대해 변태라고 하기도 했고, 심지어는 정신병자라고 하는 사람도 있었지요. 그러나 저는 그녀가 그 정도로 엄중했다고는 생각지 않아요. 더구나 그들이 의사도 아닌데 어떻게 함부로 진단을 내릴 수 있겠어요. 그렇잖아요? 후에 1년 동안 휴학하기는 했지요. 정신병원에 들어갔다나요. 그녀가 출원했을 때는 이미 저희는 졸업을 했지요. 그녀는 그 후 1년을 더 다녔고 그 후에는 만난 적이 없어요.

9

저는 정말 쫓아와서 가로막고 죽자 살자 달라붙는 남학생들 때문에 못살 정도였지요. 결국 병원에 들어가 숨을 수밖에 없었어요. 그렇게 1

384_

년간 살았어요. 그 해가 마침 대학 3학년이었죠.

다른 사람들이 주목하는 가운데 생활하는 게 정말 싫었어요. 한번 생각해보세요. 어디에 가든지 몇 천 쌍이 되는 눈이 나를 주목하면 모든 일거일동이 다른 사람의 눈앞에 들어나게 되고 사생활 하나 없는 그런 압박을 누가 참을 수 있겠어요. 대학 다니는 그 몇 해 동안은 정말 벌거벗고 학교를 드나드는 것만 같았어요. 주변에서는 모두 나에 대해 질투하고, 원망하고, 질책하는 듯한 눈으로 나의 흠집만을 잡으려는 그런 눈빛들이었지요. 남학생들은 꿈에서라도 저를 갖고 싶어 한다는 것을 저는 알고 있었지요. 하지만 이렇게 많은 사모자 중에서 누구를 나쁘다고 말할 수 있겠어요! 제가 한 사람을 선택하면 많은 사람이 상처를 입을 텐데 늑대 같은 그들 앞에서 제가 어찌 감히 경거망동하겠어요! 그리고 남학생들과의 교제를 절실히 원했던 여학생들은 질투를 하다 하다못해 나중에는 저를 갈기갈기 찢어버리고 싶을 심정에까지 다다르겠죠. 누가 저더러 세상에 내려온 선녀 같으라고 했지요? 옛말에 봉황도 땅에서는 닭만 못하다고 하는 말이 있는데, 하물며 저는 닭 무리에 들어간 금 봉황이었잖아요. 저는 닭 무리에 쪼여서 상처투성이가 되었어요. 그러나 그들을 건드리지 못하는 저는 피해 도망을 쳤죠. 천사가 모여 있는 병원으로 말이에요. 그리로 피해서 홀로 마음속의 상처를 위로하고 씻고, 꺾여진 깃털과 날개를 치료했어요. 정신병환자들과 짝이 될지라도 더 이상 학원의 그 하나하나 추악한 얼굴과 탐욕스러운 눈들을 보고 싶지 않았어요. 제가 입원한 원인이 이 때문이었지요.

당연히 병원이 세상 밖 무릉도원은 아니었지요. 흰 가운을 입은 사람이라고 모두 가 천사는 아니에요. 남자 의사들은 신체검사를 핑계로 제 몸을 마음대로 만지고 심지어 은밀한 부위까지도 건드리곤 했지요. 제

가 반항할까봐 침대에 묶기까지 해서 제 팔에 침을 놓았어요. 제가 몽롱
해져서 잠이 들면 그 틈을 타서 제 몸에 손을 대면서 무슨 짓을 했는지
누가 알겠어요? 그런 남자들은 저 같은 절세미인을 처음 보는지라 침
을 석자나 흘리곤 했죠. 그로 인해 제 몸은 늘 축축했지요. 우리 반 몇
몇 남학생들이 반장의 인솔 하에 병원까지 쫓아 와서 쇠창살문밖에서
저에 대한 사모와 갈망을 털어놨지요. 그리고는 의사와 한 패가 되어
나쁜 짓을 꾸미려 했지만 다행히 주치의사가 그들의 꼬임 수에 넘어가
지 않았어요. 아마도 나를 다른 사람과 함께 나누기 싫어서 다른 남자
들이 나와 접촉하는 걸 허용하지 않았던 건지도 모르죠. 그 주치의사는
잘 생겼었어요. 저는 점차 그를 받아들였어요. 솔직히 오늘까지도 그가
나와 잘 어울린다고 생각하고 있어요. 그는 병이 날 정도로 저를 사랑
했어요. 매일 저의 침대 주의를 몇 바퀴 돌면서 허리 굽혀 저의 이마에
손을 대 보기도 하고 저에게 입을 벌리게 한 후 저의 매력적인 혀를 감
상하곤 했죠. 그의 몸에서 특유한 매혹적인 향을 맡을 때마다 저는 저
도 모르게 흥분했지요. 그 죽일 놈의 간호사가 아니었더라면 그는 완전
에 제 것이 되었을 겁니다. 그날 그가 허리를 굽히면서 저의 가슴에 다
가올 때 저는 필사적으로 손목의 줄을 벗어버리고 그를 바짝 껴안고 뜨
거운 키스를 했지요. 그런데 그 눈치가 없는 간호사가 갑자기 뛰어 들
어와 밀고 때리고 하면서 저를 침대에 눕히고는 눌러대는 게 아니겠어
요? 아주 막돼먹은 여자처럼 질투심이 치밀어 올랐는지 의사와 함께
저의 손을 다시 묶는 게 아니겠어요. 그러면서 앞으로는 조심하라고 의
사에게 경고까지 해댔지요.

10

아! 생각나네요, 생각나. 확실히 그녀는 저희 병원에 입원했었어요. 병명은 정신분열증으로 진단하였고요. 전형적인 망상증 증상이었지요.

맞아요. 제가 한동안 그녀의 주치의였었죠. 그녀가 말한 그 "막돼먹은 여자"는 소 씨였어요. 작년에 다른 병원으로 전근되어 간 수간호사였지요. 허허, 그녀가 말한 그 장면이 있었어요. 그 때 저는 너무 놀랐어요. 그녀의 손목이 침대에 고정되어 있었기에 괜찮을 줄 알았는데…… 너무 소홀했어요. 그러나 저희 같은 일을 하는 사람은 이런 일을 종종 당하게 되죠. 보세요. 저 뒤통수에 있는 이 흉터는 어떤 남자 환자분이 머리카락을 쥐어 잡고 문틀에 부딪치게 하는 바람에 생긴 거예요. 그 때 이 조그마한 목숨을 잃을 뻔 했지요. 그러니 소 간호사가 "조심하라"고 주의준 건 옳은 말이었죠. 그녀가 그래도 더 포악한 행위를 하지 않은 건 아주 다행이었지요. 그냥 몇 번 뽀뽀를 했던 거죠. 행운이었다고 할까요. 다만 그녀가 조금 더 보기 좋았더라면 더 좋았을텐데 아쉽게도 그녀는 너무나 수수했어요. 헤헤. 이런 농담하면 안 되는데 말입니다.

저희가 제정한 치료방안과 채택한 치료조치가 그래도 맞았다고 생각합니다. 약물치료와 심리지도를 결합하여 그녀의 정신, 신체 심리상태를 지속적으로 조절하고 완치하는 치료방안이었는데 효과가 아주 뚜렷했습니다. 그녀는 입원할 때 몹시 초조하고 후에는 또 엄청 우울해 하였고, 이렇게 여러 번 반복했었는데 저희가 약물치료를 적당히 조정하면서 그의 병세는 점차적으로 안정되었습니다. 1년간의 입원치료를 거쳐 회복세가 상당이 좋았지요. 퇴원할 때 그녀는 의사와 간호사에게 감사의 편지를 썼는데, 그 내용이 아주 진지하고 감동적이었죠.

　그녀의 학교에서도 그녀의 병세에 많은 관심을 주었어요. 학생들이 종종 문병을 오곤 했지요. 한번은 4-5명의 남학생들이 왔는데 그녀가 엄청 흥분한 거예요. 그중 한 사람을 붙들고 절대로 손을 놓지 않았는데, 그러자 그 남학생은 너무 놀라서 얼굴이 백지장처럼 되고 말았지요. 그래도 저와 몇몇 의사, 간호사들이 가서 그 남학생을 구해주었지요. 보세요. 제 팔에 난 이 이빨자국이 그 때 그녀가 물었던 흔적이에요. 피가 많이 났죠. 그 계집애는 정말 장난이 아니었어요.

　맞아요. 저희 반에 많은 학생들이 그녀를 보러 정신병원에 갔었어요. 담임선생님도 문안 갔어요. 그 때는 그녀가 너무 불쌍했었지요. 그녀의 행동이 괴이하긴 했지만 정신은 실성한 상태가 아니었기에 입원치료를 받아야 할 거라고는 전혀 생각하지 못했죠. 그 때 당시 저희 반 학생들은 모두 다 의아해 했어요. 한 교실에서 수업을 받았고 모두들 그녀를 좋아한다고는 말할 수 없지만, 그래도 감정은 좀 있었기 때문이었죠. 그녀가 병원에 들어간 후 저희 반 학생간부들은 회의를 갖고 상의 끝에 전체 반 학생들을 여러 조로 나누어 문병가기로 결정했던 거죠. 매번 갈 때 마다 과일이랑 과자랑 우유를 사가지고 갔어요. 처음에는 저희를 모르는 척 하더니 두 눈으로 우리를 보면서 입으로는 뭐라고 중얼중얼 대는데 저희들에게 들으라고 하는 말인지 아니면 혼자서 하는 말인지 모르겠더라고요. 이상하게도 학교에 있을 때도 그녀는 혼자 자주 중얼중얼 대곤 했지요. 심지어는 수업시간에 갑자기 큰소리로 웃기도 하고요. 하지만 저희는 정신질환으로까지는 생각하지 않았어요. 뒤에서 어떤 학생들은 그녀를 정신병자라고도 했지만 그건 우스갯소리로 한 것으로 알았지요. 누구도 그 정도까지는 아니라고 생각하고는 개의치 않아했지요. 그저 그녀가 자신의 성격을 나타내 보이는 독특한 방법인줄로만 알았던 것이죠!

저도 병원에 갔었어요. 그녀가 필사적으로 붙잡고 놓지 않았던 그 때 말이에요. 정말 민망하긴 하지만 지금 생각해도 살짝 두렵기는 했어요. 학교로 돌아간 후 학생들은 저를 놀렸어요. 염복(艷福)이 있다고. 정신이 나간 미녀 킬러라고요. 그러나 그렇게 말하는 것은 너무 잔인한 것이었지요. 블랙 유머치고는 말이지요.

퇴원 후 그녀는 저희 병원에 재검사하러 왔었습니다. 학교의 심리자문 선생님께서 같이 오신 거예요. 검사 결과 신체상황이나 심리상태나 모두 괜찮았습니다. 정서도 안정되고 심리상태도 적극적이었고요. 그리고 의사 선생님께서 장기복약과 자아조절에 대한 제안을 많이 해 줬고 그녀도 일일이 기록했습니다. 그녀가 오늘날 성공을 거둔 것은 다른 방면으로는 저희 병원의 치료수준을 반영한 것이라고 생각합니다. 기자 선생님, 어려워하지 마시고요. 앞으로 어디가 불편한 거 같으면 아무 때고 저희 병원에 오시는 걸 환영합니다!

11

여자들은 힘들어요. 사람들의 주목을 받는 미녀는 더 힘들지요. 눈부시게 사업을 성공한 미녀는 더 힘듭니다. 이런 명언 들어보셨어요? 제가 어렸을 적부터 지금까지 몸소 체험한 게 이점을 검증합니다.

사람들은 저의 화려한 외모만 봤을 뿐 들어나지 않은 저의 내심세계를 소홀히 보았죠. 그러니 저의 순진하고 착한 면을 안 본 거죠. 저는 아름다운 외모와 혼을 빼는 신체 라인뿐만 아니라 수정 같은 마음을 갖고 있어요. 내면의 순진함과 착한 면은 저의 아름다운 외모처럼 보통 사람들은 도달할 수 없는 것이었지요.

첫 번째 남편은 믿음을 저버리고 저를 떠났어요. 하지만 저는 너그럽게 용서 했지요. 용서는 최대의 징벌이죠. 이것이 그에게 보복하는 제일 유효한 수단이었습니다. 그의 앞날과 일생을 완전히 망치게 할 수도 있었지만, 그건 너무 저속한 것이라고 생각했지요! 그 때 그렇게 저를 끈덕지게 달라붙어 구애를 해놓고선 손에 넣자 소중히 여길 줄 모르고 그 춥고 산소도 없는 티베트로 달아나 계집질을 했지요. 그 당시 저는 극도로 분한 나머지 그 사람 회사의 상사를 찾아가 따지기도 했고, 또한 경찰에 신고도 했었지요. 체포하여 재판을 받아 새사람이 되도록 해달라고 말이에요. 그런데 이 녀석이 여우보다 더 빤들빤들해서 온데간데없이 사라져 버렸지요. 후에 듣건대 청장고원 설산의 어느 산굴에 숨어서 한가히 복을 누리며 살고 있다고 하대요.

"그래, 그냥 내버려두자!" 저는 이렇게 자신을 위로했습니다. 그러나 그가 평생토록 후회하며 살게 만들 겁니다. 금에 상감한 옥을 못 알아본 건 그 자신이 그런 운과 복이 없다는 거죠. 저와 같이 희한한 여인을 전 세계에서 불을 켜고 찾아도 찾기 어려울 텐데 말이죠. 대쉬하는 남자들이 한개 영(營), 한개 단(團)을 넘을 겁니다. 저야 말로 그런 무정하고 양심 없는 바보는 개의치 않지요!

그의 회사 상사도 저와 같은 생각이라고 하대요. 그의 부하직원들조차도 저의 첫 번째 남편에 대해 눈으로 숨 쉬는 바보라고 욕까지 했지요. 저는 그이의 뜻을 잘 알죠. 그의 눈은 저를 못 속이지요. 처음 그의 사무실에 갔을 때 알아봤어요. 그의 마음에 찔리는 게 있는지 저를 제대로 쳐다보지도 못하고 힐끗힐끗 곁눈질만 하고 있었지요. 여자들은 직감이라는 게 있어요. 저의 직감은 엄청 예민합니다. 앞전에 말씀드렸 다시피 저를 만난 모든 남자들은 첫눈에 저에게 반합니다. 거의 예외가 없을 정도지요. 그의 눈에는 갈망과 애정으로 가득 차 있었지요. 그건 감출 수가 없는 것입니다. 저의 남편의 상사라 할지라도 말입니다.

제 남편의 상사는 떨리는 목소리로 저에게 앉으라고 하면서 정성스 럽게 녹차를 타 주었습니다. 저더러 흥분하지 말라면서도 자신은 흥분 한 나머지 떨리는 손을 억제하지 못할 정도여서 하마터면 차를 카펫에 쏟을 뻔까지 했지요. 저는 그가 저의 두 번째 남편이 될 거라고 예감했 습니다. 사무실을 떠날 때 그는 저의 손을 꼭 잡고 놓지 않으면서 수줍 게 머리 숙이고 정답게 몸조심하라고 당부하였습니다. 생각해 보세요. 한 남자가 복숭아꽃처럼 아름다운 미녀와 처음 만나서 몸조심하라는 게 너무 직설적이고 노골적이지 않은가요? 돌아간 후 생각할수록 뭔가 잘못된 것 같고, 온몸이 뜨거워지는 거예요. 몸조심하라는 게 분명히 유혹하는 거 아닌가요? 그는 저에게 몇 번인가 전화했지만 자신의 감 정을 말할 용기는 없었던 것 같았지요. 그래서 저는 곧바로 그의 회사 를 찾아갔습니다. 남편 상사는 멈칫 하다가 기회를 보면서 집적거리더 니 가슴에 손을 가져다 대는 거 아니겠어요. 저도 정말 참을 수가 없더 라고요. 그 후 이런 그와 저와의 사실을 안 그의 와이프는 광견병에 걸 린 어미호랑이처럼 되어 저와 그 사람의 가운데를 막고 서서는 저더러 죽으라고 하면서 큰소리를 쳤지요. 그러다가는 성이 안 풀리는지 저를 다시 정신병원에 들어가게끔 저주하겠다고 까지 했지요. 흥, 정말 너무 우습지 않아요? 자기 남편이 저를 꼬신 건데 어디 그게 제 잘못인가 말 입니다.

12

맞습니다. 그런 일이 있었습니다. 4-5년 전의 일이었지요. 저의 사무실에 그녀가 왔었지요. 그 때 일을 아직까지 상세하게 기억하고 있습니다.

그 때 그녀는 모던하게 치장하고 있었고, 또 저의 사촌여동생이라고 자칭하여서 저의 비서는 더 이상 물어보지도 못하고 저의 사무실로 데리고 왔지요. 첫 느김은 매우 인상적이었습니다. 그녀는 앉자마자 쉬지 않고 종잡을 수 없는 말로 고백 비슷한 말을 했는데, 한참을 듣고 나서야 남편을 찾으러 온 것임을 알았습니다. 그녀의 말에 의하면 남편이 저희 회사 직원이었는데, 신혼생활이 끝나기도 전에 행방불명이 됐다면서 저에게 신랑을 내놓으라는 것이었지요.

아시다 시피 저희 회사는 대형 건축회사입니다. 아래에는 많은 지사와 시공사가 있습니다. 어찌 제가 누가 누구인지를 모두 기억하겠습니까? 그러나 직원 가족이라 정중하게 접대하면서 너무 걱정하지 말라고 달랬지요. 그리고 인사과에 얘기하여 그 사람을 찾는데 도움을 주겠다고 위로해 주었지요.

그런데 다시 뜻하지 않게 여러 말을 하기 시작하는 것이었습니다. 한번 입을 열자 말문이 닫히지를 않더군요. 그녀의 남편과는 전혀 관계없는 친한 사람을 만난 것처럼 자신이 겪어온 애정이야기를 늘어놓는 것이었습니다. 처음에는 별로 이상하다고 느끼지 못했습니다. 그저 옷차림이나 생긴 게 특이하다고만 생각했었는데, 청산유수처럼 늘어놓는 말을 들으면서 경계심이 생기기 시작했습니다. 결국 어쩔 수 없이 비서를 불러 경비원과 함께 그녀를 빌딩 밖으로 내보내라고 할 수밖에 없었지요.

　하루가 지나자 저에게 전화가 왔어요. 전화번호는 명함을 보고 알았다는군요. 첫 날 왔을 때 저에게 명함을 달라고 했지요. 그녀는 전화에서 이상한 말을 늘어놓아 저를 어리둥절하게 했지요. 몇 마디는 기억이 잘 나는데, 자신이 계모 역할을 하는데 딱 맞는다고 했던 것 같습니다. 남의 아이를 돌보는 거 엄청 좋아한다고 하면서 또 수다를 떨었지요. 그리고 또 저의 애인이 되고 싶다고 저를 감정의 메마름에서 벗어나게 해주고 싶다고 하는 등의 말도 했습니다.

　본사 인사과에서 조사해본 결과 그녀가 말한 그 남자는 전에 모 지사 부속 건축 시공 팀에서 일을 했는데, 쉽게 말해서 도시에 와서 일하는 농민근로자였던 거죠. 그 남자 동료들의 말에 의하면 그는 이미 가족이 있었다고 했지요. 애가 곧 초등학교를 졸업할 정도로 일찍 결혼했다는 겁니다. 그런데 그가 최근 새로 결혼했다는 사실은 듣지 못했다고들 하더군요. 근데 보름 전에 그가 갑자기 말도 없이 떠나버렸다고 합니다. 그가 지금 어디에 있는지는 누구도 모른다고 하네요. 떠나기 바로 전에 그의 안색이 심상치 않았던 것 같았다고 합니다. 마치 무엇에 놀란 듯한 표정이었다고 합니다. 때로 머리를 문틀에 들이 받기도 했다고 하네요. 이 사람은 평소에 워낙 담이 작아서 소극적인 인물이라 사람들은 그의 일에 별로 개의치를 않았다고 합니다. 이런 이야기들을 그녀에게 전화에 대고 말했더니 저더러 사람 내놓으라고 트집을 잡는 것이었습니다. 사람을 내놓지 못하면 자신에게 배상을 하라고 협박하는 것이었어요. 그래서 방법이 없음을 알고 경찰을 불렀지요.

　허허! 경찰서에서 개입하고 나서야 진실이 밝혀진 것입니다. 알고 보니 그녀는 정신이 정상적인 사람이 아니었더라고요. 듣기로는 정신병원에서 한 1년 있었다고 하네요. 이 일이 그 때 당시 제 주변 동료들이 저를 놀리는 큰 웃음거리가 되었죠. 저를 "여자 환자들이 제일 좋아하는 십대 몸 짱" 중 한 사람으로 꼽았으니까요.

그녀는 그 후에 저를 몇 번 더 찾아 왔으나 모두 경비원들이 가로막아 못 들어오게 했지요. 제 와이프는 그녀를 모릅니다. 그녀와 전혀 접촉한 적이 없기 때문이죠.

그녀는 어디선가 그 남자가 청장고원의 어느 굴속에 숨어 있다는 소식을 들었대요. 그녀는 자기 남편이 빈 라덴이라고 생각하고 있는 건 아니겠죠? 그는 아프가니스탄에 숨어 있기 때문이죠. 하하! 그녀는 정말 '인물'입니다!

13

성공한 남자 뒤에는 적어도 한 명의 여인이 있습니다. 반대로 실패한 여인의 뒤에도 물론 한 명의 남자가 있습니다. 혼인의 그늘에서 벗어난 후 제일 많이 느낀 점이 바로 그겁니다.

여자는 굳이 자신의 행복과 즐거움을 남자에게 맡기려고 하죠. 혼인은 저처럼 추구하는 바가 있는 여성에게는 틀림없이 사람을 질식시키는 한 가닥 밧줄이었습니다. 제가 왜 자신의 운명을 한 남자에게 맡겨야 합니까? 저의 매력은 눈부시게 빛나서 모든 남자들을 얼떨떨하게 할 수 있는데 말입니다. 그 누구도 저의 미모와 재능을 거절할 수는 없습니다. 제가 바로 남자들의 적수이자 주재자입니다. 제가 원한다면 누구와라도 잘 수가 있는데, 굳이 일생을 한 얼굴을 마주보면서 살 필요가 있나요? 혼인을 통해 받을 수 있는 즐거움은 단순한 겁니다. 제가 느끼는 쾌감은 다양하고 늘 새롭게 바뀝니다. 제가 사람들에게 주는 즐거움도 남다르고 새롭습니다. 믿지 못 하시겠으면 인터뷰 끝나고 실험해 보시죠. 제가 별도로 비용을 받지 않을 테니까요. 제가 드리는 보너스라고 생각하세요! 하하, 너무 흥분하실 필요는 없어요. 안색까지 변하셨네요.

저는 말씀드리고 싶은 것도 많고, 하고 싶은 것도 많습니다. 제가 온라인에서 '초특급녀'로 선정된 후 각종 명예가 조수처럼 밀려들어 있습니다. 팬들이 저에게 미친 듯이 빠져들어 연연해하고 쫓아다니고 있는 거지요. 저는 이런 날이 언젠가는 올 줄 알았지만, 이렇게 일찍 게다가 거세게 올 줄은 정말 몰랐어요. 저는 지금 사회적 시선이 주목하고 있는 초점입니다. 경찰서와 보험회사에 등록된 인물입니다. 저의 생명 안전은 중대한 건입니다. 저의 일거수 일동작을 보면서 웃고 우는 건 수많은 팬들의 마음에 영향을 미치는 일입니다. 제가 재채기를 한 번 하면 누구나 감기에 걸리지요. 그러니 저는 이미 제가 아닙니다. 저는 이 시대의 상징이라고 할 수 있지요. 저와 같은 미모와 지혜를 함께 갖춘 최고의 여인은 앞으로도 나오기 힘 들 다고까지는 감히 말할 수 없지만, 공전에 없었던 인물이라는 점은 절대적으로 신뢰할 만 합니다. 매체의 기자로서 귀여운 판다를 보호하라고 호소하는 것처럼 국보급 미녀인 저를 소중히 여기라고 전 사회에 대해 호소하셔야 합니다. 이는 그 누구에게도 미룰 수 없는 책임과 의무입니다.

저는 최근에는 너무 바빠서 눈코 뜰 새가 없습니다. 발끝이 뒤통수에 닿을 것처럼 바쁩니다. 하품할 시간조차 없으니까요. 제가 오늘 바쁜 와중에서도 인터뷰를 받아들이고 있는 것은 당신의 영광입니다. 또

한 저희들의 인연이기도 하지요. 인연이라는 게 참 묘한 것이에요. 볼 수도 만질 수도 없는 물건이지만 정말 존재하고 있다는 거죠. 마치 이 시각 당신과 내가 느끼는 감정과도 같은 것이지요. 이제 됐지요? 미남 동생, 이제 곧 모 회사 변기광고 촬영이 있어서 오늘의 인터뷰는 여기까지만 할게요! 아! 맞다. 화보사진 몇 장 찍어야 하지 않아요? 눈에 복이 있다는 소리를 들을 만큼 만족하게 해드릴게요. 한눈에 확 들어오게끔요! 아니 안 찍어도 된다구요? 그럼 알았어요. 온라인에 있는 저의 사진을 사용하세요! 문장 표제는 충격적이고 직감적이어야 합니다. 무슨 "특급미녀의 기지 역정"같은 제목은 너무 흔하고요. 예를 들면, "사람들이 알지 못하는 초특급녀의 놀라운 이야기", 아니면 뭐라고 할까나……. "그… 그…" 됐고요. 저는 생각만하면 이렇게 머리가 어지러워요. 그래, 맞다. "사람을 정신없게 만드는 색다른 초특급녀" 정도로 하면 어떨까요? 이 제목이라면 반응이 아주 좋을 거예요.

뭐요? "망상증 환자의 취재 일기"라고. 아니 너… 너… 너, 기자가 아니라 의학원 학생이라고? 정말이지 너무 가소롭군요. 견습생으로 조사하러 온 거라고요? 너 이리와 목 졸라 죽이겠다! 어디로 달아나. 사람 살리라고 외쳐도 소용없어 이놈아! 누가 감히 너를 구해 준대? 히말라야 산에다 동굴이라도 파서 숨으면 몰라도…….